文韵松州
——《松州韵》十周年精选集

中共松潘县委宣传部 编

WENYUN SONGZHOU
SONGZHOUYUN SHIZHOUNIAN JINGXUANJI

团结出版社

图书在版编目（ＣＩＰ）数据

文韵松州：《松州韵》十周年精选集 / 中共松潘县委宣传部编. -- 北京：团结出版社，2023.1
ISBN 978-7-5126-9779-9

Ⅰ.①文… Ⅱ.①中… Ⅲ.①中国文学－当代文学－作品综合集 Ⅳ.①I217.1

中国版本图书馆CIP数据核字(2022)第204497号

出　版：	团结出版社
	（北京市东城区东皇城根南街84号　邮编：100006）
电　话：	(010) 65228880　65244790
网　址：	http://www.tjpress.com
E-mail：	65244790@163.com
经　销：	全国新华书店
印　刷：	四川科德彩色数码科技有限公司
装　订：	四川科德彩色数码科技有限公司

开　本：	710mm×1000mm　1/16
印　张：	21
字　数：	223千字
版　次：	2023年1月　第1版
印　次：	2023年1月　第1次印刷

书　号：978-7-5126-9779-9
定　价：89.00元

（版权所属，盗版必究）

编委会

顾问：王世伟　何建华　一　西　马　骞
策划：袁付翠　尚基斯甲
编委：窦　华　杨春林　祁明丽
编辑：杨友利　泽让闼

《文韵松州》序言

中共松潘县委书记 王世伟

古松州"扼岷岭,控江源,左邻河陇,右达康藏",自古依山作障,凭河为险,东西巍峨群山环抱,南北岷江穿城而过,二千余载,沐千年汉唐雄浑之气象,挟茶马互市繁盛之英风,睹历史之兴衰,历风云之际会,历史悠久,人文荟萃。

千百年来,生活在8341平方公里上的藏、羌、回、汉等22个民族于文化上兼收并蓄、交融碰撞,积淀了由内而外散发的韵味与风情。古今中外诸如杜甫、薛涛、李商隐、汤显祖、范成大、董湘琴、范长江、庄学本、吉尔上尉、威尔逊、洛克等众多文人雅士、专家学者倾情、钟情于这片土地,创作并留下瑰丽的文学艺术作品:杜甫的《野望》《警急》《西山三首》《黄草》,薛涛的《罚赴边有怀上韦相公》《十离诗》,李商隐的《杜工部蜀中离席》,汤显祖的《送王松潘寄怀蔡参知威茂》《怀王参知松潘》《问松潘使者》,徐荆船的《松州八景》,广东进士江源的《到松潘》《松州即事四十韵》《松州分司遣怀》,威尔逊的《中国——园林之母》……等等。他们或旅居松州、到过松州,或遥望松州,用文笔捕捉古今松州的甘苦与坚韧,触摸历史文化的神奇与厚重,探寻民俗风情的风韵与魅力,礼赞自然风光的俊奇与秀美,在景与情的交融共生和探与品的联动互通中传承、书写松州多彩的人文内涵,为松潘的生生不息、发展壮大注入丰厚的文化滋养。

文化是一个民族的灵魂和血脉,是一个民族的精神记忆和心灵家园。松州的历史遗存、人文底蕴、民族风情、自然风光、人文景观独特绚烂,给予文学表达、文学创作无限可能和灵感源泉。近年来,松潘本土文艺创作、文学作品百花齐放、百家争鸣，文学果穗结实饱满，诗歌、散文、小说、影视、歌曲创作笔酣墨饱、馥郁芬芳。本土文学刊物《松州韵》十年持续，本土文学作品集《忆松潘》《品松潘》《读松潘》《看松潘》《话松潘》醇厚生动，泽让闼创作的中篇小说《阿克拉杰》获得2021年第二届青稞文学奖，松潘籍导演旦真旺甲凭借电影《随风飘散》荣获第34届中国电影金鸡奖最佳导演处女作奖，窦华创作的歌曲《欢乐的海洋》入选央视音乐公开课。越来越多的本土作者拿起笔墨，用荡气回肠的文字留住了历久弥新的松潘印记，展示了赤诚坦荡的故土情怀，标注了德艺双馨的文学名片和地域风韵。

盛世修书，昌明撰集。为庆祝本地文学刊物《松州韵》创刊十周年，献礼党的二十大，集中展示松潘文学山峰的星点光芒，县委、县政府决定编著《文韵松州》，撷取拾掇十年间印嵌于《松州韵》的异彩篇章、文学精粹。这既是为资政、品鉴、教化、传承，也是为激励当代、启迪后世、造福乡梓，旨在让人们通过阅读这部选集，关注松潘人的精神家园，审视松潘县的文化价值。

综观十年文学集萃《文韵松州》，全书包含9篇小说、29篇散文、18篇诗歌。其收录之文，作者们在富裕、文明、和谐、美丽、幸福的价值指向下，在"潇洒"的架构里，热情赞美松州的精气神韵，生动续写时代的日新月异，真实思索生活的酸甜苦辣，字里行间，浸染的尽是温润、洒脱、鲜活与智慧。作品集还具有丰富的多样性，文学生活化，生活文学化，多姿多彩的火热生活，让文学创作的内容"横看成岭侧成峰"，让文学创作的风格既有"杨柳依依"的婉约，也有"大江东去"的豪迈，还有"娓娓道来"的家常，让文学创作的形式，即小说、诗歌、散文各得其所。作品斑斓多彩，值得一读一品。可以说，《文韵松州》是阿坝文坛上极具地方特色的作品选集，为广大读者打开了一扇发现、解读松潘的窗口。它的编辑出版，是松潘文化和文学创作的重大进步，必将对深化拓展"一城两心三地"发展战略产生深远影响。

习近平总书记说过，文艺事业是党和人民的重要事业，文艺战线是党和人民的重要战线。希望县文联及广大文艺工作者坚定贯彻习近平总书记在全国文艺工作座谈会上的讲话精神，坚持以人民为中心的创作导向，继续深入生活、深入群众，用文人特有的敏锐，反映生活，流泻心情，不断提高学养、涵养、修养，加强思想积累、知识储备、文化修养、艺术训练，讲品位，重艺德，努力创作更多无愧于时代的优秀作品，携手将《文韵松州》《松州韵》打造成"叫得响出得去"的文化品牌，为历史文化名城松潘增添更多光彩。

2022 年 11 月

松潘的名头

阿贝尔

在与我挨临侧近的县里，松潘是去得最晚的一个。去得最晚，感觉却是最好，所得却是最多，就像是上天赐予一个孤旅者的归宿。这不是我一个人的感受。一百多年前，英国植物学家欧内斯特·亨利·威尔逊就讲过："如果命运当真要安排我在中国西部生活的话，我别无所求，只愿生活在松潘。"

松潘有雪山草地、河流海子、峡谷森林、寺院古城、雕房藏村，有不同寻常的阳光星空与岷江百合……它们是松潘固有的风物，构成了松潘的地理与人文。它们是松潘的名头。但松潘的名头不是松潘普通的山脉溪河，而是山巅被太阳照亮的雪峰，雪峰下倒映着雪莲、大叶杜鹃和绿绒蒿的海子。

岷山主峰雪宝顶是松潘最大的一个名头，还有黄龙寺、松潘草地、岷江源、扎尕瀑布、尕里台、毛儿盖……但它们系大自然的造化，不是松潘人为挣得的名头。雪宝顶再高，岷江源再深，都不是松潘最响的名头。

在我看来，松潘的名头在松潘特殊的地理位置，在松潘的历史及其在历史上扮演的角色。

"松潘"才是松潘最大的名头。其次是松州古城，是松潘的藏羌部落——七十二土司。

松潘今天的名头都是在过去的名头上旁生的。掸去尘埃，涂上油漆；翻开史册，文言化蝶。今天的松潘人未必知道松潘的名头和这些名头背后盘根错节的历史过往。检索"松州""松潘"在《新唐书》《明史》《清史录》《四川通史》及民国史料中出现的频率和所占份额，便可知晓它曾经的名头有多响——不敢说占半部边疆史，也可以说是国家边疆史的一个缩影。

今天，人们说到川西、岷山乃至阿坝，名头最大的或许已经不是松潘，而是九寨沟、马尔康。然而在过去，在刚刚尘封的历史册页，九寨沟还不为人知，世界上还没有九寨沟，今天的九寨沟县还叫南坪，从雪宝顶到草地，从岷江到白河、白龙江乃至到黄河都只有松潘。1927年，约瑟夫·洛克从迭部县的多儿洋布翻纳优卡到玉瓦，经松潘回成都，也只提到松潘。

我老家平武与松潘一山之隔，自古有"松龙道"（东路官道）连通，但涪江东流决定了平武人的去向，像我这样西行松潘的人属于逆行者。

逆行也是缘分注定。小时候，我就常听大人讲起松潘——赶烟场、赶庙会、过草地、挖金、日军飞机轰炸松潘城……我的外公便是因为上松潘赶烟场买回一匹白马一支短枪惹祸上身死在涪城监狱的。冥冥之中，松潘与我有了无形的联系。

第一次到松潘是过境，从若尔盖到九寨沟口，途经川主寺。在现今的概念里，所经只有尕里台到弓杠岭属于松潘。转去几十年，若尔盖和九寨沟都属于松潘。虽然今天的松潘还叫松潘，但实际上，名字中的"潘"已经分享给了若尔盖。

时隔六年，第二次到松潘，我在松州城住了一夜，算是真正接触到了松潘。从九寨沟翻弓杠岭进到岷江源，我被松潘的森林、草甸、高海拔以及远处的雪山所震撼，第一次获得了真实的神圣感。岷江在源头流淌的样子启发了我的想象，尕米寺是一个神秘的无法进入的意象。

那是2007年5月，苹果花正开。在延薰门外的一个农家茶苑，邻座是几位健谈的欧美青年。松潘有一种天然的国际份儿，包括在古松桥上遇见的骑马的蓝眼睛女郎，而衬托这一切的是五月的苹果花和刚刚冒出新绿的西岷顶。一百多年前，来到松潘的西方人都称岷山为"东方的阿尔卑斯山"。在松潘城外的农家小院品茶，听身边的欧美青年谈笑，还真有一种置身阿尔卑斯山的错觉。

这一次，我搭乘县际班车翻雪山梁子、走丹云峡返回。雪山梁子大雪纷飞，能见度极低，却给了我比弓杠岭更强烈的神圣感和极地感。丹云峡在云雾之下，岩壁和壁上的华山松、刺柏清清楚楚，整个峡谷阴沉而寂静，潮湿的空气里有种旷古的忧伤。

任何一个地方在无人居住之前都未经命名，松潘也不例外。地理上的松潘在存在了数千万年后才第一次有了命名，但不叫松潘，叫湔氐道。准确地说是书面命名，即官名，民间（氐羌人、古蜀人或更早的部族）的命名一定更早。

秦孝文王时，蜀太守李冰治水"乃至湔氐"。松潘得湔氐道之名在秦灭蜀的周慎靓王五年（前316年），比李冰更早。县"主蛮夷曰道"，松潘土著或曰"湔氐"。到汉，松潘东有刚氐道（今平武县），东北有甸氐道（今九寨沟县）、阴平道（今文县）。松潘第一次被纳入国家版图。

后汉，松潘一度更名平康县，晋改为升迁县。后魏失王土，为吐谷浑所占。后周重置嘉诚县，治地迁至今县城。

唐武德元年（618年），松潘在翻过不多的空白页之后迎来了崭新的命名，即至今仍响当当的名头——松州。从此，"松州"如松，逾千年不倒，哪怕后陷于吐蕃，元内附而复叛，松州之名仍保留了下来，且在明洪武年间讨平恢复，将松、潘二州并置为松潘卫。

这以后，松潘有了更大更多的名头，一个牵涉到国家疆土安稳的名头。读民国甲子版（1927年）《松潘县志》，时时能窥见并感觉到松潘的名头就像"湔"字所描述的岷江涨水的水头。

海拔5588米的雪宝顶在松潘地界上，是岷山主峰，是松潘当然的名头。接着是雪宝顶脚下的黄龙寺，不仅风光好，收入世界自然遗产名录，还有每年农历六月十六享誉川西的黄龙庙会。两大名头并不只限于自然的造化，雪宝顶也是周边藏民和氐羌人的神山，与苯教和古老的信仰有关；黄龙寺与大禹治水有关。

松州古城除了今天我们看见的作为景观的意义，还有唐蕃之战、松赞干布和文成公主，还有"扼岷岭，控江源，左邻河陇，右达康藏""屏蔽天府，锁阴陲"，还有平羌将军丁玉置松潘卫重建古城……

岷江发源于松潘，成江于松潘，就是流淌到川西平原也能分辨出松潘的气息。岷江开辟出的河谷将松潘与内地连通，松州古城的"古"字里包含的"儒雅"都是岷江的功劳。《水经注》还将岷江注为江源，助长了岷江的名头。

松潘的名头远不止于今日行政区划下的松潘，它包括了今天九寨沟的名头，比如"秦蜀锁钥"之柴门关，"狭长数里，水光泛翠，倒映林岚"之翠海。有的名头甚至远在今天的若尔盖、红原、阿坝乃至青海果洛。

2016年5月，我应邀参加"四川作家看四川·讲述松潘故事"系列采风活动，在松潘住了5天，不但去了活动安排的地方，还单独和白林去了林坡寺和小姓沟。

为什么去林坡寺？不是林坡寺有名，也不是林坡寺的风光美，是林坡寺有一位"林波喇嘛"，而这位"林波喇嘛"是松潘很大的一个名头。

关于"林波喇嘛"，可以讲很长的松潘故事。松潘的历史故事——战争故事，或多或少带一点民间色彩。我也是偶然接触到这个故事的——在民国版《松潘县志》里，被故事震惊、打动。故事本身没有什么，不过是千万年来人类冲突的一次重复，但"林波喇嘛"的人性之光照亮了那个日全食般昏暗的至暗时刻，且在事情过去150多年后让我眼前一亮。

我们去探访"林波喇嘛"，准确地说是探访他曾经"从教"的地方。打开一扇历史的偏门，感受他的人性之光。

那是一个难忘的下午。我们的感念似乎惊动了雪山，大气活动变得异常活跃，天空翻江倒海。我们驱车先到林坡村，再到林坡寺。林坡寺很美，在一段山崖上，金碧辉煌，但远不止金碧辉煌，还有一种比金碧辉煌更恒久的灰旧，一种与尚无多少新绿背景更显和谐的神圣之美。

走近寺院便开始下雨，大滴大滴的白雨，落在水泥地和尘土里随即漫开，像报春花绽放。《清史录》和县志中的"林波喇嘛"自然不在；但不在也在，他的灵骨灵牌供奉在寺院最南的一间庙宇里。今天的林波喇嘛觉果不在，经师巴商在，他30多岁，微胖，见到我们时尚有几分羞涩。巴商领我们进到大殿，喇嘛们在那里诵经。我不懂经意，但那种汇聚了万千条雪溪的河水般的低沉而极具穿透力的和声一下震撼到了我。殿外是下起势的雨，里面是众溪流，我顿时有种被融化的感觉。

从大殿出来，我们跟着现今的经师巴商去了他建在崖上的僧房，并在他掺入了现代装潢的客厅做了半个时辰的客人。问到史书上的那位"林波喇嘛"（不知是觉果的前几任），他没有告诉我们更多，只是带我们去瞻仰了"林波喇嘛"的灵骨塔和清廷赐予寺院的堪布御碑。

从僧房出来，再次走在通往寺院的草径上，我明白了当年那位"林波喇嘛"打动我的人性之光是什么。番民造反，他救了总兵联昌和从松州城逃出来的回汉官商；清军兵分五路进剿松潘克复松州城，他又阻止了清兵秋后算账，以牺牲小活佛母亲额能作一人保全了松潘番众。

"林波喇嘛"，又名黑洛一西，松潘县毛尔盖阿俄村人。清同治四年（1865年），清廷册封二品堪布，系阿坝州历史上中央王朝封授的地方小寺院僧人中级别最高的一位堪布。

去小姓沟是为了寻找小活佛黑伦来及其母额能作——无迹可寻。额能作也是松潘的一大名头，暴风雨的名头。这个名头来自其子小活佛黑伦来（"生而能言，数月能行，周岁能诵经典"），他的点头引爆了"咸丰番乱"，并将其母推上了风口浪尖。

我第一次走了松潘城到镇江关这段岷江河谷，那种陌生通达而又险恶的感觉想必也是当年吉尔上尉、威尔逊和洛克的感受吧。岷江水流向川西平原，人却是源源不断涌进松潘、改变着松潘。

额能作是岷江一次大洪水的水头。大洪水已经久远，记忆的河床已不见冲刷的痕迹。没了痕迹，但名头还在，说是女英雄也可，说是女魔头也可。

小姓沟有着世外桃源的味道，在岷江百合的芬芳和温润寂静的时光里闻不到一丝火药味,但仍有种不同于田野的野生气从当地羌人的多声部合唱中弥散开来,那是埃溪、纳溪、大小尔边溪亮晶晶而刺骨的溪水。

就这样,我先是在剥脱发黄的故纸堆和浩如烟海的网络,继而在与之对应的河谷溪沟、雪山寺院寻找挖掘着松潘地界上这些被时间掩埋的名头,就像地质勘探和考古。由此,我去了丹云峡、西沟、花椒沟、牟尼沟、红花屯、大姓沟、安顺堡、大尔边、火烧屯、小西天、羊峒河、尕里台诸处,去了大松潘地界上的柴门关、汤珠河、中查沟、喇嘛岭、大录寨、芝麻寨、玉瓦寨、苟象寺、元帅桥、俄界、包坐、郎木寺……甚至去了更远的阿坝县,以及与大松潘相接的青海果洛州。

在岷山东边的平武,也能找到一些松潘的名头。明初,松潘一度与龙州共治,为龙州安抚使、龙州宣慰司,可以追溯到薛文胜、王玺西征松潘叠溪,王玺因此获赏银开建报恩寺。最近一次可以追溯到清咸丰年间的"咸丰变乱",白马土司王国宾及其堂兄王国卿西征,战死于雪栏关,入《松潘县志》英烈录。

1935年8月,中国工农红军长征经过松潘,"松潘草地"由此也成了松潘的一大名头。毛儿盖会议、沙窝会议都是在当时松潘召开的。今天,屹立在松州古城以北30里地川主寺元宝山的红军纪念碑便是这一名头的醒目标志。雪山、草地、古城、江源等藏地旅游之外又增添了"红色旅游",在对松潘之"神圣"一词的解读里又多了新的含义。

这些年,松潘赢得了更多响亮的名头:中国最美县域、中国春季休闲百佳县市、中国百佳富氧县市、国家生态文明建设示范区、四川省首批省级全域旅游示范区、革命文物保护利用片区分县、四川省文明城市、四川省乡村振兴重点帮扶县等。

如数家珍,松潘的名头还包括松潘贝母、松潘虫草、松潘牦牛,以及国道213和在建中的成兰铁路松潘段。

细数松潘的名头,我们无法回避松潘的文化和文学创作。在《松州韵》创刊十周年之际,松潘文联编辑出版的这本《文韵松州》便是松潘展现出的一个文学的名头。这个名头或许不大，但毕竟迈出了第一步，或许在本书的作者中会长出一两棵大松。

在读民国版《松潘县志》的过程中，我给予了旧时松潘文人及其诗文特别的关注。实话讲，那些诗文涵养虽深、功底虽好，但严格意义上说，还算不上文学，总体而言是流行至今的一种"官文"，借景抒情，托物言志，偶有个别篇目闪烁出文学的火星。看多了这类诗文，我甚至生出一种感觉，松潘城的上空聚集着一朵看不见的"文云"——儒雅的诗情文意，那是松潘"文官"和访客所作诗文酝酿形成的，酸酸的，带着对仗。它们是祥云，有时又是乌云，打几个惊雷，下一场白雨。不能说它们与松潘无关，它们的作者在松潘、到过松潘或者想象、遥望过松潘，写到松潘的风物——松潘的景、松潘的人事，但它们确乎又与松潘无关，作者不是松潘原住民，也很难接受松潘风物的洗涤、浸染和感化，他们多有一颗儒士之心。我们是否可以这样说，聚集在松潘城上空的这朵"文云"是从岷江峡谷飘移而来的？

现今有了不同。《文韵松州》的作者很多都是土生土长的松潘人，比如泽让闼、杨友利和占巴。

松潘作者，特别是松潘少数民族作者，要热爱和忠于自己的语言、思维，不忘摩挲有着异域色彩的松潘烙在自己生命中的美丽印迹；就是融入了世界，也不忘保持自己的异质。

阿坝这块神奇的土地，已经走出了阿来这样一位文学大神。阿来远不止是马尔康的名头，也远不止是阿坝和四川的名头，在他写下《尘埃落定》最后一个字的那一刻，他已经成为中国的名头、世界的名头。

我认识阿坝州很多诗人、作家，包括走出的，阿来、龚学敏、谷运龙、牛放、白林、康若文琴、蓝晓、羊子、雷子、韩琳、扎西措、唐远勤、李春蓉等。早些年，松潘给我的印象是文学的真空，我对此颇有不服与不解；而后有了《松州韵》，有了泽让闼、杨友利和占巴等，松潘的文学山峰便一寸寸抬升。今天，我们读到的《文韵松州》便是抬升的一个高度。

还是那次，2016年5月的一个清晨，我同作家罗伟章、白林、羌人六几个一起上到金蓬山，寻找威尔逊那幅松州古城的拍摄角度。松潘城早晨的空气纯净，有几分清冽。我们出觐阳门，过通远门桥到了岷江对岸，沿诗行和经幡一般的羊肠小道上山（我们有理由相信这也是当年威尔逊走的小道）。昨天，我们在延薰门外刚看过那幅拼接的作品，并就拍摄地点和角度做过分析和探讨，所以很快便找到了威尔逊拍摄的地方。

遥望西岷顶，俯瞰松州城，缓慢移动的金边般的日线将古城分成了明暗两半。同行的人都在赞叹，都在审美，我比他们多了一种想象——对清咸丰十一年围城破城的想象，审美的同时多了一些悲剧意识。

下山后他们径直回客栈了，我又去了延薰门外的"威尔逊广场"。威尔逊举着老式相机，眼睛正瞄着镜头象征性对着的他一百多年前拍摄的松州城。我借了他的视角瞄了瞄，找到了文学的角度。

威尔逊的角度只是一种，我看松潘的角度也只是一种，但《文韵松州》的角度却是多种。

2022年9月28日于平武

阿贝尔，四川平武人。1987年开始发表作品，作品刊发在《人民文学》《花城》《天涯》《上海文学》《大家》《散文》等文学期刊。出版《隐秘的乡村》《灵山札记》《隔了河的会见》《飞地》等著作，曾获冰心散文奖、《中国时报》文学奖、四川文学奖、储吉旺文学奖等奖项。现居四川。

十年松州韵

◉ 巴　桑

　　本书撷取十年间印嵌于本地文学刊物《松州韵》中那些结实而又饱满的文学果穗，有诗，有散文，有小说，斑斓多彩、馥郁芬芳。松潘县文联给我安排作序任务，对于这样的文字缘分，虽然担忧自己对松潘的了解过于浅陋，但基于工作职责，基于对松潘文学坚守的欣慰，我也欣然奉命接受。

　　我时常来往留驻于松潘，听回族土琵琶、毕曼多声部、热吾沟回音。这些或近或远的声音，都曾经绕过旧时的火塘和遥远的星辰。我也看到藏族花灯在回族花灯的气息中应运而生，舞动出黄灿灿蜜蜡的味道。在城门洞厚实的墙角根，我用手机拍下生动的跃马浮雕，旧时的财富与辛劳、边陲重镇与茶马古道的荣光，悄然以高超的浮雕艺术轻盈踏痕。登上县城半山的威远门，遥看千年、百年、眼前的松州古城，依然阔寂又丰润，视野中的千家万户，与溪流穿过古镇的轻柔、岷江蹚过风雨桥的宣泄融为一体。"逝者如斯夫，不舍昼夜"，时间流逝，世事变化，松州古城却怀旧而美好，街市上的人们漫步在时间缝隙里古铜色的生活中。

　　松州的逻辑和审美对我来讲也有诸多内在因素。对于生活在我老家若尔盖求吉一带的老一辈人来讲，黄龙景区的雪宝顶（夏旭冬日）是必去朝拜的巍峨神山，转小圈一天，转大圈要七天之多，转大圈的路途险峻艰难。除此之外，还要去景区内一个隐秘的小泉眼撒青稞或大米，泉眼有花朵开启，今生来世就会在你的路途中擦肩相见。我听闻一老者讲，第一次，他在泉眼撒下米，一朵红花在泉口浮现，而后他原路返回，一个着中装的美男子与他擦肩而过。第二次，泉口依然盛开红花，返回路上，一个藏装穿着井然的美男子与他擦肩而过。每一次回头再看，他们都渺无影踪。再次想起亲历者的讲述，正好遇今年诺贝尔物理奖肯定量子纠缠相关理论和发现，玄妙的物理我不懂，就像我只瞥了量子纠缠说法一眼那样，亲历者正好瞥见平行空间中的被观察对象，这条秘径上稍纵即逝的时空转换，让人充满想象，某种自然神性的审美铺垫在我内心，又像一种隐喻，穿藏装或是穿汉装的雅致美男，都是这方空灵山水育人之精粹。我不由得又想起神山圣水体系里黄河姑娘倾慕雪宝顶的爱情传说。

现实生活中，松州女人令人印象深刻，藏族妇女挂在额头一侧鸡蛋大块头的蜜蜡装饰，或者孔雀开屏般叠展的蜜蜡头饰，在其他地方鲜有。这种异样、夸张又古典的头饰，不失协调且具强烈的视觉冲击，其审美耐人寻味。回族妇女用巾帕包裹发髻，只露出满月般纯净的容貌，也让人过目不忘。在文字里面，唐代女诗人薛涛的情愫在松州唱吟，《罚赴边有怀上韦令公》也好，《十离诗》也罢，是松州实感，也为写给懂意者。作家蒋蓝把薛涛称作成都迁往松潘的"西迁花"。"西迁花"也好，更多名不见经传的"本地花"也好，在热闹非凡的松州，女人的艰辛和婉约，既为安身立命，也在生命的常态和无常中潜行，成熟、体悟，周而复始。我们通过文字，只知道惬居于文字之下的方寸思虑。除弃文字，生活的芜杂和斑斓磅礴都随一代又一代人的记忆消隐无踪。

而回想的言辞何其脆弱，淘荡生活的力量何其凶猛。依然感到，松州的过去和现在，还有更多维的时空等待文字不断地填充，等待生活和心灵被热切地呼唤和守候。世间一切事情都以闻所未闻的速度被遗忘，今年诺贝尔文学奖获得者安妮·埃尔诺写道——挽回我们将永远不再存在的时代的某些东西，挽回一切将要消失的景象。

松州之所以叫松潘，与我家乡也有关。我老家若尔盖求吉的潘州与松州合称为松潘，潘州空留遗址遗迹，而松州在地理和历史层面上，始终以重镇姿态凸显，且每一个立体层面的画卷，恢弘浩荡又悠扬明媚，像一曲永不停顿的交响史诗，铸就古老城镇的不断新生。古往今来，从茶马古道重镇到如今的商贸旅游重地，松潘始终在欢欣鼓舞地静候客来客往，迎接世人瞩目。这里是石榴籽紧密相拥的地方，薰衣草迷醉，高山兰花吐香，黄龙瑶池在梦里让世界沉醉。松潘未老，她的每一片沟壑都流淌着幸福温厚的滋味，每一寸土地都沁润着红色文化的滋养哺育。

松州的历史、传统文化和自然人文景观的多样性、复杂性、多维性，给予文学表达无限丰富的可能性，为文学创作提供了不竭源泉。《松州韵》的十年持续，是文学酵母不断膨胀的十年，是文体风格和叙事智慧更加鲜活的松州万象，是捕捉松州精、气、神的鲜活文学历程。《松州韵》已然成为阿坝文坛上极具古老地域韵味的文学名片，留住了松潘历久弥新的文学记忆。这份绵长的印记还将发酵，只要我们拿起笔，生活感受、时代感悟的所有综合体总会推着我们向前，文字总是在不断地破茧成蝶，总能用文字的形式，回荡并唱响古今松州的忍耐、苦难、博大、坚韧。

《文韵松州》是文学照亮松州的十年纪念和注解，是献礼党的二十大最有分量的文学致敬。就《文韵松州》而言，其收录之文，御春风而行、揽星河而歌、携民生共舞，诗词禀赋、天地生灵，都在眼中闪耀，都在笔尖跃动，都能充实人生潜行的路途。

我又一次想到威远门的开阔与通达，我又一次想起城门洞的飞马踏痕。世间万象，总有美其名曰值得称道的出口。十年文学集萃的《文韵松州》，就像古老的松州城开放的城门，是写作者生活印记和心灵感受的出口，也是阅读者参与发现、寻踪、思索和解读松州的入口，是历史与现在、社会与生活、精神与现象的内外交集的通道。如此一来，《文韵松州》会韵味弥久。

2022年10月5日

巴桑，阿坝州文联主席、阿坝州作协主席、四川省民协副主席。致力于民间文化研究，聘任为四川省文联第二届文艺人才专家库专家。四川省文旅厅"羌族文化生态保护区"建设专家咨询委员会专家。有小说、散文、诗歌等文学作品发表或入选各类合集。

Contents
目 录

小 说 ▶

阿克拉杰 / 泽让闼　003

巴颜喀拉的黄河 / 马寿宇　035

古道花红（节选）/ 李　菊　058

第一杯茶
　　——晨光 / 朱光琳　079

林妹儿 / 杨友利　089

猎　手 / 刘　源　109

青涩之春 / 蔡　蕊　114

春　寒 / 占　巴　116

图　广 / 杨娅荔　131

散　文 ▶

历史延伸的峡谷 / 阿贝尔　141

黄龙：抒情三天 / 杨国庆　154

梦回松潘 / 白　林　160

向一座古城致敬 / 王庆九　175

松州四拍（组章）/ 周家琴　189

牧放童年 / 任冬生　192

展读美丽松潘 / 庄春辉　200

腊肉，味觉上的乡愁 / 周永珩　215

慢一点 / 崇晓蓉　219

古城赋 / 郭　伟　221

今夜生情　松州听雪 / 王茂森　224

白色的马蹄莲 / 向香陶　226

漂流的顽石 / 赵国栋　229

寒　韵 / 姜　磊　234

荠菜情愫 / 窦小荣　236

毛儿盖的四季 / 黄代娟　238

独盼梨花开 / 康友庆　240

秋天，收获着希望 / 王佳智　242

老家的苹果树 / 马晓明　244

母亲做的鞋子 / 吴佩燕　247

不一样的礼物 / 吴绍芝　249

钓鱼遐想 / 肖启鹏　251

幸福的滋味 / 闫永秀　254

父　亲 / 尤中磋　257

书法新感 / 余　建　259

故乡的味道 / 张世海　261

毛毛虫随想 / 赵　君　266

一餐饭 / 钟丽珠　268

故乡情 / 周时云　271

诗　歌 ▶

藏地诗篇 / 符纯荣　277

高原小镇 / 陈　坚　281

溪边的羊（外二首）/ 杨　果　283

松州一夜（外一首）

  ——有赠 / 刘红彬 285

生活是个爱开玩笑的家伙 / 曾小平 288

羌　韵 / 陈明跃 289

仰望星空 / 谷运花 292

秋天的小城 / 蒋文斌 293

花绿二海旅行札记 / 金　强 295

五彩经幡 / 尕让泽登 301

醉　心 / 陈玉华 302

脱缰的野马 / 玛尼让么 303

尊　严 / 窦　华 304

醉相思（外二首）/ 王正清 305

种下一颗诗的种子 / 杨　智 307

黄　土

  ——父亲的颜色 / 尹晓莲 308

遇见你 / 唐远安 309

无眠之夜 / 仁青敦智 311

小说

阿克拉杰[①]

泽让闼

一

丹曾郎杰采药归来，在小镇西面的山坡上休息了一会儿。白日高悬，清风拂动。几步外，一丛粉色的狼毒花开得正艳。

他吐掉衔在嘴里的半截草茎，打开背包，从满是草药的包底掏出装有白酒的饮料瓶，拧开盖子深抿一口，惬意地叹息了一声。当地酿制的青稞白酒又纯又烈，单单闻着就让人陶醉。

抬眼处山谷寂静，河水两岸的红柳绿意正浓。远处的山峦间，深深浅浅的蓝犹如薄雾般涌动。云影怕惊动了草木的沉思，在大地上悄悄移走。

山脚的小镇深陷在淡黄色的青稞地里。秋天将至。

丹曾郎杰在这里生活了三年，对小镇已是熟悉得不能再熟悉。

小镇很小，小到连酩酊大醉的酒鬼拖着脚步，耷拉着脑袋，在漆黑如墨的深夜都能顺畅地、毫不倾斜地从南走到北，或者从北走到南。

小镇每晚都有酒鬼夜行。有的像鬼影一样悄然消失。有的却发着酒疯在街上盘桓，嚎叫，谩骂。运气好时没人理睬。运气差时被几个毛头小伙子揍上一顿，扔在路边的庄稼地里，等黎明酒醒，只觉浑身疼痛，却又想不起来到底发生了什么。

[①] 阿克，本意叔叔，亦是对男子的尊称；拉杰，医者敬语，是吐蕃赞普赤松德赞赐予医生的称号。

想到酒鬼,丹曾郎杰的目光落在卫生院后面的旧房子上。邻居是个很奇特的酒鬼,清醒的时候对人特别友善,但只要两杯酒下肚,说话粗野,态度嚣张,拍桌子砸板凳无故与人叫阵,有时还去招惹那些街上过路的。然而,他对丹曾郎杰倒是客客气气的。大伙儿瞧着酒鬼清醒时的面,一般都让着他。可难免有人不买账。所以,只要挨了打,他就回去拿家人撒气。万籁俱寂的夜里,丹曾郎杰隔三差五就会听到他妻子无助的哀嚎声,或者两个孩子惊恐的哭喊声。

从山坡上望下去,小镇里行人寥落。街道两边的老房子格局相似,但已砖瓦失色,极度衰败,不管是学校、乡政府、卫生院、派出所、兽防站、邮政所、粮站,还是那三家商店、两家小饭馆,都同样散发着古老、陈旧,还有些许颓丧的气息。虽然此时看不见,但丹曾郎杰知道,那条毛发凌乱的黑色流浪狗此时正在街上的某个角落里趴着。流浪狗快要老死了,连喘气都吃力,时常吃下醉汉们吐在街上的酒食,醉倒在街边的房檐下一动不动。它每次到卫生院里溜达,丹曾郎杰都要喂它点吃的。

小镇外围的庄稼地里散落着老百姓的住房,土墙板壁,栅栏小院,虽然只有十多户,却东一家,西一户,一个个离得天远地阔的。沙沙作响的庄稼地里,隐藏着纵横曲折的小路。

小镇的南面有条小溪。一座歪歪斜斜的水轮转经房坐落在白色的溪水上。转经房上的石板稀疏错位,满是缝隙,四周陈旧的杉木壁板也所剩无几。巨大的转经筒用牛皮包裹着,年复一年,不分昼夜地吱呀转动。旁边的几棵白杨树冠高耸,青郁葱茏。小镇上的人就在这座转经房下取水。

看着土墙环绕的卫生院,丹曾郎杰想起他刚来报到时的情景。小镇距县城近两百公里,也是县里最偏远的乡镇。他赶了一天路,换了两趟车。第二次转车,搭的是附近村民的拖拉机。

站在乱石嶙峋、尘土扑面的街道上,只见卫生院的那排房子很是气派。但是,从有些倾斜的大门看进去,里外冷清,见不到一个人影。大门两边的墙角石缝里长满了野草，还有黄灿灿的蒲公英。

往里面搬行李的时候，丹曾郎杰在昏暗的过道里看见每个房间的门楣上都钉着个腌臜的小木牌，上面的字迹覆满尘垢。回第二趟的时候，他特意在过道里转了一圈，看见牌子上不但写有挂号室、诊疗室、药房、内科、外科和好几间病房，竟然还有化疗室和手术室，心想这里应该有不少医生吧。

可是，卫生院里只有一位老医生。

丹曾郎杰站在空寂无人的院子里，正寻思着接下来该怎么办，老医生几乎小跑着出现，嘴里还不迭地问候着："呀呀呀，这一路辛苦了吧？"

走近后，丹曾郎杰见老医生的脸有些浮肿，两个眼袋沉重得像注了水，脸色还隐隐发青，一看就知道是个嗜酒如命的人。

老医生格外热情，说话声音比常人高了八度。他把丹曾郎杰的行李搬进自己的寝室后，将他带到一家小饭馆。一阵吆喝，一斤酒，三个菜，一个汤，算是为丹曾郎杰接风。

老医生刚才在这里跟人喝酒，听说有人往院子里搬东西，知道来了新医生，马上跑来。

赶了一整天的路，身上又没带干粮，丹曾郎杰早就饿得前胸贴后背了，酒没沾几口，饭却吃了好几碗。丹曾郎杰心里清楚，自己那天的吃相就跟饿了好几天的乞丐差不多。

老医生很健谈，但他喝的酒比他说的话还多。搭在盘沿上的筷子没怎么动，酒杯却几乎粘在他嘴上。

老医生说他最初是个赤脚医生，后来因为县里医生紧缺，就被卫生局聘用，前前后后培训了又培训，一直守着那个四合院，不知不觉间从一个精神焕发的小伙子变成了儿孙满堂的糟老头子。他几年前好不容易转正，本来去年就该退休的，可是没有人顶替，不得不又多待了一年。

说到小镇上的老房子，老医生说这都是以前森工上修的。那时候，原始森林还严严实实地覆盖着这里的每一座山，每一条河。后来，响了几十年的砍伐声骤然停止，山河疮痍处，只留下漫山遍野的灰色树桩、腐烂发黑的废弃树干和这些老旧灰暗的房子。河面上密密匝匝的木头漂尽。最后一辆东风卡车拉着木头卷着尘土消失。随着那些外地人收拾家什陆续离开，工人子弟学校停办，直达省府的班车停运，当然也不会有露天电影放映。除了消失的森林和迁离的动物，这里没什么改变，大家的日子过得依旧艰难。

说着话，天已经快黑了。老医生见丹曾郎杰酒足饭饱后神情困顿，意犹未尽地收住话头，一口喝干杯子里的酒，说他的寝室门没有上锁，让丹曾郎杰先住着，等把自己的寝室整理好了再说。他又从怀里摸出一串钥匙塞到丹曾郎杰手里，就算把卫生院交付到这个新人手里了。

老医生醉醺醺地回去了。他的家在一公里外的村寨里，抬眼即可望见。丹曾郎杰很快了解到，老医生虽然医术有限，但是心肠热，人缘好，名声还不错。

从山坡上望下去，丹曾郎杰能从门诊部后面的那排宿舍里准确地找到自己的寝室。为了收拾这寝室，他可没少下功夫。

报到第二天，丹曾郎杰把老医生隔壁那间布满尘土和蛛网的屋子打扫干净，然后从乡政府和学校讨来几捆旧报纸，熬一锅糨糊，把里外两间屋子的四面墙壁和天花板细致地糊了一层。墙上斑驳的污秽遮挡住了，板壁上透风的缝隙修补好了，寝室看上去焕然一新，也亮堂了不少。

过后，丹曾郎杰在下雨天发现屋里有好几处漏水，于是等天晴后着手翻瓦。翻瓦这活儿不能选段，只能从边上翻起。面对十多间房屋，他原本做好了打持久战的准备，但刚翻了半天，老医生知道后，就带着三个儿子、两个孙子和村寨里的几个小伙子来帮忙，只两天就翻完了。

就这样，丹曾郎杰虽然不能阻止成群结队的老鼠每晚在地板下厮杀，或者在天花板上追逐，但他可以将凄风苦雨的侵蚀阻挡在门外，有了一个小小的落脚处了。

二

一路吹着口哨回到卫生院，丹曾郎杰看见寝室前的台阶上坐着个人。那人两条胳膊环在膝盖上，脸埋在肘弯里，像是睡着了。

听到动静，那人抬起脑袋，原来是住在医院后面的桑吾，赫赫有名的酒鬼邻居。

看到桑吾，丹曾郎杰心里暗自发笑，刚才在山坡上他还想着这个整天跟酒较劲的人。

桑吾三十岁出头，看上去稍显瘦削，但身板结实精干。他对着丹曾郎杰笑了笑，依然是一副纯善的模样，只是笑得有些无精打采。

看到桑吾，丹曾郎杰立刻想起了他前不久戒酒的事情。

为了彻底让桑吾戒酒，他的几个亲戚强行把他带到寺院。当活佛拿来经书准备在他头上加持让他受戒时，他忽然从怀里掏出一瓶酒，说请仁波钦为这瓶酒诵经许可，承诺这是戒酒前的最后一瓶。

活佛见他嗜酒如命，在如此庄重的场合还能提出如此怪诞的要求，啼笑皆非，但也应允了。

然而回来后，桑吾并不是一次性把那瓶酒喝干，或者在忍无可忍的时候喝上两小口尽力拖延戒酒的时间，而是另外拿一瓶，在里面滴上几滴，摇上一摇，说这瓶酒里有了活佛念过的经文、应下的承诺，坦然而饮。他的亲戚和妻子哑然无语，竟然没法反驳。细想他的话好像有些道理，也就被他这样钻了空子。

丹曾郎杰赶紧收回思绪，因为眼前这个人绞尽脑汁跟酒斗智斗勇的故事太多太多了。

"感冒还没有好吗？很抱歉，今天上山采药去了。你等很久了吧？"丹曾郎杰带着歉意说。

"没事，没事，就等了一小会儿。我还以为你出门买东西去了。"桑吾站起身，从身后的窗台上提来一大把捆好的韭菜。"来的时候才割的。"他怕丹曾郎杰推辞，紧跟着又补了一句，"你客气就是嫌少了。"

这里是半农半牧地区，海拔高，气温低，只能种植青稞和胡豆，还有少量的豌豆或土豆，而且产量都低。院子里能长的蔬菜也有限，且都是一副营养不良的样子。只有韭菜是个例外，从绿意初现的五月，到秋意萧瑟的十月，一茬一茬，蓬蓬勃勃。

"谢谢啦，帮我放到屋里吧。"丹曾郎杰刚才没看到窗台上的韭菜。听了桑吾的话，不好再客套。他放下背包，在檐下的台阶上晾晒草药，话里没把桑吾当外人。

桑吾推门进去，把韭菜放在火炉边的桌子上，目光拘谨，还没来得及左顾右看就赶紧出来了。丹曾郎杰跟老医生一样，从来没有锁门的习惯，当然也没有人到他们的屋里去偷东西。

晒好草药，他带着桑吾到门诊室检查。桑吾的肺部有点感染，除了吃药，还需要输几天液才行。

"你想在医院输，还是想回家里去输？"丹曾郎杰给桑吾做过皮试，见没什么不良反应，问。

"要是不太麻烦，还是去我家里吧？"桑吾的脸上有了讨好的神情。

丹曾郎杰收拾妥当，背着药箱，跟着桑吾。当时，上面对乡镇卫生院的管理还不太规范，也不严格，如果就近的机关单位或者村民有人输液，为了患者方便，他常常上门服务，到病人的家里去挂液体。如果有远处的病人来输液，他觉得让病人孤零零地待在陈旧简陋且有些昏暗的病房里可怜，就把自己的住处当成病房，在外面那间"厨房"兼"客厅"的屋子里给病人挂液体。到了冬天，天气异常寒冷，他的屋里会一直烧着火，便更是如此。很多时候，输液的时间长了，他还给病人做饭，管人伙食。

如此过了多年，一次县上主管卫生的领导来检查工作，见他在自己的家里给病人输液，还忙着给病人做饭，将他狠狠地批评教育了一顿，说一个医务工作者首先要懂得保护自己，寝室不是病房，如果病人有传染病怎么办？但是离开的时候，那位领导私下又为丹曾郎杰的医者善心夸奖了几句。

土墙外几十米就是桑吾的家，如果两人翻墙，几步就到。墙上有个缺口，虽然不大，也高，但是对身手敏捷的人来说也没什么太大的难度。有一次，桑吾就从那个缺口跳进来，帮着丹曾郎杰劈柴。那是丹曾郎杰唯一一次见有人翻卫生院的墙。不过，他俩还是规规矩矩走出卫生院的大门，绕了一大圈，从青稞地里穿过。

"你是没有吃药，还是没有休息，感冒怎么会加重了呢？"丹曾郎杰问得有些客气。两人虽然是邻居，但是除了那次劈柴，平常见面只是点点头相互问好，没有更进一步的交集来往。

"你上次开的药我都吃了。平常大家都说感冒了要钻树林、钻灌木丛，那样病就被枝条挂掉了，看来这话是骗人的。"桑吾在前面走得有点喘，说完嘿嘿一笑，可语气中没有多少笑意，一听就是出于礼貌。他说这几天到远牧场帮阿爸搬圈，从夏季牧场搬到冬季牧场。搬圈的活儿累人，山上昼夜温差又大，冷一下热一下就成这样了。

说话间到了桑吾的家。丹曾郎杰见院子里拴着一匹黑马，精神抖擞地来回踱着步子。马背上的鞍鞯还没有卸。

楼下昏暗，空气中弥漫着牲口粪便的味道。楼梯狭窄而陡峭。丹曾郎杰随桑吾上楼后来到厨房。这里跟他的老家一样，厨房不只用来做饭，还是平常待客的地方。只有在重要的节日，或者婚丧嫁娶人多的时候，才会用上真正的客厅。

这是一座几十年的老房子。厨房有些狭小，也矮，眼睛随意一晃，屋里的一切已经尽收眼底。漆黑的火炉。被烟熏得黢黑的雕花碗柜。一张靠窗的坐床和陈旧的氆氇垫子。几张杉木削成的粗陋发亮的小板凳。碗柜旁边的木架上蹾着盛水的大铜锅。铜锅下面搁着三口锅，大小不同，但都一样黑亮。四周壁板和天花板上烟色弥漫。

丹曾郎杰的心里忽然"咯噔"一响，目光回扫，发现架子下有一口锅特别眼熟。那是一口把手残缺的高压锅，盖子和锅口边沿还没有完全被烟熏黑，能隐隐看出这口锅原本是金色的。

那不是自己丢失的高压锅吗？他怕自己搞错了，再次凝神细看，但确实是。他的心里有股火"轰"的一下烧了起来，可一时间又不好发作。

丹曾郎杰刚到这里的时候，不知道做饭要用高压锅，等煮了几次夹生饭才知道原因，不得不买了一口。丹曾郎杰家境不好，那时身上没有几个钱。他挨个在那三家店里询问，但高压锅都不便宜。第三家店里有一口金色的高压锅，款式也特别，他一眼就看中了，踌躇再三，贵也买了，尽管是赊账。他领到第一个月工资后就去还账，那时候工资五百多，而高压锅却整整两百元。

丹曾郎杰回想着买锅的情景，桑吾却已经半躺在坐床上，倚着壁板，靠着靠垫，脱下左边的袍袖，亮出手背，做好了扎针的准备。他的脸上虽然带着病人萎靡的倦容，但泛活的眼睛却在丹曾郎杰的身上转来转去，像第一次见什么新奇事物似的看他做着输液前的准备。

丹曾郎杰竭力克制，可眼睛总是被高压锅吸引着。他机械地套好液体瓶，见桑吾头上接近房梁的壁板上有根钉子，上面搭着几截失色的毛线和一根细绳，伸手垫脚把液体挂上去。放液体、加药、撕胶布，扎压脉带的时候，丹曾郎杰终于忍不住问："你家高压锅的把手怎么那么怪？"

"哦——，不小心烧坏了，换了个木把手。"桑吾的脸上堆满了谦和的微笑，若无其事的语气中不起一丝波澜。

"好一个虚伪无耻的家伙。"丹曾郎杰心里暗自咒骂着，忽然对桑吾感到无比厌恶。他想，桑吾那么专注地看着自己的一举一动，不可能没有注意到自己的神情变化，可是他神色坦然，脸上露着菩萨般的微笑，还泰然自若地说什么烧坏了、换了个木把手的话。

高压锅的把手确实是烧坏的，但烧的人是丹曾郎杰。那天他正压着饭，有个小伙子骑摩托车摔伤了，灰头土脸、一瘸一拐地找他处理伤口。情急中，丹曾郎杰忘了锅里的饭。卫生院的院子很大，看病和住宿之间隔着老大一块草坪，拉上门后，听不到高压锅冒气的声音。

小伙子倒也硬朗，从头到尾没吭一声。丹曾郎杰把他脸上、胳膊上、手上和大腿上的尘土污血清洗干净，再细心地用镊子把嵌进肉里的小石子一颗颗夹出来，然后给几处较大的伤口上药包扎。

等那小伙子离开，丹曾郎杰才想起炉子上还压着饭。他甩开腿往回跑，可是在门口已经闻到了呛人的焦味。屋里黑烟弥漫。高压锅里的饭烧成了黑炭。更让他心痛的是柴火从炉门口烧出来，把高压锅的把手烧得变形变细了。

一天，小镇有人卖牛肉，丹曾郎杰买了点排骨。准备炖肉的时候，高压锅的把手忽然断了，一锅水载着砍碎的排骨淌得满屋都是。

商店里没有单独的把手卖，县城又太远，本想将就着用，可是断了柄的锅不但烫手，而且还不方便。于是，一天中午，他到小镇北边阴坡的桦树林里砍了根树枝，烘干后削制打磨，用细铁丝一番捆绑，一个新的把手就做好了。虽然不太好看，但是结实管用。

半年前的一天傍晚，丹曾郎杰把高压锅放在屋外的台阶上排气，有个病人来买药，等他从药房回来，锅连同窗台上的压阀一起没了踪影。他感到难以置信，伸长脖子左顾右看，好像高压锅躲在院落的某处草窝里跟他捉迷藏似的。

尽管不愿相信，可他清楚高压锅被人偷走了。他感到胸口憋闷，但又忍不住想笑：这么荒唐古怪的事情，也只有自己才会遇上吧？

丹曾郎杰最初怀疑过邻居，但他想自己从来没有锁过门，桑吾要是翻墙来偷东西，屋里恐怕早就被搬空了。然而费解的是，当时除了来买药的人，再没有其他人进出。药房连着过道，大半个墙都是窗玻璃，有人进出不可能不知道。

往事历历在目，桑吾却睁着眼睛说瞎话。

丹曾郎杰越想越气恼，粗鲁地抓起桑吾的手找血管。由于生病身体虚弱，桑吾手上的血管不太明显，丹曾郎杰就在他的手背上啪啪拍打，不觉中手上用劲，痛得他龇牙吸气，可是又不得不忍。

血管凸显出来了，手背也被拍得通红。丹曾郎杰缓过神来，忽然有点为自己的失态后悔。他用棉签消毒的时候,又像怕把桑吾手背的皮肤蹭破似的,擦得特别轻柔。

"锅还好用吧?"丹曾郎杰没有考虑,张口随意问道。他的心里还是放不下。

"很好用。你也知道我们这里没有高压锅不行。"桑吾老老实实地回答,听上去也很随意,根本不露丝毫马脚。

"该死的小偷!不知羞耻的酒鬼!知道没有高压锅做不了饭,还偷!"丹曾郎杰又在心里恨恨地咒骂起来,并暗自紧了紧拳头。要不是碍于医生和病人的关系,桑吾的脸上早就结结实实地挨一拳了。

抓着桑吾的手,丹曾郎杰决定让他吃点苦头。他慢慢把针扎进肌肉,然后装作找寻血管,深深浅浅,左探右刺。如此几下,丹曾郎杰感到桑吾的手一抽一抽的,浑身僵直,显然痛得厉害。

心里的那点痛快还来不及玩味,瞬间烟消云散。丹曾郎杰想到自己竟然这样折磨一个病人,医德何在?背心猛然湿漉漉冒了一层汗。

丹曾郎杰定了定神,手腕一稳,把针准确地扎进血管。

液体终于挂好。桑吾长呼一口气,瘫在靠垫上,虚弱地闭上眼睛。

丹曾郎杰退后几步,斜坐在窗户边,心还在怦怦直跳。他见桑吾的脸上隐隐闪着汗迹,动了一丝恻隐之心。他打量着桑吾带有风霜的硬朗的脸,心想他知道自己在报复吗?看他那么安然平静,应该不知道吧?可是,他又不是傻子!

丹曾郎杰胡思乱想了一通,见桑吾还没有从虚弱中恢复过来,就把头转向窗外。

桑吾家的地势稍微有点高,从窗户看下去,卫生院里的一切尽收眼底。丹曾郎杰想自己这几年一直被人暗中偷窥,心里很不舒服。

他的眼前出现了丢高压锅时的情景。自己被病人喊走。桑吾攀上土墙,一步纵到院子里。桑吾低头弯腰一路小跑,把冒着气的锅提在手里,顺手抓走压阀塞进怀里,像只惊逃的兔子原路返回。

可是,他想不出桑吾是怎样从墙上回翻的。墙那么高。当时锅里压着挂面，汤汤水水，而且还烫。

那段时间他还没领到工资，手头紧张，不得不又赊了一回吃饭的家什。

丹曾郎杰进而想到，自己这几年前前后后丢的东西也不少，除了那口高压锅，还有一双运动鞋、一件夹克衫、两件T恤、一条内裤和两双袜子，都是洗干净晒在院子里后消失的。当时他怀疑，鞋和衣服可能被病人悄悄塞进怀里揣走了，但是T恤、内裤和袜子是贴身穿的，应该不会有人去偷，大概被风吹落后让流浪狗或者流浪猫什么的叼走垫窝里了。现在他确信，丢失的东西被眼前这个寡廉鲜耻的酒鬼偷了。

丹曾郎杰像做CT似的，把桑吾全身上下细致地扫描了一遍，脑子里的机器也在高速运转。

他的脚上穿着一双黄胶鞋，鞋帮上沾着泥土和草屑，显然从远牧场回来后还没来得及换——他也许怕露馅，运动鞋自己不敢穿，廉价转卖给了别人。

他的袜子是黑色的，而自己喜欢白色。这个可以排除。

夹克衫没见他穿过，恐怕也跟鞋子一样贱卖了。

紧接着，丹曾郎杰想到自己的T恤和内裤说不定此时正被他贴身穿着，忍不住一身鸡皮疙瘩，腹下更是一阵阵收缩发紧。

他感到浑身不舒服，不由得"噗簌簌"打了个哆嗦。

这时，桑吾缓缓睁开眼睛，对着丹曾郎杰歉然一笑，说："对不起啊，来了你一直在忙，都忘了给你倒碗茶。"

其实，从桑吾闭眼休息到睁开眼睛，也就一小会儿。但是，丹曾郎杰思绪涌动，像是过了很久。

"哼哼，不要脸的家伙，我丹曾还稀罕你家的那碗茶吗？冷锅冷灶还假装客气，脸皮也真够厚的。"丹曾郎杰心里暗自骂着，起身往外走。他不想继续待在屋里受煎熬。他不知道自己跟桑吾还有什么话可说。

刚跨出门槛，丹曾郎杰转念想到桑吾还输着液，他是自己的病人，不交代一下也不妥当，就冷冷地说："药还多，我先回去一趟。"

说完，他头也没回地下楼了。

三

丹曾郎杰循路回到卫生院，见桑吾家的窗户像个巨人的眼睛死死地盯着自己。玻璃反光，像一面镜子，看不透里面的情形。可他确信，窗户后面肯定有双眼睛在鬼鬼祟祟地窥探。

丹曾郎杰有意无意朝地上重重地吐了口唾沫。

回到寝室，他看到桌子上绿油油的韭菜，一把抓过来扔进垃圾桶里。

"我难道需要你的施舍吗？"他恨恨地想着。

"我怎么会沦落到这么个鬼地方？还整天跟这样的人打交道？这难道是自己的命运？不不不！这不能怪命运，这只能怪自己当初缺心眼，蠢笨如牛！"

自怨自艾中，丹曾郎杰想起了当初学校办公室里的那顿晚餐。

丹曾郎杰没来多久，便很快跟周围的人熟悉起来。小镇地处三县交界，偏远闭塞，除了学校和乡政府能多看到几个人影，其他单位都是孤家寡人守着征地，孤军作战。

丹曾郎杰不打牌，也不抽烟，但是要喝酒。生活枯燥无聊，日子孤寂乏味，娱乐单调匮乏，总要找点什么事情来打发岁月。夏天还好，工作之余他们到树林里捡捡菌子，或者到河边钓钓鱼——不过，钓鱼要到隐蔽偏僻的地方，不然被过路的僧人看到，他们会没收鱼竿，将鱼放生——冬天就只能窝在室内，除了抽烟喝酒打牌，再没有什么其他的消遣方式了。

很快到了年底，乡中心校考完试放假，教师们在回家前简单聚餐。跟以往一样，学校把所有单位的人都请了来。两桌人，除了一位四十多岁的老教师，剩下的全是清一色的光棍汉，唯有高矮胖瘦年龄间差着几岁。

办公室里烧着大火。火炉是用半截油桶做成的。当年森工上的工人就这样烧火，这是他们遗留下来的痕迹。屋外冷风呼啸，大伙儿却很快热得冒汗，都把外套或者藏袍脱了放在就近的办公桌上。丹曾郎杰怕袍子和腰带粘了粉笔灰，特意找了两张报纸铺开垫一垫。

菜很简单，但是分量很足，特别是桌子中间的那一大盆手抓牦牛肉，拿刀削成小块，蘸着辣椒面下酒，别提有多美味了。

大伙儿借着酒兴，说着笑着，唱着跳着，从傍晚一直喝到深夜。所有人都醉了，杯盘狼藉间，三三两两地头碰着头、手搭着肩，结结巴巴地相互掏心窝子。

丹曾郎杰是喝酒的好手，每次聚会都把醉酒的同伴一个个送回寝室安顿好才休息。仗着酒量深，他总能保持一丝清醒。

丹曾郎杰饶有兴致地看着对面大嗓门的警察，见他放开声音，比手画脚地跟他旁边的人讲着某次抓捕偷牛贼的惊险经历。喷出的唾沫星子溅了听者一脸，可对方已经眼神呆滞，脸面僵硬，浑然不觉。

这些人几乎天天都在一起，相互间红过脸、较过劲，甚至还打过架，可他们依然是最好的朋友，那些酒话就算不说，也一样知根知底。就像不久前的一次聚会中，有两个人喝着喝着打了起来，怎么也劝不住，最后还像鬼上身似的相互动起了刀子。警察二话不说，在众人的协助下将两人拷进拘留室。第二天一早，警察准备放人，却在门外听到昨晚还要以死相拼的两个家伙竟然在里面嗡嗡闲聊。他打开门，两个醉鬼不好意思地对着他傻笑。他们在很长一段时间里都成了大家揶揄的对象。

丹曾郎杰自顾自地喝着，这时坐在他旁边的老教师挽住他的脖子，将嘴巴贴在他的耳根大着舌头问：" 你知道……你是怎么到……到这里来的吗？"

"当然是坐车来的，不然走路呀？" 丹曾郎杰见他醉得厉害，开玩笑说。

"不是，我是说你……你为什么会分……分到这里？"

"毕业了，然后就分到这里了。大家不都这样吗？"

"你呀，真是太……太老实啦。"

丹曾郎杰见他脸上肌肉僵硬，但朦胧呆滞的眼睛里却满是同情。

"你怎么这么说呢？我怎么老实了？"丹曾郎杰忽然觉出他的话里藏着什么内幕，酒自醒了三分。

接下来，丹曾郎杰的脸上虽然挨了不少唾沫星子，可他得到了一个惊人的秘密。在他报到的前脚，跟他同时分来的医生去了分管片区卫生院的院长家里，两瓶好酒，一条好烟，一条哈达，就将两人的工作地点做了调换。丹曾郎杰原本该在片区中心卫生院上班，可稀里糊涂地到了这个离中心卫生院三十多公里、穿谷进沟条件更为艰苦且小得不能再小的乡镇。

丹曾郎杰那夜酩酊大醉，而且悲伤地哭了。这一举动出人意料，差不多把所有人的酒都给哭醒了。最后，他被两个同伴半拖半扶地送回寝室，衣裤鞋袜都没脱就昏睡过去。

第二天醒来，丹曾郎杰头痛欲裂。他感到心脏移位到了脑袋里，并且跳得惊天动地，轰然作响，都快把头骨震裂了。

乍然想起昨夜酒桌上的事情，丹曾郎杰心里一痛，嘴里的苦味更浓。他想到了昨晚向自己透露消息的老教师。

老教师一毕业就被分配到这里，却因为性子耿直，不屑打点，也不上求于人，虽然工作尽心尽力，可还是被生生忽视遗忘，就像拉磨的毛驴在原地打转似的在这里待了二十二年。如今他班上的孩子，已经是他当初那些学生的子女了。

老教师虽然心气高，但人缘好。每次有同事调走，都私下劝他低一回头，弯一次腰，出一点血，可他从不膝盖打弯，守着自己的原则和尊严，不肯做出半点妥协。

老教师不是傻子，他心里非常清楚，其实很多人的工作调动只是一桩生意。参照距离县城的远近，环境条件的好坏，除了跟这里一样唯恐躲之不及的几个偏远学校，每个学校的背后都有一个隐形的价码。

话说回来,其他单位又何尝不是呢?

如今,老教师的儿子读初中,女儿读高中,妻子在老家务农,他不愿,也没有能力去完成这样一桩买卖。老教师偶尔自嘲时开玩笑说,这里的孩子入学迟,结婚早,说不定退休前能教上第一批学生的孙子,摇身一变成为名副其实的老师祖爷。

丹曾郎杰几乎怀疑自己昨晚被人下了药,或者被人下了咒,不然为什么一瞬间就醉迷糊了呢?那个"噩耗"后面发生的事情他都不记得了,包括他抓着酒瓶猛灌,然后推开碗筷趴在桌子上,像个孩子似的捂着脸"呜呜"痛哭。

看着脚上硬邦邦的靴子,丹曾郎杰知道送自己回来的人也醉得不轻。他想着他的那些同伴,他们很多人都像墙角的拴马桩,在这里一动不动,一钉多年。他一直深信自己所受的教育、接受的信念,盲目而又乐观地认为世间充满了令人泪目的光明,谁想龌龊的阴暗就隐匿在身边,即使如这般的穷乡僻壤,也有它滋生蔓延的土壤。他悲观地意识到,以自己跟老教师差不多的性格,他将会在这里待上很久很久,以致最后变成路边一块长满褶皱的石头,即使覆满绿色的青苔,也显不出丝毫的生气。

思绪的潮水轰轰隆隆,他在波涛里拼命挣扎。在床上躺了很久,他突然觉得自己像具快要腐烂的尸体,满屋报纸上那些大大小小的文字,恍然间变成嗡嗡喧哗的苍蝇,铺天盖地朝他掩杀过来。

丹曾郎杰大叫一声,猛地坐起身来。他像驮马卸下鞍鞯,浑身肌肉不由自主地"扑棱棱"抖了几抖。瞬息间,他的心里有股强劲的力量在蓬勃,那股力量激荡而上,撞得天花板砰砰直响。这是一种睽违已久的感觉。他以前爱打架,每当遇到强劲的对手,心里亢奋,就会这样忍不住打个哆嗦。

一桩肮脏的交易激起了丹曾郎杰心中蛰伏已久的斗志。他心里明白,遭遇和环境固然会影响一个人,但如果意志消沉,放任自流,浑浑噩噩地过日子,荒废的终究是自己。他绷紧肌肉,捏紧拳头,决心与命运一战。

改变从当下开始。

丹曾郎杰迅速起床，升起炉子。屋里很快暖和起来。

为了缓解头疼恶心，他到药房取了一片止痛片，就着两管50%的葡萄糖吃下。回到寝室后，他像是举行什么庄重的仪式似的，倒了一大盆水，脱光身子，拿毛巾将身体细致地擦洗了一遍。然后，洗头洗脸漱口，换了身干净的衣服。

身体一清爽，心里也跟着轻松起来。丹曾郎杰在屋角的小龙碗里点了根藏香。熏香后面的小相框里供着一幅药师佛的唐卡照片。薄烟氤氲中，香味馥郁。

丹曾郎杰端坐在桌子前，抑着嗓子诵了三遍《药师琉璃光如来本愿功德经》，又拨着佛珠念了一圈药师佛心咒，最后祈祷，回向。这一功课他已经耽误有半年了。在学校学习藏医期间，他们每年都会参加特意为医者举行的药师佛灌顶法会，并念诵要求的经文。

完成早课，丹曾郎杰捏坨糌粑简单吃了早餐，然后从卧室床头的桌子上选了一本书，倒一碗清茶，坐在火炉边安静地看起书来。那些药典医书，他也有很长时间没动过了。

丹曾郎杰就此开始了全新的生活。他每天都扎在书本里，背诵，抄录，思索，感觉累了就出门转转，或者看会儿小说换换脑子。同伴们见到他这样勤奋，最初还开玩笑说他是不是想去坐"甘丹赤巴"的法座，后来明白他的心思，便不再每天扭着他去喝酒。但是，为了维系朋友间的情谊，丹曾郎杰还是十天半月跟他们聚上一聚，也让自己在微醺中放松放松。

时间一晃过了两年，丹曾郎杰把手边关于藏医、西医的书都看了好几遍。但是，受于环境限制，很多知识学了就学了，却没办法使用。

生活再次陷入重复单调的循环中，丹曾郎杰的内心开始滋生出一种莫名的焦虑。

一个夏日的凌晨，丹曾郎杰背着背包，决定到山野去走走，散散心。背包里装着两瓶啤酒、一瓶散装的本地酿制的青稞白酒、两根火腿肠和一罐午餐肉，还有一本《笑傲江湖》——这已经是他第四次重读这套武侠经典了。虽然遇到野兽的可能性不是很大，但他还是将尺多长的藏刀塞进了背包。出门的时候，他顺便把打火机揣进兜里备用。

晨雾浓重，空气潮湿清凉。顺着山梁一路朝上，穿过静谧的杉树林，走过露水湿重的灌木丛，最后是柔软的草甸。快到山顶时，丹曾郎杰忽然从灰白流卷的雾气中走了出来。

天空蓝得刺眼。浩瀚的云海从脚下一直漫到天边，远处漂浮的山峰犹如乳白色海洋里的孤岛。

离他身后不远是某个村寨的神山。插箭台傲然矗立在山巅，堆成锥形的箭杆直刺苍穹。五彩的经幡在蓝天的映照下更显鲜艳。

看到眼前壮阔的景象，丹曾郎杰感到胸中一畅，忍不住引颈长啸几声，接着放声唱起了曲调高亢的牧歌。他的嗓音不怎么好，高音回环颤动的时候还爆了音，但是他想又没有旁人听见，没什么可顾忌的，遂继续嘶声高歌。没等唱完，他听着自己嚎叫般的歌声，歇声大笑起来。

沿着山脊在荒野里漫走，看群山涌动，雾卷云舒。野兔慌乱惊逃。旱獭东张西望。雄鹰悠然翱翔。云雀唧唧乱鸣。走到中午时分，丹曾郎杰在一丛红柳下躲着凉吃东西，喝啤酒，看小说，最后抵不住瞌睡眯了一会儿。醒来后，他开始顺着山脊往回走。

到了小镇上方的山坡上，丹曾郎杰盘腿坐在草甸上，看着彤红的霞光，咿咿呀呀地反复哼着一首伤感的情歌，内心却感到无比快乐和满足。他一小口一小口将饮料瓶里剩下的白酒嘬到肚子里，沉浸在慵懒的惬意中，直到寒星闪现，残月东升，才慢慢回家。

那次荒野漫行，丹曾郎杰在山上发现了很多种草药。以前在学校，每个学期都有几位老师带着他们去采药，少则十天半月，多则个把月。《四部医典》的《药典》里记载，采药的人应该是八岁到十二岁身体健康、长相好看、父母健在的童男童女，采药的时候还得盛装打扮。不过，如今采集藏药材的条件已经没有那样苛刻，也很难做到。他们一来是为学校的药剂科采集药材，二来是为结合《药典》进行现场教学，不只辨认各种草药，还熟悉它们的药性，花、叶、根、茎哪部分入药，又可以和哪些药物搭配，等等。

丹曾郎杰的专业虽然是藏医，但在学校还要学习最基础的西医，因为像他们这样的年轻人毕业后多半会到乡镇做全科医生，所以什么都得懂一点。他来之前，老医生只会简单配点西药，或者稍微处理一下伤口，所以卫生院没有藏医藏药。

丹曾郎杰想在这里开展藏医藏药，但是给县卫生局打了几次报告都没有得到批准。自见到漫山遍野的药材后，他决定自己采药制药。

这一采药就是多年。到离开这个小镇之前，他已经把周围的山山水水走遍了。盛夏时节，他有时候会带足干粮，背上睡袋，在山上的某个岩洞或者树林里住一宿。如果遇到放牧的人，就在他们简陋的小棚子或者帐篷里借宿。他把采回的草药洗净晒干，根据《药典》记载的单味药方或配伍药方，回忆以前在制药室的参观和实习，从最简单的开始入手。

丹曾郎杰最初给病人搭配藏药时，病人不大愿意要。

丹曾郎杰以为他们在顾虑药效，可打听后才知道，关于藏药，他们更信任距小镇十多公里的冬噶林央寺里的那位老僧人。丹曾郎杰早听说过老僧人精通药理，医术高超，是位非常厉害的藏医师。老僧人的很多药也是自己制的，但病人说他的药被加持过，药性自然更好。

丹曾郎杰理解病人的想法，毕竟与药物的疗效一样，病人的意志和信念也同等重要。况且在古老的习俗中，还有"命定医生"的说法。很多人都相信，寺院的老僧人就是他们的"命定医生"。

丹曾郎杰没有气馁，依然如期采药、晒药、制药，有病人来，还是给他们推荐自己的藏药。

事情的转机来得很偶然。有一天，一个男的大清早来买药——他要去远牧场，需要准备点感冒拉肚子之类的常备药。来到丹曾郎杰的寝室门口，他听到里面有朗朗的诵经声，开始还以为是放声机里在念诵，等听到翻书页和小声咳嗽的声音，才知道是那个年轻的医生在诵经。

好打听是人的天性。趁着在药房里取药，那人了解到丹曾郎杰诵的是《药师琉璃光如来本愿功德经》，制药的时候也会依照《药典》要求，念诵心咒加持。这事很快传开，四村八寨的人在私下议论中，认同丹曾郎杰是个合格的医生，慢慢也就接受了他配制的藏药。

随着制药的种类多起来，丹曾郎杰遇到的难题也跟着增加，于是他专程到寺院拜老僧人为师，还从一个牧民手里买了辆二手摩托车，有时间就到寺院去学习。

看到丹曾郎杰在冬噶林央寺的老僧人那里学习，病人对他有了更多的信任和尊重。但是，一来限于技术，二来限于器材，像七十味珍珠丸这类的名贵藏药，或者那些制药过程繁复的药，他是无论如何也做不出来的。

丹曾郎杰再次给县卫生局打请示。局里趁年底检查工作简单调研，说他三番五次打报告，那么自信，就先试试看吧。于是，这里就成了这个片区、四个乡镇唯一开展藏医藏药的卫生院。

不知从什么时候开始，大家不再叫丹曾郎杰"阿克曼巴"（曼巴，医生）了，而是叫他"阿克拉杰"。他们也这样称呼老僧人。这名字遗有古风，跟此地的许多传统一样，带有质朴久远的意味。

丹曾郎杰受宠若惊，也隐隐感到不安。如今在大家的心目中，"拉杰"这一称呼已等同于"神医"，他知道自己远远配不上。后来，所有人都这样喊他，他也只得接受，慢慢习惯。同时，这称呼也让他的心里有了一种难喻的神圣感和特殊的使命感。

退休的老医生刚开始听到大家叫丹曾郎杰"阿克拉杰"，很是惊讶。他半真半假地跟乡亲们开玩笑说："我在这里行医几十年，从来没有人叫过我一声'阿克拉杰'，哪怕是喝醉酒了做做样子的都没有，大大小小、老老少少都叫我'阿克曼巴'。"

回答他的人也是半真半假地玩笑说："虽然你行医几十年，大家也承你的情，但是你的医术只到'阿克曼巴'的水平，离'阿克拉杰'还有点差距。"

本来就是玩笑，老医生听到这话，哈哈一笑也就过了。

寝室只有里外两间，但是丹曾郎杰进进出出漫无目的地走了好几趟。他一会儿动动厨房火炉上的茶壶，一会儿翻翻床头桌子上的书，心情烦乱，坐立不安。他忽然有了一种幻灭感，想不明白自己在这里的努力到底有什么意义。

他感到有些乏力，坐在凳子上，倚着糊满报纸的壁板胡思乱想。目光落在相框里的药师佛唐卡照片上，他猛然想到自己每天早上诵读《药师琉璃光如来本愿功德经》时，虔心地为每一个病人祈祷，也为每一个健康的人祈祷。他恍然明白：不管是从小听到大的"为人民服务"、老师谆谆教诲的"医者父母心"，还是药师佛的十二大宏愿，都有殊途同归之处。自己不就是希望通过努力，提高医术，为病人带来健康吗？

丹曾郎杰心里清楚，这里平常病人少，并不是说他们的身体有多健康，而是和老家一样，他们已经习惯了把身体上的疼痛当成是艰难生活的一部分，小病小痛咬咬牙就挺过去了。

因为生活艰辛，忍耐苦痛成了一种美德。也因为生活艰辛，不只遮遮掩掩的小偷小摸成了寻常生活的一部分，有时候还会干出一些匪夷所思的事情来。

一次，丹曾郎杰看到一个妇女把一条红色的内裤罩在头上，毫无羞愧感地在街上走了个来回。他吃惊之极，一打听才知道，原来那个妇女想买那条内裤，可是讲价的时候压价太低，惹得汉地来的女店主不高兴，女店主就嘲讽她说，只要你敢把这条内裤笼在脑袋上，再到街上走一圈，内裤就归你了。那个妇女真那样干了，而且在返回店门口的时候，还故意把身体妖娆地扭了几扭，让女店主吃惊无语。女店主终究信守承诺，把那条内裤送给了那个妇女。这件事情对丹曾郎杰的震动很大。他在内心深处切实感受到，有时候尊严这东西并不是什么必需品，而只是生活无忧者的奢侈品。

想到这儿,丹曾郎杰的心里平和了许多。他看到垃圾桶里的韭菜,摇了摇头,无可奈何地苦笑了一下,起身把韭菜捡了出来。

"他们怎么就那么喜欢送韭菜呢?"丹曾郎杰暗自说着。

这几年,丹曾郎杰遇到过各种各样的病人,偶尔也给人做些"外科小手术"。像把摩托车当成飞机、因炫技飙车而摔伤的小伙子,那些酒后失控打架斗殴还动了刀子的年轻人,摔伤的老人和孩子,被藏獒咬得鲜血淋漓的妇女,还有被牦牛顶得皮开肉绽的男人等,他们表达感谢之情的方式就是给丹曾郎杰送来一把把的韭菜。有时候他自己吃不完,就送给同伴们。但是在这些人当中,给他印象最深的还是那个风流的次扎。

那年冬天,次扎来看病,询问病情时,丹曾郎杰见他忽然满脸通红,说话吞吞吐吐,不断考虑着该如何措辞,心里已是了然。果然,检查结果是淋病。

次扎三十五岁(填写病历得知),身材魁梧,长得很有男子气。他的脸虽然晒得黝黑,但衣着装扮讲究,看上去跟常人有着不一样的气度。检查的时候,丹曾郎杰见他虽然有些难堪,但依然不显慌乱。可丹曾郎杰认为他是在绷面子,心里满是嘲讽,又想他把一副好皮囊当作寻花问柳的资本,更是鄙夷。

次扎的病情不算严重。当天打完针输液的时候,病房里很冷,但是丹曾郎杰不愿意他到自己的屋里去,就把他挂在院子的土墙边。中午阳光明媚,天气十分暖和。

那天输液前,次扎先到商店里买了一桶方便面。到了中午,他觍着脸要开水泡面,丹曾郎杰不好拒绝。

第二天,次扎骑了摩托车,还带了褡裢和氆氇卡垫。输液的时候,他盘腿坐在卡垫上,舒适地靠着土墙,脸上带着惬意的微笑,就像在开满野花的草坪上闲坐似的。

中午时分,丹曾郎杰见次扎从褡裢里掏出碗、酥油、糌粑和一个小水壶,准备午餐。次扎左手扎着针,只能动右手。丹曾郎杰虽然有些瞧不起他，但见他笨手笨脚地收拾不住碗，心里不忍，洗了手过去帮他把糌粑捏好。

第三天做午饭的时候，丹曾郎杰多压了一个人的饭，菜是腊肉炒土豆。他把次扎带到了屋里。接下来几天，次扎每天都带一大把韭菜来。对于丹曾郎杰来说，能吃上新鲜蔬菜也不容易，这里没有人卖菜，每趟回家买来的蔬菜最多放一个星期，剩下的日子里就只有土豆、粉条、豆皮、海带这些东西了。

一连好几天，韭菜都成了他们的主菜。次扎也一直在丹曾郎杰的屋里输液。他们天南地北地闲聊。次扎性格开朗，很是健谈，好像到过的地方也不少，虽然他讲述的那些见闻偶尔有夸张的嫌疑，但听起来很有趣。不过，他们从始至终都没有说过他的病情，也没有谈论过什么关于女人的话题。

次扎的病好了以后，除了韭菜，还给他送过酥油、奶渣和牛肉。后来，丹曾郎杰从别人的口中了解到，次扎这人从来风流，而且很多女人也愿意跟他相好，但是这人疼爱妻子，宠爱孩子，勤劳地养家糊口，绝不是个懒散无聊的闲汉，或者靠脸吃饭让人不齿的浪荡子。丹曾郎杰还听说，次扎这人从来不会谈论半句跟他相好过的女人，更不会像某些男人拿这些事来夸口炫耀。如果有人知道他的某些风流韵事，并证据确凿地说出一二三来，他不但否认，还极力贬低自己，用不敢妄想的话来保护那些女人。

一个月后，次扎给丹曾郎杰拉了一拖拉机柴。木柴堆得很高，拖拉机摇摇晃晃地快要翻了。那几天，丹曾郎杰还寻思着该买柴了。柴火卸在院子里后，丹曾郎杰想给他钱，可次扎脸一沉，说他是来送柴的，而不是来卖柴的，没必要这样羞辱他。

丹曾郎杰知他性子爽直，也不勉强，遂到小饭馆喊来几个菜，跟次扎好好喝了一场酒。两人旗鼓相当，喝得尽兴。酒酣之际，尽管年龄差着十来岁，却碰杯结了兄弟。

次扎拉来的柴有一大半是粗大的杉木。一天下午，丹曾郎杰正在费劲地劈柴，桑吾提着斧头从土墙的缺口处跳进来帮忙。丹曾郎杰已经劈了一个多小时，手臂酸软，正想着休息。

桑吾穿着背心、打着赤膊，因为常年劳动，手臂上肌肉突兀。他哐当哐当劈得很有劲，也很有效。丹曾郎杰得到助力，再次打起精神来。两人合力，傍晚时分就把那一车柴火劈完了。

那天丹曾郎杰累得大汗淋漓，浑身乏力，但很高兴。他本来有一瓶好酒，想送给桑吾，可是又不敢，怕他喝醉了发酒疯，打老婆孩子撒气。

"你稍微休息一下，我到商店买点东西。"丹曾郎杰抹着额头上的汗水说。

"不用那么客气，我们是邻居嘛。"桑吾猜出他的用意，提着斧头攀上土墙跳走了。

丹曾郎杰到商店买了两个大瓶的百事可乐和一大封饼干，把桑吾喊下来，无论他怎么推辞，好说歹说执意送给了他。

千丝万线过针眼。回忆像一根绣花针，三挑两挑把丹曾郎杰心里的疙瘩解开了。他想，纠结于过去也是徒增烦恼，虽说桑吾偷了自己的高压锅——其他的东西也拿不准是不是他偷的——但至少没有趁他不在家，明火执仗地进屋拿东西。就这一点，也算得上是"盗亦有道"了吧？

四

丹曾郎杰返回桑吾家。刚一进门，就见桑吾欠着身子做出躬身迎客的姿势。他虽然不能起身，但脸上的笑容更甚。

丹曾郎杰坐在窗前的老位置上，留意着输液袋里的最后一指液体。两人好一阵都没有说话。丹曾郎杰一时找不到话题。桑吾心里依稀猜出丹曾郎杰气冲冲离开的原因，但他觉得自己没做多大的错事，装作若无其事。

"太安静了,麻烦帮着放首歌吧。"桑吾终于忍不住开口说。沉默使人压抑难受。

"唱首歌?"丹曾郎杰恍惚间没有回过神来,不解地看着桑吾。

"帮着放首歌听好吗?"桑吾摇了摇头,指着丹曾郎杰身后的屋角,讨好说。

丹曾郎杰这才注意到那里有个矮小的桌子。桌子上放着一台收录机。刚才他的心思全被高压锅占据着,加上屋角光线较暗,没有看到这台收录机。

丹曾郎杰屁股蹭着坐垫移过去。收录机一边一个大喇叭,但是很旧,除了塑料本身的暗色灰,也基本看不到其他曾经有过的颜色。

"磁带在下面的抽屉里。"桑吾说。

桌子就跟收录机一样,像是在这世间存在了几百年。丹曾郎杰拉开松懈得快要脱落的抽屉,见里面一排排花花绿绿的磁带,且都保管得很好。

"放什么歌?"

"随你,你想听什么就放什么吧。"桑吾像是在极力取悦丹曾郎杰。

"哼哼,随我,口气还真不小!《蓝色多瑙河》有吗?《春江花月夜》有吗?是能听到帕瓦罗蒂的《今夜无人入眠》,还是席琳·迪翁的《我心永恒》?"丹曾郎杰心里嘀咕着,满是不屑。暗中也有赌气较劲的意味。

但是,一番粗略的浏览后,丹曾郎杰还是感到暗自吃惊。抽屉里有锅庄舞曲、曼陀铃弹唱、龙头琴弹唱、拉伊(情歌)、牧歌、赞歌、藏戏、爱情叙事诗说唱、弦子、酒歌、相声等,最后还看到了两盘祝酒词。这些磁带分门别类排在一起,少的一两个,多的七八个。想不到这个摇摇晃晃的抽屉里竟然藏着这样丰富的世界,难怪桑吾要他随便选。但遗憾的是,抽屉里没有纯音乐的磁带,更没有藏文化之外的任何音乐类型。

丹曾郎杰的手指在抽屉里划动,找到一盘当下正流行的通俗歌曲磁带，取出来放进收录机里，按下快要罢工的按键。

收录机尽管陈旧至极，但是音响效果还不错。《卓玛》的音乐一响起来，屋里凝涩的气氛就像被风吹动，随音乐的旋律起伏流动。

两人都暗自舒了口气。听着亚东充满磁性的低沉嗓音，听着歌里的美丽姑娘，丹曾郎杰也想起了自己的"卓玛"，心里就有了愁丝缠绕。

音乐声中，第一组药终于输完了。

丹曾郎杰正在加第二组，桑吾的妻子回来了。她这几天跟村寨里的几个妇女一起织氆氇，中午赶回来给丈夫做饭。桑吾的两个孩子在中心校读书，中午在学校吃饭，傍晚放学才回来。平常家里就他们夫妻两个。

桑吾的妻子长得高大壮实，个头跟丈夫差不多，估计力气也不小。丹曾郎杰以前一直想不通，为什么桑吾每次发酒疯她都不还手，只知道哀哀切切地嚎哭。这天中午，当他发现她看桑吾时眼神中流露出的柔情，终于明白她为什么会忍受酒鬼丈夫的胡闹和粗暴了。

桑吾的妻子是个手脚麻利的女人，取柴烧火，清洗茶壶，先给两人熬了一壶新鲜的马茶，才着手做饭。丹曾郎杰喝着清香满溢的酽茶，看她拿出曾经属于自己的那口木柄的高压锅，淘米掺水，把锅搁在炉子上，神情跟桑吾一样坦然，一样心安理得。

丹曾郎杰忽然想笑。他已经不再为这口锅生气了。

一会儿的工夫，饭好了，两个菜也摆了上来。一盘韭菜炒腊肉。一盘是丹曾郎杰最喜欢的酸菜辣椒汤。酸菜辣椒汤是这里特有的饮食，由于嫩牛肉和新鲜酸菜不常备，除了待客或者食材恰好齐备，一般很少做。

丹曾郎杰本来想自己回去弄点吃的，但是要守着液体，不敢长时间离开。于是，他没有推辞，留在桑吾家蹭了顿午饭。

丹曾郎杰吃得满头大汗，浑身舒坦。也许是药起效果了，加上吃了东西，桑吾也精神了不少。他们有说有笑地吃着饭，丹曾郎杰感觉自己像到熟人家串门来了。

说话间，丹曾郎杰问起了桑吾那瓶被活佛加持过的酒。

"说起来我就心口疼。都是这个傻女人干的好事！"桑吾气哼哼地指着妻子骂道。

桑吾的妻子捂着嘴巴咯咯咯笑了起来。

"看你那得意的样子，你还有脸笑！"桑吾脸上愠怒。

"我是在帮你，你应该感谢我才对。"桑吾的妻子笑着说。

看来桑吾没有喝酒的时候，他妻子也不怕他。丹曾郎杰心想。

"谢你？谢你一堆臭狗屎要不要？"桑吾虽然骂着，可一脸无奈。

"怎么回事？她把你的酒给喝了？"丹曾郎杰心里好奇，明知道这里的女人从来不喝酒，故意问道。

"我把那瓶酒藏在装青稞的柜子里，不知怎么让这个傻女人给发现了。她趁我不在，把酒拿到村口的转经房，送给那里几个转经的老头子，还生怕他们不知道这是活佛加持过的，像个多嘴的老鸦叽里呱啦说了又说。唉——，好好一瓶酒，我才舍得滴了几滴，就让那几个糟老头子全部糟蹋光了。他们肯定把酒瓶子都翻过来舔了一遍。真是的，嘴里都能闻得到黄土的味道了，还像饿鬼一样吃别人施舍的东西。"桑吾的嘴下一点也不留情，把喝了他酒的几个老人损了又损，最后还龇着牙花子喷喷喷几声，像是在感慨他们的厚颜无耻和不可理喻。

丹曾郎杰不置可否地摇了摇头，也忍不住笑出声来。

"不要在背后翘尾巴了，你每次碰到他们还不是恭恭敬敬地打招呼，连个脸色都不敢给他们看。"桑吾的妻子不屑地说。

"这哪里是不敢啊，只是不想跟他们计较罢了。"桑吾不服气。

丹曾郎杰见桑吾的妻子撇了撇嘴，表示嘲笑，却没有发出声音。

"就这样，我的魂也就掉啦。"桑吾叹着气说。

"说你的魂回来了还差不多，你不知道你以前喝醉了是个什么鬼样子。再说了，你不想想我帮你积攒了多大的功德。他们都是虔心修行的老人，平常一直转经诵经，这次你献出了活佛加持过的甘露，又有几个人能碰到这样的因缘。他们还不为你多祈祷祝福几句？"桑吾的妻子半是调侃半是认真地说。

丹曾郎杰听她说出"甘露"这个词,很是不解。"甘露"虽然是人们日常对酒的雅称,但从一个深受酒害的女人嘴里说出来,还是显得有些怪异。平常女人们在控诉酒之害时,说得最多的是"疯水",然后是"尿"。不过,她们在选择这两个词的时候,还是得斟酌一番,揣摩揣摩丈夫发火的底线,或者掂量掂量自己挨拳头的可忍受程度。但是,桑吾的妻子显然不是那样的女人。

"酒给人了也好,不然照你那样动小心思,喝起来没有节制,还钻誓言的空子,怎么说都不是一件好事。"丹曾郎杰笑着说。

"所以啊,从今往后我再也不会有酒喝啰。"桑吾显得很不甘心。

"你现在不喝酒,脸色比以前好多了。自己的身体要自己管理,健健康康地不好吗?"桑吾的妻子晃着脑袋说,像是在教育不懂事的小孩子。

"你这个傻女人,很久没挨打了是不是,竟然放肆地对自己男人说教。信不信我打断你几根肋骨!"桑吾威胁道。

"没有酒这个魔鬼在背后使坏,你就不是个黑心肠的人。"桑吾妻子的脸上笑出了花,语气里竟然隐隐含着调情的意味。

丹曾郎杰嘴里含了口茶,听出桑吾妻子话里的味道,呛了一口,忍不住咳嗽起来。桑吾夫妻俩还以为丹曾郎杰是在故意为之咳嗽,脸上发烧,有些尴尬。

"我一到这里,就听说了你喝酒的那些事情。戒酒了好啊!"丹曾郎杰赶紧岔开话题,胡乱感叹。

桑吾的妻子有点不好意思,没再加入他们的谈话。她等丹曾郎杰和桑吾吃完,把屋里收拾干净后,又继续织她的氆氇去了。

可口的食物总能让人心情愉悦,更何况还有动听的音乐在屋子里漫溢。他们已经连听了好几种风格的歌曲。两人之间没有了先前的窘迫,自然有话可说。话题几转,又回到了酒上。

"戒酒就那么困难吗?"除了几年前在学校聚餐时伤心痛哭那次,丹曾郎杰还从来没有在酒上面出过什么洋相。因此，他不知道戒酒到底有多不容易。

"你割自己的××试试，看难不难！"桑吾不假思索地回答。接着，为自己竟会说出这样一句话而哈哈大笑起来。

丹曾郎杰先是一愣，跟着也笑了起来。这个比喻虽然粗俗，但是很神妙。是啊，这一刀谁能下得了手？

两个人为桑吾的这句话笑了一阵。男人间的感情很奇怪，有时候一句不加掩饰的粗话，就能让两个人走得更近。桑吾有意无意地把话题扯到了女人上面。

"你有女朋友吗？怎么从来没见她来看过你？"桑吾问。

"以前有过。"丹曾郎杰叹了口气。

桑吾听了，也满怀同情地叹了口气。丹曾郎杰心里明白，他们这些光棍汉的命运，就连周围的老百姓都看得一清二楚。不过桑吾不知道，丹曾郎杰恋情的红线是他自己剪断的。

丹曾郎杰的女友是他的同班同学。两人一起四年，最初只是暗地里拉拉手。毕业之际，丹曾郎杰第一次吻了女友，却搞得班上的老师和同学尽人皆知。他还为此受了惩罚。

那是最后一学期。他们离开学校已有一个多月，基本辗转在海拔3500米以上的高山、湖泊、草原、荒坡或者乱石滩，一个个大包小包，风尘仆仆，像群逃难的人被东风卡车拉过来送过去，远离人间烟火，整日与花草树木、飞禽走兽为伍。

采药学习每天都是不一样的体验。不同的草药根据其药性，除了在不同的季节采集，有些还要看时辰：有的要在中午阳光下采；有的要在午夜的星光或者月光下采；有的在清晨露水中采；还有的草药因为采的时候不能见光，白天在冰矿地段的乱石窖里找到后，做好记号，认准路线，等到了晚上才摸黑去挖。

风吹日晒，霜冻雨淋，采药的日子虽然辛苦，但是也很快活。每个夜晚，他们都围着篝火打闹，高歌，舞蹈，最后在老师的再三发令下才慢慢踅回帐篷休息。那时候，他们的快乐那么简单，那么纯粹，但又那么充溢。

丹曾郎杰他们班有二十多个同学，男女差不多各一半，私下已发展出好几对恋人。学校禁止学生们谈恋爱。带队的三位老师隐隐知晓他们的恋情，感到压力特别大。由于长时间在荒野活动，天宽地阔的，他们担心等到下山的时候，队伍中不小心会多出个人来——尽管那个小生命还被秘密地揣在某个女生的肚子里。

一个花香醉人的六月的深夜，丹曾郎杰踩着露水从远离帐篷的野地里回来，被值夜的阿旺老师逮了个正着。

寒星稀疏，月光如水。他看见女友侧着身子站在阿旺老师的身后，脑袋深埋，肩头轻微颤动，显然是在抑声哭泣。

两人分开后，本来是一前一后悄悄回营地，想不到还是暴露了行踪。

阿旺老师顾及他俩的颜面，没有当面呵斥。他让女生先回去。营地以三位老师的帐篷为界，一边是男生们的帐篷，另一边是女生们的帐篷。

丹曾郎杰看着女友娇小的身影穿过牛奶般的月光，来到她的帐篷前，弯腰消失。很快，银亮的帐篷里传来一阵抑制不住的嘤嘤啜泣，还有几个同伴小声劝慰的窸窸窣窣的说话声。

"深更半夜的，不好好睡觉做什么去了？"阿旺老师小声但很严厉地训问。说完，他把烟凑到嘴边深吸一口，等着回答。丹曾郎杰见他那张坚毅的脸被暗红色的烟头一照，显得狰狞、诡异而又可怕。清凉的空气中弥漫着呛人的烟味。

他赶紧把眼睛移到远处。帐篷后面的湖泊就像从夜空剪下的一块碎片，落满了星星点点的银光，冷艳而凄美。山野寂静处，阿旺老师的那声轻喝传出很远很远，估计连安住在湖泊对岸雪峰之巅的山神都听到了。

丹曾郎杰感到脸上滚烫，耳尖发烧。

"不知道采药期间要身心清净吗？"

丹曾郎杰没有搭腔，心里却在嘀咕："身心清净？那你还在圣山圣湖边抽烟？真是个大烟鬼！"这时，他听到身后的帐篷里有人小声说了句什么，又有人嘘了一声。知道同伴们在偷听，丹曾郎杰立时臊得脑袋发昏，恨不得扎进草丛找个地缝钻进去。

"你们……你们有没有……"

"真不要脸，作为一个老师，不知想到什么地方去了！"虽然阿旺老师没有言明，但是听他欲言又止，既像试探又像暗示的口气，丹曾郎杰忽然有些气愤，暗自骂着。

阿旺老师见丹曾郎杰低着头不说话，更是怀疑，又遮遮掩掩地把那半句话问了一遍。听他口气，像是确信这两个年轻人已经越了禁忌，偷尝了禁果。丹曾郎杰知道再沉默下去就真的没办法解释了，赶紧小声招认。他拥抱了女友，也吻了她。除此之外，他们什么都没有做。说完，他还搬出圣城大昭寺里的觉沃仁波钦发誓。

誓言太重，阿旺老师相信了，也暗自放了心。第二天，阿旺老师责罚丹曾郎杰他俩只能跟着学习，不能动手采药，且要在一天之内念够一万遍金刚萨埵心咒忏悔，过后还要各念诵十万遍药师佛心咒。两人乖乖认罚。但是，丹曾郎杰玩心重，十万遍药师佛心咒从山上一直拖延到学校，都快要毕业了还没念完，最后在女友的帮助下才勉强完成。

原本，两个人都想要跟对方厮守终生，可是毕业后，一个是独子需回家赡养父母，一个又恋着故土不想远走，就各自回了老家。隔着省，他们的距离犹如从天涯到海角。两人断断续续地通了一年信——由于丹曾郎杰待的地方太过偏远，苦苦期盼的信件还被邮掉过好几回——最终，双方都明白此生不可能在一起了，忍着心痛，各祝安好，就此断了音讯。

甜蜜的回忆变成痛苦的毒药，折磨了他很久很久。每当他因思念借酒消愁，微醺之际，耳边总会响起女友那夜在帐篷里羞愧的啜泣声，就像此时回想，心里忍不住隐隐作痛。可是，他不能把这些事情对人倾诉，更不可能跟桑吾说。

"要不在这里找个姑娘成家算了，我们这儿可是出人才的地方呦。"桑吾见丹曾郎杰黯然失色，开玩笑说。

"你们想招我做上门女婿？我可不想寄人篱下。"丹曾郎杰也开玩笑说。俗话说，宁愿自己搭个小棚子娶个糟糠妻过清贫日子，也不愿到家财万贯的富人家上门。对于入赘的某些偏见，也深深地影响着丹曾郎杰。

一方水土养一方人，可老百姓都说是山神眷顾，跟其他地方相比，这里的小伙英俊，姑娘漂亮。但是，丹曾郎杰心里很清楚，他只要在这里成家，就永远没办法调离，终将在这里老去。

说着话，听着音乐，忘了时间流逝。

液体输完后，丹曾郎杰往药箱里收拾东西。桑吾出去了一下，回来时手里提着两个小塑料袋，一个装着黄灿灿的新鲜酥油，大概有两三斤；一个装满了奶渣，晒得又细又白。

"今天从远牧场带回来的，你拿去尝尝。"桑吾把东西塞进丹曾郎杰手里说。

"这样不好。我不能拿你的东西。"丹曾郎杰慌乱推辞。

"这又不是什么值钱的东西，就一点吃的。我也只有这东西能拿得出手。"桑吾像是在调侃自己，微微耸了耸肩。

"你们自己留着吧，可以卖了换钱。"丹曾郎杰知道桑吾家不宽裕，真诚劝道。

"家里每年都要卖一些，但是不差这点。"桑吾笑着说。

"那我买吧。"见他那样坚持，丹曾郎杰不知道再说什么，赶忙伸手摸兜掏钱。

"你这不是瞧不起人吗？我送你点酥油奶渣怎么了？你是不是以为我在打什么见不得人的主意？"桑吾满脸不悦，气鼓鼓地说。

"好，好，我收下，我收下。"丹曾郎杰第一次在桑吾的脸上看到怒色，知道他真的生气了。他想起次扎给他送柴火的时候也说过相同的话，知道他们都是实诚人，伸手把东西接在手里，连道谢都免了。

"这就对了嘛！"桑吾的脸上云开日出，笑着亲昵地拍了拍丹曾郎杰的肩头。

桑吾把丹曾郎杰送到院门口，站在青稞地里挥了挥手，像是在送别即将出远门的朋友，这让丹曾郎杰感到有些可笑，又有些感慨。他见桑吾的笑容那么灿烂明亮，仿佛心里揣着太阳，忽然间觉得他跟次扎很像，尽管他们的身上都有着各自的毛病，会在生活中犯点这样或者那样的小错，但是他们都活得很阳光，也很坦然。

就这样，丹曾郎杰一连给桑吾输了三天的液，也在他的家里吃了三天的饭。只是他料不到，十年后的某一天，当他在州藏医院的药剂室里制药的时候，会忽然想起曾经的酒鬼桑吾、桑吾幽默的妻子和那口木柄的高压锅，忍不住暗自发笑。那时，他在医学上取得成就，无愧被人称为"阿克拉杰"。

巴颜喀拉的黄河

马寿宇

川西北的高原，野阔天高。黄河悄无声息地柔顺地躺在草滩上，弯得磅礴，像大书的龙蛇，像一匹巨绢款款从天飘落。

黄河浅浅的，支岔很多，闪着细碎的光。可以随意地涉过去，蹚过来，最深的地方也只齐马肚。

马垂下脖子饮水，就由它饮清冽的黄河。它饮一阵，抬起头抖动长长的鬃，咴咴地打着响鼻。

眼前是一幅极单纯极明快极清爽的景。我想把它画下来：只浑染一片浅绿，留几条大弯度的弧线为空白，再不点缀什么。这便是黄河，巴颜喀拉的黄河。

我真的画了。帐篷里生起了火。有人说高原的梦一半在结冰一半在燃烧。确是这样，顿觉我的背后很冷，但我很有兴致很专注地欣赏我的画。读过一首诗："流泪记下的欢笑/或是含笑记下的忧伤。"这是我的艺术品，我的"扎塘切波"（大草原）。

甲机和纪约把摩托停在一边，紫色黄色的花簇拥着它，花的茎都很坚硬挺拔，背后是清晰的黄河九曲连环。我一边看两个小伙子打皮火筒烧火熬马茶的动作和他们脸上的粗硬的轮廓，一边想我画里的故事。

骑马走半天就看到黄河的那个寨子叫正大桑，此名是由一家房名而得的。

保管扛着我的行李一瘸一拐地领我到了"学校"。

"学校是啊"，他说着极生的汉话，随即打开两扇厚重的破门。一股潮润的牛粪的腐气就扑进鼻腔，眼底立刻酸胀起来。他比画着，我使劲领会意思：底层是牛圈，白天牛放出去了，就是我的学校；二层是保管室，保管着一些鞍子、若干牛羊皮、若干农具；三层空着，柱头很多而没有间隔；四层的一角堆着牛粪，是原先那个教师的燃料，一角是我的寝室。

保管干瘦，叫"和尚"。几根筋支着一颗骷髅，骷髅上蒙着一张灰黄的干皮，眼睛是干皮上割开的两条缝。

"哦呀，得勒！"他朝我笑，裂开的嘴露出金牙，伸出拇指直晃，大概是表示对我的迎接和夸赞，随后下楼，像一只陈旧的皮口袋从独木梯上飘下去，然后蜷缩在一张擀了毡的老羊皮上摇经转转了。

被盖是扔在两条长凳支起的床上的。桌子上有一层铜钱厚的灰，躺着一长一短两截鱼烛。方铁炉张着黑洞洞的口，上面有一只烧得漆黑的铝锅。

我得下楼去溜达。这才发现被称作"捏尔给"（汉人）的只有我一个。他们见了我都呀呀笑，露出大半截牙龈。左右晃荡的背影朝着落日，牵出我心底的痛楚。有一条沟，水不甚清凉，暮阳沿着白沫向低处信流。两面缓缓的坡是草原浅丘，散乱地立着斗形房屋，墙上用白泥红泥画着"卐"和条形图案。

因我来了，保管老头便放心地找女人睡觉去了（他的血肉都在硕壮的女人身上折腾干了，我想）。偌大一座房子就我一个人。晚上牛归圈后，我才用木棒顶了大门，然后上独木梯。我悬在独木梯中央的时候，就觉得有黑影朝我头上扑来或从背后袭来，把我摔下去如扔下悬崖。藏房的窗很小，呈梯形，上小下大，窗台也厚，像碉堡的枪眼。我从枪眼里往外望，不见一星灯火，听见狗咬得很凶，楼下牛们在"教室"里反刍着。缩回脑袋躺下床，听见每一层楼都像有鞍子响羊皮响，都像有老人在叹息。

阳光射进枪眼，投来一个梯形的和煦的光斑，才把我从一夜的惊恐中拉回到阳界。白天叫人想睡觉。

一连几天我都得动员学生，像一个乞丐走家串户。老远见我走来，有的干脆把门关上，砰的一声使我孤零零立在"卐"形和条形的怪符中。一个真实的灵肉摆在一个虚幻的背景上，一幅超现实主义的画。

我也有招，在他们不注意或来不及闭门时一脚跨进去。但也吃亏不小，狗会像狮子一样扑向我，待主人喝退它时，我的腿已流着鲜血，但我没让泪流出来，慢慢地用喉结吸收进胸腔。

好不容易动员来十二个学生，十二双好奇的眼睛。这可是了不起的成绩了，包含着血的代价。

春寒未退，风很冷，云很稀。我的牛圈里有了喧闹，苏联的一个斯基说是永恒的春天。太阳从枪眼里投进一块梯形光斑的时候，我就从枪眼里给我的学生们扔下一个带着阳光的皮球。牛们还在沟边喝着漂白泡的水的时候，它们家里已成了另一个世界，一个人的乐园。它们惊诧地回头张望。

为巩固我动员来的学生，我想尽了办法。我让他们动手我也动手铲尽厚积的牛粪，再从沟边捡些石块，又叫他们每人带来一块木板搭在上面成了课桌。我从几十里以外的"宗"（县）买来纸画了画贴在阴暗的牛圈里。我抹着汗欣赏我的教室、我的学校、我的财富和我的全部生命。我教他们唱歌：《我们走在大路上》。虽然全唱走了调，像念经，叫我哭笑不得，但总算有了歌声。我买了纸给他们订本子，给他们削好铅笔，手把手教他们写汉字、写拼音。我教他们在沟边洗手洗脸才进学校。我高兴就唱歌，歌声绕着独木梯爬上去在鞍子羊皮柱头裂缝牛粪饼的空隙间飘游。

我在和尚那里讨来一张小羊皮挡住枪眼的风，让伤腿捂在被盖下，这才给我的分手不久的同学写信。我说我在巴颜喀拉的黄河边，你在地图上找得到我的地方。我的同学来了信，她说我在安曲的冬帐房看到你们的海子山——阿依纳山。最后那四个字叫我兴奋得一把扯开了枪眼上的皮子——"心心相印"。于是，我感到充实，又多了一种企盼。就经常从枪眼里望着那条远远的模糊不清的路。一个月才有人从马鞍背后捎来一捆报纸，我举起报纸猛抖，准有信从里面飘落。

我的学生中有个女孩子叫阿英，只比我小三岁，但个子和我一般高。一看她，你定会感叹草原姑娘纯朴的美。藏族女人的衬衣都短，做活时常将两只皮袄袖子拴在腰间，挤奶搭牛粪炒青稞背水打土巴吊羊毛搓草绳。她们是藏人中最苦最累的，顾不了那么多廉耻，因此胸脯就无拘无束地发育着。十九岁的我毕竟是老师，老师和学生就有一种距离，一种尊重的严格的距离，我的眼光就不能须臾在她膨起的胸脯上停留。我拉着他们的手做游戏，捉住他们的手写字，一切都很自然、很纯真、很近情理。

　　当我在粗糙的裂了几道缝的小黑板上演算一道算术题再回过头来时，他们在交换着眼色。有一种骚动仿佛刚刚停止，几根歪斜的随意撑起的柱头间飘飞着牛粪的干灰。学生们过于伸直的脊背和头颈似乎显得有些做作。此后我才发现学生们和阿英保持着距离，她坐这边，大家就坐那边，她坐那边，大家都移动到这边。做游戏时，谁也不触她的手，不和她挨近说话，不吃她带的糌粑。甚至在河边洗手时，同学们都是跑到她的上游去洗。我很是纳闷，就老是看延伸到德玉山脚下的发白的青稞和房子上叫作"朗"的白色房画。

　　天已黑尽，月亮钻出云层，给平房的顶和伸向空中的麻尼旗镀了一层青光。仁钦在学校给四类分子训话。牛被归在一个角落，下午吃下去的燕麦草酸浆草停在口中而不敢反刍。十来个分子跪在地上，头手着地，无异于叩长头。仁钦说了一大通话后，一片"窝呀窝呀"的应诺声从地下传来，带着牛粪的埃尘。像清朝面对皇帝的臣子。尾子上的一个嗡呀声是牛的角落里传来的，我从枪眼里看到这人特高，以至于退出门框时还勾着腰。

　　太阳从牛肋窗里照进来，光柱照着我的头发、鼻尖和书，像舞台上的追光。身上的温差就很大，穿着单裤的腿始终没有暖和。我一边走动一边高声朗读一首诗："春眠不觉晓……"我在讲解中少不了夹杂学到的藏话，尼阿麦朵。心里倒骂编书的人混蛋，叫我怎么给他们翻译？还花落知多少！

一个人给阿英送来一坨糌粑，中心陷了一疙瘩酥油。学生们顷刻畏惧地让开，像躲避瘟神。他是阿英的阿爸。他躬身退出大门时，我觉得他是昨晚跪伏在牛的角落的高人，只见他目深鼻直，很是清俊，薄薄的藏衫显出他细高的骨架。

我去"宗"给我的学生买课本。去时天很高远，很舒朗很透明。行人极少，每平方公里两人。牛车轧出的辙很深，已坚硬成埂。我走走停停，间或在草坝子上打个滚，让身子粘着苦涩的草香。一身的牲畜气味荡然无存。

在"宗"有个矮我一截的小眼儿碰见我，在我的腿弯上踢了一脚，表示多久不见。

"你老兄真勇敢，敢在麻风窝大骨节窝里教书？"

"……？！"

我倒抽一口雪气。雪气是从小眼儿头顶西边过来的，还望得见与青海交界的分水岭的一线银峰。我的眼光顺着小眼儿的头顶平过去，远远的小山包上是天葬台。此刻正有一股蓝烟直端端竖向高空。在晴朗的草原上，人的能见度特别高，远远望见一座帐篷，走要走半天。秃鹫们正迅疾低下、聚拢。然后会落到圆圆的山顶周围，自动地调整成整齐的一圈一圈的队形，发出一声声摄人魂魄的吼叫。喇嘛的干涩的喉音一起，叫声便戛然而止。祈祷经念完，主事喇嘛便将尸体肢解开来，再剁成碎块，拌和上糌粑，先扔给最前排的雕们，第一排领回赏赐后，第二排便急不可耐，在秃颈下的毛丛中磨着坚利的嘴壳。待紫红的喇嘛们葬事完毕立起身来后，雕们会乌云般卷向圆心，争抢啄食，扫荡一空。一片翅膀的云遮天蔽日扇起带着血腥的黑色狂风，再慢慢地散开，现出蓝天，死者的灵同肉一起升了空……

从"宗"回来，黄云就滚动着追赶我的脚步，赶走太阳，拉着长长的战线轰鸣着涌来。茔草紧贴地面。我脱了衣服裹紧书夹在腋窝。雨洗刷着我早已夺眶的泪。是真正酣畅淋漓的泪，大彻大悟的泪。雨帘和昏暗的野旷里，一群麻风伸出一节节脱落的乳红的手在抓扯我，里面似有躬身退着的高人和阿英。

我不得不防着这可怕的灾难，和阿英保持着五米远。这很使她伤心——老师不喜欢她了。她竟然不来学校了，顿时少了许多喧闹，春天也不再永恒了。学生们因没有了孤立人、捉弄人的乐趣和区别于麻风的好人的自豪感，少了天真狡黠的眼神。她是我指定的班长，十一个学生不近她、不触她，但又十分听她的话，不近她倒使她鹤立鸡群，有一种超凡脱俗的美。她的眉毛一挑，那些刚刚从怀里掏出的糌粑就得放回去；她尖着嗓子喝一声，那些圈墙上像崖画一样的人物鸟兽鱼虫就得被擦掉。她的声气细腻而清爽，她的汉话好到令我都惊讶，像一首富有感召力的音乐。

阿英不来了，学生们就一个个减少，最后只剩我一个人在空荡荡的牛圈里，在牛肋窗射进的追光里呆立。

我终于在一个风雨交加、周围灰蒙蒙一片的傍晚，冒着极大的危险，像接近一颗炸弹似的走近她家的门。我麻着胆子跨进去，像是做出了将生死置之度外的抉择。

阿英的阿爸立刻伏在地上，头贴着地板。她的阿妈则藏在牛粪墙的深暗的阴影里，像扔在那儿的一件烂皮袄。

我说："阿英，你是班长，你不能带头逃学。你逃了学，学生都不来了。"

柱头上挂着煤油灯。阿英靠着柱头，把背朝着我，辫子甩过去了，肩膀在抽动。

我想我大概还没说出第二层至关重要的因素。

我又说："老师是喜欢你的，从心里喜欢你。老师是……"

我不知道后面该怎么说了。

我走出大门，没入夜幕，深一脚浅一脚地踩着泥浆，踏着露草。

第二天，我就等待。在牛圈里等在大门外张望，想象着草坡上倒扣着的斗里会钻出些还不甚摇晃的小点。我拿着只皮球抛高又自己接住，连续不断的动作以致有些神经质。我想我是不是在搞杂耍以吸引那些学生?

第三天,天气很晴,我仍一个劲地疯子一样在门外演杂耍。突然,像陈锅魁一样坚硬的厚墙拐角处冒出一声"我们走在大路上"。

阿英领着一队学生踏歌而来。她包了一块红头巾,头巾的后角被风扬起,像一面鲜红的旗帜。

我把阿英抱起来抛向空中又接住,我只是想。我激动地把他们迎进教室,像迎接一队凯旋的士兵。其实,我心里想哭,学生是上帝。

伤心过后便可能是一种坚毅,一种横了心的豁然甚或是释然。我真正不介意了,扮演着导师和母亲两重角色。即便成了麻风,也有一段可歌可泣的麻风史。

巴颜喀拉的雪气已然消尽,黄河也像小鱼一样到处游动了。整个"扎塘切波"都有黄河,都有黄河的神经。一个个帐篷桩的坑里浸满了黄河水,一个个牛蹄印里也有小蝌蚪飘动,映了一片霞或孤零零的麻尼旗杆。

正大桑人早已脱去皮袍,男人们赤着多数是形锁骨立的上身,因为青稞已经快熟了,漫过来一股股清甜的香气。

当学生们认字认得多了,能算工分、能估产能、丈量这片草原,知道发源于巴颜喀拉的黄河在地图上呈几字形流入渤海的时候,他们的大人才真正暴出惊讶和称赞的啧啧声,飞着唾沫星子。他们带到学校里吃的糌粑疙瘩也大了起来,中心陷的酥油也明显多了——都是阿爸阿妈阿依从嘴上省下来的。

学校和我的地位也提高了,学校成了中心。连干瘪的保管和尚也因耳濡目染而变得精明和鲜活起来。有时学生们丢手绢,他在一旁乐得拍腿打手,胸脯上的串珠经盒摇晃不已,甚至他还要参与,让学生们用红领巾把他的眼睛蒙住演猫捉老鼠。

我也穿藏袍,也把袖子拴在腰间赤身晒太阳,让上身晒得黝黑。我也盘腿并不用手着地站立起来。也打口哨,让哨声在斗形房屋间回响。我走到哪里,哪里的"阿尔嘎达"(辛苦了)声便不断。那些早先见我就关门的人声调更高，多少包含有歉疚的意思。

没有改变的是那座破旧的房子底层仍然白天是学校晚上是牛圈，依然第二天我得和学生掘去若干堆稀牛屎，将踩垮的"课桌"重新垒起。

仁钦依然训分子的话。

分子没有来，就必须由分子的儿子或孙子代替，仍然要趴下。

"阿甲桑！"

"窝呀！"牛的角落里冒出一个细细的湿润的声音。

我破例地坐在仁钦旁边。这声音使仁钦脸上的神经震颤了一下。他翘首朝角落搜寻，寻找那只离群的孤雁。

仁钦盘腿坐地，旁边放只酒瓶，他拿起来灌了一口。只说几句后便迅速结束了训话。

"擦尔塔！"（完了）他嗝了一口酒气。一片嗡呀声、一片骚动从牛粪地上腾起。他宣布阿甲桑下来单独训话，托词是为什么不请假由女儿代替，搞什么鬼。他坐着不动，又灌了口酒。

我知道他想要干什么了，这是众所周知、顺理成章、再明白不过的。

我是老师，我得保护我的学生。

"她是学生，阿洛仁钦。"

"她分子是，她麻风是！"酒精使他的嗓子变得暗哑，他的眼睛在昏暗中已经充血。

"你怎么不怕麻风？"我心里说。

"阿英，我送你回家。"

我们起身，朝撒满晚霜的草丘上走。我想身后黑洞洞的门里，仁钦可能捏了捏腰间的刀把。冻硬的草尖划着我的脚踝。

自此后，我的枪眼的台子上就多了一瓶奶子。瓶口用草塞着，草里有一两朵如星点的蓝花。

我头天总是把牛粪和一点干柴（一种草原上特有的索玛花的茎，油气很重）棚在炉子里，再背半桶水倒进铝锅。太阳早早地射进来时，我并不起床，伸手擦根火柴点燃牛粪火，水开始悠悠扬扬地像哼黑帐房的山歌，我又伸手抓一把马茶撒进锅里。茶香弥漫时，我才把棉被往脚下一蹬，起身用桶里剩下的水洗漱。这时，牛圈里已有声音了。我从枪眼里扔下皮球，之后倒进奶子，奶茶翻滚着粉红色的浪，我就动手揉糌粑。阿英这时总是依在四层的柱头边看着我揉糌粑。我就想到了那蓝色的如星点的小花。

我的钱只够吃糌粑。他们交不起学杂费、书本费、红领巾钱，这些开支都是我解囊，只要他们能来。因此，我只有揉碗糌粑的钱。还有那两个最穷的——甲机和纪约，他们穿的是烂羊皮粗针大麻线缀成的衣服。我得接济。我的工资是35.5元，我经常哼着我的工资歌：355/355。

阿英看着我吃糌粑。

"我不是麻风，我是好人，老师。"她突然说。

我侧脸看了一下她的眉毛。吞下一口糌粑。因为酥油少，嘴巴上、鼻尖上都糊着该死的干灰，手掌里还停着一坨。我抛了一下又接住，没办法，习惯性动作。

她弯身笑我技术拙劣。转身下了独木梯。

我又一次跨进阿英家，狗在大门左侧看见了我，它想喊"阿尔嘎达"，可最后也只是点了一下头，身子却懒得动。门口的经杆久经风霜，已经发白并且歪斜。

我是去嘱咐她我要去"宗"两天，由她上课，上什么都行，玩皮球游戏打仗都行，只是不让他们跑了。

牛圈里只有一头牛。它望了一下，问我是不是天天喝它的奶？我爬独木梯上了有地板的二层。

阿甲桑细高的骨架又迅速趴下，我听见了他骨节的响声。阿妈仍在屋角蜷缩着，我看不见她的眉毛。我想识别一下她是否是麻风，但浊气叫我总是缩鼻翼、皱眉头。

我觉着有居高临下的不安。我说："阿甲桑，你是家长，你起来，我又不是来训话。"他慢慢起身盘脚坐了，又指着一张羊皮让我坐。我仍立着。

"阿英就喜欢老师，你二天娶她做婆娘行不？"他抬起头期待着。"她不是麻风。"又说，眼睛看油灯光。

外面的风很大，旗杆上的经幡哗哗招展，长年累月替主人唱诵着亘古不变的经文。煤油灯如豆的光焰摇曳着。我双手插在裤兜里走来走去。

"阿英已经不小，有人要打她的坏主意。我天天把大门扛得很紧，土疙瘩打得像下冰雹。"他像在祈求。

我说不能。我是这里的老师，我是要走的，我快要走了。

我停了踱步。阿英一下跑到牛粪墙的背后去了。

我决然地跨出了这家的房子，像逃出一座怪窟。我踏着潮湿的草路，像踏着一个少女的心，风抽打着头发，咽咽的哭声就像一根风筝线拉住我的脊背，放我飘又拉我不能前行。

从"宗"回来，我见她正领着学生唱歌，那神情比我还像老师。她把他们调教得端坐着，手都放在背后。我心里很有些感动。

此后仍有一瓶奶子拿来，但不是放在枪眼的台上面，是放在我用草饼搭起的讲桌上，瓶口还是使草塞着，偶尔也有蓝花如小星。

我放了他们一天假，正好和尚也想出去。我们一人骑一匹瘦马往黄河边走。

我总是望远，不时打几个唿哨，我打唿哨的本领比藏族还藏族。每打一次唿哨，瘦马就加劲走几步。正大桑的斗式房屋还隐约显现，后来就被草的波浪荡远了，遮没了。

和尚老是像在打瞌睡，缰绳弯弯地垂在马脖子下面。马的脚力不好，慢慢地拖着太阳。太阳像唐卡画上并不发热的火球，于是时间很疲乏，空间像地球刚诞生般的洪荒。

黄河到了马脚下。我们下了马，让它们去吃青草。和尚有了点精神，就挖灶捡干牛粪熬茶。我折了根红柳条绑了线钓鱼。巴颜喀拉的黄河鱼愚笨而单纯,不像城市里的鱼狡猾择食。于是,我次次不漏,可以说甩下去就拉起来。钓了的鱼没有盛的,我就往身后的草坝上扔,还吼了和尚一声。待我收起枝条往后走的时候,身后的鱼一条也没有了。看见和尚正小心翼翼地捧着它们往河里放。

"鱼是有性灵的,有性灵的东西就不能害它的命。鱼更是弱小的性灵,所以要放生。"喝茶时他说。又揭下毡帽,稀疏的卷毛在黄河的清风里、阳光里伸展开来。

我学的安多话足以和他交流。

"牛羊没有性灵吗?你们为啥要杀来吃它们?"我说。

"牛羊是菩萨专门赐给我们衣食的,它们的生命是为我们的衣食而活着的,所以我们杀它们吃就没有罪过。"

"好你个烂和尚,有道理。"

"烂和尚",他嘴上重复品味着这三个字。干枝般的肘托着龙碗送到唇边使劲喝了一口。

"阿喷,当是当过几天和尚,再后头不当了。"他把碗放在草上。

"你就搞女人了?"

"阿喷阿喷,烂捏尔给。"他大笑,拍着腿,又拉过我的手拍,金牙贼亮,还捏我的大腿并要往腿根里伸。

"去你的骚和尚!"我仰身朝天。温湿的草气立刻从脊骨的一条裂缝里渗来。我的血脉随着蒸腾的云气顺畅地运行,我的经络活泛起来,大脑也清新富于想象。啊!巴颜喀拉,你要沉睡多久?

冥冥中,和尚唱起一首情歌:

> 白云啊白云
>
> 你若是一匹白马该有多好
>
> 你若是一匹白马
>
> 就驮来我心上的姑娘
>
> 清河啊清河
>
> 你若是一匹绿绸该有多好

你若是一匹绿绸

就牵来我心上的姑娘

唱完了，草尖里还流淌着余音，如星点的小花颤动着翅膀。

和尚还以手扶腮，撑着耳根，沉浸在他自己营造的意境里。脸上灿烂着，眼窝也湿了。可怜的无依无靠的和尚，我的心为他唱得动情而漫过一潮怜悯。

"阿英是不是麻风？"我不让这老头再伤心，把他从歌里拉回来。

"她阿妈是麻风。"

和尚挺能喝茶。吞完糌粑，他喝干了大半锅茶。

马背驮着草原的黄昏。牛也归圈了，眨着瓦蓝的泪眼瞧着两个疲乏的主人。

阿英又不来了。我也不常见到她。后来听说一匹青马把她驮到黄河那边去了。以后的日子，我常望着枪眼出神。在斗形房屋、朗的图案、发白的经杆、石头垒起的玛尼堆中寻找我的希望，我希望飘起的红头巾，寻找那一束火焰。可我眼睛望得发干，仍然是神秘、苍凉的天地人神。

有时，明明看见红头巾飘来了，我几乎是滚下楼梯，冲出圈门。但扑到的仍是空蒙蒙一片。割过青稞的地，露出荒芜的坦荡，近处是些牛踏出的深坑和陷进去的扁平的青稞秆。我怅然地上楼，每一层独木梯都像一座山。

太阳把那些佝偻的背影晒得发紫。我坐在圈门槛上吞着焦渴的情绪。一股旋风把远路上的干灰塑成一座蘑菇云。渐渐近了，车上的人丢下一捆报纸，朝这边吆喝一声走了。我猛跑过去把报纸抓起来摇晃。跌落一封信，要我速去县文教科报到。

我不知道把那页纸看了多少遍。独木梯也像是清溪中的小桥、一架六弦琴。保管和尚可怜地亲切地张着嘴，他也为我的情绪所感染。我说和尚不要张着嘴，小心我打进一坨牛粪。牛粪散发出香味，毕竟都是没污染的青草变的，我望了望圈里的牛粪和门槛边的草。

一天的路不在话下。还在草甸子上做了无数个前后滚翻，还鱼跃、头手倒立、肩背倒立。周身筋骨力无处使，拔起一把花撒出去像彩虹飘落。在小沟里洗个脸，把头发弄得水淋淋的。捡个石子扔出老远。惊得雪猪把刚冒出洞的毛茸茸的头又缩回去。

薄暮落荒城。夕阳把"宗"调成一片橙红色调子。到招待所住下。被子很脏、很沉、很潮，粘着我晒了一天的粗黑的皮肉，还散出一股股羊的膻气。

文教科科长把窗子打开，朝霞淌进低矮的平房，科长宽阔的额头也流金溢彩。

我踏过有半人深的蒿草夹道的小路，再踏过两半截青砖进去，站在他面前。

"我们想到了你。"他点燃烟，巴掌往空中一按，让我坐下。我仍立着，手没有插进裤兜。

"是这样的，我们要在成都附近的县份招一批小老师。说你很会描写，言辞和表达都很不错（他不说很能吹），所以决定你和罗干事一起去，明天动身，车票他已经买好了。"

"一会儿去领差旅费，当然，招了人的包车费也领上。"他看我蓬头垢面，衣服皱皱巴巴，脚上的胶鞋已经看不出本来颜色。"当然啰，下午去整个头，整件像样的衣裳。"（他爱说"整"字，是金川人）

我要拉门了，他对着我停住的背影说："小伙子，好好整，施展你的才能。"

"等等"，他急走两步，"还有招小老师的条件：愿意来草地教书，政历清楚，文化程度嘛，高小以上。"我看他已转过身准备去抓电话机了，就匆匆踏出门去。

当然，我就把小眼儿找了来，先进馆子整一顿。桌子挺厚实，腻滑，满地骨头，狗们在脚边穿梭，弄得腿痒痒的，湿漉漉的。狗们不大啃骨头，都是些牙齿不行的老毛狗，总望着你筷子上夹的肉。端菜的拴了一张油腻腻的羊皮围腰，像屠夫。但脸上没有横肉，鬓胡留得长，还有点焦黄。

几杯酒后，我整了小眼儿一拳。这时一股风刮进饭馆，干灰草屑立时就像下淫雨，我的鼻梁、颈项已有感觉。

"老子就要离开那个麻……麻风窝了，老子另，另有任务，文教科……派的。"我又倒下去一杯。

下午酒醒了当然就去整头，又去整了件中山服。营业员在很不鲜亮的柜台里摸出一件给我，我当即穿上，有点长，再整双布鞋，也有点长，像船。当然都是用刚领了的钱。

昏昏沉沉坐了三天车到了省会成都。在旅馆的床上也像在车上一样，什么都在摇晃，桌子、酒瓶、茶杯。人总站不稳，像打醉拳。

罗干事人很瘦削，但很精明，路上每次吃饭他总是先去拿筷子、找凳子，而由我去买牌子、给票子。他戴副深度近视眼镜，圆圆的一圈一圈像啤酒瓶底。一到成都就擦皮鞋，说要到老丈母家去。整我在成都耍了三天。我到处乱逛，经常不知方向，问警察、问大爷。

他是到另一个县去，叫我到中江，把介绍信塞到我手里就走了。说都去告一告（试一试）。去你的酒瓶底，我心里骂。

中江县的文教科科长很温和地握过我的手之后，就给我提供了动员的机会——到两所中学、一所小学去讲，并在街口贴了招收小老师的公告。

为了信任，为了"小伙子好好整"，我豁出去了，我讲开了，侃开了，面对数百双好奇的眼睛。

我侃得很激昂，像在朗诵一首长诗，不时把头发往后一甩。我说："有志于草原教育事业的青年朋友们，到草地去吧！那里是一片广袤的没有开垦的人民园地，等着思想的闪电（我想，大概马克思说过）。那里是红军经过的地方，那里是大雁落脚的地方，那里天苍苍野茫茫风吹草低见牛羊，那里棒打獐子瓢舀鱼野鸡飞到饭锅里，那里有汽车开不到头的热当坝大草原，有剽悍的河曲马，有鲜嫩的手抓羊肉，有喷香的酥油茶，有沁人心脾的酸奶，有宽胃舒肠的糌粑，那里……"

哗，掌声爆起，之后是报名。结果报名者逾两百，经文教科审核后也足有两大卡车。

两辆卡车满载着十四五岁、十六七岁的小老师驶出了中江县。我坐在驾驶室，陶醉在胜利的喜悦里，脑子里浮现出文教科科长赞赏的笑容。

忽然，驾驶室顶上捶声如雷，一位姑娘哭喊着停车。

我们只得停下，公安局的摩托已超到我们前面。他们叫我下来跟他们走。介绍信交给文教科了，因此没有一张纸单证明我的身份、我来干啥。他们并不多问，似乎已经掌握了我们全部动机和"罪证"，无需多费口舌。

我在一间屋子里待着，过半天，有人送来一碗稀饭、两个馒头。我把馒头捏在手里抛高又接住连续若干次。没办法，习惯性动作。

我把破壁上的报纸都读完后，没有文字可读了，就看天花板或看蜘蛛们织网，鼠们闪着贼亮的眼睛斗胆地在我面前下洋操，我甩脱一只鞋打去，他们才不敢放肆。

不知是何天日，罗眼镜来了，我像见到久别的亲人一把拉住他。他说我们回县去。跨出大门，我才回头狠狠盯了一眼这个老掉牙的四合院。

"为啥把我扣起来？"我问眼镜。

眼镜说："你知道那个又哭又闹的女子是谁？是一位烈士的弟弟的未婚妻。她走到路上又害怕了，不愿去了。你骗走了英雄的弟媳，还不挨关？你也不看看弄了些什么人。"

雪山、莽林又涌向我来，雪风抚弄着乱发，润泽我干裂的嘴唇，我朝车窗外大吼一声，肠胃里涌动着虚火，把这腔委屈、怨愤泄向荒野、坚石。罗眼镜罗瓶底你杂种倒好，干事干事，就知道干那事！

中江公安局发报给我们"宗"，我们"宗"又发报给罗，要罗把我取回。我动员的两车人由他领队，凯旋开进川西北草地。

落日西沉，汽车开进县城车站。科长早已在那里等候，站上贴着一条标语:"欢迎志愿建设草地的人民教师!"很亲切。小老师们下了货车,一个个像刚从土里挖出来的,只剩两只眼睛在转,早没有刚上路时那股精神,有小女子吐得脸色发青。

几个少先队员在打鼓,鼓皮很干燥,脆响,很快被西北风吹走了。周围矮墙低房稀落,没有回声。

科长把温润的手伸向罗干事后就不再伸给我了。罗眼镜得意的神情不无卑躬。

小老师们扛着行李,像童工一样散乱地朝招待所走。招待所在黄昏中只是一抹矮矮的黑影,窗洞里有点点弱黄的灯光。被子很脏、很润、很沉,并有一股膻气。

一溜小影子在黑暗深处消失后,我心头冲上一股犯罪感,夜的幔帐,沉下我心底的忏悔。

一个人呆立在车站的断墙外,几声狗叫才使我弯腰抓起包包朝另一方向走去。

"阿尔嘎达,阿洛和尚!"我冲我的牛圈喊。墙上是一片橘黄色的阳光。

"阿哈窝,佬花!"(哎呀,好朋友)和尚摊开两只瘦长的手,惊喜之状似要来抱我。

我没有让眼泪流出来,又一次用成熟的喉结把它吞下胸腔,积淀在我一生的路程里。

草原已经开始干冷,浅丘裸露着灰褐的胸脯,只是回忆着它灿烂的季节。

枪眼又陪伴着我,似乎老了许多,亮出皲裂的眼廓。

学生们又飞来了,牛圈里喧闹着乌申斯基的"春天",但春天里没有花。

我还是希望看到那块红头巾,在遥远的岁月里,抬起毛茸茸的下巴。

那块红头巾从玛尼堆那边飘过来了!近了!是面旗帜。

旗帜如血卷起风，夹着云，拍着低空。

刚刚伸起脊梁的西部安多人，又要经受触及灵魂的革命了。暴风从黄河南岸卷席而来，没有漏掉每一顶冬帐房，每一座低矮的草饼屋，每一条河叉上沉重的石磨。转经筒的轱辘转慢了，经杆也戳不破重云。巴颜喀拉山麓又走进严酷的漫长的冬季。

一声号角，和尚站在房顶鼓起腮帮，青筋暴绽。

"窝呀呀"，人们瘸拐着从四面八方朝淌着白沫的河岸汇集，分子们全伏在地上。

仁钦擎旗绕玛尼堆一圈，朝土里一栽，就宣布一场斗争开始。分子们痉挛了一下，再往草皮贴紧，老羊皮袄几乎蒙过头顶。

"嗡呀"，声音参差不齐。村民们永远没有领悟，直到灵魂上天。

灰黄的云团从他们身上滚过后，他们才散开，都朝玛尼堆看了一眼。

仁钦没有离开，他望了望云，又朝玛尼堆看，然后才猛地拔起那杆旗。

我也激动了。那些事今天是绝对激动不起来的，我是激动了。

我在红泥里和进红颜料，用大红在有朗和条形图案的房上大书标语。我激情地写，全然不知道大雪已漫过浅丘，颈项里已渗进冰凉。

红在白中方显出红的炽烈，在怪诞的图腾中方显出意识的超越和文化的变迁。我发狂地写着，不知这是凯歌的前奏还是悲剧的序幕。

我要证实，证实我胸腔里的血也一样是红的。我要洗刷，洗去因欺骗英雄的弟媳而被关押的污点。

我就要送走开天劈地正大桑第一批小学毕业生了，我凝眸那几根歪斜的柱头和牛肋窗，呼出一口气——我的青春、我的心血之果。

我被叫到区上开会，多少年月了，没有开过会。我是一块石头，被命运扔在那里，就从没有被人捡起。

又是从独木梯上飞下来，出圈门，把远丘那边的黑黄的乱云都看成是彩虹。

一声山歌，我甩远了牛圈。鹰低飞为我送行，安斗河上的野鸭欢实地拍着并不丰满的翅膀，追逐我的轻步。我又在黄草地上打几个鱼跃滚翻，一路扔着石子，撒着连根拔起的枯草。

我踏进区小学的一个大教室，里面已坐满了人，仿佛在专等我一个人。

一阵排炮。一片怪腔怪调歇斯底里的大合唱，一种畸形的因果联系。此刻，仁钦酒精中毒的红眼，捏着刀把的手似乎已经告诉我了。我想，我为什么只顾搓揉冻得红肿的双手而忘了检查一下语录呢？

我从满地口痰、遍地烟头中捡起帽子时，只有风拍打着纸窗，一下一下撕着我薄如纸的心。

雨夹雪的扎塘切波，混沌一片。黄昏冷透骨髓。没人容我住下。脚上溅着雪水、泥浆，我踉跄扑进远离巴颜喀拉的夜。我在群体的怀抱中，哪怕有着语言的障碍、行为习俗的隔膜，但情感的天性会冲决这一切。我会感到草原的美妙，我欣赏草原。我有了观览宇宙的自信。此刻，我被抛弃，孤零零一个人，就感到人之渺小，宇宙草原荒凉恐怖！常说，狗仗人势，狗离开了主人，马上显出胆怯。其实，更深刻的哲言是，人仗人势！

我又一次发狠地抖报纸。一封信鹅毛似的轻飘下来。我扔了报去捡那娟秀的字，一页纸亦如片羽，没有了"我望见了你们的海子山阿依纳山"，没有心心相印那些柔肠寸断的轻风细雨，"兄妹相称，再见"几个字就荡回了她的小舟。一个三角形书签从信封里滑出来，拖着一根黄须，我没有去拾——这把令我自尽的无情剑。我把她连同我的心撕成片撕成渣，抛向我的凄凉可亲的枪眼。

风雪过后，一匹烂背马驮着我朝旷无烟火的扎塘走，像抓着舢板在死海里漂浮。

我是去区上打粮。为了一个男人的羞耻心，我不愿再看到熟人的眼光。

高原的落日快擦着分水岭紫灰色的钝错的山脊了，我哼起了跟和尚学来的歌，唱到兴头，猛夹一下马肚。谁知触痛了它的烂背，这畜生竟腾起尖削的屁股，马尾扫向半空，疯也似的撒开四蹄。我被抛起，但没有让它摔下来。我死死抓住长鬃，像抓住一根救命的绳索。它越发惊起，冲向低矮的红柳丛，坚硬如铁的红柳茬划破了粮袋，我的口粮像飞机播种般撒向迅疾而去的荒野、泥沼。我不能同时兼顾了，像冲浪一样在马背上大起大落。风不知道什么时候刮飞了我的帽子。

它冲回主人的大门，我吹昏了的脑袋没有及时低下，"砰"，眼前金星飞溅，耳朵已听不见任何声音。当我醒过来时，已躺在一张羊皮上，头上包着一块布，重如灌铅，浑身汗湿，酸疼。

我饿得眼睛发蓝而不愿乞讨。站在"讲桌"前，我张开口，只有气而发不出声，蓝星里，我的十一个学生一齐举着各色小布袋。

"老师，糌粑，给你！"

我的泪再也抑制不住了，像决了堤的水。我把他们抱拢来哭，我们一起哭，我说我们相依为命，我们上课！

我们上课了。我说就出道毕业作文题吧。牛肋窗外有朗、经杆和浅丘，静静的。我说就写《我的××》吧，可以写我的阿依、阿妈或阿爸，我的草原、我的正大桑。

全交来了，都是——我的老师。

正大桑又接连下了几场大雪，白皑皑一片。红柳丛只冒出树梢，像谁用枯笔在雪白的宣纸上作的画，上翘的枝杈鸡爪似的抓向苍天，刚劲而朴拙。又像一幅高调的版画。

老鸦在枝上群起飞落。红、绿、黄各色经幡仍鲜明醒目，点缀着单调的雪野。

河沟已结了一层薄冰，凝固着衰草。

驴在雪地上踏出一行雪窝。身体的虚弱已使我不能再走路去"宗"参加教师的集中学习。革命已经深入了。

我叫和尚——我的"偌花"用剪刀把我的头发剪了。头上留下一道道剪痕，像石磨上的磨路。

我记得我是把那头驴拴在"宗"的篮球桩上的。篮球场很衰败，凄冷而空旷。可怜的驴一直在等待，细腿打着颤。我还没来得及去给它要点草，就走进一间大屋。

"你的背后是谁？"向我发话的是四十多岁的部长。他拉长了一张黄杨木雕的脸。但他后来也惨，他是个孤儿，当大潮向他卷来时，惊恐未料，在猪圈里上吊了，舌头拖得很长。

"我的背后是分水岭，与青海交界。"我说。

几个人拥上来，伸出了手，但我没有头发。只得由脊背来承受皮肉之苦。

一床破棉絮从门口扔进来。半夜，狼叫从破窗里传来，我捂紧了钻上磨路的头。

早上，门外有人走动，切切喳喳说话。

雪晃得晶亮，眼只能睁开一条缝。但跳入眼帘的是篮球桩下的一片殷红。我猛然想起我的驴。

我借的驴成了一副空架，躺在血泊里。驴被狼吃了。

雪地上立刻有了晃动的乌鸦和尸雕的影子。影子扇来一股凉飕的风。

我望着驴的骨架，吞下几口腥咸，连同风。

只得在雪地上跋涉了。我试图走近分水岭倾斜的山脚，但它却倒退着，离我越来越远，形状越发模糊难辨，终于和迢迢白地混成一统的铅灰。

远远几个寨子，彼此孤立无援，如童话里冬天的城堡。雪凝在旗杆上，经幡已黯然失色，坚硬无声，经久地幻成一种更为神秘的肃穆，焕发出动人心旌的虔诚。

狼的梅花形爪印又被红狐的尾巴扫去，连同它自己的爪痕。我找寻着人的气味。

要赔阿罗的驴子。我一路想着赔驴的事。

红狐的尾巴已扫到一条河边。河上有一座磨坊。人们弄了木槽以集中水冲那磨轮。水还没有完全冻严，磨坊还飘出炒熟的青稞味，把炒熟的青稞磨细就是糌粑。

离磨坊还有几十米了，香气已钻进鼻孔，可我只有挣扎着用手抓那房子的蓝色影子了。

眼前，白的雪成了蓝的海子，浪把我抛向峰尖又落入低谷，再也没有起来。一切又静静的，一张红的叶片从远海飘来了。近了，我去抓，变成一张红头巾。红头巾将我托向彼岸，游向黄河那边。身上热起来，心也复苏了，血也流动了。

觉得躺在一个人的怀里。啊，阿英！阿英！我叫出了声。

女人的胸脯颤颤着，眼睛掠过一丝喜悦。她迅速将我放在一块毡上，侧过身去拨牛粪火。马茶锅冒出咝咝的响声。她的背上铺着几十条细辫，挂着硕大的银饰，镶嵌有血红、翠绿、鹅黄的珠子。

马茶、酥油、糌粑已摆在我面前。我狼一样吞食，如风卷残云。吃完，我舔着嘴角，望那寂寥无声没遮没拦弥漫着雪气蒸腾着白光的野外。

她已经走近了我，并开始拉起我软和过来的手。我已感觉到逼近的冲动的气息，带着草莓和酸奶味。她眼里燃烧着光焰。石磨蹭蹭空转着。

"你叫唤着什么？阿英？阿啧。"

她不是阿英，是一个好心的女人，是寡妇或是有夫之妇。

我起身，朝磨房门走，石磨还是空转。

"卡佐，额嫫！"（谢谢，孃孃）我留给她一个背影。

我回到牛圈，上了四层，猛地吃了一惊，一个人已坐在那里。记忆迅速拉回——罗干事。"你来干什么？"我说。疲惫的神经又开始抽心。

"我来通知你，你要到德玉寨去住一段时间，去劳动。还有两个人，你们互相监督。"他用尖削的下巴指了指正西方向。

从这里到德玉寨要走两个钟头，全寨没有几个走路不拐、腰不弯背不驼的人。

我无话，只有怒火中烧。转身下楼，冲上草坡，向那个单独的桑（房名）走去。

我站在驴的主人家的大门上。

"你们的驴子被狼吃了。"我说。

"阿哈窝！"主人很是惊讶，但还是让我进屋喝茶。我没动，仍立着，两只手插在裤兜里。

"我赔你们的驴。"我让他们说个数，我不能牵来一头驴。主人说："真不好意思开口，只不过我们全靠这头驴驮青稞、驮东西……"

"不说了，说个数吧。"

"那就七十元？"主人半张着嘴。这正好是我两个月的工资。我抽了一口冰凉的气，认了。

冬月二十我去了德玉，可怜的和尚泪眼汪汪送我半饼砖茶，一直拉着我的手送到草丘的弯处。十一个学生前后跑着，甲机背着半褡裢糌粑。

一见到那两个我将与之为伍，共同生活而又遥遥无期的人，我就周身冒黑血。

生活将怎么拖下去，那个瘦的是个故纸堆，一身酸腐气，不食人间烟火，老晃着脑袋；那个胖的金鱼眼，则是一个强看女人下身的臭名昭著的下流坯。他还沾沾自喜、津津乐道地讲起他的故事。"她们都没穿裤子，嘻嘻，我偶尔揭开一个女人的袍子，用电筒一晃，喃，我的天！"

"听说你跟一个女学生也……"他眯缝着眼睛。

"无耻！"我一拳砸在他的肥胸上。

跟他们在一起是对我的侮辱！我气得摔了锅，捅灭了火。"你们去吃书，吃女人的×！"

我在墙上刻着日子。我读天，读云，读巴颜喀拉的远山。

一天，我疲惫不堪地回来，他俩都不在了。过了两天，他们回来了，还来了两个人，背着枪，用绳子把我绑了。

我被押到区上受审。才知道，是因我在德玉大骂这场革命，还摔锅捅火。

我吞咽着一股股泪。我不宰了你们两个臭猪下流种！在区反省了七天。七天里我没有说一句话，我没有申辩的必要。

我被放回。

腊月的草原寒风刺骨。我拄着一根棍走，走一截歇一口气。我问苍天，我问莽原，我问巴颜喀拉。

我乱走着，不知走向何方。我要寻一块净土，一处归宿。

我要休息了，荒原！我款款地倒下了。落在一团浮云上，落在一段彩虹上，落在一只牛皮船上，把我托到巴颜喀拉去了，把我渡到青海高原去了，把我飘到黄河那边去了。

不知过了多久，或是几天、几个月、几年？经筒转了多少次，头把地皮磨穿几层。玛尼堆的石头风化了，我的眼睛睁开了。

身上一阵温馨，啊，红头巾！阿英！我的阿英……

"醒了，阿爸！"阿英拭着红肿的泪眼，惊喜地喊叫。

"阿啧阿啧，老师活了，好了，好了。"阿甲桑叫着。

阿英父女俩天天给我弄藏药，用母牛的胶奶喂我，用磨得细细的糌粑喂我，用皮袄、珠子换大米给我熬粥喝。

我失踪的消息也使德玉寨那两个人惊恐，他们四下找人。有一天找到了阿甲桑门上。

阿甲桑细高的骨架立在楼上，像个站在城头的将军。

"谁敢上来拉人！"他抽出了腰刀。那些人吓退了，再也没找我了。

天地轮回、日月交替，草青了黄，黄了青。我又送走了一批小学毕业生，也恰是十一个。

阿英在黄河那边把那个形同虚设的麻风丈夫送上天堂后，一个百草泛青的晚上，扑进了我的怀里。

第一个来祝贺的是阿洛和尚，他为我们唱了那支古老的情歌，牙掉嘴扁地笑出了泪。

前十一个学生的家长给我脖颈上挂了十一根哈达，后一批学生家长又给我挂了十一根哈达。

古道花红（节选）

李 菊

32. 花　诀别

普琼红着眼，拿着刀冲上去，追赶那只可怜的山羊。那只羊不知道为什么今天会受着如此的惊吓，普琼追着，它就惊恐地四处逃窜。忽然，他家那个叫金刚的獒跑了上来。普琼挥着手里的刀让獒滚开。要是平日，那獒老受他打骂，肯定就惧怕地走开了。可今天不知道这獒抽了什么风，它竟然扑上去咬了普琼一口。普琼放开羊，挥刀向金刚砍去，那畜生见了血越发癫狂了。一口咬住普琼的脖子，霎时，血流如注。

"来人啊，来人啊！"拉巴大喊。可人都去看打麻将了，里面喧闹得很，哪里还听得到外面的动静。那些喇嘛也被吓得雀儿一般散开。

我一脸平静，喝着奶茶，让奶香冲冲我嘴里留存的血腥。看着这一切，拉巴有些大悟了的感觉，他好像现在才弄明白，我是杰布的孩子！我们本就应该是不共戴天的仇人！

他看错了我！

此时，才明白，似乎有些晚了。

几个胆子大的喇嘛念着经文，希望能平复这只发狂的獒。

拉巴憎恨地看了我一眼，只好上前掏出枪想去救出普琼。他大喊："金刚，金刚！"连开了好几枪，也没能打中那只发狂獒。相反，枪声更是让这只獒变得癫狂起来，忽而又扑向了他。我一点也不感到意外，他也被扑在了草地上，只能发出痛苦的惨叫。满嘴的血腥和枪尖还未消散的火药味，让这只獒彻底红了眼睛……

一切发生的是这样突然。

旁边的侍女吓得大叫，四散逃离。帐里的人这才跑了出来。

是时候了。

我吹起一片叶子，山林里，我的海子来了！

它敏捷地跳到我旁边蹭蹭我的腿，然后迈着矫健的身姿冲向那只獒。獒的眼中一片殷红，正咬得欢，丝毫没察觉旁边来了只雪豹。海子在背后一扑，直接咬住它脖子。嚎叫过后，獒就断气了。

这天，菩萨的旨意让那格保住了那块地。

人们去摸摸倒在地上的拉巴父子，发现二人都死了。特别是普琼的脸被撕扯得不成样子，流下的血把嫩草也给染红了。

这也是菩萨的旨意。

我的嘴角露出笑。父亲，母亲，你们也看到这精彩的一幕了吧？

那格特别吃惊，待坐在了那里，发生的事情是这样突然，让他觉得有些不真实。

海子发出一阵吼叫震慑着八方鸟兽，围观的人群开始欢呼。

我告诉他们，它是我的豹，叫海子。

然后，四处开始传说着拉巴父子离奇的死亡，和我那威风凛凛的海子。他们说，德庆府有山神庇佑。

我自己清楚，我干仗肯定是不能和他们比的，但是我读了很多的书，我用看过的书来杀了他们。

我早就知道知己知彼的道理，从回了官寨开始，我就让探子时刻留意拉巴的举动。派出的探子告诉我，普琼特别喜欢那些汉人送来的枪。他很勤奋，每日都要练习枪法。长期的练习让他的枪法十分精准。他还喜欢打猎，常常看到他的马背上吊着一些野鸡，一些兔子，或者岩羊。他丝毫不顾喇嘛的劝解，整日都在林子里拿着枪找乐子。

普琼与拉巴还有个嗜好就是抽大烟。他们抽了之后就开始睡觉，睡醒就无比兴奋，抽打自己养的獒。那獒受到惊吓到处乱窜，他们则在一旁挥鞭大笑。

常常听到这獒在夜里呜咽，它越是悲戚，普琼他们就越发打着它。只要一见到他们，那獒就缩到墙角，动也不敢动。

我提出用羊划界，而且是用他家的羊，他自然是不会说什么的，他也正想让我出丑。何况，哪有什么天裁！

早在头一晚，拉巴就让人在他一方的草地上撒了盐。我的人暗自看着。待拉巴的人走了，我便让他们提了河水使劲冲刷，往一个方向冲刷。

喇嘛们开始围着羊祷告的时候，我的人也穿着件红色的袍子，迅速将两块厚实的棉花塞在了羊的耳朵里。所以它哪里能够听见小羊的叫声！

同时，我给那只獒喂了裹了肉的罂粟花的叶子，它应该饿了很久，大口大口吃了许多。

仁青还真是有想法，他买回的美丽女仆也派上了用场。她们在帐中和普琼疯狂地欢爱后，他的身上沾满了让雄性产生征服欲望的气息。

并且，他的嘴里，衣服上，都是生肉血腥的味道。

獒亢奋着，挣扎着。它又听到普琼的怒吼，闻到他身上的气息，更是刺激了这只獒的感官，平日里积累的怨恨也迸发了出来。

如此这般，还是天意吧。

我坐在榻上，给他们讲着这些。我看到他们的眼里对我有了畏惧。很好，让人畏惧，就说明至少还没人敢来除了我。

我越来越喜欢这种感觉了。

但是，我也感到有些不妙。有时，我自己也问，我是重华么。

我需要去问一问菩萨。

一位很老的堪布坐在寺前一棵蜿蜒的柏树下。他说，你是杰布的儿子。

我不说话，他给人一种庄重的力量，让人能用一种平和的心来与这里的一切亲近。我也不想发出声音来破坏了此时的和谐。

"我给你看过病的。是菩萨把你从那光色的隧道里拉了回来。"他拨动着手里的念珠说。

隧道？五彩的光？我想起来了，就像揭开了我脑海里久远的一个梦幻。我的心，可以向他敞开了。

"我很苦恼！上师，我……"

"你的父亲曾经有一样的苦恼。"

"你和活佛救了德庆府。"

我跪下去，用虔诚的心跪谢着。

"拉巴他们死了，为什么我还是不开心，甚至，有些害怕。我想，菩萨能告诉我……"

"你过来，我给你说个故事：有一天，舍卫国乌云密布下起了血雨。国王惶恐不安。一位上师说，恐有蟒人降生。国王便立刻派兵搜寻新生的婴儿，果然在一群孩子中发现了一个能口吐火焰和毒液的孩子。人们惊恐地将这个孩子送到了一个幽暗的森林里。从这天开始，国内所有犯了死罪的犯人都会被送到那个森林里，那些人在森林里过不了多久就会被蟒人毒杀。虽然，他也杀死了危害王国的狮子，但这些年他杀的人有七万两千多，真是罪孽深重。国王就想，他一定受地狱之报吧！可蟒人命终后却升到了天上。"

我说："他杀的本就是该死的人！"

上师又说："不，是那临终的一念慈悲让他往生善道。"

我说："不是还有因果？他还杀了那样多的人。"

"少爷能问起因果，可见，你也是有机缘的。待他享尽天国极乐，便又下到人间学佛。他因精进不懈而证辟支佛果，当他在树下入定之时，身体开始发出璀璨夺目的光辉。这时，有七万两千名大军路过，看到辟支佛所放的金光，误认为是一座金子打造的人像，上前就争相用刀割斧砍。后才发现是人肉。辟支佛也因此而涅槃。有往日种种，必有今日种种。"

"上师是说我不该杀他们吗？他们害了那么多人！"

"可是，你自己也并不快乐。如今一切也是因果。"

是啊，我并不快乐，甚至，充满了一种悲伤。

我坐在崖上，头上一只鹰在盘旋，下面，是我的官寨。不论曾经这里发生了什么，如今我连一点影子都没有看见。不管我杀不杀他们，今后，要来的，我还是要面对。

一个石子打在我的腿上，接着，又一个，身后传来一阵笑。

是一个孩子，他在示意我过去。

一路跟到山根，一条瀑布从另一座山上缓缓流下。待他站定，我却发现，这不就是那日前来的活佛嘛！

见我诧异，他说："难得有人来，读经有些疲乏了，你来陪陪我可好？"

他与那日步辇上完全就是两个人。

在他之前，也曾有一个小活佛，可是，却悄无声息成了政权的牺牲品。那日他们找到他的时候，上师又怕有人加害，便告诫他深居简出。或许是那些人的目的达到了，他们就渐渐对现在这个活佛的事情淡了下来，倒是保了平安。

我时常上来，对他讲一些我曾读过的东西。他也对我讲佛法里的万物都是有灵的，甚至是风，是一块石头、一滴水。而在新学识的体系中，这些都被称为"自然"。他说，佛法也是讲究"自然"的。

和他的一些辩论，经常也让我自己犯起了糊涂。他说，心生种种法生，心灭种种法灭。

而我，却还是要走进那最深的红尘里。

府里，挂满了父亲的画。看到它们，我就知道我的父亲曾经的心装的是什么，他的眼里看到的是什么。他的灵魂一缕一缕，好像都在那些画里浮动着。

一幅画上，一位女子穿着红衣，散开漆黑的发，张开雪白的臂站在碧绿的海子边。

我想起了人皮书上的故事。

这晚，我问仁青，可知道德庆府的诅咒。他说，我父亲走后，扎尔虽觊觎堂皇的德庆府，却只是时不时进来搬走些东西，始终都没有搬进来居住，就是怕在夜晚遭遇鬼魅，也怕住在了这里会让那诅咒吞噬了自己。

"从你的祖父开始，那个鬼魂就常在这里出没。"

"你见过？"

"我听说的，我曾是这里书记官的侄子。"

"我想我见过。"

……

自我搬进来，我就时常梦醒时看到恍惚有个人影在窗外，开始我以为是侍女，可后来发现那佝偻的人影并不是侍女的样子。我不害怕，也懒得管他。既然祖父在的时候他就在，想来也是一个无害的幽灵。如若那诅咒要吞噬我，也随他吧！

夏来了，雪山的白雪好似撒到了空中，点点化成了星撒在天河上。一切都疯狂地集聚起泥土里的力量快速地生长着，草高了，树也更繁茂了，草里林里的花都探出头，野鸡们兔子们也都不大想理睬天上的鹰，愉快地在林子里跑来跑去。

我让下人在开满野花的坝子里搭起了白色的帐篷，让那些头人过来享受下这让人容易动情的季节。我想用热闹来接近欢愉，用欢愉平复下心口的伤。

我躺在垫子上，看着那些头人白天晚上饮酒作欢。

这真让我愉快！

一个奴隶汉子牵着一匹马从我前边走到溪水那边去。那侧面，和格登有几分神似。

我试着喊，格登。

那脸并没回应我，一个头人的管家挥着鞭子说："傻了！少爷在喊你！"

他便跪到了我的面前，一脸木讷。

我想，他只是和曾经那个挖蕨麻的格登同名而已。因为我见到的是一双承受了诸多悲苦的沧桑的眼睛，我害怕见到那样的眼睛。

但我还是试探着说："我是重华啊，小时候，我们一起去挖蕨麻，还一起吃过饭，读过书……"

我清晰地看到他的眼里闪了点光，但那光很快又被什么东西给淹没了。

他就是那个挖蕨麻的格登。

可是他却木然地看着我。

"少爷……"他叫了这么一声，我们之间就有什么东西崩塌了。

"我让他还你自由！"我觉得我能给他的就只有这个了。

"不用了。母亲说这是我们前世的罪孽。"

生活的苦，已把曾经爱笑的少年彻底变成了一个奴隶，他接受了轮回的命运。

他的眼中，我看不到往昔的半点星光。取而代之的是一种沉入心湖的绝望。我心中疼痛啊，让我无言了。

头人让他起身，他拖着沉重的步子离开了。

那些东西挡在我们之间，织着我们的命运，我们永远也无法再回到曾经了。

我睡在发凉的绣缎的被子里大声哭了起来。梅朵吓得不敢出声，那半夜里来的幽魂也同样来看了我很久……

我的采苓要出嫁了。

城里点上了一街璀璨的花灯，随着乐曲舞动着如流萤一般好看，南山上的我却感到彻骨的冷清。我曾想过她穿着红衣在阿訇的祝语中嫁给我，我还会为她铺满一路的花红。

然而，我的采苓，就要是别人的妻了。

我在那儿整整坐了一夜。

兰府，采苓摸着红色的盖头，几滴清泪滴在上面。红色的盖头上不是鸳鸯戏水，也不是龙凤呈祥。那上面是她亲手绣着的一瓣瓣花红，是血色里的飞雪。

瑶琼成全了黄帝，从此，瑶琼的心再也不会动了……

天刚亮，送嫁的队伍就整整齐齐摆了一街。我看着他们往南出了城，渐渐在我的视线里消失。

我想，采苓那样好的女子，请她的真主一定要赐予她幸福。

可是，命运却没能眷顾我们仅存的念。

采苓跳入海子死了。

就在那日出嫁的路上，一群不明身份的人拿着枪拦住了他们的去路，不仅劫走了东西，还无耻地撕开采苓的衣服。在逼到垭口的时候，采苓将红色的盖头戴到头上，微笑着投入了碧绿的海子。

采苓就这样走了，我的世界也全部崩塌了，灵魂一点点从身体里抽离。

尘埃又来堵住了我的喉咙。

我万分清醒，却又十万分迷茫。我看见采苓在对我笑，她站在幽深的海子中说："来看啊，来。"那透明的水中，她忽而笑着，忽而挣扎，头发越来越长，越来越长，整个儿将她包裹起来了……

我呼喊着，也跳了进去。我在水中四处搜寻她的影子，可采苓却又在岸上了，她披着湿漉漉的头发说："重华，放了我……"

心口被揪得疼痛，"哇"，一口鲜血从我的口中喷出，染了一朵好看的牡丹……

他们说我活不下去了，就连上师看了卦象也摇着头。

央金和铁达说无论如何也不能让我就这样死，因为德庆府还未找回曾经的辉煌！

呵，我不过就是工具了吗？我像是一只被喂食了毒药的岩羊！我的采苓如今也被毒死了！还有什么是他们不能干的?! 如今，还要继续来慢慢毒死我，还不如此刻就让我自己了结！

他们找来了一种灵药。说是用了虫草、松贝、雪莲，外加十八种矿物、十二种昆虫的翅膀，混合磨粉，再加入花心里的露水和婴孩的第一次啼哭之泪，制成丸子，再在月光下晒上九日，集合天地的灵气，才可以服下。

当他们把那褐色的散发出奇怪气息的药丸拿来时，我却觉得心口有些甜甜的滋味，我知道这是我胸中的血慢慢渗出来了。

他们把药丸塞进我的嘴巴，我却又悄悄吐了出来。我想把我这条命绝了吧！可是，一连十日，我不停地流着血，却也没法了结了自己。

渐渐，我有了一些力气，竟又好起来了！

他们说，这药真灵！

我却知道，取血续命，血尽命绝。

每每到落雨的夜里，我就开始想着采苓的那张戴着头纱的纯净的脸，听见她对我说："我让你来看……我让你来看……"

我泪流满面。

在那海子边，我让人种了一棵花红树，又种上了一地的荷包牡丹，那都是滴血的心……

我也始终沉默着，只爱跑到崖上静静看着下面的官寨。

小活佛对我说："你爱的人死了？"

我点头。

"众生你不爱？"

什么是众生？！我累了。什么百姓，什么仇怨，什么我都不想再管了。

"这些天我在神湖里看到了一些景象，"此时，他倒想是一个活佛的样子了，"你就是为普度众生而降世的，我告诉你三个预言，切不要让别人知道。"

我？我连自己也度不了，更不会再计较别人的命运了。

我呆呆坐着，听着那些天马行空的话。他说，第一个是这地上会有一番沧海桑田的变化，第二个是这莲台之上会陆续遭受天火之变。最后一个，他说，是关于我的。

我看着他，期待他说出我后生的命运。他却说，自己的命运还是不要知道的好。他只告诉我一点点，待红色的霞光照着每一寸土地，就是我开悟的时候。

他说，总归是安排好了的。就如同他自己，他看见他的前生是住在一个窑洞里的，仿佛，与我很有缘。

我的养父葬了王半傻的娘，所以王半傻一直跟着我的养父，听说还为养父挡过一煞，算是报了恩情。

他还告诉我，他的前前世，是一个因执念而死去的喇嘛。所以才投为一个傻子，半傻半真来看了看这人世。

我掏出怀里的书，这是他前世给我的。

他看了后说，蒂梵的血就是德庆家族的执念。我感到那女子的血还在这世间流动着，而且，还是鲜活的，会是德庆家族的根。他说我总归是要明白的。

我又像是在听一个孩子讲起他所听过的久远了的故事一样打发着我的孤寂，又将这些都淡淡地从脑海里抹开。

岷江河依旧流动着，千百年不曾变过。那岸边的野百合开的时候，他们告诉我，我那个亲戚在拉萨妄图颠覆律法，实行什么君主立宪制，然后被噶厦关在了布达拉宫下面的监狱里，让上万只蝎子咬死了。

关我什么事情！我连他的面都没见过。可这消息从拉萨传来，却让人提到德庆府就立即躲得远远的。

"不曾沾他的光，倒要受他连累！"仁青有些气恼。我想他大可不必为那遥远的事情气恼，眼下，扎尔又开始种罂粟了，这更该让我气恼。

可我却什么都不能干，也不想干。

铁达说，我该找一个夫人了。他们为我选的是一个羌寨土司的女儿，叫吉娜。为了德庆府的将来，我必须和她结婚。因为，他的父亲项系土司现在掌握着松州的金矿。如果，能和他联姻，德庆府必将重现辉煌。

为了表示我的诚意，他们拉着我亲自去官寨提亲。

于是，浩浩荡荡，我们的队伍沿着岷江一路向南，走上了一条骡马道。

仁青说，以往那里有很多茶树，可自从开始种了鸦片，那茶树都要被砍光了……

我还是木然地听着他说着关于羌寨的事情。他严厉地说："你不能这样！你得像个土司！没人会愿意把女儿嫁给一个哑巴！"

可我不是哑巴！当然，她嫁不嫁我也是不关心的。她父亲的金矿吸引着铁达他们，那儿能买到许多的枪，让德庆府再无顾忌。

33. 茶 神迹

五座山峰像绽开的花瓣，开在天地之间。传说中山神用来开启宝藏的钥匙——神匙峰，也直插入云。在回音壁下高声一吼，回音便在山谷间回荡着……

"哇呜，看那对面！"德尔拿起相机就接连拍了几张。

对面是蓝色和朱色相间的岩峰，从山脚到山顶连成了褶皱，让这山呈现出一个巨大的元宝状。此处，因那两头褶皱翘起的山峦看起来太像一个寺庙的房檐了，又被人们称为"寺庙"。

"那是雪宝顶山神的藏宝之处，传说里面都是无尽的旷世之宝。"央金和花瑶立在崖前，看着那山。央金一脸庄重，从怀中取出一把风马洒向碧空。风马飘飘洒洒，瞬息就被山风吹去了他方。

德尔来了兴趣，追问央金，那里有什么宝藏，如何可以进去……

央金说，山里从来就没人能进去过，只有神的钥匙才能打开。曾说……

"曾说，在云起虹现的时候，山顶会出现一朵红莲，摘下红莲，机缘下会出现一个洞口，那便是这山的唯一入口。里面全是无尽的七彩宝石，可是，也夹带了让人悲伤和痛苦的东西。"

"潘多拉的盒子！"德尔激动地说，"我们的传说中有这样一个盒子，开启的时候，幸运的和痛苦的都跑了出来！"

杰布说："的确，是有点相似。"他看着江生说："梁兄还对这里挺熟悉的。"

"马帮走南闯北，该走的，不该走的，听过的，没听过的，都经见了。这里，曾经来过。"他又转头对德尔说："还是省省你的胶卷吧！恐怕这一路，你这样拍，要用几大箱！"

德尔耸肩，放下了相机。

临秋说："那山顶真的会开出红莲？"

"有缘人就会看见！"央金说："我们都是俗人！"

"梁少爷，我就喜欢你这走南闯北的，是条汉子！"央金甩鞭奔去。

杰布说："你看，神女有意。"

又走了许久，满眼都是青翠绿色，似从绝境入了仙境。这绿色又分了好几种：墨绿、淡绿、黄绿、翠绿、深绿……交错重叠，和远处山顶的积雪构成了一幅无比美妙的画卷。

往一侧看去，一个开满花儿的湖泊安静地躺在草甸上。

花海！一个为了花儿所生的湖泊！

大伙都惊呆了，马儿也更快地向着山脚奔去！

下马，都没有一个人说话，他们就那样安静地站在湖边，好似，一点惊扰，花儿们便会从湖面消散一般。

夏末，高原上其他的花都快开尽，而这里，湖水的蓝色和天空的蓝色收敛成一池碧水，一枝枝细小的花枝从湖水里绽放出来，一朵，两朵，三朵，无数朵，黄色，白色，紫色，点缀着蓝，铺天盖地，覆盖着湖水的蓝，从岸边，一直向着湖心蔓延，蔓延……

这人间，还有这样的景致；这人间，该是这样的风景。

花瑶觉得心中从来没有如此舒畅过，所有的愁绪，都沉向了湖底。她甩掉她的鞋子，和他们在湖边奔跑，呼喊着。

伊甸园也就是如此吧！德尔按下快门，俯在湖边忘情地喊叫着。

杰布和江生骑在马上，露出淡淡的笑。

此时，仿佛什么爱恨都在这山谷里显得不那么重要了，都只要敞开了心怀，放开了便好。

央金走过来，对江生说："走啊！"好似，对许久不见的情郎一般，伸出了手，投去了炙热的目光。

在这样的景致下，人最原始的情感都容易被激发出来，不会掩盖，也不会再犹豫。

江生看看花瑶，却又接过了央金的手。

央金小声在他耳边说："我不介意，你爱她。还记得那个骑牦牛的女子吗？"

江生看着央金的眼，实在是想不起了。他见过许多骑牦牛的女子，还有骑马的女子、背茶的女子……

"很多年前，就在这山中。牛炸群了，你救了一个骑着牦牛的女子！"

江生想了许久，好似是有这样的事情。那天马帮路过这里，扎营歇息，他一人去看风景，恰见一群炸群的牦牛四处乱奔着，一只花白的牛的背上还有个姑娘，眼见就要跌了下来！要被颠下来可就不妙了。他冲上去捡起几块石头抛了过去，又扯起嗓子大声吆喝着，幸而牛群安定了下来。牛背上的姑娘惊魂未定，吓呆了般一动不动。

那姑娘，莫非是？

他也很难将那个姑娘和眼前婀娜的央金联系起来。她不说，他也根本不会在记忆里找出这么个姑娘。

"从你那天来，我就认出了你！"

"怎么，你要以身相许？"江生说笑着。

这些年，和他在一张床上躺过的女人自是不少，可他心中却只会有一个位置，那是给她的，无论如何也不会改变的。

傍晚，篝火映红了在湖边的几顶帐篷。空气里散发出烤肉的香气。江生打了几只野兔和野鸡，就着篝火烤了起来。

央金说："山神会怪罪的。"

江生说:"空着肚子,才对不起自己!山神不会吝啬这几只兔子的。"

下人们也备了好些酒菜。大伙看着美景,吃着东西,好不惬意。

央金端起酒杯对旁边的花瑶说:"大家闺秀还从来没有这样痛快过吧!来,把这杯酒干了。"

花瑶在家时只会偶尔尝尝自己酿的牡丹酒,这样干起来,实在没试过。不过,她还是接过酒杯,仰头喝了下去。然后,央金又倒了一杯,递给了她。

临秋站起来有点恼怒地要去阻止央金,却被杰布拉住了。

"就让她痛快一回,不好?!"杰布拉她坐下,给她也倒上了一杯,"在这里,不管纷扰,只问天地!"

几巡过后,都有些醉意了。江生撕了些兔肉递给花瑶,花瑶接住就笑起来。

她有些醉了。

"这才是你!"央金仰着微醺的脸对花瑶说。然后又用手拉起江生,江生有些局促。她又说:"怎么,你嫌我?"

江生有些醉了,迷离的眼里,是央金姣好的脸。

杰布捧过临秋的脸说:"你醉了。"

"你也醉了。"

"让我娶你好吗?"

"你是杰布的时候来娶我,可你是土司。"

临秋又继续吹着叶子,一滴清泪落在了湖的花心,漾开,惊了一湖的水纹。

我要的是心甘情愿。

我也想的是心甘情愿。

月升起来,又落在湖中,被朵朵花碎成了点点的银光。

帐篷内,各自怀着心事的人都睡下了,花瑶依稀听到央金在帐篷外哼着悠扬的歌,一会儿,就只听得见风吹过松林的声音了。

梦境一般，虚妄的。

昨晚，都罩了过来。

薄雾笼罩下的山谷显得格外安宁，也给花湖罩上了缥缈的纱。几只兔子在帐篷后面偷吃着装在口袋里的梨。马悠闲地摇摇尾巴，等着露水散开，好啃啃这遍地的草。下人们早就起来点燃了火，石块上面熬着热气腾腾的茶、冒着白泡的牛奶，还按照吩咐炖上了几盅燕窝……

一束光刚照进帐篷，临秋和花瑶就走了出来。

昨晚，竟然在这里睡得很踏实。临秋躺着想和花瑶说点话，花瑶说，你要说的，我都明白。秋儿，让我们痛痛快快做做自己，可好？

两人躺着，听着炉里的炭火噼啪绽着火星。一切如梦幻一样，兜兜转转，又在了一起。

临秋说，"花瑶，你恨我吗？"

不恨。你恨我吗，秋儿？

不恨。

信我，秋儿！杰布是好人，嫁了吧！

可是……

他不在乎门第。

临秋知道的，可是，她还是……

一早便听见雀儿们叫着，太阳也出来了。两人起身，端了铜盆去了湖边。

垂着头发，湖面映着她们浅笑的脸，几条小鱼在花丛里缓缓而过，木梳滑下的是缠绵的青丝。

一旁清冽的泉水清洗着昨日的酒香。两人起身回帐篷，恰见央金也从帐篷里出来。她懒懒地散着辫子，穿着薄薄的衬衫，端起铜盆去了湖边。

只听里面说："小蹄子，给我喝口茶！"

是江生的声音。

花瑶红着脸，走了过去。

临秋叫个下人端了茶水进去。

"谁在外面?"江生问下人。

"两位汉家小姐。"下人出去后,江生躺在榻上,"行船走马,三分命",他早已习惯了和女人露水的欢愉。可让花瑶撞见,还是让他心中起了愧疚。然而,他还是穿好衣服,理了理头发,走了出去,喝了一大碗的茶。

杰布还睡得很沉,德尔大力地拍着铜盆,都没能把他吵醒。昨晚,他的确醉了。

待起身的时候,江生和德尔带着央金早已骑着马四处逛去了。

临秋和花瑶在草地上采花编着花环。杰布走上去,临秋侧头说:"你这土司睡够了?"

杰布说:"还是该怪你,让我不自觉喝了这许多!"

花瑶走开说去吃点东西。

杰布便对下人说:"给夫人也端点茶。"

临秋红着脸说:"谁是你夫人!"

"我不管!你就是我的夫人。"杰布认真地说,"我说过的,永远都不会变。"

一旁响起了马铃,江生他们回来了。

央金带着一串花儿,挥着鞭子轻轻拍着马的肚子。江生在一旁和德尔悠闲地牵着缰绳走了过来。

"杰布,我们去了绿海子!"德尔兴奋地说。

"这洋人都看傻了!"央金嬉笑着说。

"怎么不叫上我们!"杰布说。

"吃点东西,又一起去。你那醉的,铜锣响你也听不到的。"江生一说,大伙又笑起来。

山林里,一些植物红了,黄了,点缀在葱茏的绿色里。大伙在高大的树间穿梭,树上挂着的青苔,彰显着树的年纪。几只斑鸠站在树梢上跳来跳去,再越过一片桦树林。德尔在前面拨开了竹林,眼前就显出一块碧玉一样的湖。

远处的峭壁上流下的水都注入了这湖，湖水透着幽绿的光，让人无法看清湖底，也不知有多深。白云从静谧的湖面蹚过，一丝波澜也没有惊起。

央金说，"这里卧着一条龙。这龙修炼千年，终得人身。却因湖边一牧羊女子的回眸一笑而无法释怀。千回百转地寻，也只换了一把泥中的白骨。他忘记了，人的一世，也不过是天地的瞬息。"

可他还是忘不掉那女子，在即将飞升的时候，又投入这幽深的湖，宁愿守着那曾经的回眸，永生永世。他的悲伤，化成了这四周的雨雾，每有呐喊，便会有雨落下，落在湖心的，是他伤情的泪。

站在湖边，看着这景，难以用言语来形容感受。

临秋说："他真是痴情！"

"这不是故事！"央金认真地说，"夏季雷雨的夜晚，附近都会听见龙啸声。湖水翻腾过后，有幸的人会在湖边捡到透明的石头，那是龙日夜凝结的真心！"接着，她跪在湖边，抚摸着细长的水草，道："这湖水没有一尘，如他的爱一般纯净。这里的人们，都不敢在这湖边做亵渎湖水的事情。"

果然，四周树木花草郁郁葱葱，那湖中竟连一片落叶也没有，干净得让人惊奇，却又让人悲伤。

花瑶说："有些人，错过了，就永远没有了。"看看杰布和临秋，她坐在了湖边。

德尔说："就是这里。如果死后，能埋葬在这里，是一件多幸运的事情。"风起，秋还没来，山顶的雪就被吹了下来，落在他的脖子里，他觉得背脊有点凉。

杰布突然想起，他曾在达达寺中翻过一本古籍，里面记载着，松州有一湖泊，是绿度母的眼睛所化，挨着贡嘎雪山，由山神看护着，不惹世间的一丝尘埃。这绿得动人心魄的湖一定就是度母之眼了！杰布拉起临秋的手说："秋儿……"

临秋没有闪开,手心里握的是一样的真情。

一时,时间都好像停了下来,悲伤的,愉快的,一切都凝固在了这湖水中,将一切悲伤的色彩排在了湖水之外,有的只是绿的希望。

这样无言许久,多金看到一个影子在树丛里,于是打破了宁静,大喊:"谁?"

只见一个人快速地穿过林子,不见了踪迹。

江生将枪上了膛,说:"还是先回营地。"

傍晚,杰布调了些人手将营地围了起来。

江生说:"你不怕?"

杰布说:"你没仇家?"

"怕是没找着时机。你这土司的牛羊恐怕多少眼睛都是盯着的。"江生拨了拨地上的火。

几个女人依旧坐在一处,这气氛也让她们有些紧张。

多金栓好马,快步走上来对杰布说:"查到了!是拉巴头人派来的!"

江生心中也一惊,莫不是自己和许元芳的事情让他知晓了?要知道拉巴也是茶叶里包着鸦片卖!

杰布说:"跟到这里来干什么?!"

"那家伙的门牙都被打掉了,才说是拉巴头人让他看看你和这个汉人到底在干什么!"这个汉人自然说的是梁江生。

"是怕我们跌湖里了吧?告诉他,不要让他坏了这里的景致!我们会仔细的!"

"是,少爷!"多金退下。

"你看,当土司也要被人盯着。幸而松州的山水陪伴,要不,快闷死了!"杰布开始发牢骚。他不知江生的心中,想的却是茶包里东西。

央金上来给大伙倒上了酒,又让人端出了炖肉。

这个女人,真是心思细密。江生看着她的背影,又想起了昨晚的柔情。央金翩然一笑,江生又醉了。

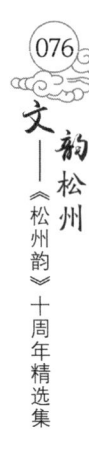

湖边，传来了吹叶子的声响。杰布走过去，果见临秋坐在湖边的石上。

他连忙又拿了披风，走上前说："夜里凉了。"

临秋说："那龙真是太可怜了。"

"为爱的人守一世，不可怜。"

杰布捧起她的脸，滚烫的嘴唇吻着她的额头。

临秋又推开他，杰布问："为什么？为了花瑶？"

"不是，不是的。"临秋流泪说，"你种的是让人家破人亡的毒！"说完哭着跑回了帐篷。

杰布呆呆站在湖边，他不知道，那田里满满的罂粟，带给她的是苦痛的伤。他从来不知道，那结出的果会成为他们之间的阻碍。

月又上来了。是一轮满月，十五了。过几天，就该回官寨了。

夜半，杰布触到德尔的手心，湿漉漉的。拨亮灯芯，见他满脸通红，额头滚烫，嘴里嘀咕着。杰布连忙叫人去打了山泉水，弄了帕子敷在额头。折腾一夜，烧终于退了。

早晨，德尔感觉胸口发闷，来松州的日子，他从未这样难受过，以往有些头疼都是吃点药片就扛过了。可是到了中午，呼吸也急促起来。杰布又拿出他带的药片给他服下，可他还是难受。央金让喇嘛念起驱邪经文，喇嘛说："或许，这经文对洋人不起作用。"但还是认真地念着，又拿出药丸给他服下。

大伙商议着待德尔稳定些便提前回官寨，花瑶和临秋就在铁达头人家住些日子。杰布知道，她俩都不想这么快回去。

于是，第二日，杰布和江生便带着德尔回了官寨，临秋她们和央金一道回了木木寨。

德尔回到官寨的第三晚，病情却陡然加重。杰布忙派人去达达寺请老堪布，老堪布摸着花白的胡须，亲吻了德尔的额头，说："孩子，谢谢你对这片大地真挚的爱！"

他说："德尔被地下的毒虫侵染，那些虫子已经爬满了他的血液。"

老堪布叹息着离开了。德尔积攒好力气，爬起来靠在窗边看着满山的松林，哼起了家乡的歌谣：

您正要去斯卡布罗集市吗？
欧芹、鼠尾草、迷迭香和百里香
代我向那儿的一位姑娘问好
她曾经是我的爱人
叫她替我做件麻布衣衫
绿林深处山冈旁
欧芹、鼠尾草、迷迭香和百里香
在白雪封顶的褐色山上追逐雀儿
上面不用缝口，也不用针线
大山是山之子的地毯和床单
她就会是我真正的爱人
熟睡中不觉号角声声呼唤
叫她替我找一块地
从小山旁几片小草叶上
欧芹、鼠尾草、迷迭香和百里香
滴下的银色泪珠冲刷着坟茔
就在咸水和大海之间
士兵擦拭着他的枪
她就会是我真正的爱人
叫她用一把皮镰收割
战火轰隆，猩红的枪弹在狂呼
欧芹、鼠尾草、迷迭香和百里香
将军们命令麾下的士兵冲杀
将收割的石楠扎成一束
为一个早已遗忘的理由而战
她就会是我真正的爱人

您正要去斯卡布罗集市吗?
欧芹、鼠尾草、迷迭香和百里香
代我向那儿的一位姑娘问好
她曾经是我的爱人。

第一杯茶
——晨光

朱光琳

请你沏上一杯茉莉香茶，就着晨光，听我给你讲一支解放初期江南一小镇的故事。

碧君，一个十六岁的美丽女孩，身材纤细，面色白净，笔挺挺的鼻梁上方嵌着一双圆溜溜的大眼睛，犹如星辰般闪亮，更似江南小桥下那湾温柔娴静的湖水，在月光下闪烁。两只长长的麻花辫子随风摆动。一个军用黄挎包挎在一个肩膀上，再斜吊在另一边的腰下。自行车碾碎了飘零在道路上的几片梧桐叶，阳光透过还不算稀疏的梧桐树棚，星星点点地洒落在路上，行人的脸上。这样的天气、这样的午后、这样的道路，怎会不让有着这样美丽的年纪的她心旷神怡，怎会不让有着这样怀揣美丽梦想的她尽情舒展筋骨。她闭上了她那美丽的双眸，展开双臂，任凭自行车带着她徜徉。

此情此景却装点了别人的梦，才有了后面我要讲的这个故事。而这个梦又该怎样圆下去呢？请你品上一小口茉莉香茶，再听我细细道来：

依旧还是那条两边长满梧桐树的街道。一辆破旧的公共汽车带着咯吱咯吱的响声摇摇摆摆地驶了过来，看上去像臧克家笔下不堪重负的老牛，听上去又像得了肺痨的病人。公共汽车歪歪扭扭地驶进了客运站。一个着装光鲜的男子追了进去。

她嘴里叼着烟，正在用火机点烟，狠狠地吸了一口，吐出了一个美丽的烟圈儿，同时仰头看了看天，最后从车门潇洒地跳了出来，似乎刚才的吸烟吐雾都是为了让自己有这么轻松的一跳。"黄师傅，下班了。"

她说道，同时头也不回地举起右手挥了挥。哦，原来她是此车的乘务员。"妞妞！"这时方才追进来的男子大声喊道，又向前跨了两步，"妞妞，真的是你吗？"不知是被这突如其来的声音吓到了还是怎么，她僵在了原地，甚至还没有来得及回头一看，她已颤抖得立不住身体。

与此同时，一艘崭新的客船"回归号"驶进了港口。船头挤满了归心似箭的游子和满载而归的商旅，更有蜜月回归的新婚佳偶。形形色色，神态各异。其中有一人，形单影只，她裹着一件浅色及膝风衣，面色白净，留着齐肩的短发，剪得齐齐的，额头留着厚厚的、齐齐的刘海，这倒更衬出那双圆圆的大眼睛，愈加大，倒有几分笨笨的、傻傻的可爱，更是让人怜爱。

在另一条胡同里，一个年轻男子正骑着一辆北京牌自行车匆忙赶路，要去接他的妻子。匆忙是匆忙，他还是不忘时不时吹两声响亮的口哨，因为他是阿强，那个不羁的阿强。

妞妞压住了抖动的肩膀、抽噎的喉咙，冷笑着转过了身。那根烟还在嘴里叼着，可也已经吸去了一半，恰似她人生的写照。她斜靠在另一辆公共汽车车腰上，吐了一个优雅的烟圈儿，缓缓吐出两个字："江——涛。"妞妞笑了，看着天，笑弯了腰，笑出了一大把眼泪，可她还是在笑。还是那个潇洒的妞妞，只是岁月和过往的刻骨铭心早已在她身上刻下了沧桑。这次她要先和他挥别，还是她那个招牌挥手法，头也不回地走了。那个叫江涛的男子跨步向前伸手去拉妞妞。手刚落到妞妞的手臂上，脸上却落下了重重一记拳头，打的江涛七荤八素，分不清东西南北。出拳的不是别人，正是爱吹口哨的阿强。

"江涛，你这个孬种。"阿强挥着拳头骂道。一旁的妞妞拽住阿强，几乎用乞求的眼神望着盛怒下的阿强轻轻摇了摇头。他收住了拳头，双手叉在髋骨上看了看头上的天空。江涛正从地上爬起来用手擦拭着嘴角流下的鲜血。"对我而言，这个世界上早已经没有江涛这号人了，那个与我们同呼吸共命运的江涛五年前就死了。"妞妞丢下这句话的时候，竟头也没有回，只留下了一个背影。这个背影却让人觉得是那样的疲倦。阿强推着车尾随而去。偌大的车站似乎都是留给江涛的,无边无际。他蹲下了,双手抱着头,十指深深地插进了那一头浓密的发,再光鲜的外衣也包不住他被吞噬了的灵魂所发出的哀号。

回到家里的妞妞一头栽倒在床上,直直地死盯着天花板。阿强手抄在胸前靠着门框关切地注视着妞妞。他张了张嘴,却又欲言又止,径直去了厨房。过了半响,他端着一个托盘,笑吟吟地出现在他们的房间门口。妞妞蜷缩在床头,头发乱了,眼神涣散了。阿强止住了脚步,收住了笑容,他想起了五年前妞妞也是这个样子。意识到问题的严重性,阿强将托盘轻轻放在一个红木梳妆镜台面上,然后走过去,脱掉鞋,坐在妞妞旁边,腾出肩膀让妞妞靠,又拖过被子裹住二人,兴许这样会温暖些。这个夜晚就这样在沉默中度过。当然,这沉默是相对语言而言的。

不管人类怎样,太阳总会照常升起。

"咚——咚——咚",响起了一阵敲门声。阿强醒了,觉得浑身酸疼,再看看旁边的妞妞,二人竟就这样坐了个通夜,肩膀被妞妞压得麻木了。他轻轻退开肩膀下了床,看看床头柜上的闹钟,已经快十点了。门外又是一阵敲门声,阿强揉着眼睛去开门。他走在庭院当中,边伸懒腰边应声道:"谁呀?"

"咯吱!"院门大开。阳光刺得他眯缝着眼睛,侧着头。

"阿强,你还好吗?"

一语惊醒梦中人,他呆住了,眼前的人让他忘记了自己的手还保持着开门的姿势,两手掰在两扇门扉上,蓬乱的发,未修的边幅,吃惊的神情。半响,阿强终于一边嘴角微翘,硬是挤出了一个苦涩的笑。

"碧君,是你呀。"

"是我,阿强,我,我终于回来了。"

"碧君,是你。"妞妞出现在庭院中。碧君手指着阿强,又指了指妞妞,道:"你们,你们怎么……"顿了顿又说:"祝福你们!"便扭头就走了。

"碧君,你等等!"妞妞追了上去。门口的阿强摊了摊手,走到庭院中，将一桶水从头上浇了下去。看来这个温热的小镇的确需要降降温。

这就是我要讲的故事的开端，请你再品上一口茶，此时，是不是觉得这杯茉莉香茶已经没有最初那么香甜？没有最初那浓郁的香气？因为这本身就是一个苦涩的故事。在这茶香与烟气缭绕的氛围中，我们继续来听完这个故事吧。

那年初秋的午后、那个两边长满梧桐的小道、那个骑着自行车的女孩……

"老大——老大——快看！"阿冲用手戳着阿强。一旁的阿强嘴里衔着一根牙签儿，正没精打采地消磨着，被阿冲这一闹，显然觉得烦闷，抬手便去拍阿冲的脑门，手在半空停了下来，顺着阿冲指的方向望了过去，一个女孩穿着白色衬衣、蓝色裙子，正闭着双眼，展开双臂，任凭自行车在道路上徜徉。阳光照在她那微笑着的脸庞上，两根辫子随风飘荡，像展翅欲飞的天使。阿强的手还停当在原地，嘴角向一边微翘。阿冲一边瞧着那女孩，一边用手肘推搡着阿强打趣道："老大，莫非心动了？那谁呀？真好看！"那手终于落在了阿冲头上，阿强道："你胡咧咧什么，人家可还是学生妹儿，没瞧见人家穿的学生服。"说话间，自行车已经从二人身边掠过了。看着逐渐远去的背影，阿强说："这事儿就交给你了。"吹着口哨走了。阿冲摸着被拍的脑门，冲着阿强喊道："这是什么跟什么啊，哎！老大，等等我呀！"追了上去。

"闺女呀！你又去哪里？你给我站住，去归去，把包里的东西给我放下！"妞妞爸爸在庭院里嚷着。"爸，不就几个破饺子吗，你至于吗？"妞妞说着迈开步子就要走。"你给我站住，今儿哪儿也别想去！""爸！"妞妞转过身急得直跺脚。"你就让她去吧，非要吵到左邻右舍都知道才好，再说江涛那孩子也挺可怜的，无父无母，人倒也靠得住。"妞妞妈妈边解围裙边说着走了出来。"你说得轻巧，要真那样，妞妞下半辈子就喝西北风去。"妞妞爸爸再回头看妞妞，早已没了人影，只好作罢。

妞妞来到了江涛的住处。这里距离小镇有几里路，平坦、空旷，有一条像海一样的河。江涛的住处就位于河畔，一间复式小木屋，一楼只有几根木柱支撑着上面的建筑，面朝河水，右侧有个拐弯的小木台阶，直通二楼，接着便是一个方正的空中阳台，木制的围栏，从这里可以瞭望无边的湖面和周边的环境，别有一番"面朝大海，春暖花开"的滋味。江涛此时正背坐在围栏上凝视着这广袤的天和地。只要妞妞不在，他的生活就是这样，除了那天和地、那水和屋，他一无所有。"江涛！"妞妞跳着脚在他背后大声喊着，"吓着了吧！"妞妞笑弯了腰。江涛从围栏上跳了下来："妞妞。"妞妞举起手里的饺子晃着："看，我给你带什么好吃的来了。"江涛用鼻子嗅了嗅，一个冷不丁把手伸进了妞妞的胳肢窝里挠："看你还敢吓我！"两人追赶着跑进了屋子。江涛趴在桌上大口大口地吃着饺子，妞妞趴在桌子的另一边，用手支着下巴望着江涛咯咯地笑着；屋里的灯被风吹得晃来晃去，地板上泛起一圈一圈的晕；妞妞醉了。

阿冲火急火燎地跑来找阿强，一进门就和阿强撞了个满怀。"看你小子就这点出息。"阿强推开阿冲，嘴里嘟囔着，自顾自地去水管旁边洗漱去了。阿冲故意高声说道："看来有人并不急呀，那我回家睡觉去啰。"说着转身便要走。正在刷牙的阿强满口泡沫地说道："好兄弟，是有消息了？"阿冲倒是摆起了架子，吹着口哨装作没听见。"阿冲，你这小懒虫，看我不拍死你！"阿强说着便拧着帕子冲了过来。阿冲朝阿强扮着鬼脸，撒腿便跑。两人就这样一个逃一个追的在庭院里折腾了起来。最后，还是阿冲告饶，把他打听到的消息一五一十地告诉了阿强。原来那天下午骑车的女孩叫碧君，在华南一中读书，是妞妞的好姐妹，而妞妞、江涛、阿强、阿冲是一起长大的好伙伴。阿强高兴地一拍手，正好又落在了阿冲头上。"兄弟，有办法了。""啊？强哥，你不会是玩儿真格儿的吧？"阿冲摸着脑门说。"走，咱找妞妞和江涛去！"阿强拉着阿冲走了出去。一路上，两人合计着怎么让妞妞带着碧君出来玩。

如阿强所愿，妞妞真的带着碧君来到了事先约好的地方。那是一片一眼望不到边际的橘子林。满山的橘子树，满树的橘子，黄橙橙的、金灿灿的。碧君、妞妞、江涛、阿强、阿冲一行人，也被这美丽的橘子林所吸引，他们跑啊、跳啊，碧君也不再像刚见到阿强、阿冲时那样拘束了。阿强给他们拍照，但他总是情不自禁地将镜头对准碧君。这一天，仿佛过得很快，就那么一瞬间，太阳就不见了踪影，星辰在天际间闪烁着、闪烁着。燃起了篝火，年轻的人儿围着它载歌载舞。累了，他们相互依偎，遥望着那闪烁的星；寂寞了，他们互吐衷肠；感动了，他们紧紧相拥。几颗年轻的心越来越近，因为他们都有战争留下的"后遗症"，都是战争造就的孤儿。只有妞妞是幸福的，只有她的家在战火中得以保存，阿强、阿冲、江涛、碧君的家都在战火中毁灭。火光照亮了他们年轻的脸庞，好一个美好的夜晚、好一个难忘的今宵。那飞舞旋转着的火花终究还是会湮灭在漫漫夜空，可又有谁明了这火花之始即是火花之冢的道理？

从那以后，几个年轻人经常一起玩耍，碧君的日记里也多了一个人的名字。就这样若即若离地过着他们的日子。又是一个美好的夜晚，碧君低着头在前面走着，阿强手插在裤兜里在后面跟着，就这样有一句没一句地聊着、走着。碧君的父母在生下碧君后便在一次战役中双双战死，碧君一直由姐姐抚养大。对姐姐而言，碧君就像她的女儿，对碧君给予很大的期望，管教甚严。姐姐、姐夫都是公职人员，日子也算舒适。不知不觉中已经来到了碧君家楼下。

他们都喜欢看着对方离开的背影。总争着成为那个留下的孤影。我想他们是明白的，都知道留下的将承受更多的生命之重，所以把离开的机会留给对方。他们总是这样，一直到最后的决绝。可是他们那时都还不明白，以为今天的决绝就是最好的成全，殊不知有些人、有些事是永远无法忘掉的。

看着碧君逐渐远去的背影，阿强依然手插在裤兜里，看着那条道。楼上的灯亮了。他不想离开，除了漫天星辰，他还有他的碧君。星星点点、零零碎碎像雪花一样从他头上飘洒下来。碧君倚在窗前，双手捧着日记碎片，任风将其带走。风能带走这些碎片，甚至能吹走一些世间沙尘，可它却吹不走人类的初始情感，它成全不了任何人和事。阿强捡起这些碎片，借着微弱的灯光将其拼凑在一起。今夜于他而言是重生是希望是天上人间，因为她爱他，就像他爱她一样。人世间最美莫过于此了！多少善男信女为此在造物主面前不知已祷告过多少次，为此他们甚至甘愿用生命去换取吧？可叹的是他们永远都像在八卦阵里追逐，永远落不到手心。阿强和碧君是幸运的，他们找到了自己，一模一样的自己，即使魂飞魄散，烟消灰灭。至少他们活过，人人都会死，但不是人人都活过。

请你再轻轻呷上一口茶，继续听我为你唱响这首青涩的歌谣吧！在这烟雾萦绕、亢奋的茶楼里，你是不是在他们脸上搜寻活着或活过的迹象？是不是觉得茶变了味儿？请让我为你再添上几片茶叶吧！

日出日落、云卷云舒，花开花落、四季更迭，岁月静好！

他们就这样在时间的流年里活着。十五岁他们认识，十七岁他们爱着，二十岁他们互相成全。

二十岁，最美年华，也最具成全精神。

那夜，江涛送妞妞回家。在返回的路上"英雄救美"，救了某首长的千金兰芝。自此，兰芝"知恩图报"，以身相许，并凭借她家的人脉，为江涛安排了学校学习金融，连毕业后的去向都安排周到。江涛心里住着个妞妞，也住着个男人畸形的成大业欲望的七魄之一。最终，他选择了兰芝为自己安排的生活方式。

妞妞三魂七魄只剩半魂一魄。时间定格于此，她住进了医院，靠打点滴维持被定格了的人生。爱情，于她已寿终正寝。生命于她，只是生物学上的具有生命体征。妞妞成全了江涛。

另一边的码头。

碧君要离开了。于她，海外留学就像《呼啸山庄》里那毫无生气的荒原。可她没有理由拒绝姐姐的这份期望，姐姐的爱于她也是无法承受的生命之重。码头的风吹的她想哭，只要她抬头看天，眼睛就不会出汗了。那高远明澈的天、那闲悠悠的云总会给人勇气，总会让人找到归宿感。她不停地回头，欲穷尽一切地找到那留下来的理由。

远处的阿强就这样望着那个身影模糊、消失，望着那艘客船由大到小，直至变成一个小点，最后消失在海平线上。他以为他还可以在这里守望，守望她某天归来。他错了，错得好彻底。人生没有那么多"以为"，那只是你的臆想；也没有那么多的等待，每一刻都会成为永恒，过往的永恒。有些东西一旦丢在岁月的某个角落，就再无法重拾。此时，他一定认为自己在爱面前是伟大的，这样于她是最好的。阿强成全了碧君。

他们以同样的理由、不同样的方式成全了对方。江涛以为等他荣归故里的那天，就可以和妞妞成为童话故事里的王子和公主，从此过上幸福的生活，可以补偿今天的决绝。阿强以为这是她的选择，以为放她走才是爱她，他甘愿一个人为她守候。原来他这么不了解她呀！看来，生活还没有教会他们。可是当有一天他们学会了、学乖了的时候，一切已经面目全非，因为生活这位导师是不会不收报酬而教你的，于它往往报酬丰厚，于你往往代价惨重。

五年后有了开头的那一幕。

光鲜的服饰裹不住江涛的灵魂，还是硬生生被抽走了，不同的是这次是妞妞抽走他的。

碧君在街头奔跑，妞妞在后面跑着、喊着。终归是没有追上。遗失在岁月里的日子是追不上的。这个小镇在盛夏的烈日里快要被烤干了，他们的故事也快被烧尽了，因为这次是他们最后的成全、最后的决绝。

妞妞又开始喝酒了。

碧君重复着那单调而乏味的工作。要说还觉得自己存活于世间的话，那就是因某先生每天准点的问候电话，每天准时送到办公室的玫瑰花，就这么点被追求的小插曲了。时间久了，人就习惯了，碧君想好了，就把自己这样交代了吧，反正，阿强已经娶了妞妞，自己已经是多余的了。这份痛却成了她不能承受的生命之重。她更不知道当初阿强是在她离开，江涛出走，妞妞生命快将终止的复杂情况下娶了妞妞，他不能看到妞妞自我毁灭，因为他们是最好的朋友，也因为他们可以互舔伤痛。这些年他们就是这样过来的。在她把自己处理之前，她还要活一次，哪怕就一次。碧君在衣橱里迅速翻着衣服，在镜前匆匆比试着，最后还是选择了当年那套蓝色的学生服，梳了辫子，唯一多余的就是在脸上上了妆。碧君握着口红的手颤抖着，全身都在瑟缩，对她而言这是将要去实现那沉睡心底的梦。最终，她还是去掉了那一脸的脂粉，这才是真实的碧君。

那一夜，她来到了他的家，敲开了那扇门，敲开了尘封多年的心，那夜他们活了。

那夜，妞妞醉了。第二天，在顺城河漂起了一具女尸。据说是住在镇子渔场的几个小混混干的。在没有证据的条件下，阿强要用自己的方式去为妞妞讨回公道。

教堂里正在举行一场盛大的婚礼。

载着新人的轿车缓缓地开动，在亲朋好友的祝福和掌声中正欲离去。阿强的身后拖出一条长长的血迹，望着眼看要离开的婚车呼唤不得，即使耗尽所有的血，他也要见到碧君。天怜红颜，她在不经意间从后视镜中看见了趴在地上的他。"阿强！"她不顾一切地跳下车，喊着、跑着，长长的婚纱几次将她绊倒在地。那边的阿强拼尽一切地爬。仅仅百米的路，在这对恋人间却像是万里长城，但这也强过咫尺间识不得，至少他们还可以相望，而有的人，转身即成永恒。他们可以拥抱了，终于。碧君抱着满身是血的阿强泣不成声，他颤抖着的手摸着她的脸庞。"碧君，我——我——是——来——告诉你——那是——爱——情！"手从她脸上滑落，泪从她那美丽的双眸滚落。她依然那么美丽，和当年那个骑车的女孩一样美，甚至更美，美得让人心碎！他们终将决绝。

一年后。

碧君带着行李离开了这个小镇，只是这个行李是一个可爱的婴儿，他有着阿强的小酒窝。她看上去少了份青涩，更有种知性美。美得纯粹，就像秋天的天空。

江涛身着警装，伫立在昔日他和妞妞追逐的那条河边，河水依旧，小镇依旧。

　　我的故事讲完了，这杯茉莉花茶也已被冲泡得失去了灵性，茶叶恹恹地栽在杯底。午后的阳光透过玻璃杯，射在茶叶上。窗外现在已是深秋时节，还有好多故事等着我们去倾听。或许窗外此时又正在上演某个故事。我想这光怪陆离的人世间的那些个故事正在我心中不停地浓缩，像一幅画卷：重门深掩，不知锁住了多少的悲欢离合，多少的浮华与落寞，多少的感动与寂寥？

　　而我，已在这人世间行走了千年。

林妹儿

杨友利

一

林妹儿要出远门了!

在这个一年四季风平浪静波澜不惊的小村庄,林妹儿要出门做活的消息就像一股小小的旋风,迅速在人群里掀起了一阵议论的热潮,就连村子旁边那静静流淌的涪江似乎也要沸腾起来。

那还是二月初二刚刚过去的第二天,"二月二,龙抬头",这正是传统的龙头节。这天,这座涪江源头的小小村庄家家户户都会从晾晒了大半年的玉米棒子中剥下最好的玉米粒,然后放在铁锅里混上淘洗干净的河沙,炒出白白的、香喷喷的玉米花。一时间,整个山谷都被笼罩在玉米花的香味之中。

就在这香味还未消散的时候,林妹儿家来了一个又矮又胖的女人,梳得油光发亮的发髻上别着一根银闪闪的簪子,蓝布的大襟外面罩着一件花围腰,脚上是一双山村很难见到的花布鞋,走起路来一扭一扭的。林妹儿叫这女人四表婶,据说就是她介绍林妹儿到松潘的漳腊金河坝上为矿工们做饭,收入颇为丰厚。

双喜从人们口中听到这个消息的时候,顿时感觉天晕地转,眼前一片发黑。林妹儿那楚楚动人的模样便又在他眼前浮现出来。十五岁的林妹儿虽然生在农家,却有着一张白白净净的脸,一根粗粗的辫子用红头绳扎在身后。干活的时候,辫子偶尔搭在了胸前,抬头朝后一甩,然后

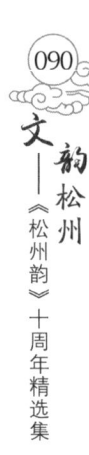

露出那浅浅的笑容，不知迷晕了双喜多少次。

现在林妹儿要离开这山村，到大地方去了，双喜急得像热锅上的蚂蚁，却又不敢直接跑到林妹儿家里去问个明白，只得在村外的河边转来转去，嘴里唱起了山歌，心里却想着心事：

久不唱歌忘了歌，

久不行船忘了河。

秀才提笔忘了字，

燕儿打食忘了窝……

唱久了，嗓子也嘶哑了，声音也没有了，他坐在河边的一块大石头上，朝水里扔着石子，轻轻地叹着气。

忽然，身后传来一阵低低的浅唱：

昨天唱歌没唱成，

今天遇到唱歌人。

把你好歌唱几个，

燕雀过山远传名。

听到这熟悉的声音，双喜顿时来了精神，赶紧从石头上站了起来，扭过头去，只见林妹儿低着头，慢慢地朝这边移过来。

双喜高兴地连跑带跳来到林妹儿前面，轻轻地喊道："林妹儿！"

林妹儿低着头，摆弄着手指，一只脚在地上踢着沙子。

"唉！"双喜叹了一口气，幽幽地说道，"黄雀的翅膀硬了就要飞走，林妹儿也要到大地方去了，像我们这种人，恐怕再也记不得了！"

"双喜哥，"林妹儿抬起头来，脸上竟然挂着泪珠，"我爸的病你是知道的，他的肺痨这么多年都没有治好，现在越来越严重了，弟弟也才几岁，现在家里也就只有我去挣点钱给他治病了……"

双喜将手伸进兜里，想摸索出什么东西给林妹儿擦眼泪，摸了半天，却什么也找不到。他叹了一口气，鼓起勇气，猛地拉住了林妹儿的双手，说道："你到了那边，一定要给我带信回来啊！"

林妹儿的脸红到了耳根，她使劲从双喜的手里抽住了自己那双被捏得有些生疼的双手，转过身朝家里跑去，留下一段话飘在了身后：

"等我挣够了给我爸治病的钱，我就会回来的！双喜哥，我一定会给你带信的！"

二

> 青藤子，牵过河，
> 自从你走心没落。
> 一月走，三十天，
> 二十九天没睡着。

双喜本是个天性乐观的人，可自从林妹儿走后，他却突然发现自己身上的快乐似乎被人给偷走了，每天吃不好，睡不好，干活也没有了力气，山歌也唱不出来了。他每天都巴巴地等着林妹儿的来信，可一晃几个月过去了，出了远门的林妹儿，却像那断了线的风筝，再也没了消息。

听村子里的人议论，林妹儿走了这几个月，只给家里写了一封信回来，也没有带钱回家。人们都说这外面的大地方就是不比这山村，林妹儿恐怕早就变了心，迷恋上外面的花花世界了。

双喜越听心里越不是滋味，他知道林妹儿不是那种飞出了窝就忘了巢的人，可她为什么会变成这种情况呢？双喜心里也是急得恨不得马上弄个明白，便决定给林妹儿写一封信去问问到底是怎么回事。

双喜小时候也在村里先生的私塾那儿上过半年的学，什么《三字经》《百家姓》《千字文》《幼学琼林》也是粗略地学过一点，可惜家里实在供不起一个只读书啥也不做的人，只能算是在先生那里刚刚发蒙就离开了私塾。双喜买来一张毛边纸，在私塾先生那里借来笔墨，靠着当年读书的那点记忆，结结巴巴地凑出了一封信。天知道那里面有多少错字多少别字。他将这信小心地折起来，放进一个牛皮纸封里，写上林妹儿走的时候留给自己的地址。然后，双喜将这封带着他无数期待的信拿到乡公所的邮政代办点，买了一张"大龙邮票"，贴在信封上，然后将信投进了挂在窗口的邮箱里。

在一年前的民国二十九年（1941年），省政府就开通了松州到龙安城的步班邮路，也在双喜他们所在的乡公所设立了邮政代办点。每隔十天，就有一名穿着墨绿色衣服，背着一个墨绿色大邮包的邮差来到乡公所，在邮政代办点的那间小小屋子里，将布包里的信件、报纸拿出来，然后将当地的信件放进他的那个邮包里。邮差的胳膊上挂着一个黄铜做的臂章，上面印着一只天鹅在两束麦穗中飞翔，下面还有一个大大的"邮"字，比乡长胸前佩戴的那颗"青天白日"党徽大多了。邮包上还挂着几个黄铜铃铛，走起路来叮当作响。人们远远地听到这声音，便知道邮差送信来了。什么黄河发生水灾，日本人占领武汉，这些消息都是乡长从邮差带来的报纸上读到，然后告诉大家的。

邮差那叮当作响的邮包带着双喜的信，也带着双喜无数的期待朝松州城走去了。接下来的日子变得一天比一天漫长，双喜巴巴地等了一个多月，可这信送出去之后，却石沉大海，再也没有一丝回音，难道真的是林妹儿变心了吗？她在那里到底遇到了什么事情？双喜再也坐不住了，准备到漳腊金河坝去，无论如何也要找到林妹儿问个清楚，哪怕是让自己死了这条心。

漳腊金河坝位于松州城北五十里的地方，早在清朝光绪末年，在漳腊就有人开始淘金。产于漳腊的黄金以其蕴藏量大、品位高、颗粒粗、成色好、融耗低而获"漳金"美称，闻名中外。在漳腊金河坝淘金的一度达到三万多人，内地无数的穷苦人家，纷纷来到这片称作"金河坝"的山沟淘寻心中的梦想，其中也有双喜所在村子的人。无数从各地涌到漳腊金河坝的木匠、背夫、农民，绝大多数都成了"马尾子"——因淘金的民工身穿用棕叶做的防水蓑衣，形似马尾，故称"马尾子"。

马尾子要在"金槽子"工作，一身的行头是避免不了的：身上必须要有棕树叶子做的蓑衣以便防水，背上必须要有用棕做的垫背以便背负金砂，脚上还得有用棕做的草鞋，既有一定的保温效果，还不会过于磨损双脚。而漳腊地处高寒，不产棕树，所以马尾子的这身行头都是由各地运往漳腊销售的。

双喜下定了决心要去漳腊金河坝寻找林妹儿，对父亲借口说要到漳腊金河坝去做买卖，将屋后的几棵棕树的棕皮全部剥了下来，用木槌捶打柔软，一张张整理好，使用一根粗大的钢针穿上棕绳，缝制起棕垫背来。棕制的垫背犹如一件坎肩，厚约一寸，穿在身上，又柔韧又牢固，既能为背部保暖，又能在用背筐背负东西的时候保护背部和肩膀，在双喜所在的村子是家家户户必备之物。双喜用了几天的时间做了十余件棕垫背，然后再用砍下的棕叶做了几件蓑衣，捆成一大捆，放在背架上，正好能够一背背下来。

做买卖的货物准备好了，还得有同行的人做伴才行。从双喜的村子到漳腊金河坝虽然是有着上千年历史的松（潘）龙（安）官道，但其间有数百里之遥，要穿越险峻的涪江峡谷，翻越高耸入云的雪山梁子。路上人烟稀少，野兽出没，在雪山梁上更有土匪活动，常有行走在这条路上的背夫失足跌下悬崖或者被野兽、土匪袭击的事情发生。因此，没有一群同路人，是不可能走这条道路的。

过了几日，村子里来了一队马帮，十几匹马和牦牛组成了一支长长的队伍，马背上和牛背上驮负着大大小小的洋油桶，一路上叮叮当当作响，原来他们是从江油沿着松龙官道给漳腊飞机场驮洋油的。当天，马帮在村里的歇脚店住下了。双喜在歇脚店跑前跑后，帮忙照料马帮，不到夜晚便和马帮的人熟识了，遂央求马帮明天出发时带上自己。马帮的老板很爽快地答应了他的请求。

第二天，天还未亮，双喜便随着马帮出发了。双喜用背架背着前几天做的棕垫背和棕叶蓑衣，紧紧地跟在马帮队伍的后面。山道险峻，马帮们走得小心翼翼，而从小生活在山区的双喜早已习惯了脚下的道路，且背上所背的物品对于从十多岁就开始负重一百多斤行走山路的他来说根本不足为道，因而走得健步如飞，加之恨不得立马飞到林妹儿身边问个明白，更是走得飞快，小半天的时间竟然将马帮也甩在了身后。

几天的行走下来，一行人穿越了险峻的涪江峡谷，翻过了高入云天的雪山梁子，景色已经变得和双喜的家乡不一样起来。官道两旁多是藏民的村寨，双喜只在这几年和父亲一起到龙安城当过背夫，从未到过松州高原，一路上东瞅瞅西看看觉得十分有趣，想到不多久就能够见到林妹儿了，不由得心中舒畅，扯起嗓子唱了起来：

出门三步就唱歌，

人人讲我欢乐多。

露水打湿眉毛上，

为妹才成这种人。

决心打把连环锁，

共同安放在心窝。

石山顶上起屋住，

不怕别人挖墙脚。

双喜唱得高兴，忘记了还有一大坨货物在背上，一口气没有吸上来，顿时觉得眼前发黑，一个趔趄，差点摔倒，赶紧驻上拐耙子，将背架放在拐耙子上撑住，然后大口大口地喘起了气。马帮的人们看到他那狼狈的样子，都不由得哈哈大笑起来。

转过几个山谷，眼前顿时豁然开朗，山谷中展现出一大片开阔的平地，那就是漳腊的飞机场所在地——当地百姓称之为"飞机坝"的地方。

三

早在民国二十四年（1935年）五月的时候，红军北上经过松潘，胡宗南便于松潘、平武、江油一带大量征调民工，在漳腊修建了一座临时军用简易飞机场，属于当时中国海拔最高的机场。由于当时飞机性能所限，加之飞行员没有高原飞行经验，故而停止使用，只作为战时备用机场。

抗战军兴，地处大后方深处的漳腊飞机场的地位显得愈发重要起来，国民政府在紧邻机场边的山洞内开辟了三个油库，在松潘境内组织、招募了数千头马匹和牦牛，组织平武、江油一带的民工，沿着涪江而上，将省政府储备的航空煤油和汽油驮到漳腊机场油库存放。

双喜所跟随的，便是这么一支驮运航空煤油和汽油的队伍。

双喜在飞机坝附近和马帮分了手，依依挥手道别。短短几天下来，大家都喜欢上了这个开朗、活泼，永不知疲倦的年轻人。

飞机场的旁边，岷江河从上游蜿蜒而下，对岸的河滩上搭满了简陋的木板屋，一条小山沟内，密密麻麻的人群如蚂蚁一般在其中穿梭，这便是金河坝，"漳金"的出产地了。

双喜背着货物来到金河坝，这里到处都是身披蓑衣、蓬头垢面的人。双喜随着人流、踩着泥泞的道路，在那些木板屋中间穿梭，打听着哪里可以出售他的棕垫背和蓑衣。最后，他被人带到了一间管事的屋子前面。管事仔细地翻看了他的棕垫背和棕叶蓑衣，很满意货物的质量，便全部买了下来。

处理了货物，双喜顿觉一身轻松，他穿过人群，走到河边一处干净的草坪里，从背上的行李布袋里掏出了一块玉米面做的火烧馍馍啃了起来。火烧馍馍咬在嘴里就成了粉末，让双喜觉得非常口干，他便趴在河边，低着头，就着河水喝了起来。吃饱喝足之后，双喜躺在了草坪里。这正是高原上鲜花盛开的季节，草坪上开满了各式的鲜花。双喜伸出手去，掐了一朵紫色的小花，举在眼前摆弄，心里盘算着怎样去找林妹儿。

夕阳已经在山梁上落下了半边脸，高原的黄昏也有了一丝凉意，双喜却是满身大汗。他几乎找遍了金河坝的每一间屋子，每一家饭馆甚至每一家烟馆都去打探过，却仍然没有打听到林妹儿的一丁点消息。愈是打听不到林妹儿的消息，双喜的心里愈是发慌，林妹儿在这里为什么一点消息都没有，该不是出了什么事情吧？

正在胡思乱想之际，双喜看见前面有一位老婆婆端着一个木盒子在卖香烟。双喜心情郁闷，便走过去掏钱买了一支香烟抽。

老婆婆给双喜点上了烟。双喜猛抽一口，被呛得连连咳嗽，连眼泪都流出来了，想到好不容易来到金河坝，却连林妹儿的影子都找不到，不由得叹起气来。

老婆婆见双喜不是抽烟的人，并且接连唉声叹气，便问道："小伙子，年纪轻轻，叹什么气啊？"

双喜心情郁闷，见老婆婆如此关心他，并且老婆婆在这里卖香烟，应该认识的人多，何不在她这里打探一下林妹儿的消息，便将林妹儿的情况如竹筒倒豆子般地说了出来。

老婆婆听他讲完之后，略微想了一下，说道："这金河坝哪有让十几岁女孩子给马尾子做饭的地方？我老太婆在这里做了几十年的生意，都没有发现有这种地方。"

双喜一听，心里更急了："难道是她的四表婶骗了她？听说外面的人贩子很多，林妹儿会不会被拐卖了？"说罢更加着急地叹起气来。

"不过，"老婆婆迟疑地说道，"你倒是可以到松州城的南门外一带找一找。我也在松州城卖烟，好像在那里看到过你说的这样的女孩子。那里有一家店……唉，最好她不会在那里。"

没等老婆婆说完，双喜便激动地跳了起来，连连对老婆婆作揖道谢："谢谢婆婆！谢谢婆婆！我今天晚上就连夜赶到松州城去！"说罢便急急和老婆婆道别，一溜小跑朝松州城方向赶去。

老婆婆望着双喜的背影，轻轻地摇了摇头。

双喜赶到松州城的时候已经是夜半时分，古城早已在黑夜里沉沉睡去，只有黑暗中偶尔传来的几声犬吠代表了这个城市在暗夜中的生机。高原初夏的夜晚，仍然是那么寒冷，一阵冷风吹过，双喜更觉得寒冷彻骨，只得蹲在南门的门洞内，扯紧了衣服，靠着墙壁，沉沉地昏睡过去。

四

　　天还未亮开，双喜便已经被冻醒了，只觉得浑身僵硬，只穿着草鞋的双脚几乎没有了知觉。双喜扶着墙摇摇晃晃地站了起来，走到了南街上，开始打量起这座高原古城。偌大的古城还未从沉睡中苏醒过来，偶尔有几个赶早工的人在街上匆匆走过。唯一开着的门面是小桥街上的几家烟馆，在里面享受了一个整夜的瘾君子们正摇摇晃晃地走出来，忙着赶回去睡觉，而还有几个迷糊着眼屎，流着鼻涕口水，打着呵欠，扑爬跟斗朝烟馆走去的，则是一大清早就犯瘾了的烟客。

　　双喜见找不到一个可以打探消息的人，便在街道上来回走动着，借以暖和身体，直到太阳出来，僵硬的身体才慢慢复原。

　　当双喜迈进南门外的那座挂满灯笼的屋子的时候，一个大约五十来岁又矮又胖脸上涂抹了厚厚一层白粉头上还插了一朵红色月季的女人迎了上来，用川西坝子的口音对他说道："哎哟，小哥这么早就来我们店了哟！"说着便伸出拿着一方丝帕的手向他的胳膊扯去，顿时一股胭脂的香味钻进双喜的鼻孔，直冲脑门。

　　双喜只觉得头重脚轻，双眼发晕，赶紧挣脱了女人的手，怯生生地说道："我是来找林妹儿的。"

　　女人停止了动作，警惕地看着他："你是她什么人？"

　　双喜顿了顿，说道："我是他家里人。"

　　"哎呀！"女人满是白粉的脸上绽开了笑容，"家里来人了也不给我说一声，快请坐快请坐！"

　　女人将双喜拉到堂屋的椅子上坐了下来，然后扭头朝楼上大声喊道："柳凤仙，来客人啦！"

　　双喜听得女人朝楼上喊着柳凤仙的名字，心里觉得很是奇怪，难不成是这女人喊错人了？

　　双喜刚想告诉女人我找的不是什么柳凤仙，是林妹儿，却只见一个打扮得花枝招展、身着花花绿绿的瘦小身影扶着墙从楼梯上缓缓走了下来。

看着那熟悉的身影，双喜顿时愣住了。

那身影停在楼梯拐弯处，对着女人轻声喊道："妈，客人在哪里？"然后目光落在了双喜的身上，也愣住了。

林妹儿看着双喜，嘴里轻轻地喊了一声："双喜哥！"然后趴在楼梯的栏杆上，失声痛哭起来。

"好哇！你这一走就没有了音信，原来是过好日子了，连自己的爹妈都不认了！"双喜腾地站了起来，气呼呼地就朝屋外走去。身后传来胖女人的声音："哎呀！我说家里来人了怎么也得吃个饭啊……"

双喜走在街上，心里越想越气，便风风火火地穿过南街，来到连接中街与南街的古松桥上，望着滔滔的岷江生闷气。

怪不得林妹儿这一走就再也没有了音讯，原来人家过上了穿金戴银的好日子，连名字都改成了什么柳凤仙，而且连自己爹妈都不认了，还认那个胖女人做了妈！唉，我真是瞎了眼，还辛辛苦苦跑这么远来找她。

双喜越想越气，伸手在口袋里摸到了半截香烟，是昨天他在漳腊金河坝卖香烟的老婆婆那里买的香烟，他抽了半截，剩下的揣在了口袋。双喜拿出香烟，身上却没有火石，只得将这半截烟放在嘴里空吸了几口，心也渐渐平静了下来。越想，便越觉得事情有些不对劲，为什么昨天那个老婆婆对着他叹气说希望林妹儿不在那里？为什么林妹儿一看见自己就大哭起来？她吃得好穿得好为什么还要伤心？这城里的西洋镜真的让人看不懂，如果我就这样回去的话恐怕也说不通啊，无论如何也要弄清楚这到底是怎么回事吧。

思来想去，双喜决定先暂时在这松州城待下来，等到弄清楚这事情的前因后果了再说。事情决定了下来，双喜的心也轻松了起来，便在街上闲逛，顺便找找有没有能够解决吃住的地方。

黄昏的时候，双喜在松州的外城汪师傅那里找到了一份工作。汪师傅是专门用红柳编制"斗笼"的,这斗笼就是一个小小的背篼,一个木桶般大小,底部尖尖的,专门供马尾子从金槽子(挖金的矿洞)里背金砂出来。

这汪师傅原来是漳腊金河坝的一名"匠人",漳腊金河坝淘金的工人分为匠人、二把手和马尾子三种。匠人是挖金的技术工人,他们可以从地质中辨别出哪里有金子,挖多深出金,并且负责用木板固定挖的矿洞。二把手是匠人的助手。马尾子则是用斗笼背砂的工人。挖出金子,匠人和二把手取其中的十分之一归自己作为酬劳,其余的交挖金管事。马尾子则依据背砂子数目的多少,发牌记数,结算工资。

在一次金槽子的塌方事故中,汪师傅被压断了双腿,也失去了在金河坝的匠人工作,后来流落到松州,干起了编制斗笼的营生。而随着漳腊金矿的飞速发展,需要的斗笼也越来越多,汪师傅行走不方便,急需一个帮手。松州高原不产竹子,斗笼都是用红柳编制而成。恰好双喜家乡盛产竹子,双喜从小就从父亲那里学得了一手编制竹制品的手艺,对于用红柳编制斗笼,不在话下。加之汪师傅见双喜勤快老实,于是顺理成章地将他收为帮工,管吃管住、不发工钱。双喜白天将编制好的斗笼背到古松桥头售卖,晚上和汪师傅一起编制斗笼。汪师傅则专门在家里收购红柳,编制斗笼。

五

这天黄昏,双喜卖完了堆放在古松桥头的斗笼,却没有准备回去和汪师傅一起编制斗笼。这几日白天在街头售卖斗笼的时候,他已经从人们的交谈中隐隐约约知道了林妹儿她们干的似乎是一种叫作"摩登"的营生,而且都是夜间在街头出现。今天晚上,他决定在这街头看一看,这"摩登"到底是怎么一回事。

天色渐渐暗了下来,街道上的铺面已经逐次打烊关门了,只有南街旁边的小桥街上的几家烟馆还是灯火通明,那些瘾君子们正在里面忘我

地吞云吐雾。远处传来几个小孩玩耍时唱出的歌谣：

> 腊月二十九，
>
> 小情哥要讨口，
>
> 背上背个烂篮篼，
>
> 拖起个烂杆走。
>
> 好个平番营，
>
> 烟葫芦儿棒棒打死人
>
> ……

这时从南街那里隐隐约约传来女人阴阳怪气的笑声，双喜回头望去，只见几个涂脂抹粉、打扮妖冶的女人扭着屁股在街道上发出阵阵的怪笑。一旦有男人走过，这些女人便靠了过去，手开始在男人们身上拉扯，嘴里怪声怪气地说道："大爷，过去玩玩吧！大爷，来呀！"

男人不耐烦地将她们的手从身上扯了下来，将她们推在一边，急急地赶路。女人们则在他身后再次发出怪声怪气的笑声。

天啊，这是啥子西洋镜哦！双喜只觉得自己浑身起了一层鸡皮疙瘩，厌恶地转过身，准备从东门绕回外城去。却在古松桥下，看见一个瘦瘦的身影，靠在柱子上，静静地望着岷江水，那身影是那么熟悉。双喜心中一阵惊喜，赶紧走了过去，轻轻地喊了一声："林妹儿！"

"双喜哥！"林妹儿扭头看见了双喜，眼泪便禁不住簌簌地落了下来。

"林妹儿，和我回去吧！"双喜对林妹儿说道。

"我，我没脸回去了。"林妹儿说道，"双喜哥，我现在没脸回到村子，也没脸回到爹妈的身边。你就赶紧回家，忘了我这个不干不净的人吧。"说着说着，林妹儿轻轻地抽噎了起来。

双喜以为她舍不得这城里的生活，便大声地对她说道："林妹儿，金窝银窝不如自家的草窝，飞得再远的鸟儿也会回到自己的巢里，明天咱们就一起走，回到咱们的村子好好过日子吧。"

"不，走不了了！"林妹儿哭着说道，"我是和老妈子签了卖身契了的，我走了抓住就会吃官司的。那天你来找我，老妈子就怀疑起你来了，我骗她说你是我的表哥。这段时间她天天都在注意你，随时准备到警察局告你拐卖妇女，我怎么能够和你走呢……"

"那我们就一起偷偷跑掉吧！走得越远越好！"

"跑不掉的，"林妹儿望着双喜那涨红的脸，说道，"往哪里跑哇，去成都，老妈子就是那里的人，肯定会抓住我们；去草地，那是番民的地界，我们语言不通；出川吧，听说一出川，到处都是日本人，他们可是见不得女人的。"

"可是……"

"没有可是了！"林妹儿打断了双喜的话，"我这里还存了一点私房钱，明天你就拿上赶紧回去吧，回去告诉我的爹妈，就说我已经死在雪山了！"

说着，林妹儿便转身哭着朝南门跑去，消失在了茫茫夜色之中。

双喜回到汪师傅家里已经是深夜，汪师傅大发雷霆，双喜解释说遇到了个老乡，谈得忘了时间，所以回来晚了。

六

一夜无眠。

第二天一大早，恍恍惚惚的双喜背着编制好的斗笠到古松桥头售卖，摆好货物，便坐在那里呆呆地发愣，不似往日那般精神十足地大声吆喝，就像一个木偶一般。偶尔有人询问，他才慢慢扭头看着人家，嘴里也是喃喃自语般地说着听不清楚的话。结果一早上，一件斗笠也没有卖出去。

日上三竿的时候，天空忽然传来低沉的嗡嗡响声。这声音就似那夜间的蚊子一般，在每个人的耳朵里徘徊，赶也赶不出去。双喜不由显得心烦意乱起来。

嗡嗡的声音越来越大，变成了震耳欲聋的轰鸣声，似乎连大地也开始颤抖起来。有人开始站在街道上对着松州城东的塔子山指指点点起来。双喜顺着他们指点的方向望去，只见塔子山方向的天空一片黑压压的东西朝县城飞了过来。这震耳欲聋的轰鸣声，正是这群东西发出来的。

"快看啊，那是飞机！"有人喊了起来。

双喜从未见过飞机，只是在来松州的路上马帮的人给他讲过飞机的事情，让双喜一直纳闷的是这铁做的飞机该是怎么才能飞到天空呢？现在，这一大群飞机飞了过来，双喜也不由得站了起来，在街道中间抬头看起了稀奇。

"轰！"一声巨大的声响从中街传来，令人震耳欲聋。接着，天空升起了一股黑色的烟柱，红色的火苗伴随黑烟在中街的房屋中升腾起来。

"快跑啊，那是日本人的飞机！"人群里有人大呼起来。

人们顿时慌乱起来，开始四散奔逃。

"轰！轰！"巨大的爆炸声从四面传来，天空中黑烟密布。爆炸的声响和日本飞机俯冲的呼啸声，掩盖了四处奔逃的人群的哀鸣声和惨叫声。

当日本飞机的炸弹落下爆炸的时候，双喜还没有搞清楚这是怎么一回事。在人群开始四散奔逃时，他才模模糊糊明白再不逃命就会被日本飞机上扔下来的炸弹炸死了，赶紧跑到古松桥边，准备背上货物朝外城逃命。这时人群涌了过来，双喜被人流推倒在地上，斗笠也散落了一地。他挣扎着准备爬起来，无数双脚便踏在了他的背上。他蜷曲着身体，在震耳欲聋的爆炸声中，对着南门的方向声嘶力竭地呼喊道：

"林妹儿…………"

爆炸声响起的时候，林妹儿还在自己的屋子里。接着屋外便是接连的爆炸声和人群的呼喊声。她慌乱地打开门来，急急忙忙朝楼下跑去。

楼下的堂屋内，老鸨和林妹儿的几个姐妹正趴在桌子下面大声哭喊。看见林妹儿从楼上跑下来，一名叫作红樱桃（和"柳凤仙"一样，也是老鸨起的艺名）的姐妹朝她大喊道："柳凤仙，日本飞机来炸我们了，快躲在桌子下面……"

话还没有说完，便是"轰"的一声巨响，一股夹杂着黑色烟雾的气浪将两扇大门直接掀到了屋里，屋子里顿时一片狼藉。

林妹儿被爆炸的声响震晕了过去，半天才缓过神来，勉强睁开眼睛，感觉脑袋嗡嗡作响，眼睛发花，浑身刺痛，左手手臂上有一股湿湿的热流。她使劲站了起来，环顾四周，屋子内的硝烟还未散去，堂屋已经是一片狼藉，躲在桌子下面的老鸨和姐妹们全部横七竖八地倒在了地上，靠近大门的红樱桃更是浑身是血。

林妹儿摇摇晃晃地走到姐妹们的身边，蹲下身子，哭喊着、摇晃着。老鸨慢慢地睁开了眼睛，看着手臂满是鲜血的林妹儿，吓得大叫起来。另外几位姐妹也逐渐清醒过来，只有红樱桃倒在那里一动不动。大家抱在一起痛哭起来。

在接连不断的爆炸声中，一个人大喊着"林妹儿"跑进了屋子。林妹儿定睛一看，竟然是双喜。

"双喜哥！"林妹儿喜极而泣。

"林妹儿，还有你们，大家快逃出去吧，这屋子经不起炸弹的爆炸！"双喜一把拉起林妹儿，对人们大声喊道。

老鸨和姐妹们互相搀扶着跌跌撞撞地跑到了街上，林妹儿回过头喊："红樱桃！"然后转身去拉倒在地上的红樱桃。

双喜蹲下身子，将红樱桃背在了背上，拉着林妹儿一行人，穿过外城，朝映月桥河对岸的卫公岩下跑去。

在高高的卫公岩的绝壁上，修建有一座观音阁。双喜一行人便躲藏在观音阁的脚下。这里处在松州城外的悬崖脚下。日本飞机顾及不到这里，一行人得以稍稍喘息，回头望去，松州城内，烟雾弥漫，火光冲天，爆炸声、惨叫声不绝于耳，死亡的气息笼罩了全城，而躺在林妹儿怀中的红樱桃，也停止了呼吸。

日本飞机轰炸完毕飞走后，大火还在松州城内燃烧，熊熊的火光映红了半边天。双喜担心起汪师傅的安危，将林妹儿一行安顿在观音阁下，简单地包扎了一下她们的伤口，便朝城里跑去。经过南门瓮城时，只见门洞内遍地尸首，血水成河，惨不忍睹。有人在那里逐一查看，却早已没有了生者。

双喜看见最先被日本飞机投弹的中街一带火光熊熊，便随着人群穿过南街，朝中街跑去灭火，只见中街一带的房屋几乎被烧光，大火正朝北、东、南三个方向猛扑过去，便赶紧在街上的废墟中寻得一个木桶，跑到古松桥头，加入灭火的队伍。

大火整整烧到当天半夜。这时恰逢天降大雨，加之大家的努力，终于灭掉了大火，但大火在南街已经烧到了古松桥头。

双喜早已累得虚脱，他放下木桶，坐在桥头喘着气，这才想起去看汪师傅的情况，便又赶忙起身来，拖着疲惫的躯体朝汪师傅家走去。

幸好，汪师傅家没有被日本飞机轰炸，汪师傅也没有受伤，只是受了点惊吓。

七

老鸨的店门外落了一颗炸弹，房子虽然受了损坏，却还基本保存完整，但是屋内的很多家具和陈设却被毁了。老鸨心想，这次损失恐怕大了，加之又死了红樱桃，还要赔上安埋费，恐怕一段时间都没法做生意，罢了罢了，此处不留人，自有留人处。便将林妹儿几姐妹召集起来，当着大家的面烧了卖身契，丢下还未掩埋的红樱桃，卷上细软，雇了一杆滑竿朝成都去了。

刚刚痛失姐妹，现在又忽得自由，林妹儿几姐妹喜极而泣，抱头痛哭起来。她们一边对老鸨放她们自由心存感激，一边又对她扔下死去的姐妹跑路感到万分愤怒。姐妹们拿出各自所存的微薄私房钱，凑钱买了一卷席子。县政府此时正在发放安埋费，每具尸体二十元。她们便去领了安埋费，雇人将红樱桃抬到城外山上的乱坟岗里草草掩埋了。可怜红樱桃红颜薄命，连自己的真实姓名和籍贯都没有留下，就此香消玉殒。

办完这些事情，已是两天以后，姐妹们就此挥泪作别，四散而去。

林妹儿收拾起自己仅有的几件物品，来到外城汪师傅家找双喜。汪师傅这几日没有了生意，双喜便忙着和人们一起掩埋死者，县政府每天管两顿稀饭，晚上就在汪师傅家里住宿。

双喜见林妹儿来找他，顿时喜从天降。林妹儿带着双喜来到南街，在一家还在开张的当铺内将自己唯一的一枚金戒指当了，然后找了一家饭馆吃饭。双喜见林妹儿带着自己当戒指、下馆子，知道林妹儿要和自己回家了，高兴得有说有笑，饭都吃了两大碗，却没有注意到林妹儿只顾低头吃饭，眼泪却似断线的珍珠落了一碗。

吃罢饭，双喜便和林妹儿一起到东门县政府外打听有没有到自己家乡的同路。正好县政府组织了一支马队要到平武龙安城运送一批省政府划拨的救灾物资，会经过双喜的家乡，双喜便赶紧与马帮说定，和他们同行。

黄昏的时候，双喜到汪师傅家辞行。汪师傅挽留不住，便给双喜送了一点盘缠。辞别了汪师傅，双喜在街上买了些干粮，便带着林妹儿跟随着马帮在北门外的一家歇脚店住了下来。

想到明天就要和林妹儿一同启程回家了，双喜高兴得怎么也睡不着，不由躺在床上哼起了山歌：

> 我俩情意浓又浓，
> 妹想哪样哥都从。
> 想要肋骨哥愿给，
> 你来摇看哪根松。
> 哥要种花围园种，
> 舍得淋水花就红。
> 单身自有人来伴，
> 饿鸟自有飞来虫。

隔壁的林妹儿听到后，心如刀绞，泪如雨下，眼泪浸湿了那小小的枕头。想起了埋葬红樱桃的那个乱坟岗，心底喃喃地唱道：

> 荞子开花遍山红,
> 茄子开花像灯笼。
> 讨到一团烂草垫,
> 把我卷在乱葬坟。
> 乱葬坟呢乱葬坟,
> 乱葬坟里已埋人。
> 埋了多少红花女,
> 埋了多少有钱人。

第二天天还未亮,双喜便早早起来,林妹儿面无血色,浑身无力,被双喜搀扶着上了路。

黄昏时分,一行人走到了雪山脚下的一处小小藏寨,就此准备扎营歇息。双喜忙着和马帮的人生起了火,拿出干粮分给林妹儿吃。双喜见林妹儿脸色不好,便扶着她在一户热情的藏族老阿妈家讨得了一碗热腾腾的酥油茶给她喝。

这时,村寨外的寺庙里传来僧人阵阵的念经声。

"他们是在念什么经呢?"双喜好奇地问道。

"哦,"藏族老阿妈说道,"他们正在为被飞机炸死的松州百姓诵经祈福。"

林妹儿听到这里,想起了死去的红樱桃,心里便难过起来。又想起小时候听父母讲过,人死了之后,魂魄会被黑白无常勾去,交由牛头马面带到鬼门关,过了鬼门关,经过黄泉路,走到路的尽头便是忘川河,走过河上的奈何桥,然后在望乡台最后望一眼自己的故乡,喝下孟婆汤,便会忘却今生今世的一切。最后,魂魄会被带到阴曹地府去接受阎罗王的审判,以决定他们是升天做神仙,或再次投胎做人,还是被打入十八层地狱去受苦。林妹儿想到自己这样一个不干不净的人,在阴间恐怕什么刀山、油锅、碾盘、锯解、石磨等酷刑都会来个遍吧,便不由得浑身颤抖起来。

"林妹儿,你怎么了?"双喜察觉到林妹儿脸色的变化,连呼吸也变得急促起来，便急急地问道。

"没什么，"林妹儿说道，"双喜哥，我头很晕，先去歇息了。"

双喜赶忙扶起林妹儿，谢过了藏族老阿妈，将她扶着回去歇息了。

天明之后开始翻越雪山梁，林妹儿面色惨白，浑身无力。双喜搀扶着她，远远地落在了马帮的后面。双喜以为林妹儿在城里好吃好耍时间长了，身体耍懒了，爬山爬不动，便不住地为她打气，拉着林妹儿一步一滑地在泥泞的小道上慢慢走着。

下午过后许久，两人终于爬上了这座横亘在松州与龙安之间，分隔开岷江与涪江的雪山梁。此时正当天晴。回望西边松州方向，崇山峻岭已经踩在了脚下，而在南方不远处，高耸入云的雪宝顶覆盖着厚厚的白雪，静静伫立在阳光下。两人坐在雪山梁上，背靠着一堵石头墙歇息，那是古代修筑的雪栏关关卡，如今已是一堆废墟。

呼吸着雪山梁上凛冽的空气，双喜心情大好。他扶着林妹儿站起身来，指着山下的方向说道："林妹儿，加把劲，下山之后我们赶上马帮，明天就能够回家了！"

林妹儿摇摇晃晃地站起身来，只觉得头重脚轻，双眼发花。

双喜用双手放在嘴前做出喇叭状，对着雪山唱起了山歌：

> 清早起来上啊梁，
> 梁上有个大堰塘。
> 好个堰塘无呀水，
> 好个情妹又无郎。
> 堰塘无水我关起，
> 情妹无郎我填房。

林妹儿听了，心里的悲伤难以自制，便也轻声地唱起来：

> 双喜哥哥太痴情哟，
> 不配和你共一屋哦。
> 妹妹生来命就苦哟，
> 看来没有那种福哦。

唱罢，忽然眼前一黑，便软软地倒在了地上。

双喜一惊，赶紧蹲下，扶着林妹儿的头大声喊了起来。

不知过了过久，林妹儿终于睁开了眼睛。

"双喜哥，"林妹儿微微张开已是惨白的双唇，轻轻地说道，"我们的家乡在哪方？"

"在那里。"双喜抹了一把脸上的泪水，轻轻扶起林妹儿的头，朝家乡的方向望去。

林妹儿挣扎着想站起来，双喜赶紧扶着林妹儿的身子。双喜感到林妹儿的身体就像是一片纸一般轻薄，似乎风一吹就会消逝得无影无踪。

双喜扶着林妹儿，慢慢地走到了一处高台，面对这东方，脚下是险峻的悬崖，层层叠叠的山峦在他们的脚下匍匐着延伸到了远方。

林妹儿望着东边的崇山峻岭，那是涪江流过的高山峡谷。在望不见的远处，那小小的村落便静静地掩藏在深深的山谷之中。林妹儿望着远方，喃喃地说道："望乡台上望故乡，喝了孟婆汤，还能记得你吗？"

"什么？"双喜没有听清楚，便凑近了林妹儿。

林妹儿对着双喜惨然一笑："对不起，双喜哥……"便猛地朝前迈去。

远远望去，山谷中，一个白色的身影轻轻地坠了下去，犹如精灵一般消逝在雪山的脚下。伴随而来的，是一阵撕心裂肺的嚎哭。

"林妹儿啊，你为什么会这样！"双喜大哭着紧紧抓住从林妹儿衣服上扯下的一片布条，久久地不愿放开。

雪山梁的寒风怒号起来，天空，一抹晚霞悄悄地移了过去，遮住了即将落山的太阳。

猎 手

刘 源

　　老张山疲惫不堪地倚在一棵枯死的老树上。他放下肩上扛着的猎枪，叹了口气，从腰间抽出烟杆，点上火，深深地吸了一口，抬头默默地望着头顶上狭隘的天空。

　　这是一片很大的山林，厚重密集的树叶像一个结实巨大的牛皮帐篷，将林中的一切严密地笼罩在里面。偶尔有几声鸟叫遥遥从远处飘来，若有若无，像缥缈的花香，只觉得存在，可细细搜寻，却怎么也找不出从何处传来。弥漫在沉寂中的氤氲，消融了林中一切的声音。

　　已是黄昏，倦鸟归林。

　　树林里的生命劳累了一天，都已倦怠，在巢穴中静静等待黑夜的降临，然后在夜的温柔的怀里甜甜地做一个美梦，待到明晨依旧披着星光醒来，继续自己的生活。

　　然而此时，太阳却迟迟不肯离去，在西山上漏出半边脸，恋恋不舍地望着下面的山峦和树林。有几片阳光撕破了厚厚的叶帐，从裂缝间探出几缕光，窥探着潮湿的树林。

　　老张山倚在枯树上，无聊地拨弄着那把老猎枪。这支枪陪了他一辈子，有些部件已经老化了，偶尔也会倚老卖老地罢罢工，嘿嘿，像自己的有些零部件一样，老了，不好用了。老张山这样想着。老猎枪在他手中不断发出咔咔的刺耳的声响，就像一把剪刀将圆融的沉寂剪出一个小口子来，透出一丝生机。

　　老张山今天一大早就进了山。他沐浴着清晨的浓雾，在山里转悠了一天，却没有发现任何猎物，尤其是他想要的狼。

是的，狼。

老张山打了一辈子猎，积攒了几张狼皮，油光滑亮、软和厚实。他准备用这些狼皮做件袍子，可仔细量了尺寸后，发现还差一张，于是这些天他都在山里转悠，希望能够猎到一匹狼。

这些年，狼已经很少见了。其实，他这么大的年纪早就该休息了，可是他不肯，一心想要他的狼皮袍子。村里不时有人劝他封枪，可他每次都是嘿嘿一笑，咧开嘴，漏出几颗腐坏的牙齿，黑黑黄黄的，不搭腔。见劝告没有任何结果，大家的心也就慢慢变冷了，没有人再来劝他了。背地里，有人开始说，老张山都这么大年纪了，还不肯停手，他怕是要死在山林里了。这些话传到老张山的耳朵里，他照例嘿嘿一笑，既不理会，也不说出他的打算。老张山从来都不是一个喜欢解释的人。

时间在静静地流淌，幕天席地扑来的黑暗犹如漫山遍野的蝗虫，吞噬着与光明有关的一切。最后一缕光亮从天地间消失，阴暗潮湿的气息在山林间铺展蔓延，腐殖质的味道像是蛇信子，在灵活的伸缩中搜索着一切可以腐化的东西。

老张山无意识地倚坐在枯树根上，潮气已经顺着裤脚慢慢地爬上了膝盖。他感到腿有些凉，就站起身，揉了揉酸麻的双腿。他又沉思了一阵子，抬头看见几只蝙蝠在夜色中快活地徜徉着，交头接耳中似乎在散布着什么诡秘的事情，忽然又四散开来，振翼远去。老张山这才意识到天已经很晚了。他提起枪挂在肩上，准备转身返回。

老张山急匆匆地走在枯枝败叶铺就的山间小道上，脚下软绵绵的，像是踩在什么动物的尸体上。他心里有些急躁，发干的喉咙里像在冒火。他知道山间的夜路是极其难走的，虽然处处寂静，却危机四伏，要是一不留神，就会发生让自己后悔一辈子的事情。老张山握紧了枪，警惕地注意着身边的一切。每当有啥风吹草动，他的心就提到了嗓子眼。以前他回去总不会很晚，作为一个老猎手，他有丰富的狩猎经验，还有强烈的自卫意识。

老张山听到了潺潺的流水声，心里渐渐平静下来，脚步也放缓了。

来到小溪边，离自己的村庄也就不远了。他决定在溪水里洗把脸。提心吊胆地走了一阵，汗水湿淋淋地抹了一脸，还好没有发生什么事情。

老张山走到溪边，蹲下身子，把猎枪放在旁边的一块石头上。他扭头看着半山腰的村庄，黑乎乎的一小块，像是贴在山腰上的一块狗皮膏药，龌龊而肮脏。他低下头捧了一把水，喝了，又捧起几捧水抹了把脸。他怔怔地蹲了一会儿，准备再捧水洗脸。突然，他觉得自己的心迅速地跳了一下，一股寒意从脊梁升起，瞬间传遍全身。就在一瞬间，老张山一把抓起身边的枪，站立，转身，端枪，瞄准，一气呵成。他定睛一看，额头上顿时渗出密密麻麻的汗珠，冰凉冰凉的。

他分明看到两点绿光，亮莹莹的，像两团在夜色中跳跃闪烁的小火苗。

狼！

这个念头刹那间在老张山的脑子里闪过，再也挥之不去。他盯着那两团绿光，不寒而栗。那目光离他如此近，他能看清隐在它眼中的狡诈、残忍和坚韧不拔。老张山抓紧了猎枪，端得笔直，动也不动。

夜色这样浓，老张山不知道自己能否对付得了它。黑暗中，狼占尽了优势。

那两团绿光迟疑了一下，停止移动，过了一会儿，又继续前进，而且越来越近，越来越近。

老张山终于看清楚了，这是一匹很老的母狼，瘦骨嶙峋，皮毛枯燥，肚子很大，一走就晃来晃去摇摆不定。它浑身透着疲惫和饥渴。老张山知道这是一匹怀孕的母狼，大概是渴了，来小溪边喝水。快要下崽了吧？老张山这样想着，端得笔直的手臂微微松懈了些。母狼忽然间停止前进，死死地盯着老张山。老张山心里一紧，又挺起猎枪瞄准。

人。狼。溪边对峙。

山风起了，轻轻地吹动着溪水。溪水欢快地流淌，叮咚地歌唱。

狼舔了一下嘴巴，瞅了一眼老张山，慢慢地走向溪水。老张山松了一口气，觉得手臂有些颤抖，就让自己稍微放松了一些。狼低头喝水，偶尔回头望望老张山。老张山放下了枪，立在胸前。

狼终于喝完水，晃着大肚子跑了回来。它经过老张山的身边时，意味深长地望了他一眼，然后继续向前跑，渐去渐远。

忽然，老张山鬼使神差般地迅速端起猎枪，食指轻轻一勾，于是，一切就这样改变了。

"咔。"这不是老张山习惯听到的那响亮清脆的枪声。

母狼听到声响，转过身来，低声咆哮着，一步一步紧逼向老张山。

山风渐渐大，溪水泛起细浪，歌声愈加欢快。高大的树木，摇动着树冠，发出沉重的叹息。

老张山觉得喉头发紧，口干舌燥。他费力地咽下一口唾沫，拉开枪栓，检查火药，火药还在。他再次推上枪栓，瞄准，手不由自主地颤抖起来。老张山觉得自己的脊背有些潮湿，汗水已经浸透了肌肤，还在往外渗。山风吹过，他感觉到阵阵凉意，不禁打了个寒战。

老张山努力地举起枪，母狼的身影愈加清晰了。他咬着牙，闭上眼，手指狠狠地一勾，绝望般地吐了一口长气。

"咔。"

老张山彻底绝望了，他机械地把枪栓拉下，推上，拉下，推上，他觉得把自己一生的时间加起来还不如这一瞬间漫长。时间是凝固了吧？为什么一切都静止了？

夜空中，冷星还在眨眼，漠然地注视着下面的世界。

山风在林中肆无忌惮地奔腾、咆哮，搅得树林翻江倒海。高大的树木拼命地摇动，愤怒地谴责着这个暴君。溪水谄媚地笑着，奉献出千变万化漂亮的花纹，向风表示臣服。

狼纵身扑过来，一声凄厉的嚎叫划破了夜的寂静，尖利惨白的獠牙刺破了夜的黑暗。

一颗流星划过深夜的天宇。

大片大片的树叶被山风吹落，在空中翩翩飞舞，犹如垂死的蝴蝶，飘飞，零落。

在喉管的鲜血汹涌而出的瞬间，老张山的手缓缓滑过猎枪的枪身，触摸到猎枪的保险，脸上露出苦涩的笑意，颓然倒地。母狼转身离去。老张山微笑着拉开保险，吃力地瞄准，嘿嘿地笑了。

瞄准。瞄准。终于瞄准了。老张山的眼睛有些模糊了，他在笑声中用尽身上的最后一丝力气，关上保险。他脸上依然带着微笑，嘴里轻轻地说了声："啪！"猎枪就从手里无声地滑落。

几只蝙蝠在夜空中扑打着翅膀，聚了又散，散了又聚。

山风渐小，一切归于平静。

青涩之春

◎ 蔡 蕊

我一点一点地抓住她的手臂,指尖深陷入她瓷白的肌肤,硬生生挖出几道血痕…

复又趴在她身上小声啜泣,道:"叶宁水,我恨你。"

父母离婚后,我便精神不振,把自己封闭得像刺猬,不与人来往。父亲总是竭尽全力对我好,仿佛要将他对母亲的愧疚化作无尽的爱意,灌注入我生命。时光如水,冲淡了我的戾气,可在我的伤口将要弥合之际,在我即将痊愈的时候,叶宁水她出现了。她是一把带剧毒的盐,敷在我伤口上。

那日,父亲带来一对母女,那女孩和我一般大,眉目清秀,怯懦地站在她母亲背后。"盏儿,你要大些,以后要视宁水妹妹为亲姐妹,好好待她,好吗?"父亲温慈地把目光投向我,那般灼灼的眼神分明是想得到我的欣然接受。可我仓促跑开,双目内的湿意渐趋厚重。今后,我怕是连这仅存的父爱也要予人一半了。

以后的日子里,我处处为难叶宁水。说她被子乱叠,说她不爱卫生,衣服上沾有墨迹也不洗,说她偷看我日记……倾听者自然是我父亲。可每每我说这些给他,他总默默不语,点上香烟,一根接一根抽。烟圈在屋里四处飘摇,就像我眼里虚无缥缈的父爱。直到有一天,他说:"盏儿,你的眼里真是一点沙子也容不下。"低沉的嗓音很小,可我却一字不漏地记了下来。我对自己说,叶宁水绝不能原谅。

几日后,回家的路上,我在小商铺里看到一只表。那是一只描金串珠的怀旧怀表,令我十分喜爱。可是在看了标价之后,刚才的喜悦一扫而空。500元的怀表对我来说太奢侈，父亲他现在根本就不在乎我，是断然不会给我买的。于是准备离开商铺，迎头撞上叶宁水。"盏儿姐真的喜欢这个表吗？"她轻声说，碧波一样的眼凝视着我。我没有理会她，绕开她便走了，只觉得她太假惺惺。

"顾千盏你给我出来，皮衣里的钱是不是你拿的？"我连忙走到他面前。父亲蹙紧眉头，眉眼深处的纹路绷得直直的。他从未如此生气。我一直不承认，还不停为自己辩解。一个大手如影般扣过来，刚好搁在了我的脸上，清脆响亮。我捂着自己火辣辣的脸，心中有莫大的委屈。湿红的眼眶直直看着父亲，也一并看到了他身后，那双碧色的眼。我笑了笑，除了是她说给父亲，还能有谁？

夜晚，我躲在她的卧室。待她进来，便一把把她按在墙壁上。我一点一点地抓住她的手臂，指尖深陷入她瓷白的肌肤，硬生生挖出几道血痕……我说："叶宁水，我最见不得你这双眼，是最最虚假的东西。"她没有反抗我的举动，只是腾出一只手，在包里摸索，不一会儿便摸出一块金灿灿的东西，那正是我所喜爱的表。看着我无比惊讶的表情，她轻轻地放开了我伤害她的手。"盏儿姐，你误会了，那天看你喜欢，我就用自己的压岁钱买下了这块表，想送给你，让你不再那么讨厌我了……"我接过那块带了体温的怀表，复而又趴在她身上小声啜泣，"叶宁水，我恨你，我恨你对我如此好…"

这场风波终是结束了，顾千盏与叶宁水从此亲密无间，更甚亲姐妹。在这个青涩之春，我们最为盛好的年华，我们会遇到太多人太多事，甚至会有许多出其不意的羁绊。而不管它是苦是甜，记得用心珍藏，因为它值得一生回味。

春　寒

占　巴

　　沉闷的午后，一脸倦意的男人们在厨房喝完最后一口面汤，默念上几遍经文后，走出厨房。有人厉声呵斥着，驱走了在院子里奔跑嬉戏的孩子们。

　　妇女们看见僧人下楼，匆匆躲进厨房。百十来人用过的锅碗瓢盆堆置在院子的泥地中央。土灶的大铁锅下，饱含松脂的干柴在猛烈燃烧，蓝色的烟与沸水蒸气搅和、升腾，撩拨着大家的眼睛和头发。

　　人群忽然骚动起来。我连忙起身，透过人缝，看见四个男人用一张牛毛毯子抬着我的好朋友尼玛，从一楼阴暗的木门里走出来，快速穿过拥挤的人群，走向放在院子外的棺材。我瞬间喘不上气来，仿佛被一把无形的铁锤击在胸膛。炽热的阳光下，被白布缠裹成胎儿形状的他，蜷缩着，散发着浓烈的药粉味。看着他被装进了棺材，我禁不住眼泪簌簌掉落。

　　蓬头垢面的男人们脑袋对着脑袋，脚尖顶着脚跟。我被他们包围着、审视着，连最细微的情感变化也逃不过他们的眼睛。不管我如何克制自己，可泪水还是不停地从眼眶里流出来，模糊了眼前的景象。

　　二楼传来一个女人撕心裂肺的干嚎声，把所有人都惊了一下。我听出来那是尼玛的阿妈尕梅姊子，她呼喊儿子的悲伤哭声响彻院子，字字句句让我心头发颤。

　　为了掩饰情绪，我挺直脊背，仰起脑袋，把视线移向村子背后的山野。在层层梯田和森林之间，我看到了破败废弃的多西村。在初春泛起绿意的山脊左侧，两棵形似大门的柏树立在村头。柏树上方的那面土墙，让我清晰地忆起了尼玛的脸庞。

我低下头，用余光慌张地窥探离自己最近的几个人。他们呆滞、茫然、麻木的目光落在那口涂成黑色的棺材上，神情中没有流露丝毫的悲伤。顺着他们的视线看去，我发现他的两个叔叔一蹲一站，正往棺材里塞衣服。透过人缝，只见索朗旺修悻悻地蹲下去，又站了起来。烦琐的葬礼过程，似乎磨光了索朗旺修的耐心。他把怀里的衣服扔进棺材，不时拍拍衣服上的灰尘。

他的弟弟俄木扎西趴在棺材上，正小心翼翼地把一件件衣服卷起来，填补棺材里的空隙。他也许是在担心可怜的侄子入土后会冷，才会塞那么多衣服。

俄木扎西将一件褪色的氆氇藏袍摊开，完全遮盖住躺在棺材里的尼玛。不知为何，我混乱复杂的情绪稍微平静了些。

这时，村里几个跟我同辈的年轻人，将在太阳底下晾晒了好几天的棺材盖抬了过来。合上棺材盖。索朗旺修哼哧着弯下腰，挥起木槌钉木栓。当他一头汗水，有些艰难地站起来后，仓促的葬礼就这样开始了。

多西村的见泽抱来一捆用柳条捆好的干箭竹，穿过人群，把竹子塞到烧水的大锅下面。土灶挖在地里，口被堵住后，锈迹斑斑的烟囱里冒出浓密的白烟。烟雾在院子里弥漫开来，男人们有的用衣袖揉眼睛，有的直接逃到院子外面。我用衣领捂着口鼻，忍耐着熏眼的痛苦。人群中，脾气急躁的人忍不住开口嚷嚷："一把年纪的人了，火把都点不起来吗？快去个人帮帮他。"

见泽默念着八字真言，把箭竹的一端夹在手臂下，两手慢慢转动。等火渐渐烧上了箭竹后，他才从灶口抽出火把，不急不慢地向外面走去。

棺材前后都套着绳子。四根结实的杠子横穿绳套，呈井字形在棺材上架了起来。

大伙儿都使劲啊！

不知是谁催促了声，那口沉重的黑色棺材被猛地抬了起来。棺材上绳索抽紧，发出吱吱的响声。

棺材抬到巷子里，围在岔路口的人让出一条路。僧人们的法器声、诵经声，在我们身后炸裂开来。鼓声回响不绝。巷子里散发着猪屎羊粪混杂的气味。老人和妇女们唱诵经文的声音漫过石墙、柴垛和栅栏，石墙青瓦交错的村子沉浸在悠远、悲怆的唱经声里。我含泪快步走着，像个心虚的贼，想要快点溜出村子。我怕尕梅婶子披头散发地跑出来，在巷子里喊她的儿子。

巷子两旁的大门、石墙和窗户上缀着红布条，放着辟邪的斧子和弯刀。

男人们扛着棺材，以极快的速度往村口冲去。赶到磨坊边，走在前面的见泽走下坚实的水泥路，过桥后，弓着腰爬坡。在他下面的河道里，男人们抬着棺材下水，哗哗的小河打湿了他们的鞋子和裤腿。

棺材过河后，要经过布满碎石的陡坡。几个空手的人抢到前面，把棺材一头举了起来，剩下的人拥到棺材后面，使尽全力推。棺材倾斜着朝上移动，几块碎石滚进河道。男人们走上陡坡后，我发觉自己还没有过河，便急忙跑过桥，一口气追了上去。

坡后是一片宽广的庄稼地。绿莹莹的庄稼地中间，立着一排歪斜的粮架。男人们相互推搡着，在拥挤中替换体力不支的人。他们踩着稳健、迅疾的步子，甩着手，快速往山脚走去。

我踩着地里的青稞苗，也往那边赶。送葬队伍到了庄稼地尽头，抬着棺材，翻过事先拆开的栅栏豁口，往野草覆盖的荒坡上爬。

梯田，草坡，纵横交错。在林子与荒地接壤的地方，几十面褪色撕裂的经幡，在一梯梯狭窄的荒地里猎猎飘动。那是河谷村的坟地。

我喘着气，赶到了荒坡上，从那里看见男人们抬着棺材钻进灌木丛生的小路。见泽从附近捡来干草，准备点燃提前在荒坡上准备好的柴架和祭品。

我想跟上去帮着抬棺材，蹲伏在草丛里的见泽喊道："上面的路窄得很，容不下那么多人，就别往上走了。"

通往坟地的曲折小径，攀附在废弃的贫瘠梯田间，路两旁都长满了扎人的沙棘树。虽然从我站的地方看上去，到山上的坟地不远，可要把棺材抬到那里，怎么说也得十几分钟。

看着已经在山路上排起长队的人，我说："他们需要帮手。"

"那么多人挤在那个地方，你上去了，也帮不上什么忙。"见泽说着，把干草塞到柴架下面，用火把点了干草，火苗喳喳燃了起来。

见泽起身，勾了勾手腕说："来，帮我烧祭品。"

我看了看呼呼烧起来的柴架，和正在小路上喊号子的男人们，心里一时做不了决定。

见泽继续劝道："在这儿送他和到坟地里送他都一样，人死后灵魂离开肉体，飞去了他想去的地方。我们看不见他，他也摸不到我们，唯独烧去的祭品才能送到他那个世界，安抚他，喂饱他。"

见泽说完，把纸箱子里装着饮料的塑料袋一样样取出来摆好。我走到火堆旁，弯下腰帮他。见泽扬起稀疏的眉毛，嘴唇嚅动，吐出几句抑扬顿挫的真言，用指节粗大的手指挑开塑料袋子上的结。我在他身上闻到了一股浓烈的白酒味。

看看那里，见泽努起嘴唇，指着抬棺材的队伍说："用不了两年，我也会像他一样，被你们急匆匆地抬到那里埋掉。你说说，一个快死的人戒酒还有什么意义吗？"

这句话使我有些惊愕，我不知道该说什么，只能呆呆地看着他那张爬满皱纹，像一块枯树皮似的脸。

见泽用手撑地，身子面向火堆。他从地上拿起几根干树枝，在膝盖上顶断，丢进火里。火势瞬间旺了起来。他凝望着阳光下摇曳的火舌，用悲凉苍老的声音说："该死的人应该是我这个老不中用的，而不该是他啊。"

我鼻子一酸，差点流出泪来。我知道，他在说尼玛。

见泽说完，紧闭着嘴，泪水和鼻涕一个劲地流。他眨了眨眼，用手抹掉眼泪鼻涕，撑在草皮上，从怀里掏出一个饮料瓶，打开瓶盖，喝了一口,然后咂咂地咂了咂舌头。他把瓶子递给我,我谢绝了。我从口袋里掏出烟盒,取出一根南京牌细烟回递过去。

见泽接过烟,打趣道:"现在的年轻人都抽这种烟吗?"

我有些不好意思地说:"现在都流行抽这种细烟,劲儿小,对身体危害不大。"

见泽瞄了下深蓝色的烟嘴,又杵到鼻子下闻了闻,说:"这烟我这辈子是没学会抽啊。你阿爸十几岁就学会了的事情,我活了六十好几也没有学会。有时候想想,我这一生就像是诅咒缠身,尽跟牲畜打交道了。"

我迟疑着取下嘴里的烟,拿在手上没有点。

见泽端详着烟,神情哀伤地打开了话匣子。"我没有你爸那么好的命,你爷爷是干部,你的阿爸从小就有棉布鞋穿,没光过脚,你们家里有粮票布票,你阿爸几兄妹逢年过节还能吃到米和肉。我的命就苦了,那时候我们家虽说是贫下中农,成分好,可一大家人吃饭的嘴多,挣工分的劳力少。那会儿,多西村、河谷村,以及周边十六个村寨,人人都在地里搞生产。从大队到村里,再到公社,每逢开会就高喊要农业学大寨。我们不明白大寨是什么意思。只要不去放牧,能跟在大人屁股后面开垦荒地,我就很高兴。你看现在那一大片荒废的梯田,都是我们村里人一锄头一铁锹挖出来的。"

他举起手指了指对岸山野上的一层层梯田,最后落在仅存几面土墙的多西村,停留几秒后,又收了回来。我想他是看见现在变成废墟的老家后,又想起了那些往事。

果然,停顿片刻后,他说:"我们没完没了地开荒,一年到头都在地里忙活,肚子却始终吃不饱。春天播种的时候,只要大人们聚集起来开会,我就去偷胡豆种子。到了晚上,我回家躺在床上,从衣兜里拿出胡豆,放在嘴里嚼,连皮一起咽下去,然后再喝点冷水扛饿,结果第二天被窝里全是屁味儿。"

他露出一个让人心疼的笑容,几颗黄牙从暗红的牙床上展露出来,塌陷的眼眶里闪过一抹亮光,眼角残留着湿润的泪痕。

"邓巴达吉叔叔和你们是一辈人吗?"我打断见泽的话头问。

"是的。"见泽回道。

"他是怎么死的啊?"我问。

见泽愣了一下,拿起酒瓶子,抿了口酒,然后摇晃着手里的半瓶酒说:"喝酒喝死的。"

我的问题好像戳中了见泽的痛处,塑料瓶中的气泡翻滚。过了一会儿,见泽才说,"酒不是好东西,可是喝酒能忘掉许多事情。只是邓巴达吉一死,就影响了孩子的人生。"

酒下肚后,见泽揉捏着塑料瓶子,一点点拼凑着凌乱的记忆。

"我和邓巴达吉一家人是邻居,他的死我清楚,可这件事情来龙去脉几句话讲不清楚,让我想想怎么给你说。这么说吧,八几年,差不多是你阿爸十八岁去当兵那年,政策一下子变好了,家家户户都分到了地和牛。粮柜里有了粮食,圈里有了牲畜,村里的长辈们张罗着嫁女儿、娶儿媳。邓巴达吉的阿爸塔洛大叔,也开始给大儿子邓巴达吉物色媳妇。我没记错的话,邓巴达吉是二十一岁娶的尕梅。那一年,邓巴的两个弟弟,索朗旺修好像是十九岁,俄木扎西好像是十七岁,两个都是大小伙子。你知道,长子主家是我们这个地方世代不变的习俗,但是索朗旺修和俄木扎西两个人也要成家,那么他们就得分掉一部分家产。说起分家产的事,邓巴达吉的阿爸塔洛大叔不干了。塔洛大叔曾对儿子们说,在我闭眼之前,谁也不要想从家里拿走一粒青稞、一根绳子。"

"这老人也挺固执的。"我说。

"你不懂,"见泽说,"我们多西村的老人是从苦日子里熬出来的。我们有了土地和牲畜,就再也不想过以前那种挨饿受累的穷日子。别说塔落大叔,当时村里好几户儿子多的人家,也不愿意看到儿子们分掉他们看成命根子的土地和牲畜。然而,儿子们长大了,像是脱缰了,任凭衰老的父母怎样呼唤,也是无能为力的。一边是阿爸的遗愿,一边是快要成年的两个弟弟,邓巴达吉就为难了。不幸的是在这个时候,尕梅的肚子大了起来。咱们这些地方，别看村子小，人心却不善良，一看尕梅挺着肚子去挑水，多西村的人就猜测尕梅肚子里还未出生的孩子，究竟是他们三兄弟哪个人的种。也不知道谁编造了这么恶毒的流言。这话传来传去，就传到了邓巴达吉的耳朵里。他拽着尕梅的头发，把她从二楼阳台拖到一楼的猪圈里，又踢了她两脚。他们的第一个孩子就这样流产了。这个事情过去不到一年，尕梅又有了身孕，这让在林班伐木的邓巴达吉疑心重重。尕梅肚子越大，和以前相似的谣言就编得越真。居然有人说尕梅嫁给邓巴达吉是来当奴隶的，一个女人伺候三个兄弟。这些话想必邓巴达吉也听到了。你想想，我们这儿的男人在别人面前什么话都讲，他们有什么说不出来的呢？"

"嗯。"我点了点头，把前两天守夜看到的事情讲给见泽听。

那晚，男人们在厨房里一起守夜，有些爱拌嘴的人拿索朗旺修和俄木扎西开玩笑，以此打发冗长的夜晚。

一个人说："看看这两兄弟，根本不像是这家的人，倒像外地来的客人。"坐着的、躺着的、玩手机的人都伸直身子，放下酒瓶茶杯，等着看他们俩如何回应。

索朗旺修双手相交放在肚子上，露出意味深长的笑容。俄木扎西低头在油亮的念珠上打了个结，冷峻的脸上看不出半点笑意。

另一个人插话道："会不会是回到河谷村，看见了嫂子，想起了过去的陈年旧事？"索朗旺修抓起铁桌上的酒瓶，往肚子里灌下一口酒后，轻蔑地说："省省你的嘴皮子吧！你别看我光棍一个，可是我在外面想跟谁睡，就跟谁睡，不像你们十几年都对着一张脸。"

守夜的男人们发出一阵低沉的笑声。

借着怪异的气氛，有个醉意上头的人马上接话说："俄木，你哥他狡猾，不承认自己干过的事。你说句实话，你以前有没有和嫂子睡过觉？"俄木扎西一听急了，他倏地站起来骂道："我看你是尿喝多了！不想待在这儿，就滚回你的窝里去吧！"

他的话在充满烟酒气味的厨房角落微微振动，问话的人被训斥得脸色铁青。厨房里炉火噼啪作响，人们盯着铁皮桌上摆着的各色饮料、啤酒和白酒，没人再张嘴调侃了。

"唉，村子里有些人就是口无遮拦。"见泽继续讲道，"那几年，我看见他们三兄弟在一个门里进进出出，可邓巴达吉根本不给两个弟弟好脸色看。兴许是尕梅大着肚子在家里走来走去，让邓巴达吉越看越不顺眼，加上外人的挑唆，邓巴达吉对尕梅越来越冷漠。两个弟弟碍于村里人的眼光，也渐渐疏远嫂子，仿佛谁一开口跟尕梅说话，就承认自己干了见不得人的丑事。唉，这后来就出事了。那件事情发生过后，邓巴达吉堕落了，天天在遗憾和自责中度日，醉得没个人样，这么一来，喉咙里就长出了颗要命的东西。"

见泽说完指了指自己的脖子。

"邓巴达吉叔叔得的是什么病？"我问。

"好像叫什么食道癌。"见泽的话里，夹杂着生硬的汉语。"这病把年轻力壮的好汉子给活活饿死了。"

"他也挺可怜的。"我惋惜道。

见泽长叹一声后，说："这孩子一出生就没了阿爸，没有阿爸的孩子一生下来就注定遭受苦难。我没想到这孩子会这样离开人世。"

见泽低声说完，抹起了老泪。我点上烟，猛吸了一口，让悲痛在肺腑里蔓延开来。

我想，人一旦与母体脱离，今世的命运就已注定好了吗？这个问题，让我陷入了深思。

烟头熄灭后，我看见半山腰上的男人们已经散开了。也许他们已经把棺材埋进土里了，正在搬石头，往坟包上垒石块。于是，我问见泽："邓巴达吉叔叔的两个弟弟在他死前，就离开村子了吗？"

见泽摆摆手，说："这个过一会儿我再讲，看看这头上的太阳，还有些时间呢。"他捡起一把细枝，丢进火堆，摊开塑料袋，口中念念有词。他说："好孩子，该吃什么就吃吧！想喝什么就喝吧！别惦记家里的人，别待在不该待的地方，吃饱喝足就放心地走吧……"他边说边示意我将零碎的绸缎、用油纸包裹的酥油、与茶叶混合的糌粑，还有一块猪肉、几包方便面、一包干辣椒等，打开后一一交给他。他神情肃穆地说完悼词后，把手中的祭品一把把放进火里。我每打开一包祭品，就念一次八字真言，脑海里又一次显现出尼玛生前的模样。

火焰上方一股热流在游动、跳跃。我擦掉情不自禁流出的眼泪，想到，如果人死后，真的能变成魂灵享用祭品，那我的好朋友尼玛在七七四十九天里，也一定不会挨饿受冻吧。嗡玛智玛依萨勒德！

祭品在火中燃烧，各种气味混合在一起，有些呛人。见泽拿起背篼，把里面的几瓶饮料和啤酒倒出来，一瓶瓶摆好，然后斜躺在草甸上。他突起的颧骨，在阳光、白酒和火的炙烤滋润下透出一抹淡淡的红润。

我一屁股坐到他旁边，在刺得人眼睛生疼的阳光下点起烟，抽了起来。碧蓝狭长的天空中，太阳高悬，四下没有云，也没有风。热务河水在谷地里匆忙奔流，喧嚣不止。

当手指缝里的香烟飘着缕缕蓝色的烟，燃到一半时，我打破沉寂，问见泽老人那时出了什么事。

见泽掏出他的酒瓶，又抿了两口。看着他颤动的手指，我忧郁地想，这么喝下去，不知道他还能活几年。

见泽拧好瓶盖，把塑料酒瓶放进他宽大的棉衣内兜，看着山上叮叮当当钉经幡的人，眯起眼讲述起来。

"尕梅生下这——嗡玛智玛依萨勒德——尼玛后，邓巴达吉就去了林班伐木。大概是十一月，不对，应该是十月底，秋天快要结束的时候，索朗旺修和俄木扎西两兄弟偷偷地把家里的牛全部廉价卖给村里的一户人家，带着钱跑了。尕梅托人给邓巴达吉捎了口信。气急败坏的邓巴达吉揣着刀子，从村里追到区里，又从区里追到县城。邓巴达吉四处打听，可一无所获。但邓巴达吉没有放弃，整日穿梭在不同的茶楼里，寻找两个弟弟的身影，晚上又跑到一个个藏在巷子深处的旅馆，问老板有没有看见两个乡下来的年轻人。那些做生意的人，见邓巴达吉不是来住宿，而是想查房，给予邓巴达吉的不是白眼就是辱骂。愤怒变成了失落，失落又变成了绝望，几天后，邓巴达吉身心疲惫地踏上了回家的路。在回家搭乘的车子上，开车的司机无意中告诉邓巴达吉，几天前两个从乡下来的年轻人坐他的班车到县城，他听到两个人在车上争论。他从后视镜里看，一个身材较胖的年轻人说我们不回去了，再也不回那个鬼地方，我们去草地牧区，听说在那里只要勤快，牧人就会招他们当上门女婿。司机说他听了就想笑，草地上的牧人哪有那么好糊弄。另一个较瘦的年轻人说我们玩几天，买点东西就回家，哥一定不会怪罪我们。但司机觉得第二个年轻人说不过第一个年轻人。他们争到最后，胖的那个对瘦的那个说'他'会杀了我们。司机问他们做了什么，导致别人追杀。两个年轻人看着窗外高大的城墙，像是没听到司机的话，没有理会他。中巴车驶入车站后，司机没有离开，而是好奇地从车窗里观察他们两个。令他没想到的是，那两个年轻人没有去逛县城，反而在窗口里买了两张票。邓巴达吉问司机他们去了哪里，司机说他不知道，他开了一天的车，到车站后已经筋疲力尽了。他在车上睡了一会儿，等醒来时，车外夜色将至，两个年轻人早已不知去向。"

"后来怎么样？"我问。

"他们两兄弟后来怎么样，我不知道，肯定是吃了很多的苦头。"见泽举起酒瓶，喝下去一大口后，用手抹去流到下巴上的酒说。

我没看见见泽什么时候掏出了酒瓶。看着他不急不慢的模样，我恳求道："您能不能一口气说完？"

见泽瞧了眼山上那十多面崭新的经幡，把刚才断掉的话头连了起来："他们两兄弟做错了事，就像两匹迷失方向的马驹，一直在外面流浪，十多年没有回来。这就害了他们的哥哥。"

"这么说，牛没了，儿子也不知道是谁的，邓巴达吉叔叔就把自己喝死了吗？"我不安地插嘴问。

"也不全是这样。邓巴达吉失魂落魄地回多西村后，把自己关在家里十多天，然后才开始喝酒的。一次，我下山到公社买杂货，遇到下山买醉的邓巴达吉醉醺醺地躺在山路上。我摇醒了邓巴达吉,他对我说他对不起两个弟弟,那时候他已经后悔了。这么过了一个冬天,第二年开春,邓巴达吉就病倒了,他在床上躺了几个月,刚开始还能喝点稀粥,后来连水也吞不下去。尕梅毫无怨言地给邓巴达吉端屎端尿,擦洗身子,把他背到阳台上晒太阳。照顾完丈夫,她还得背着不会走路、喜欢哭闹的尼玛。嗡玛智玛依萨勒德!她背着孩子到牛圈里挤奶,到水源挑水,到林子里打柴,这一幕幕到今天我都忘不了啊。她是个可怜的女人。邓巴达吉死后几年,孤儿寡母没少受别人的欺辱。我们两家中间就隔着一堵墙,我们老两口有时候在夜里听见一些男人爬墙敲尕梅窗子的声音。这些事我们看在眼里。可遇到这种事情,我们也不知道怎么开口帮她。多西村山高地远,一个年轻的寡妇,被人惦记也不奇怪。我和我的老婆子商量一下,就把她的孩子带在身边,把他当成自己的小儿子养。我们也劝尕梅改嫁,但这个女人对死去的丈夫死心塌地,一直都没有跟别的男人在一起过日子。在我眼里,尕梅坚守贞操的做法彻底击碎了村子里的谣言,从那时我就认定孩子就是邓巴达吉的亲儿子,而不像他人嘴里瞎编的那样是叔叔们的儿子。"

见泽凝望着多西村,说起了那些充满温情的点点滴滴。

"我带着尼玛——看我这张嘴,人死了还不停喊他的名字。嗡玛智玛依萨勒德!我和老婆子带着几岁的孩子去高山上放牧,一去就是几个月。在山上的那些日子,白天我带着他去放牛,夜里我们睡在一起,我给他讲各种各样的故事哄他入睡。一次,老婆子和我不得已把他一个人留在牧场,翻几座大山去找走失的几头牛,等我们找到那几头牛,把它们赶到山这边的牧场时,天上电闪雷鸣,下起了大雨。我担心孩子会害怕,扔下牛,和老婆子发了疯似的往回跑。当我推开小木屋门时,那孩子正灰头土脸地给我和老婆子熬茶。我一把年纪的人了,竟被他的举动感动了。我抱着他哭了。慢慢地,他的个头长高了,嘴唇上也冒起了青须,他可以独自一人挥着乌儿朵,把牛群圈回来。可我一天天担心,他总这么跟着我,以后说不定和我一样,成为一个愚蠢的牧人。这个忧虑萦绕在我心头，一直到他十八岁那年。我记得那年乡政府干部动员我们多西村的人，让我们搬迁到河谷村。全村人在牛马上驮着所有的家当，依依不舍地离开了祖辈的土地，在河谷里建新家。我和儿子把属于尼玛的几头牛卖了，帮他和尕梅砍木材，锯板子，修房子。一年多的时间，房子修好了。可是，里面空荡荡的，连像样的床都没有。我让尕梅放尼玛去打工，尕梅不同意。我对她说孩子都成年了，出去打工挣钱，用自己的双手养活自己，对他们母子也是好事。过了好一会儿，才明白过来的尕梅，在我儿子老婆面前抓住我的手，一个劲儿地感谢我，说我就跟他的亲生阿爸一样。她的话让我的老脸一下子红了。可我并没有避嫌，毕竟孩子还是可怜。那年，尼玛离开村子，到外面打工去了。他给人当保安，搬水泥，洗碗，什么苦活累活都干过。只用了五年，他就用积攒的钱买了家具、电视、摩托车，还给我和老婆子买了过年的衣裳。可就在这个时候，噩耗传来了。他和工友因为打牌算错钱，打了起来，别人一失手，就把他打死了。"

见泽说到这儿，哽咽了。他伸手去开瓶盖，僵硬的手指根本拧不开瓶盖。我伸手压住他粗糙的手背，摇了摇头。他闪着泪光，把酒瓶放在了草皮上。

我拿起地上用来祭祀的饮料和啤酒，起开盖子后交给见泽。他把酒水倒进火堆里，支在半空中的手颤抖不已。酒水倒光后，白色的火堆余烬里，噗嗤噗嗤窜出一连串水泡。我点起烟，看着那片土黄色的多西村遗址，恍惚中想起了九年前的一个雪夜。

那是我考上工作的第一年冬天。临近春节，单位提前给我放了假。我刚从马尔康回来，就和村里一起长大的好朋友们聚会。到了夜里，喝得醉醺醺的七八个人到多西村去找尼玛。我们刚走出村子，漆黑色的天幕中就飘起了雪花。我们沿着弯弯曲曲的小路往多西村爬，一路不知摔了多少跤，身上全是泥水。可一想起能见到尼玛，我的双腿就变得轻快起来。当我们满身泥泞，闹哄哄地推开尼玛家门时，他先是一脸惊恐，接着就高兴地叫了起来。看到我们的衣服和头发都是湿漉漉的，他打着昏黄的电筒，到楼下劈柴，回来把火烧旺，又去叫醒已经睡下的尕梅婶子。尕梅婶子看到我们大老远来看尼玛，开心地给我们搬来了没有开封的青稞酒。我们一瓢接一瓢地喝着酒，唱着我们会唱的所有歌。当我喝下第六瓢酒后，我眼睛里的东西就开始转圈了。我起身想去厕所，却一头撞向了水缸。其他人都在取笑我，只有尼玛站起来，扶着我上厕所。我们站在阳台上，对着白茫茫的河谷屙尿，对着寂静沉郁的森林发出一声声啸叫。听到长长的回声，我和他放声大笑。尼玛扶我回屋，在经过一个房间门口时，我闻到了纸烟味。

　　我绞尽脑汁也想不通，为什么会闻到烟味。那时，我们还没学会抽烟，他们家怎么会有纸烟的气味。我想问问尼玛，可到了主屋后，热烘烘的火塘和酒，让我变得口齿不清，说话也变得困难起来。喝完第七瓢，我彻底失去了意识。再次醒来已经是第二天了。我头疼欲裂。摸了摸最疼的地方，发现发丝里有块凝固的血痂，环顾四周，同伴们横七竖八地躺着。我没看见尕梅婶子，我想她那天是等我们走后才起床的。我记得，晨光从狭小的窗户里射进来，照在尼玛身上。他坐在火塘前，往大锅里倒水，熬马茶。他笑着问我："哥，你醒了？头还疼吗？"我点点头，坐了起来，喉咙干涸得快要冒火了。我问他："昨晚我是不是喝了很多酒？"他给我端来一碗茶，说，"昨晚你又唱歌又跳舞，上厕所的时候还把脑袋撞破了。""真的吗？"我拼命回忆，却什么也想不起来了。

　　那天下山前，我们站在他家的阳台上晒太阳。对岸的山峰白晃晃的。山下的热务河，像条白蛇般蜿蜒地绕开格诺智则神山，直奔河谷之外的地方。冻河两岸银白色的村庄，静悄悄的，似乎还未苏醒。太阳翻过山峰后，我们跟他告别。从阳台上走下来，踩着柔软的积雪走出多西村，在我们快要看不见多西村时，我听见尼玛在阳台上远远地喊："阿哥，你下次放假回来，一定要带着大家，到我们家里来喝酒哦！""好啊！"我高声回应他。

　　记忆中白雪斑驳的山路与现实重叠，我发现我闯进了一座迷宫，困在里面一直都绕不出来。

几天前，我坐在办公室，对着电脑敲完某份文件的最后一行字，准备起身泡一杯茶时，电话铃突然响了。来电的人是村里的一个朋友，我看着来电屏幕，对同事笑着说："看看，我老家的朋友想我了。"当电话那边的人带着哭腔说尼玛被人杀死了的时候，我举着电话，一时忘了自己身处离河谷村几百公里的马尔康。

我跑下楼，来到大街上，满脑子是尼玛那张青涩的笑脸。梭磨河在耳边咆哮，大街上的人都诧异地看着我。我流着泪跑回家，简单收拾了一下，给爱人打了个电话，就开着车子，一路飞奔。沿途驰过泛绿的梭磨河谷，经过漫天枯黄的红原大草原，直到尕力台，我才停下车，好好地哭了一场。晚上，我在夜色中开车进入河谷，车灯扫过低垂的河柳，坍塌的乱石，破旧的森工局道班平房。这个时候，我回想雪夜聚会那晚，尼玛难道没闻到那股奇怪的纸烟味？难道他早在九年前，就默许了阿妈和别的男人在一起？还是他把所有的心事，都小心翼翼地藏起来，不想让我看到伤痕累累的内心？

五月凛冽的风，撩动了冒出绿芽的白桦林，吹拂着我的头发。男人们已经忙完了。他们站在五颜六色的经幡林下，面向谷地上的村子，齐声唱着八字真言。浑厚有力的诵经声，引来阵阵轻盈的凉风，冰冷的泪水滑过我的脸颊。

忽然，见泽猛烈地咳嗽起来。他蜷缩着身子，每一声咳嗽都好像要把他的身子拆散。我发现他已经喝光了瓶子里的酒，我脚下也多了几个掐灭的烟嘴。

见泽吐掉一块浓痰后，身子不再晃动了。

我侧着身，忐忑不安地问见泽。

"我能不能再问您一个问题？"

"什么？"

"尕梅婶子是嫁给了邓巴达吉叔叔一个人，还是他们三兄弟？"

"你在胡说些什么！"

话音一出，我觉得有些突兀。我解释道："过去藏地有这种习俗，只是现在时代变了，这种现象慢慢消失了。"

"你真是会胡扯，当了干部也不能瞎说啊。"

"我不是乱说，我只是想尼玛他……"

"你是想说尼玛是私生子吗？"见泽生气了。他摇摇晃晃地站起身，说："你用恶毒的眼光去看这个世上的事情，换来的就是恶毒的结论。年轻人，做人先要善良，用良知去对待别人，一个不善良的人死后是要奔地狱去的。"

一时间，我一肚子的话都哽在了喉头。

送葬的男人们从梯田上下来，在我们面前经过，带着戏谑的表情看着我和见泽。他们翻过栅栏，横穿田地，往村子的方向走。我站起身，想扶着见泽离开荒坡，他却使劲甩掉了我的手，慢慢跨过栅栏，蹒跚着向村子走去。

我跟上去，翻过栅栏，脚下松软的土里冒出的无数青稞苗，贴着地坚强地吸收热量。俄木扎西大步从我们身旁走过，对我点了点头。

索朗旺修一巴掌拍在我的肩膀上，表情夸张地对我说："哎呀兄弟，今天真是给你添麻烦了，感谢你啦。"说完，他小跑着跟上了前面的人。

我落在所有人后面，站在山谷阴影与阳光的分割线里想，他要感谢我什么呢？

这场葬礼，我还没来得及做点什么，就已经结束了。我有什么值得感谢的呢！

好朋友就这么突然死了，我没有摸尸体，也没有抬棺材。仅仅守了几个通宵，我心里就生出了质疑他身世的种子。如果他知道我这样怀疑他，不知道有多伤心和失落。要是能在梦中相见，我想他可能会怪我，不肯跟我说话，也有可能把那深深的哀伤藏匿起来，快活地对我讲起死后感受到的一切，把我引入一个神秘新奇的世界。

对不起，尼玛。

抬头看着初春浅蓝色的天空，耳边一切的嘈杂声都消融了，我的眼睛里只有一汪蓝色遥远的日光。

图 广

杨娅荔

那是一片比大海都宽广、比沙漠都神秘、比天空都纯净的古老土地，我们叫它耿巴迪。

皇帝懒散得治理着这个国家，但老百姓朴实勤劳，生活得十二万分幸福。牛羊壮实，田地肥沃，果树结出最香甜的果实。男人们健壮，皮肤黝黑，那胳膊能随便扛起百斤大石；女人们丰腴，心灵手巧，那长发随着舞姿变作花朵；孩童们聪慧，上蹿下跳，手儿抓着花瓣，但花瓣不会被揉烂，他们只想要拿去喂鱼。

在耿巴迪的每个人就像五颜六色的石子，被时间一冲刷一浸泡，颗颗晶莹透亮。每个水润润的生命，似那嫩黄酥油上不易察觉的小泡沫。

格旺扎嘉尔是临国界的北方村落，当地有位喇嘛，精通医术、占卜和算命术。无论是人们遇到小病小痛需要治疗还是遇到中邪需要驱魔，他都处理得很好；无论是一般的婚丧嫁娶还是重大的年度法式，都能够看到这位喇嘛的身影。他没名没姓，因为他在格旺扎嘉尔的名望，大家都亲切地称他嘉尔喇嘛。

这是一个寒冬，肆无忌惮的鹅毛大雪下了近半个月。天黑黑、地白白，除了达拉落，整个世界安静又冰冷。达拉落是耿巴迪的都城，伫立在南方，城墙外是冬，城墙内是春，没受半点风雪影响。皇帝和大臣好吃好喝，听歌看舞，仿佛没有这场漫长的暴雪。然而最北边的格旺扎嘉尔人，他们就快熬不下去了。嘉尔喇嘛在大雪飘洒的第七天，把自己的存粮给了隔壁瞎子一家。

在天昏地暗的第十二天，他手拿法器走出了家门，从三尺厚的雪地朝东方穿行。法器一扬，积雪在他面前分开，化作了晶莹透亮的冰棱。法器回落，脚边就长出可食用的小花。第十四天，他路过一家农户，听见了刺耳的婴儿哭声。屋内的大人已经冻死，冻僵的母亲保持着伸手替孩子加盖衣物的姿势，她用尽了最后一丝爱。嘉尔喇嘛内心的悲悯涌起，这种情绪比破窗而入的寒风还要凄苦。他抱起婴儿，双手顿时刺疼，就像抱起一块寒冰。

搂着婴儿的嘉尔喇嘛体温一直下降，当他跨出门槛那一刻，一束温暖的阳光立马穿破万丈黑云灌在了雪地里。沐浴阳光的嘉尔喇嘛念了一段感谢的话，仿佛他知道感谢的是某位具体的神明。从这天起，大雪渐渐停息，天空也渐渐透亮起来。

经历了残忍的寒冬，格旺扎嘉尔村民掉落的伤心泪化作一片新湖。没熬过去的他们被埋葬。在和煦阳光下，人们很快振作起来，重生了一般，忘掉苦难，继续生活。太阳，还是以前那个善良的太阳。要说变化最大的，应该是嘉尔喇嘛了。他变成了世上最细心的父亲，手忙脚乱地照顾着那个拾来的婴儿。

日子一天一天过去，嘉尔喇嘛牵着年幼的儿子穿梭在一个一个村落之间。好像世间没有什么事情能够难倒他，他总是一副泰然自若的样子。

路过土地贫瘠的村庄，嘉尔喇嘛就祈来雨水，当他将法器扎入泥巴，泥巴里就跑出好多小蚯蚓，直到黄土变成黑土。路过疾病蔓延的村庄，嘉尔喇嘛就带人进山找草药，早晚作法，直到人们痊愈。路过树木干枯的村庄，嘉尔喇嘛就将河水重辟分流，直到枯枝上抽出嫩芽。

嘉尔喇嘛的名字在耿巴迪大地上越传越远，只有高高围墙里的达拉落人不知道他了。

很多贫困的人慕名而来让他扯索卦算命：丈夫在金洞挖金，如何防范金洞坍塌？年迈父母的病痛怎样才能缓解？女儿一生的幸福能否交给那个小伙子？我家走丢的肥羊跑哪儿去了呢？每当嘉尔喇嘛在帮助人们解决难题的时候，在一旁偷听的儿子总是偷笑着。在他眼里，这么多的人间疾苦和冷暖太复杂了，他只能想着：那只蚂蚁该怎么躲过泥土掩埋？唱歌好听的画眉如果生病唱不出歌了怎么办？小母猫怎么选择哪只是最好的公猫？花斑蜥蜴搞丢的尾巴去哪儿了？

小小的儿子从来没想过，人命天定，还是人定胜天？

那年，降森寨出现一头怪物。嘉尔喇嘛带着儿子恰巧路过。他把红色袈裟一扬，手持降魔杵就冲了上去。在儿子眼里，嘉尔喇嘛简直堪比天神。怪物有九十九颗尖牙，无比坚硬的身体布满青紫色的疙瘩。儿子紧张得不敢呼吸，把胖乎乎的小手挡在眼前。浑身颤抖，心跳如鼓的儿子听到一声爆炸声，等他放下手，刚好看到怪物口中飞出一条七彩的小龙，而父亲的手臂沾满青紫色的黏液。

儿子跌跌撞撞跑到嘉尔喇嘛身边，连忙问："阿爸，没事吧？阿爸，没受伤吧？阿爸，它咬你了没？"嘉尔喇嘛盯着儿子清澈的眼睛，里面全是明亮的星辰。他抬起头，那条被释放的七彩小龙还在降森寨上空盘旋。小龙在他们头顶绕了好几圈，忽高忽低，龙须屡次刮过嘉尔喇嘛的帽子。成年后，儿子依然时常记起彩龙消失时，东面和西面天空挂着的两条绚丽彩虹。

儿子一天一天长大。他们穿过了一片浓雾弥漫的草地，要去格扎村。路旁黑色健壮的牦牛悠闲地吃着青草，蝴蝶轻盈地在稀稀拉拉的黄色蒲公英花上停留。儿子满眼纯真，突然问嘉尔喇嘛："阿爸，你那么厉害，总能帮别人算命占卜，为什么不给自己算一算啊？"父亲摸着儿子的头，轻轻地问了一句："我为什么要这么做呢？"儿子犹豫了一下说："这样做，任何事就能提前知道结果，说不定我们也能过上更好的生活。阿爸，你也就不用那么辛苦地照顾我啦！"嘉尔喇嘛看着山与天的交界处，雄鹰在盘旋。他并没有对视儿子的目光，像是自言自语地说："等你真的长大了，我就告诉你。"

过了十年，儿子已是成人。嘉尔喇嘛也渐渐老去，皱纹爬在眼角，步伐不再稳健。

日落时刻，天边云霞如血。嘉尔喇嘛坐在门前的矮凳上，把儿子唤到身边，问："儿子，你还记得你小时候问过我为什么不算自己的命吗？"儿子点点头。嘉尔喇嘛开始轻声交代："儿子，你完全不用过问我的命运，因为人命都是上天早已注定的。你只需要答应我一件事：在我死去那天，你把我背到我们村最上方的河流。在河流第一个两岔口的旁边有三棵年代久远的松树。你走到河水里，当河水没过膝盖的时候，就将我放入水中。你能做到吗？"儿子答应了。

"在我去世后的三年里，你不能上街到人多的地方，也不能剃发。这，你也能做到吗？"儿子犹豫片刻，点着头拍着胸脯答应了下来。嘉尔喇嘛再次向儿子确认："一定要满三年，才能剃头。"儿子满不在意地回答："这么简单，我能做到的，放心吧。"

十几天后，嘉尔喇嘛躺在屋前的槐树下闭目养神，突然停止了呼吸和心跳，直到傍晚儿子打猎回来才被发现。儿子没想到父亲就这样去世了，平静安详的睡容让儿子非常难以接受，就难过地守在槐树下哭出了声。

在整理好父亲的遗物后，儿子按照嘉尔喇嘛生前的交代，走到了格旺扎嘉尔河第一个岔口正对着三棵古松的地方。当儿子踏入冰冷刺骨的河水，河水漫过膝盖时，他小心翼翼地把背上的父亲放入水中。心想，人生是如此，时间即河流，父亲应该会被带到更远的地方吧。

儿子在河边摘了五六朵粉色羊角花，放在河水里看着花儿飘远。虽然他心怀悲伤和不舍，但还是头也不回地朝前方走去……

转眼两年半过去，儿子心中，父亲离世的悲伤情绪不再那么深了。他从小向往达拉落，总想见识见识都城的风光，也期望能见一次都城瞭望塔，更想拜访名师，学到各种各样的新奇手艺。儿子想，该有自己的生活了，暗自说了句上路吧，就收拾好行囊出发了。

忘了"三年之约"的儿子，走过曾经和嘉尔喇嘛走过的每个村落、每个寨子。五月后，儿子才到了达拉落城。穿梭在热闹的街道，他在欣喜之余发现自己不但衣衫褴褛、一脸污垢，还留着一头脏乱长发，走在人群中显得太怪异了。于是，他走到理发匠面前说："帮我弄下头发吧。""太脏太乱了,还满是虱子,直接帮你剃掉行吗?"忘记三年期限的他,居然剃头了!

剃完头,刚踏出门的一刻,飞来很多会说话的红嘴山鸦停在他周围,其中一只带头叫道:"光头就是皇帝!"红嘴山鸦们一个传一个,叽叽喳喳叫着:"光头就是皇帝!"全部红嘴山鸦像是中了邪,聚在达拉落城的每个角落。鸟儿飞飞落落,不到打好一桶酥油茶的时间,整个城里的人都听见了这个预言。街头巷尾的人好奇地议论:"有新皇帝了?难道是要改朝换代了吗?这个光头是何方神圣?"

红嘴山鸦的预言和坊间的传闻,很快也传到了皇帝的耳朵里。他立马下令,一定要把这个光头找出来。

全副武装的将士们统统出发了,东南西北四个城门都被重兵把守。所有人不能出入达拉落,必须挨个接受盘查,直到找出这个光头。在水泄不通的西方城门,走来了一个戴着羊毡帽、穿着破烂衣裳的乞丐。在接受士兵盘查时,乞丐揭下帽子,旁人立马惊呼起来:"他就是光头皇帝!"

这乞丐就是嘉尔喇嘛的儿子,整个脑袋亮铮铮的,像颗鹅蛋,连半点青苍都没有。士兵盘问他从哪里来、为什么进城、为什么剃发。他从小就老实厚道,把嘉尔喇嘛水葬之前,让他三年不上街不剃发的事情告诉了士兵头子。他自责地说道:"今天是忘了时间,不小心剃了头。听到红嘴山鸦的吵闹,才想起来父亲生前的交代,于是戴上父亲生前给自己织的羊毛帽子。"

事情的经过传到了皇帝耳朵里,被皇帝身边的高僧听出了端倪。皇帝让嘉尔喇嘛的儿子带路,回格旺扎嘉尔找到他父亲的下葬处。

一队人马来到三棵古松旁,皇帝命令士兵下河查看。河水刚没过士兵的膝盖,他们就看到水下晃着三条小龙:赤红色的在正北方,墨绿色的在西南方,纯黑色的在东南方。它们呈三角形,将嘉尔喇嘛的头和双脚含在嘴里。嘉尔喇嘛的法体保存完好,没有下沉,也没有顺水漂走。皇帝心里生出了一种将被夺权篡位的恐惧,遂命令立即毁掉嘉尔喇嘛的法体。在一旁的高僧说话了："我王不要轻动，我发现古松后的那片竹林有很强的灵力。"

士兵走入竹林，砍开竹子，发现每一棵的每一节竹子里都有一只小鬼。士兵检查完竹林，回到皇帝身边，惊慌失措地报告："竹子空心的地方都有小鬼，全是士兵形象，每个士兵配有一马一刀一枪，威武又逼真，马儿还在嘶叫，见到日光就都化成金色粉末随风飘走了。"

皇帝下令把这片竹林砍掉，随即放了一把大火。士兵正准备砍掉三棵古松的时候，被高僧阻止了："这三棵树太古老了，如果妄动，恐怕天下会大乱。"

水里的三条龙和嘉尔喇嘛的法体也没人敢碰，高僧说撒点石灰粉在水里即可。士兵从格旺扎嘉尔的各家农户处搜集来一袋袋石灰，倾倒入水。河水开始浑浊，天色开始变暗，山边一道道的红色闪电划过，照得大地赤红赤红的。像是暴雨前的宁静，又像是世界末日。三条彩龙的眼睛碰到石灰水后，它们化作三道光冲向了半空，发出震天动地的巨大吼声，震得山上的几块巨石滚落了下来。吹过一阵大风，天空的乌云便渐渐散去了。三龙入云，嘉尔喇嘛的尸体开始沉到河底。

皇帝这下终于满意了，他对光头说："我才是皇帝，你只是个光头乞丐，就不流放你了，你可以走了。"

儿子看看三棵茂盛的参天古松，再看看一如往常的河流，眼前闪过无数的回忆。记忆里，父亲的慈爱就如眼前的古松，他如战神，他似先知。滚烫的热泪止不住了，儿子默默地自问道："这就是父亲和自己的命运吗？"

虽然自己和父亲一样没名没姓，但是父亲好歹有格旺扎嘉尔人赠予的嘉尔之名。那，我第一个名字到底是"光头"还是"光头皇帝"呢？头发剃光了，心中杂念也被剃去。从这天起，他为自己取了第一个名字：图广。

在耿巴迪，牛羊依旧壮实，田地依旧肥沃，果树结出的还是那最香甜的果实。达拉落依旧四季如春，格旺扎嘉尔也多年没再遇到雪灾，每个村落、寨子的人都幸福美满地生活着。

皇帝去世那年，全国下了三天三夜暴雨。河水漫过堤，石子被浸泡，枯树重获新生。

没有皇帝的耿巴迪开始失去秩序，一直没有合适的皇帝人选，众人为此议论、争吵，始终没有结果。这时候出现一个神秘的喇嘛，他周游全国，所到之处皆是晴空。他最后到了达拉落。他学识渊博，念经讲学，甚至很多大臣都会前来旁听。直到一天，达拉落城外聚集了很多外乡的百姓，在城外大喊："让图广做皇帝！让图广做皇帝！"

神秘喇嘛便是图广，他四处游历，帮助了很多人。他编写了医书，发明了更好用的农具，修了造福一方的水坝。他给小孩做过老师，陪老人聊起过往，劝和了有隔阂的邻居。

图广是个没有法力的普通人，一身麻布衣、头戴毡帽，走路来不带任何尘土。据说，耿巴迪在他的治理下空前繁盛，而他再也没有剃过光头了。

散 文

历史延伸的峡谷

阿贝尔

> 岷山在她的主峰雪宝顶派生出最深的裂隙,从海拔4000米下切至1000米。这些原本只有地质意义的裂隙汇集成较大裂隙,成为自然生态和人文意义的峡谷。以丹云峡和虎牙大峡谷最为典型,就像一个人身上的筋脉。
>
> ——题记

丹云峡

丹云峡在雪宝顶东侧、涪江上源,是松潘东路官道的瓶颈,尽管作为古道有近700年的历史,但在人文方面仍只是个名词,尚未超出自然地理的意义。

一座雪山,隔开了松潘与平武;我在雪山这边,松潘在雪山那边。如果把雪山的顶峰比作一双眼,那么这双眼刚刚还看着松潘,一转头又看见了平武。有时,我甚至能借雪宝顶及其周边群峰的折射,在山的这边看见松潘。真要从一边过到另一边,得走丹云峡——6500万年前,印度洋板块与扬子板块碰撞创生的一条裂隙。

一条纯粹地质意义的裂隙,生长了植物,有了自然生态的意义。人来了,人把裂隙走成了古道,并以徒步一日计程,划分出段落给予命名,裂隙因此有了名称、起止、小地名、里程、落差和高差,且进入了西方探险家和植物学家的视野。

今天的丹云峡西北起于玉笋群峰,东南止于扇子洞,长18.5公里,海拔落差 1300 米，峰谷最大高差 2000 米。途中小地名有玉笋岩、石马关、猫儿墩、笔架山、月亮崖、凌冰崖、白龙峡、鏊字碑、扇子洞等。每一个小地名都有它特定的信息，海拔、气温、湿度、植被、水文自不必说，重要的是与这一地名对应的故事、一个人写在日记里的体验以及不同季节给予我的震撼。

最近一次去丹云峡是在反常多雨的深秋。同一天空下的秋雨雾气笼罩着雪山东西的平武与松潘，阴湿凄冷的氛围贯穿整条峡谷，只有乍现的红叶和杂树给予我些许夏日储存的阳光。

现今——公元 2019 年，我不能再说走一趟"松龙古道"就是奢侈，但我要说穿越古道上的丹云峡仍是奢侈，因为在我的感觉中，它是岷山核心区最昂贵的裂隙，从诞生以来便是神谷。人尚未出现，神便住了进来，神比所有的生命更早进驻。

人对这条裂隙的认知仅仅从它自宋元成为"国道"开始，更多人的认知更晚，晚到近代一个叫吉尔上尉的英国人走过之后。

我的想象像一只鹰飞越历史，犹如飞越平武境内那些低于雪山的青葱山川，飞过宋元和人类的源头，飞过包括草木在内的生命的源头，停驻在一条岩溶刚刚冷却、充满赤色气泡的岩层尚未凝成黛色的裂隙——神的发丝，要比我们今天看见的峡谷纤细和短浅许多。没有河流，没有涪江，组成裂隙的岩层尚是一条喂不饱的赤龙。

裂隙形成之后，发育为今天的丹云峡，又用了数千万年。冰川与风化起了决定性的作用，地震与降水辅助，致使裂隙下切、通达，成为河源。生命的入住使得裂隙神性显现，有了性感和审美的多样性。

我不记得我是第几次穿越丹云峡了。它于我由虚无渐渐变得实在、变得清晰。"身到"是第一位的，其次是在地图上行走，此外便是借助于阅读近代西方人的日记。

小河营、施家堡还不属裂隙的范畴，裂隙的范畴是丹云峡，从双河—西沟在涪江的汇合处开始。之前的涪江峡谷是一条东南—西北走向的较宽绰的河谷，而自此涪江更像是北来，峡谷变窄，愈显纤细、深邃，好些地方都是"一线天"，海拔在过了十二倒拐之后陡增，岩层坍塌在谷底形成的堆积层植被也变得茂盛，更多地段河道都隐藏在丛林中，听得见轰鸣的水声，却看不见河流，在个别距离河床较近或灌木稀疏的地方能依稀看见白浪。

欧内斯特·亨利·威尔逊对这段裂隙有如下描述：

谷内的景色，论其宏伟、蛮荒和壮丽无可超越者。悬崖壁立，高2000—3000英尺……凡有可立足之处，植被都很茂盛……沿溪边粗生的草本植物、灌木和小乔木很多。山顶、山脊有云杉和松树覆盖……溪水咆哮冲击成白沫争先流出较开阔的地方，在较平缓的地段，河道形成一连串S形的弯曲和沙石滩，上面生长有具鳞水柏枝和沙棘。

威尔逊记录了裂隙的植被。种植有玉米、荞麦、白菜、唐古特大黄和当归，野生的多为齿叶囊吾（开金色黄花）、落新妇、醉鱼草、亚灌木的接骨木，橙红色的果实聚集成簇——后来证明是一个新物种，被命名为血满草。

十二倒拐是我知道的第一个这段裂隙的小地名。在六条腰带一般的回头线的起点，我遇见一位自驾游的北京女子，她独自驾车在西部跑了20天，从重庆到陕西、甘肃、新疆，再走青海入川。她开一辆丰田普拉多，从最后一个倒拐冒出，急停在路边，被峡谷的红叶吸引。

在吉尔上尉和威尔逊的日记里，我没有读到对十二倒拐的记载，想必这十二倒拐是在修通公路后才取的地名。之前的小路或许没有十二倒拐，或许不止十二倒拐。

我上到最后一个倒拐，下车在雨中徒步，一直走到錾字碑那段笔直的公路上。一年前也是这个时段，我在这里停车，穿过灌木丛到河畔拍对岸的红叶。錾字碑是这条裂隙中风景最美的一处，秋天有红叶，夏天有野花，一年四季都有生长在崖壁上的华山松、刺柏和冷杉，少有晴天，云雾弥漫缠绕山峰的时候居多。

吉尔上尉和威尔逊都描写过这一带的风光。威尔逊偏重于对植物的记录，吉尔上尉偏重于地貌描写和抒情。这是自然力一次或多次高潮式喷射、堆积的结果，冰川、地震与降水只是修复，而所有的植被都是修辞。

我每次到这里都是一种迷失的状态，美太丰富、太纷繁，它是由地质、水系、植被、天空在时间中构成的一个全息组合，一旦涉足，就会乱了方寸。但这一次，在簌簌秋雨中，云雾压得极低，只看得见崖壁下方的松柏和底部坍塌带上的红叶，之上全是迷雾。沿着崖壁，有限的空间及长龙似的雾带迅速地移动着。隔着萧瑟、间杂着红叶的灌丛看见的对岸也处在迷雾之中，由崖壁组合的空间犹如一幅水墨画。

在这段直道的末梢右拐，便是有名的三路口。三路口距离威尔逊两次路过下榻的老堂房还有一站，又叫辖夷口。而今，三路口是十八公里丹云峡唯一看得见建筑物的地方，过去是景区管理所，现今改作了养马场。

三路口算是一个景点，集中了山崖、溪流、乔木和灌丛，在这里可以将壮丽的景观一览无余。

顾名思义，三路口就是三条路的交叉口，除了连接平原与雪山草地的官道，还有一条连通黄龙和白马路的马道。过去白马人过松潘，不走夺补河迂回，多翻山走这条捷径，或者走王朗的大窝凼穿越到黄龙的四沟，特别是遇到战事。威尔逊对这里景色的描述仅用了"蛮荒、壮丽"两个词，余下的就是"非文字所能表达"。

四月，我也曾在三路口驻车，往东北走了一段通往白马路的溪谷。这条溪谷的水量比涪江主流少不了多少。溪口山崖退后很多，想必是在千百万年的地质变迁中受冰川侵蚀，崩塌后由洪水冲刷而成。这里是一个植物的王国，吉尔上尉和威尔逊都忙于赶路，不曾注意到。山崖、山脊植被甚好，小乔木很常见，乔木主要是红桦、槭、椴、水青和松树，有很多杜鹃、沙棘和接骨木。杜鹃花开得比王朗和虎牙要早，在溪水分流的浅灌丛看得见含苞欲放的野生芍药。

三路口到石马关这段路很难走，最难走的是三路口到观音岩。这段峡谷落差不大，但过于狭窄，两岸山体风化严重，溪水几乎占据了整个谷底，公路一边临河、一边紧贴崖壁，极易发生泥石流，壅塞河道，冲毁公路和桥梁。

近几年峡谷连续发生大洪水，多处公路、桥梁被冲毁，或者被崩塌的山体和旁溪冲下的泥石流掩埋，峡谷两岸一些已成气候的灌丛和杂树林也被冲刷。2019 年 9·13 特大洪水改变了峡谷的面貌，我们的越野车过了十几处临时抢通的便道。

需要说明的一点是，导致峡谷时发洪水、泥石流的不是人为因素，而是自然生发，我将其理解为峡谷从来不曾停止的发育与变迁。1904 年和 1910 年，威尔逊两次途经，描述的状况也是这样。那时官道行走的难度是今天我们无法体验的，连轿子都无法通行，得拆卸成零部件搬运。威尔逊唯一比我们优越的是享受到了明媚的阳光。一百多年没变的是河水的轰鸣、河水冲积的乱石窖，以及旁溪从道路上方冲下的砾石滩。

今天已无人能指出老堂房所在的具体位置，想必是现今水毁最严重的地方，所以不存。

威尔逊 1904 年和 1910 年两度在老堂房下榻。这段峡谷，威尔逊日记中所说的"蛮荒"仍有那么一点，主要是没有人烟，以及山体崩塌、洪水冲刷形成的刺眼的乱石滩和裸岩在视觉上造成的印象。1904 年威尔逊遇到的情况跟 2019 年我们所见的差不多，不仅道路被毁，整个河床也被水毁了，全部翻新一遍。我们的越野车还勉强可以通行，而威尔逊不得不自丛林另辟一条路，伐木搭建临时便桥。

除开这点，这段峡谷还是生机盎然、颇显幽秘的，特别是溪水两岸高一点的台地和缓坡，植被相当茂盛，夏日会有很多野花，加上蜜蜂和蝴蝶，尤其是大熊猫、盘羊和麋鹿偶尔出没，赋予了更多的野趣。

吉尔上尉走过这条裂隙七年后的 1885 年，俄罗斯地理学家波丹宁和贝雷佐夫斯基进入这里，从当地藏人手中获得了一张大熊猫皮，运回俄国制成标本，后来辗转到了伦敦大英博物馆。

我猜测就在辖夷口的位置，左岸出现的一片树林特别引人入胜，乔木杂树探身于各色灌丛，就像一只只麋鹿，更高大的像是长颈鹿和犀牛。我注意到这片杂树林很多年了，并在不同季节拍摄过。选一个30度到50度的角度，站在水毁路的空板上，可以将林子尽收眼底。

靠近江边的那棵杂树最大。或许是槭树，或许是曼青冈，我至今不知道它确切的名字，多层折线般的枝丫极富骨干，看上去像很多枝鹿角。近旁、稍远处的杂树亦然，与这棵杂树照应。我的照片中保留着这些杂树春天发出嫩叶的样子——嫩叶有黄有红，就像鹿角开花；冬天扑雪的样子，灰白与黛色相间，像简笔水墨；夏天舒展青葱的样子，像一把把巨伞，树上寄生着蟒一般的藤蔓，藤蔓的花叶与杂树的枝叶缠在一起，难以分辨。

作为植物学家，威尔逊关注的是这条峡谷的植物，即使提到岩崖、崖壁，也都是作为植被依附的平台。他提到的"巨大""峻峭无比"，甚至"不容植物有半点立足之地"的石灰岩峭壁，在民国甲子版的《松潘县志》里叫"观音岩"和"月耳崖"。威尔逊多少有点夸张，就是在观音岩和月耳崖，绝对不生长植物的岩壁没有，特别就某个独立的崖壁。绝对不生长植物的仅仅是某一极小的岩面或崖面，面积不会超过一栋房子。

在这段峡谷，随着海拔渐升，杉和松，还有刺柏，开始频繁出现。我并不怎么在意，偶尔朝崖壁望一眼足矣，从不拿镜头对着它们。或许是审美趣味太偏，我一直不喜欢松和杉这类乔木，尽管是栋梁之材。或许正是因为这一点才不喜欢。它们太直、太高大有用，以至于功能价值遮蔽了审美价值。

我迷恋的杂树则不同，它们除了烧柴，几乎无用，成百上千年立于灌丛，给予我这样的路人无限的美感和冥想。对我而言，栋梁之材与无用杂树不是老庄哲学，只是单纯的视觉效果。在对时间的截留与提炼这一点上，杉松柏和杂树没有多少分别。

在辖夷口拍杂树的时候，我也注意到一行杉松，它们在远处崖壁自上而下伫立，高出灌丛和杂树很多，像站在山崖上的巨人。因为逆光，看不清巨人的面目。

威尔逊在松树和杉树上着笔很多，尤其在华山松上。华山松矮小，枝叶短促，扎根在石灰岩壁上，显得发育不全，不仔细看会误以为是绿色的五月柱。华山松仿佛就是为崖壁而生，不仅种子适宜于在石灰岩里扎根，枝叶的光合作用也适宜于石灰岩反射的阳光，其根系搂抱、深入岩石的样子犹如我们的身体之爱。

我迷恋的杂树都是阔叶落叶树，槭树、椴树、曼青冈、鹅耳枥居多。尤其是青榨槭和曼青冈，夏日高大婆娑、遮天蔽日，冬季落叶后枝丫变成了鹿角。椴树、桦树没有折线的枝，旁逸斜出不如槭树、杨树和青冈。如同针叶树种一样，这里的杂树生长期短，木质紧密、坚硬，从落叶后水分退去的黛色、龟裂的枝干枝条即可看出其硬度，颇似动物的胫骨和腕骨。

在驻车拍照的间隙，我也注意到路旁的灌丛和小乔木。珍珠梅、花楸、忍冬和悬钩子最多，但早过了花期，完全是一副潦倒的样子。夏天走这条峡谷，看见的自然是威尔逊笔下的景致：珍珠梅、绣线菊、荚蒾、忍冬、悬钩子、野草莓、花楸都开花了，草本的千里光、落新妇、乌头、花牡丹开在路边好几里，间杂着或大红或深红的龙胆，那种寂静中的艳丽和热闹是回绝尘世的。

道路上方的灌丛里有大叶杜鹃，但不多见，树都不高，略显病弱，是灌木的体量，多生长在砾石滩。偶尔也能在土质良好的缓坡遇上一两株已是小乔木的杜鹃，由于霜雪和时间的历练，有了杂树的内涵与美学。

溯涪江而上走丹云峡，自扇子洞进入，过玉笋群峰离开，像是落入一个奇特的梦境，又像是误入一段裂隙状或峡谷状的时间。这时间迥异于我们的日常、我们日常的焦虑与纷乱，像高山间的海子，存留着远古的地气和虚无的阳光。

我对丹云峡——岷山核心区这条深脉的迷恋或许还有另一个不能自持的动因，那便是在迄今为止的600年间，我所系家族的几位远祖，都先后穿越这条裂隙远征松潘平定番乱。其中，有平武报恩寺的创建者王玺凯旋，也有清咸丰年间的王国宾、王国卿战死于雪栏山。

这个动因一直暗藏在我不能自视的血脉深处，像木管乐器颤动的簧片。每当走过这条裂隙，我都会生出脱离历史境遇的诗意冲动。

虎牙大峡谷

虎牙大峡谷是雪宝顶在它的南侧勾出的一根神性线条，又是一绺镶嵌在雪宝顶与三牙羌之间的翡翠。

像横断山脉的任一裂隙一样，虎牙大峡谷的雏形起源于印度洋板块与扬子板块的撞击。大峡谷位于横断山东北缘之岷山核心区，海拔高差大，开口面东，地质生态相较于其他裂隙尤显特殊。我们今天看见的虎牙大峡谷是数千万年地质生态发育的结果，亦可看作是地质之爱的结晶。

任一季节走进大峡谷，都能看见这种爱的痕迹。原住民，原住民的房舍，峡谷奔腾的溪流，溪岸崖壁生长的植物——花果、绿叶、红叶以及落光叶子的虬枝……连同不起眼的小乔木、小灌木的花果——橙色的沙棘、殷红的堆花小檗、白色或粉红的大叶杜鹃，都是爱的意象。

不同的季节是不同的爱的博物馆。春天是花和野菜的博物馆；夏天是绿色与瀑布的博物馆；秋天是红叶和各种野果的博物馆；冬天，杂树落光叶子，白雪覆盖，是杂树与雪的博物馆。800万年前有了大熊猫，又是大熊猫的博物馆。

木瓜墩到果子坝一段，可以被看作是大峡谷的入口，也是农耕痕迹明显的一段。

旧时，汉人感性地把番民分为"生番"和"熟番"。如果把虎牙大峡谷看作一口铁锅，番民就是锅边的荞麦饼或水粑馍——峡谷的出产，生熟是很好分辨的。熟的颜色偏黄，表面收缩、变干，散发出荞麦面或嫩玉米的香味；而生的颜色偏白，散发出生味。就其隐喻所知，"生番"

即原生番民，未受汉人生活习惯的影响，不会讲汉话，不与汉人通婚；"熟番"接受了汉人的生活方式，会讲汉话，有的还与汉人通婚。

也有介于两者之间的"夹生"的番民，熟的成分少一点，生的成分多一点，但颜色、气味较"生番"已经有了改变。

虎牙关是一个接点，从地理意义上讲，进了虎牙关才算进入虎牙大峡谷，关外当属涪江河谷。想当年——比新生代还早的侏罗纪和白垩纪，板块撞击，雪宝顶隆起，形成岷山核心地质圈，虎牙关严丝合缝尚未开裂，峡谷是一种怎样的景象？随后，关山开裂，有了木瓜河，有了自涪江河谷潮湿水气的流入；再后来才有了人，有了"小东路"——旧时东路官道的一条茶马道支线。

龙溪堡是这段峡谷唯一的村子。相较于岷山东北麓另一裂隙——夺补河峡谷——白马路，"龙溪堡"丢失了自己的命名权。"堡"是汉人的驿站，"龙溪"也是汉人对流经此地的木瓜河的称呼。龙溪堡曾经是藏寨，现今仍是汉化的藏寨。原住民从雪山西边过来，自涪江峡谷进入这里。他们不急于命名，他们急于生存。他们或许有自己的命名，只是没有留下来，被汉人接踵而至的命名覆盖了。龙溪堡几百年来都是薛土司衙署所在地，是锅中火烧得最旺的地方，无论什么饼都烫熟了。

果子坝在虎牙河与占口河的交汇口，是两条河共同冲积而成的坝子。人类活动在这里留下了众多伤痕，现今仍在制造更多创面。

如果说虎牙大峡谷是一条龙，它早已感觉到了疼痛。疼痛引起的挣扎让地壳震颤，让原住民恐惧。

"果子坝"是一个转义的汉名。由"猓子"聚居的坝子转义为有果子吃的坝子。在汉语里，"猓子"就是他们的"果子"。后来，他们的果子变成了在这里种植的鸦片。很多"猓子"成了他们的鸦片种植人。

占口河是虎牙大峡谷在果子坝分出的一条支谷。谷口有占口村，自占口村上到东岸海拔3000米的山脊便是磨子坪。山脊及靠近山脊的缓坡分布着岷山最大的杜鹃林。每年五月，杜鹃花开，磨子坪成了虎牙大峡谷的一个亮点。占口河右岸的扯麻索旧时是一个藏族传统村落，如今已经搬迁,"扯麻索"三个音节已失去原义——扯麻索人世世代代对这一裂谷的依附。

从古至今,人类活动的范围都远远超出了扯麻索,抵达了平沟、木瓜坪、紫柏杉、石龙岩甚至更远的极地。旧时他们打猎、放牧、挖药,而今则是去登山、摄影、开发旅游景区,以及开采价值不菲的白钨矿、锑矿和水晶石。

旧时的果子坝包括了今天的虎丰和上游两个村,是大峡谷的一个地质演化区。谷地海拔不高,相对平缓、宽绰,适宜于人居。想象在没有人类光顾的漫长、纯粹地质与生态发育演进的状态中,这里有过怎样的激越与寂静!地质变迁平复后,便是对生命的漫长等待,如长梦苏醒。从苔藓地衣的苏醒到一棵草、一株矮灌的苏醒,再到高大乔木和动物的苏醒。

想必有千万年,大峡谷的宁静都是翠绿和雪白的。时间在大峡谷是一种"泊"的状态,就像无风时刻峡谷上方的云彩。有时也呈现出溪流的状态,或奔流,或涓流。大峡谷是时间的模子,有什么形状的峡谷,便有什么形状的时间。果子坝是大峡谷不多的几处可以把肚皮亮给天空的地方,时间在这里不再是线形条状的,而有了体积。

蝴蝶、蜜蜂、羚羊、麝鹿、大熊猫……比人类先到,大峡谷是它们的伊甸园。

不知道第一拨人进来之后,这里还是不是伊甸园。或许有过一个短暂的时期,一两代人,一两代人与果子坝相处的时间。之后,伊甸园在接近现今人的高级生存法则下失落了。

进入雪宝顶国家级自然保护区之后,虎牙大峡谷愈加显出大峡谷的样子——两岸山崖再次合拢,气势也上来了,溪谷变成了溪涧,而这溪涧绝不是小家碧玉,两岸耸立的都是万仞之山,从远处看,就像是用上帝之斧劈出的,草木不生的崖岩上还留着深深的斧痕。

徒步峡谷,我看得最多的不是瀑布、溪流和半崖上的植被,而是岩层的断面,它就像剖开的胴体,呈现出山的肉质。

岩层里不都是肉，还有筋骨，最常见的是龙身一般的白色矿脉，蜿蜒在青灰或黛色的页岩间，原本是静止的，久看仿佛在游动。

也有不同于页岩的断面，在对岸的崖壁或是在路上的岩凹，集合了块状扭曲的线条，呈现出复杂的扭力。

岩层呈现的是地质的信息，也是地质的时间。黑暗的时间，喷涌到地表，凝固成山体，再崩塌断裂为峡谷，让时间接触氧化，变白变青，成为黛色。

一条鱼游进时间，一株独叶草落入时间、成为化石。每次经过这样的断面，我都特别留意，幻想发现一条时间封存的鱼或一株独叶草。

去松潘走小东路要经过高山堡。高山堡是虎牙大峡谷最后一个村子。

既然是小东路，总会有人走。另有一些从高山堡进去或是从松潘过来放牧的人。这些人带给了虎牙大峡谷人气。

高山堡是大峡谷中人类活动比较明显的又一个地方。旧时人类活动只是耕种、放牧、狩猎和挖药，而今修了水电站。水电站在建的那些年，每次路过，看见劈开的岩层以及从隧洞运出的岩渣，都感觉触目惊心。不是在做手术治疗大峡谷，而是在剖切、破坏大峡谷。

这一段峡谷软硬不均。西南岸是壁立的岩崖，岩崖接近谷底一段几近裸壁，不生草木。岩崖的上半段生长着常绿灌木，靠近崖顶偶见野樱桃、山杨、水青等落叶杂树。有时也能看见杉松，只是一棵，孤立岩壁或灌丛，既是风景，也煞风景。

这样的地貌是力量与时间的权宜之计，各种植被依附其上，构成一种惊悚而寂静的美。云雾弥漫，隐去岩崖的棱角和一切不安全因素，呈现出水墨画一般的冲和平淡。

一棵杂树独立岩壁。不说话却什么都晓得，它的诞生、幸存、静候，它所经历的春秋，冷热给予它的，冰雪给予它的，夜夜狂风给予它的……它成了现在的样子，枝枝蔓蔓，皮质呈现出理性的黛色。那种内敛不是掉光叶子的时候才有，仲夏枝叶繁茂的时候、秋天红叶绚烂的时候也是有的。

一片杂树林，夏天或许略显拥挤，冬天落叶之后透出疏朗。这种疏朗是一种留白，树与树之间的留白，枝与枝之间的留白，不同种类的杂树高低错开，呈现出一种我们在街道、广场看见的行人的姿态——有母子，有情侣，有兄妹，有志愿者……杂树林的留白也是沉默，呼吸只能意会，如果真要去找话说，便是树下那一层新近的落叶了。

相同与不同的杂树共同生长，就像不同部族的人类聚居在一起。上帝别出心裁，以满足自己的审美需求。

过了高山堡，便进入了虎牙大峡谷的精华段落。随着海拔的上升，峡谷再次变窄、变陡峭，岩层、植被、空气和水开始向高寒地带过渡，在南岸的小沟壑下方和崩塌堆积层出现了我在丹云峡和甲勿池看见的杂树林。杂树掉光了叶子，现出的枝干远远看去像爪，像古老的象形文字，相互攀接摩挲，构成一篇只可意会不可言传的骈文。有的杂树枝干上寄生了青苔和松萝，青苔如金箔，松萝如白丝，衬托出枝干冷调的墨色。

杂树生长在斜坡，看上去近似于倒伏。有的佝偻如老人，有的手舞足蹈像舞者，有的俯身半蹲如待跑……有孤独沉思的，有相对无言的，有彼此搂抱亲吻的，有三三两两喝酒的……

"嗨！你们叫什么名字？"

我想唤一声它们，得到它们的回应，免得费工夫去查询它们的学名。然而我没有出声。我远远地看着，不去惊扰它们。

平坝，旧时叫广草坪，是虎牙大峡谷深处的一个山间坝子。过了这个坝子，便进入了大峡谷的末梢。无论是旅人还是马帮、背子客，到了这里都会有"柳暗花明"之感。

至今平坝都是藏民的天然牧场，也是旅游观光者的一个目的地，但还不是大峡谷的终点。

一个人走在大峡谷深处，尽管植被时间覆盖了地质时间，我依旧感觉到了天地初创时的寂静与纯然，没有任何人的理性的添加，没有人类活动污染，就像一座不曾有人涉足的冰川。这里的水、这里的树、这里的岩石、这里的每一株杜鹃都与人无关，与人的念想无关；它们是水、是树、是杜鹃，也是时间的活体。我停下来，轻轻呼吸，坐在树下，把目光从对岸的杂树收回，把自己嵌入大峡谷的时间，像一棵灌木。

大峡谷的光影也有恒定的时候，日线之上尽是镀金，金色的山脊山峰，金色的岩崖草甸，金色的刺柏雪松……不经意抬头看见盘旋的羊鹰——羊鹰也是金色的。

大峡谷的光影恒定的时刻，神圣显现，连雪山也屏住了呼吸，风声、溪流声、鸟鸣、阳光的炸裂声都停息了，空气也凝固了，草莓、报春、龙胆、杓兰、绿绒蒿也都愣住了，吃草的牦牛抬起头来……日线如弹断的琴弦散落在大峡谷左岸山腰，映出右岸山脊的锯齿状。

置身于大峡谷的光影中看崖壁上的杂树，我就特别想做一棵那样的杂树——而非栋梁之材。

杂树也是时间的一种形式，沉淀了大峡谷的黄金、铀和多巴胺。

虎牙大峡谷是杂树博物馆，也是时间的博物馆。外面世界的时间变了，峡谷的时间仍停留在没有人类活动以前，这很像高原上的咸水湖对海洋的截留。

黄龙：抒情三天

杨国庆

活在这个世上已有些时日，身体和生命里不免堆砌了一些杂质、几许肮脏，很想耸身一摇，抖落全部的尘埃，轻装前行。这样的心境，这样的梦寐，终于在中国西南，众山之中，一个名叫黄龙的自然风景名胜景区得以寻觅和洗礼，获得身与心的双重满足。黄龙三日游，抒情三天整。

心情五彩池

现在，五彩池就在我的眼睛里，端坐心灵的中央。

走过多少路程，憧憬过多少纯情向往，翻越过多少坎坷曲折、酸甜苦辣，我已经不甚明了，只知道这么色彩缤纷地彼此拥有——静静地，高海拔地拥有。

在历史上某年某月的某一天，我和五彩池，所有美的一种极致，相互穿越。

背景是森林，雪山，高山草甸，阳光和悄悄的云纱，再远一点就是宝石一样透蓝的天空，幽静涨满黄龙这个原始的沟谷，睡美人的手臂的下面。

五彩池听得我的心音洁白甘甜，清清纯纯，潺潺汩汩；我听得五彩池铿锵入韵的水声，从脚到心的透彻靓丽，始终不见流水妖冶的奔流和楚楚的张望。

飘舞的树叶，红、黄、绿、黑、青、蓝、紫，不知何时已经牵手池水的边沿，呵护着这一潭一潭超凡脱俗的心情，像一道素朴的花边，更像童话公主璀璨的项链。轻轻地，我以目光深吻着五彩池水的全部。

五彩池，五彩池！斑斓的心境泛起梦幻般的涟漪，有太阳光芒的灿烂，有月色依依的情怀，有大海硕大的恬静，有山野滑翔的舞姿。

深深地记住你了，我的五彩池。

像来时一样，我不带走任何一丝你的现在，包括过去。真的，我已经深深地记住你了，生命的那种，血液的那种，心灵的那种。

闪烁秋波的五彩池！深藏岷山心中的五彩池！

我的去路，跟进来的道路一样，坦荡而悠远，才情而执着，含笑生辉，声情并茂，贯连古今。你的五彩，你的心跳，你的目光，你的睿智和机敏，豪情勃发和柔情万顷，落落星语一般，散漫宇宙的心坎，只有我才听得清，只有我才读得懂，只有我才看得见。

我在世间行走的声影，将通过天空和大地，奉献给你。我在道路上挥洒的泪水和汗水，也将缕缕蒸腾，化作最美的云彩，日日，夜夜，陪伴着你。

——微笑吧，我的五彩池。

爱情牟尼沟

我与牟尼沟有个约会，那是苍天排定下来的，在我全然不知、欣然前往之前，于是，只有顺理成章，采撷了这枚名叫牟尼沟的爱情果子。

期待的山川扑面而来，田园悄然，散发着初秋的清纯气息。

这条秘密的牟尼沟，潜伏在岷山的裙裾之中，庞然等候另一条牟尼沟乘着车辆，款款到来。潜伏，绝不是狼的那种，虎的那种，非洲狮子的那种。这，你是知道的。

以爱情贯穿始终的牟尼沟，分两个乐章：二道海和扎嘎瀑布。

散漫而且痴情的二道海乐章，是中世纪的一个骑士骑着一匹雪白的骏马，漫步在山冈的原始森林和绿绿起伏的牧场之间，一声鸽哨经过云朵的牵引，拨乱了郁郁森林中采摘蘑菇的小姑娘的心思，抬起头来，一双杏眼四下里张望，小小的秘密被停落树梢的一只杜鹃全部收藏，夜夜看护。

扎嘎瀑布则不然，适宜的放纵闪烁着忠贞的旋律，仿佛艳艳的晴空垂落三五点童话般的雨丝，殊不知雨丝的尽头，竟是那遥遥山巅的激情飞瀑，千万年的奔跑穿过密密的森林，千万年的泻落打湿两岸的花香鸟语，沧海桑田的速度，千军万马的幅度，谁也不可阻拦的前世拥抱，谁也不可更改的今生厮守，但见苍山四处，徐徐摊开，风云四处，隐隐点缀。

失落深山的牧歌，多年以后，爱情一般回到唇齿之间。肌肉健壮的群山，是岁月喂养的一匹匹生灵吗？高低苍翠，逍遥自在，漫步在洗却尘世的肺腑之中。一路生长的栈道，在赴约心情的按摩之下，一寸一寸挺进深处的花海温泉——啊，把身体还给温泉，把恋情还给花海，在这个毫无准备的日子里，一头老象坠入小小的陷阱，真的心甘，真的情愿。

牛乳一般的瀑布穿过我的左手，流进我的右手，荡气回肠在我双手合十的今生的掌中。这，你是知道的，左手明眸善睐，右手黑发飘飘，温柔的美和开放的美，经过千年雪花的滋润和春天的呼唤，只有来到，只有拉开紧锁的房门……

唐宋的小令在唐宋，朱自清的梅雨在二三十年代，久违的心跳叠合在这个名叫牟尼沟的雪白而宽远的扎嘎瀑布里，日夜奔流，时时播放……

睡吧，可爱的牟尼沟，枕着所有的月光和森林；

睡吧，扎嘎瀑布，我的悬崖是你始终的跑道。

倾情古松州

松州，松州，松州，从大唐滚落的一颗珍珠，在众人仰视的岷江的上游，掌心一样的山谷中稳稳打坐。当年那片灼热的岁月已经走远，山后飘落的尘埃早已冷却。我来到修葺一新的城墙上，迎接一个女子从大唐的天空翩然飞临……

按捺不住的心情，在明亮阳光下的城墙上，远远铺去一道红红的地毯。四下青山隐隐低垂，炊烟销声匿迹，岷江莞尔不语。我和女子并蒂开放。

三格大唐方砖的距离，掀动花瓣与花瓣轻柔的波动，在龙虎旗帜的帷幕下，心心相印，潮水相涌，舞姿翩跹，芬芳的花蕊呼吸困难，只有你和我。

雉堞垛口朝气蓬勃，前呼后拥，士兵一般整整齐齐，严阵以待，站立在城墙高高的四边，与整个墙体构成一列长长的龙舟，巍然峻拔在历史的缝隙，卓然挺进岷山苍凉的胸膛。这是一个箭头、一道圣旨，生长在深深的岷江大峡谷。

蓝布天空，罩子似的笼在龙舟之上、峡谷之上，太阳的眼睛温情脉脉。我们在这样的盛世里，纯洁地开放，甜蜜地开放，典雅而忘情地开放，金色的心跳来自时间的轮回，也来自空间的衔接——从唐朝到今朝，从宫殿到民间，从死亡到复活，幸福的光芒凝结你和我，在一只透明的琥珀，想走也不出来了。

天地之间，唯一的城池冉冉升腾，天光如银，烛照前世和今生。聪明的古松州，伺机放下隐秘的吊桥，以清风为阶梯，以明月为栏杆，双手扶着细腻的爱情，粲然而下，我们走进当代。

脚步，拉链一样撕开松州的街巷，仿古的味道。

奈何不了觐阳门、延薰门的垂垂风范，虬髯飘飞，神情自若，铠甲威武的魅力招引。我说，美女，来，和你们的将军合一张影。你死活不去，只牵我的手。

奈何不了古松桥隔世的清风，奈何不了映月桥硕大的满月，奈何不了桥下波光粼粼默默行走的岷江，奈何不了两岸恬淡舒适的小小院落。不愿放弃光洁如玉的温婉、纤纤举步的矜持，我们回到高高的城楼，人

生如梦的美境。

站在红红的柱头边，相依又相偎，欣赏天色依旧好，长发依旧飘。命运的手指越过平原和山地之间，茶马之间，合二为一的心肝之间，轻轻停落一张金色龙床，一段飘逸唯美的文字。

那是眼睛看得见，耳朵听得清，心窝摸得着的一生情缘。

那是关于我，关于大唐女子的种种传说。

寻情丹云峡

丹云峡，逗人心跳的一次旅程，在黄龙与平武之间，涪江的源头。当我以空洞的双眼走进丹云峡的宁静的胸口的时候，遗失在生命深处的古老的情怀，让我的心魂再次苏醒，再次找寻。

深深的丹云峡，窄窄的丹云峡，我和车辆侧着身子，从飞流和峭壁之间，从云朵和树梢之间，只有屏着呼吸寂然走过。马尾摆瀑布，从青山的树根飞泻而下，形如骏马甩动的一簇长尾，在手指间临风飘舞，潇潇洒洒。肚脐眼瀑布，在笔直悬崖的雪亮雪亮的肌肤上，率真而性感，陡然下坠一种任性和青春的无悔。化石瀑布，一个妙绝的场景，波澜起伏的伸手可触的翠峰上悬挂着、展览着一场激情突然凝固的奇观，牵引思绪走得很远，很远……

啊，丹云峡，树枝直奔青天的丹云峡，云朵梳理阳光的丹云峡，地脉山精都在恬然微笑的丹云峡。这是怎样一处惊心动魄的美境，怎样一处需要用情去触摸的天地。丹云峡，躲进岷山的世外桃源，失踪太久的小女子。

寻找的目光一直向上，向上，顺着悬崖峭壁一直向上，从谷底雪白的水声直抵蔚蓝的一线天空，从喧哗辗转的车流，一步一步逼近茶马古道悠远的岁月。

——又是茶马古道。浅薄的记忆储存着岷江河谷的茶马古道，川藏线上的茶马古道，川滇缅的茶马古道，秦川古道，这下又添得一段川北的茶马古道，整个岷江流域古老的，经济的、政治的、军事的、文化的，向北的一个交通要道。

徜徉在小河古镇，搜寻着失落岁月的一方破碎的城堡，情思仿佛回到早年岷江的蚕陵重镇，崭新而辉煌，磅礴而井然。然而，街道两旁青瓦木楼的风味，悄悄提醒着这里是小河，这里是松潘的边沿，每一砖一瓦都透射出几近绵阳平武的气息和节奏。

寻访的步履，踏进树木掩隐的，印满汗水和脚步的峡谷古道，心情忽地肃穆起来，遥想当年，多少官兵策马挥毫，多少烽烟一路燃烧，多少百姓累死累活、咬紧牙关啃吃自我命运的苦痛和家的破败，多少茶马川流不息……哦，丹云峡，见证坎坷与鼎盛，左手放纵着男人，右手哺育着女人的千古老人，现在，该是彻底地修心养性了。

但是，丹云峡，丹云峡，又有多少饥渴的目光在把你追寻，多少美丽的心魂在把你呵护，多少悠扬的歌声在把你传唱，传唱，丝毫没有停留的意思……

丹云峡一片寂静，当我转身离去的时候。

梦回松潘

◎ 白　林

从松潘回来已有些时日，在不咸不淡的状态始终没得空闲，不是这事的纠缠，就是一些微不足道的羁绊，就像边地的生活，总是由看上去的小事牵扯着。静下来一想，生活不就是这样吗？生活不就是由这些剪不断理还乱的普通小事日复一日堆积成的吗？到了冬天，不是婚丧，就是嫁娶，事情也渐渐多了起来，而这类事情往往又牵扯到礼尚往来和人情世故，常常令人身不由己要去应酬。

白天的时间就跟预设了一般，到时就有声音提醒，该去某某处了，一大堆平素难以见个面的人，围坐在炭火旁边，说着不着调的话。我只能旁听，要么就是默默地抽香烟枯熬数小时。到了倒床便睡的时辰，已是月斜星稀。除了窗外呼呼刮过的风，夜深倒还寂静。

平常，我是倒床便睡，极少有失眠睡不着觉的时候，一年当中也极少做梦。奇怪的是这几天居然就做梦了，而且梦见了松潘，在一片疏松的蔚蓝色清寒氛围里，松潘城周边的群山氤氲弥漫，我在不停地盲目行走。梦中的情景透着虚幻的神往。而当一觉醒来，梦境却随着窗外晨曦的来临，长了翅膀般飞遁去了无形的地方。

在冬天去松潘一直是期盼的，这种期盼类似童年盼着冬天降雪。一群孩子不知天寒地冻，在一场雪后的雪地里追逐嬉戏，无忧无虑奔跑着，那是童年经常浮现在梦中的场景。我童年所在的场镇，在冬天是很少降雪的，差不多十年才有一场大雪，完全覆盖家属区的屋顶和周边的田野，就连堰沟旁边生长着的笔直的桉树枝梢也积着雪。但是如果在无雪的冬天，孩子们则显得很安分，反而会守在家中的火炉旁边烤火。

想象中松潘的冬天定是白雪皑皑，一派冰雪覆盖的景象，岷江和岷山逶迤绵延，仿佛古典山水画中一样，自然流露着古代文人们所理解描摹的况味。

这也就成为我冬天对去松潘的期盼由来。

在今天翻越弓岗岭，就进入了松潘的地界。然而在历史的岁月，松潘管辖的面积非常大。只不过随着时光流逝，松潘县就成为今天行政区域地图上的面积。东与平武县，南与茂县，东南与北川县，西及西南与红原县、黑水县，北与若尔盖县、九寨沟县接壤。

由九寨沟县境内翻越弓岗岭，在视线的右侧就是著名的羊膊岭逶迤绵延着。即使是在夏季，羊膊岭山巅还有少许的积雪，如同雪豹的花纹般。"8·8 地震"灾后重建的公路宽敞，在心理的层面给人一种起始感，以这场地震为界线，将记忆中的时间切割分成了两段，一段是指地震前的时间，一段却是指地震发生后两年多的时间。映入眼帘的是在前往松潘城的途中肉眼看见的变化，直观具有痛感。因为有着记忆里的对比，不仅看见一场大地震对山川形胜所造成的破坏，而且，还有着一种时间深处的淡淡的忧伤泛起。更有着 1935 年的初秋，著名记者范长江在《中国的西北角》一书中对其途经弓岗岭时的记载。当年的弓岗岭至戎洞皆是下山的路，年轻的范长江用了几乎一整天的时间来穿越这片茂盛的原始森林。有了文字记载和我于 1984 年曾经过弓岗岭的比较，在时间往返的延伸里，就有着对变化最好的诠释。1984 年的弓岗岭已经有了一条公路，在公路的两边满是胳膊粗大小的云杉和针叶松，显然那是人工种植的育苗结果。公路不像今天是宽敞的柏油路面，而是泥泞的林区道路。在范长江的笔下，是没有公路的，只有一条林间的小道，而且，茂盛的树木将阳光遮挡，稀疏的阳光只能从树枝缝隙漏下来……

过去的人把去松潘说成是"上松潘"。这是因为上与下，是针对河流的走向而言的，溯河而行叫上，顺河而进叫下。弓岗岭和羊膊岭既是一道地理的分界，也是岷江和白水江发源的地带。

因此，过了弓岗岭，就看见岷江源头一带的溪流滥觞，呈阶梯状清澈蜿蜒地流淌。挺拔巍峨的羊膊岭赐予了岷江源头流淌的动能，由高至低空寂地奔流，穿过松潘草原平缓、牧草枯黄的地带，越过了公路桥梁的底下，簌簌地汇入了左侧深深的峡谷沟壑。自此，岷江开始了漫长的跋涉之旅。

清早出发时是个阴天，高原天空布满彤云，这种天气是要降雪的征兆。尕米寺、寒盼村、漳腊、川主寺镇一扫而过，空旷的田野收割之后，大地呈现着褐色的面目，成群的乌鸦和岩鸽在旷野集翔。

抵达松潘古城时是中午时分，云层罅隙洒下几抹疏漏的阳光。从松潘城的东门进城，沿着城墙根笔直的马路前行，就到了一片灰砖青瓦建筑群的民居区。在一家客栈的院落室外，抬头就能看见西岷山的山巅，像一张展开的巨大屏风护佑着这座高原古城。

这让我不禁想到上次来松潘城的时候，第二天一大早，我去了东门外的金蓬山。寻找当年植物猎人威尔逊在一百年前所拍摄的松潘城全景的那个角度。只不过上次是在五月，松潘城外的农庄房子外生长的苹果树正在开花，紫色带着白蕊的苹果花绽放在树梢枝头，透露着春天般的气息。那天清早天气不错，晴朗蔚蓝，没见一丝云彩。当太阳爬升开始照耀着松潘城时，首先是一束天光打亮了西岷山之巅。随着时间的推移，阳光一点一点地沿着西边的山麓朝河谷一带移动。我一边固定脚架，一边思忖着脑海中威尔逊的角度，百年前的黑白照片中的画面清晰地映入眼帘。

岷江从城北蜿蜒流淌而来，在城东门外画出一道优美的S形状。那时这一段的岷江没有修河堤，而是听任江水肆意地奔流。东门的瓮城还在，只不过在岷江之上有座叫通远的桥，连接着松州官道东路。通远桥是一座廊桥，行人可以在桥内躲风避雨。

金蓬山的海拔没有西岷山高，站在大约一半高度的山腰间，正好可以俯瞰松潘城的全景。在两根输送高压电的水泥电线杆附近，我居然找到了威尔逊的角度。他采用区间拍摄，用几张照片拼接出了松潘城的全景，因为我即便使用广角镜头，也无法拍到全景。

松潘城由于地形的限制,不是规整的四方形或者长方形的城池,东门、北门和南门有棱有角地将城区包裹着,西门则依着北门和南门城墙的宽度沿着西岷山而上至山巅,将西岷山主峰的一部分也包裹了进来。延绵的城墙将西岷山人为地分割开来。城墙外是地势险要的沟壑与呈金字塔状般向山脚延伸的部分。

百年前的松潘城内都是木头建筑,北门至南门就成了这座城池的中轴线。这条线笔直,亦是当时松潘城内主要的一条街道。鳞次栉比的建筑,在建筑与建筑之间自然而然地形成了城内的街巷道路。植物猎人威尔逊曾经三次到过松潘,他当年所拍摄的黑白照片,就成了我触摸松潘的依据。这个年轻的英国人在其《中国——园林之母》一书中曾经写过,他有过去南坪(今天的九寨沟县)的打算。因为当时信息有误,让他认为南坪是甘肃省管辖的地方。他要去南坪,就得通过甘肃省衙办理交涉。他这才作罢,打消了去南坪的念头。范长江不是,范长江之所以要过南坪,是因为没有出黄胜关过草地的装备。他知道川西大草地海拔高,平均在 3000 米以上,天寒地冻,只能选择去南坪翻越野猪关,从那里由西南进入中国的大西北。

从金蓬山下山的路上,我也曾思忖过。为什么历史上不少的名人到了松潘,就再也没翻越过弓岗岭呢?从薛涛到范成大,从吉尔上尉到威尔逊等人,要么选择从松州官道东路进出松潘,要么选择从南路进松潘,就是不肯超过弓岗岭。这真是一个有趣的疑惑。

这一方面说明了松潘这座川西北高原重镇的魅力,同时,在另外一方面说明了信息和交通闭塞以及行路的艰难。

这种艰难还体现在 1722 年的春天,当时扶州城外(南坪)的帕拉沟爆发了一场拔拉、刚让笑率领的蕃民起义。直隶松潘厅总镇张元佐和朝廷筹备了三年,才将这场轰轰烈烈的事变镇压了下去。毁于战火的扶州城无法重新建城,只得另行选址,在白水江之东南一个叫南坪坝的地点筑城,这就是南坪城的由来。

康熙六十一年(1722 年),四川提督岳钟琪西出黄胜关远赴青海与罗布藏丹津作战后班师归来，在扶州城设立了南坪营。从康熙四十二年（1703年）南坪克复到1722年南坪蕃民起义，仅仅过去19年的时间。驻守扶州城南坪营的皆为职业军人，不事耕种，与民争利，将"平斗改为尖斗"，最终酿成了"扶州民变"。南坪营守备柳得胜只得翻越野猪关逃亡至甘肃文县哈西墩寨（即今天的甘肃文县中寨），落了个自缢身亡的下场。

在冬天的松潘，我始终在思忖着时间里属于个人生命的过往。

我跟一个地方的联系，常常是因为先结识了这个地方的人，才有了去这个地方的停驻。

我最早结识的松潘人叫杨继华，笔名高屯子。说起杨继华，可能知晓的人不多，但作为摄影师的高屯子却是大名鼎鼎，他导演的纪录片《十年寻羌》还拿下了国际纪录片界的"奥斯卡"大奖。杨当年是地区报社的一名编辑，我是作者。我们通过稿件往来认识彼此，见面则是在20多年前的州府马尔康。那也是一个冬天，杨要在他负责的副刊弄一期诗歌专号，我恰巧也在马尔康，他便找到了我。穿着打扮前卫、身材匀称、说话节奏缓慢是当时高屯子留给我的印象。

"高屯子"是松潘的一个村的地名，杨继华是高屯子村人。他早早地辞职下了海，不仅是诗人，而且是名有才气的摄影师。一个人能够把一门艺术搞精，也是件了不起的事情。当年，我在九寨沟公安分局供职，杨继华为拍摄一本画册，在那年的秋天专程来到九寨沟，吃住都在我的寝室。每天我就陪着他在凌晨四五点钟起床，背着他那笨重的摄影器材，以及头天从管理局伙食团购买的馒头、小卖部买的矿泉水，坐分局的警车到诺日朗或者珍珠滩瀑布的山脚下，再徒步到陡峭的山麓悬崖畔，坐在长满杂草的坡内等待日出。到了中午，他和我坐在草坪上，就着矿泉水，一人一只冷馒头，就是一顿午餐。那时，拍摄九寨沟是件很烧钱的奢侈的事情。杨继华每次来都要带着差不多上百卷的彩色进口反转片胶卷，支好三脚架，提前寻找着角度，待到第一缕晨曦照亮时，几乎是不计成本地拍摄，因为大自然不是那么慷慨大方的，光线也是有着时间性的。他说,一卷135规格的胶卷,最多能够拍摄35张,能够有一张满意的片子,就值得了。

这个肯吃苦的松潘人让我对松潘有了较深刻的印象。他说高屯子过去是屯兵的地方,他的祖先来自陕西。杨继华在童年时期,因为家境贫困,每学期的学费,都是自己上山挖药卖钱解决的。

我知道高屯子这个村所在的位置,在距离松潘县城不远的一处公路旁边的山坡里。

1984年9月,我在大学毕业后被分配到南坪,从成都西门车站出发,在傍晚时分抵达了松潘县境内的镇江关,要在该镇住宿一晚。那时的镇江关只有一条既是公路,又是街道的道路,两边皆是低矮的穿斗结构木房子。镇上仅有一家食堂,在临街左手一侧一幢三层楼结构的青瓦房的一楼。旅店需要从对称结构的木楼中部开的大门进去,沿木楼梯上楼就是一排对开门的客房。楼道显得幽暗狭长,人踩在木地板上会发出"咚咚"的声音。旅店内部没有厕所,半夜里起来,需要从一楼的小门出去,那里是一处不大的院坝,在院坝的一角有幢木板房子的公共厕所。院坝内停着装载木材的卡车和一辆从省城到南坪的长途公共汽车。

我从散发着恶臭的公共厕所出来,就看见一轮皎洁的月亮贴在黛青色的夜空。我生平第一次发现高原上的月亮是闪闪发光的,就像刚出炉的银子,闪烁着迷人的、圣洁的光芒。周围的山峰起伏绵延,巨大的山口呈"V"字形。我的注意力一下子就被这轮会发光的圆月吸引住了。那是我人生中第一次在旅途间隙做思想停留,舒展着被颠簸了一天的酸痛的腰身,终于有了份难得的清闲,尽管是短暂的。我也生平第一次想到了"人生"这两个既沉重而又茫然未知的字眼。

面对着完全陌生的环境,没有行前人们在口头上的猜测谈论,也没有一个年轻人多少带着浪漫向往的幻想,而是身处这个真实的场景时,一边因心中涌出的荒凉感而莫名地悲伤着,一边又被眼前的景物所透露出的雄浑之美吸引着。既不知道这一去将会是多少年,也不知道前路有什么在等待着自己,随着高空流泻落地的月光,我思考了一阵。心想,管他的，先睡上一觉，明天就能到达目的地了。

这次去冬天的松潘，我最想去的是两个地方，一个是毛儿盖，一个则是漳腊的金矿遗址处。因为这两处地方，都跟松潘的某段历史有关。

随着对松潘的认识从感性到理性，又从理性到感性，我也渐渐地从青丝少年步入年过半百、两鬓染霜的中年。

我居然梦见了松潘了。

我要承认，这是自己这一生当中第一次梦回松潘。触摸到了松潘，在梦中松潘是那么感性柔软，就像清亮而寒冷的岷江水，以滥觞状的方式在大地肆意地流淌。

去冬天的二道海是在行程将要结束的头一天，我回顾着这几天的行程。第一天的早晨，松潘城周边的山麓积着一层浅表的雪，这让冬天的松潘仿佛有了高原重镇边地厚实的味道，尽管不是我预期中大雪覆盖的情形，但我还是挺知足地欣赏着冬天的景色。冬天的氛围更符合我对松潘的期许——枯黄的色调，空旷而悠远的沉静。

想象有时就这么及时而又自我地出现了，我边走边在脑海中想象着。

第一天的行程安排也比较妥帖我的心意，我上次去松潘是在金蓬山间寻找。这次不同的是去西门的山巅。站在客栈的院落内，我一直仰望着西岷山顶的那座城门。这是现代旅游的产物。从前在西门山顶是没有城门的，只有一座亭子。现在，这座亭子已不见了踪影。但是在1941年的夏季，这座亭子还在，成为日本海军航空兵轰炸松潘城的一个地标，27架日本三菱重型轰炸机越过岷山的主峰雪宝顶，从漳腊呼啸而来。第一批次的9架轰炸机对这座耸立在川西高原千年的重镇实施了无差别的大轰炸。从有关的文献记载中可知，南城门方位损失最为惨重。许多人为躲避轰炸，涌入了城门洞。在重型炸弹和燃烧弹的野蛮轰炸下，城门洞内的人死伤无数……

为什么独独是南门损失最惨重呢？

这亦是心存许久的对一个历史细节的疑问。有时，一个细节是能复活历史的一角、一个片断的，尽管这很碎片化。然而，我思考过倘若历史连这点碎片都未曾留下来的话，那么，一切的历史也就更无从说起了。

当我乘坐着一辆越野车沿着松潘城的街道经由南门附近过桥，折向西边的盘山公路时，我看见西岷山偏南的城门外，一排排的民居错落在因地势不同的台地内。车内的人在车辆钻进一处"V"字形状的沟壑时指着左前方的山梁说，这道山梁的背后就是牟尼沟。

刹那间，我仿佛明白了什么。

松潘的东、南、北三座城门坚固，只有西边的西岷山顶的城门防御薄弱，这就是为什么每每松潘城发生事变，率先被攻占的几乎都是西门山顶，就连外来的侵略者都是率先从西门开始战争。西门或者西岷山麓，是松潘城的"死穴"。西岷山顶原本就是一处四面皆可进入之地，如何防御呢？驻军多了，粮食供应就成了问题。狭长的地形几乎不可能驻扎多少部队。况且，进攻的一方是早有策划准备的，夜间也能摸上山顶，居高临下始终占尽了天时地利。

只有到达了现场，才能弄明白。松潘城四周皆山环绕，当年日本海军的轰炸机只能从西边的高空俯冲，在空中划出一条弯道。只有高速俯冲，轰炸机才能避开正对着东面的金蓬山麓，有空间逃离。正好投弹的最佳地点是南门附近，投完炸弹，轰炸机便顺着岷江河谷钻出峡谷。

带着疑问上山，得到了答案下山，这或许就是田野调查的益处。即或是阅读了相关文献，不到达现场，还是弄不明白。所以，我这次在冬天去松潘，就是因为心存疑问，而这些疑问只能等待时机解决，一旦时机成熟，我就丝毫不犹豫，也就不论是什么季节。

西岷城门楼是观察松潘城全景最高的地方。

松潘籍作家泽让囡、杨友利一直陪同着，他俩时值壮年，充满着朝气活力。在边走边聊的过程中，杨友利指着西岷山腰间一处台地内耸立的寺院说，那是一座汉传佛教寺院，叫大悲寺。相传在明朝有一位高僧大德在前往北京时，对寺内的一名僧人说，三天之后，你再敲响寺里的钟声，我想知道这钟声能传多远，最好北京城也能够听见。谁知，当天黄昏，这名性急的僧人就等不及了，提前敲响了钟声。这位高僧大德出了东门，正好走到松州东路官道途中的大寨乡雪山梁子附近，大悲寺的钟声最远也就只能传到雪山梁子了。

泽让闼在说起"庚申之变"时谈到了一个细节，那就是西边草原上的游牧占领西岷山顶时，把檑木、岩石从山坡滚落下来，毁坏了城内建筑，也致使众多官兵死伤。因为松潘城内的抵抗，游牧无法轻易拿下这座防御坚固的城池。攻防转换之间，实际上拼的就是双方的斗智斗勇。

沿着山脊线，我看见在西门城楼背后的山巅台地里，还坐落着几幢青瓦平房。在原西岷山亭子旧址的坡里积着一层昨夜的降雪，几匹马在雪地里伫立凝思。当这些马配上马鞍，马背间坐着手执兵器的游牧时，就是山脚下的这座城池遭受劫难蹂躏之时。

松潘城扼守着西南通往西北的要冲，又是一个边贸重镇，西边的游牧对松潘城内的财富垂涎三尺，稍有机会就会蠢蠢欲动。这些来自西边的游牧既有氐羌人、獠人、党项人，又有吐谷浑人、蒙古人和西蕃人。历朝历代，围绕松潘城的争夺，皆是刀光剑影，血流成河。

站在最高处，隔着一条巨大的沟壑，对面的金蓬山由北向南逶迤连绵着，眼肉还能隐约地看见在金蓬山南端的山梁顶，有一座早就废弃的碉堡。那是 1935 年 8 月初为阻挡红军北上，由胡宗南部修建的碉堡。幸好有了这实物的存在，成为一段历史的物证。

当年红军先是在镇江关一线与胡宗南和松潘当地军队激战，后又在牦牛沟（即今天的牟尼沟）反复地争夺。红军既缺乏攻城的重装备，最关键的是又缺乏粮食。胡宗南抢占先机，早于红军占领了松潘城，居高临下地构筑了碉堡工事。

松潘战役于是打成了消耗战。红军被迫撤出战斗，转至毛儿盖，由此向西不得不穿越茫茫泽国的大草地。这才有了之后红军"爬雪山、过草地"中"过草地"这段悲壮的历史。

范长江是在红军离开松潘城附近不久，经由平武的水晶、小河营，翻越雪山梁子，来到了松潘城。在西门山顶，他还曾经采访过前线最高长官胡宗南。年轻的范长江作为当时《大公报》派出的特约通讯员，向报社负责人张季鸾夸口，不领报社的薪水，就能凭借手中的一支笔挣稿费来养活自己。当时，他还不是中共党员，却由此开始了大西北之行，一路走一路写。范长江凭借着新闻记者对时政的敏感与才华，对中日之间将要爆发的战争进行预判，深知中国大西北将会成为战争的大后方，而大西北的现状到底如何，国人并不知晓。这才激起了他考察的欲望。他总是与长征中的红军擦肩而错过，红军前脚离开，他后脚就到了，在江油的中坝、平武县城是这样，到了松潘县城还是这样。他也对一路上看见的情形进行了客观的报道。比如，为了运输粮食，胡宗南部封锁了松州所有的官道，这让正在松潘漳腊淘金的两三万工人叫苦不迭，因为粮食运不进来，手中的黄金就没有任何用处。由此，漳腊金矿的工人和松潘城内的居民被饿死了不少。不仅四川省府动员江油、平武的民工组成"铁肩队"，昼夜为胡宗南部运输粮食，就连在卓尼的大土司杨积庆管辖的藏民，也在为其运输粮食⋯⋯

他先于美国记者埃德加·斯诺对红军长征进行了公开报道，将红军长征走向分析发表在《大公报》上，引起了轰动，使得中国民众首次知道了红军长征的事迹。

站在最高处，岷江划过松潘的流变走向清晰可辨。

岷江在中国古代文人的心目中一直被认为是长江的源头。岷江的发源地有两处，一处位于今天的若尔盖县境内的羊膊岭，还有一处位于今天九寨沟县境内弓岗岭斗鸡台一带。岷江从北蜿蜒向松潘县城而来，黄胜关和羊膊岭恰如天然的屏障拱卫着松潘城。因此，特殊的地理环境使这里成为要冲关隘。谁扼守住松潘城，谁就占据了主动权。松潘也因此成为兵家必争之地。

源头地带的岷江松散而自由，在许多地段甚至还不是一条江的模样。沿着岷江下行，最远我到过乐山市的犍为县。在犍为县境内，岷江拥有了一条大江汹涌奔流的气派，宽阔的江面上可以行船。

然而，过了弓岗岭，从发源之地开始，岷江还是一副小家碧玉的模样，缓慢地从松潘城北边曲曲折折地流淌而来。今天的松潘城分为旧城和新区两部分，旧城的城墙与东门外忽然折向南门外的岷江轮廓分明。松潘城还有一道外城墙。由此可见，当年的官员们为了松潘城的防御问题大伤脑筋。

顺着陡峭的栈道下山，整座西岷山的内部可谓内容丰富，既有大悲寺，又有观音阁，还有供奉当地土神的祠堂。我特意选择了一条旧路下山，在半山腰路过一处烈士陵园。在供奉土神的一座青瓦房屋的门框上，我看见了一副对联：山中石多真玉少，世上人稠正直稀。横批：诸恶莫作。

岷江在我看来，是条有着人文历史温度的江河。

由于把其当成长江之源的误判，中国山水文学鼻祖郦道元专门为其写了一个篇目《大江篇》。这误判也成为毕业于英国皇家军事工程学院的吉尔上尉前往松潘考察的原因。我相信吉尔上尉在行前，一定阅读过《水经注》这本书。他的目的很明确，就是寻找长江的源头。在意识到松潘岷江上游一带不是长江源头后，他这才毅然调头，经由汶川理县进入懋功县（今天的小金县），顺着大渡河而下，从甘孜到达巴塘县，在准备过金沙江进入今天西藏的芒康县时，受到了当时西藏当局的阻挠。但吉尔上尉的判断没错，他认为长江的源头一定在金沙江的上游。不得已，他只好悻悻地转向了云南的德钦，由云南出境，结束了考察长江之旅。

著名作家阿来有本书叫《大地的阶梯》。青藏高原由西向东发展，就构成了三级跳式的台阶，第一级是在西藏的阿里及羌塘草原，第二级则是包括川西高原在内的广袤区域，第三级是指雪宝顶以东的成都平原地区。但，在川西高原内部，也呈现着地质构造的多样性与复杂性，类似在这块"民族走廊"内部分布着众多的民族构成一样。

西出黄胜关至尕力台，大地阶梯般的构造直观而显著。西边的草原游牧就生活在高一级台阶的大草原（海拔 3000 米以上），过着逐草而居的游牧生活。在今天的若尔盖县境内有两条线路可以去西北的甘肃、青海。一条是经郎木寺，进入甘南。还有一条是经包座、求吉，穿越达拉大峡谷，顺白龙江而下，到达迭部、舟曲县。

漳腊是岷江冲积扇而形成的山谷宽广之地。

漳腊既是岷江源头的一个出产青稞的河谷，又是盛产黄金的地方。在大地亿万年地质构造演变进程中，在岷山山脉的这片区域，岩浆层内部含有黄金的矿脉，晚清至民国初年在松潘的漳腊发现了黄金。类似美国早期的西部片中一样，黄金吸引着大量的投机家和冒险家们前来，也吸引着许多背井离乡的矿工们前来。

很快，由于漳腊金矿出产的黄金品质很高，"漳金"成为知名品牌，涪江和白水江、嘉陵江以及长江成为连接松潘至上海的黄金水道。直到今天，上海还有一条以松潘命名的马路，在当年的英租界内。

梦回松潘，让我又想起先后数次去林波寺的情形。知道这次行程中有去林波寺的安排，我会不由自主地想起另一个松潘人，只不过他是位僧人，叫八桑。

八桑是九寨沟首次举办中国西部藏汉书法大赛期间时认识的，我作为主办单位的负责人之一，特意托人从松潘请来了八桑，为藏文书法把关。我和他是在九寨沟漳扎镇的一家藏家乐相见的。在一帮俗人喝酒吃肉大快朵颐的喧闹环境中，我发现只有年轻的八桑安静节制，他约莫三十左右的年纪，穿着宽大的绛色袈裟，始终面带微笑，既少说话，又绝不沾半点荤腥酒肉。八桑生得面如满月，眉目之间透着仁慈的气度。

这次去松潘，我最想见到的人就是八桑。

可惜，两次去林波寺，他都外出了。林波寺是民国版《松潘县志》记载的地名，现在改叫林坡寺了，我问过说着一口流利藏语的松潘作家泽让闼，他说林坡（波）翻译成汉语就是堆积财富的地方。泽让闼边说边以双手呈聚宝盆状，像捧起什么财富似的。他指着林波寺周边的形胜说道，这里的地形低洼，就像处聚宝盆。我曾四次去过林波寺，其中有两次的经历说来真是神奇。头一次是陪同作家阿贝尔，一行人在翻越雪山梁子时，阳光灿烂，天空万里无云，结果刚一抵达林波寺，就降了一场大雨。我们站在寺庙外的坝子里，寺院内传来阵阵诵经声。那一天是佛祖的纪念日。八桑做毕法事，从寺庙内出来，雨水恰好就停了。

这次去恰巧相反，从松潘城出来的一路上，天空中阴云密布，是要下雪的天气，结果刚抵达林波寺，太阳就神奇地冒了出来。

太阳照亮了新翻修的林波寺屋顶，闪耀着金光灿灿的辉煌。这一次，我们有幸在寺庙主持的带领下，参观了寺庙内收藏的"坛城"。

只有在突降大雨的那一次，我见到了八桑。他领着我们沿着起伏的小路，去了他一面临堡坎的禅房，堡坎底下是草坪，对面是一片原始森林，溪流潺潺，鸟语花香。室内的陈设简洁而大方，透着这位出家人的修为。也就是在这次，八桑说起了自己的身世。八桑自幼父母双亡，被民间高僧大德收留，教他学习藏文经文。高僧不仅悉心传授八桑佛法，还照管八桑的生活。八桑从谈吐到气度，都透着出家人的智慧与淡泊。八桑不仅精通藏文，还能说一口流利的汉语。这令我非常惭愧，长期生活在藏区，自己为什么就没能学会藏文呢？喝着八桑亲自沏的茶，我用手机将我俩的谈话录了下来。可惜的是，在一次外出途中，我把手机弄丢了，八桑那透着人生禅意的访谈录音也就彻底消失了。

不过，这次没见到八桑也没有什么好遗憾的。也许是缘分吧，对于我这类世俗的不速之客，他哪里是想见就能见到的呢。

梦回松潘，一切恍然都是在梦中。感觉自己是走在二道海林间的栈道上，又恍惚觉得是在一场旧梦之中。

二道海曲折延伸的栈道上结了霜，这霜真如同松潘古城一般大气，不是颗粒状绵密细腻的湿滑，而是放大若干倍数的颗粒霜，甚至都能看见风吹过的痕迹。霜的结晶长着尖锐的颗粒，脚步踩踏上去，发出阵阵"嘎吱嘎吱"的声响。这声响居然在谷深林静的山间发出了回声。

巨大的钙化滩，翡翠绿的海子，使人想到九寨沟县境内的神仙池。只不过，二道海更纯净，气魄更宏大。我仿佛觉得自己进入了岷山身体的内部，深陷的时间使二道海立体的变迁淋漓尽致地展现着岷山内部的沧桑。钟乳石的形成，需要亿万年的光阴。巨大的钟乳石溶洞，张着无形的嘴巴，既像是在无言地叙述，又像随时可以把轻视她的一切给吞噬掉，使人不得不心怀敬畏。

一束高光从罅隙般的山口顶端直照下来，打亮结了霜的枯萎的杂草丛，仿佛油画般的效果。在这个时节，游人是不大来二道海的，原因除了寒冷，就是二道海过于偏僻。而偏僻却往往能让人看见大自然鲜为人知的一面。墨绿色的海子倒映着林间针叶树的身体，路旁的高山杜鹃树丛的叶子被冻得蜷缩着，那是在岷山生长的植物，在期待之中忍耐。来年的五月间，当杜鹃花开的时候，在这海拔3000多米的岷山深处，就会有着阵阵冷艳的馥郁香气。

我是梦回了松潘。

确认是做了梦，在2019年的冬天。像我之前去松潘一样，不论是走在松潘县城的街头，寻找一家清真核桃酥点心铺，还是站在西岷山顶，看见北门外耸立的清真寺，我知道在历史的深处，曾经走过吉尔上尉、威尔逊、洛克等西方人的身影，曾留下过像薛涛、范成大、范长江这样的历史名人的足迹，也曾走过氐羌人、獠人、党项人、吐谷浑人、吐蕃人、蒙古人、回族人等的身影……

我似乎把握到了松潘高原的质地，很快又被一股看不见的力量推向更远的距离。如同一朵浪花，翻卷起来的时候，的确光耀绚丽。然而，从时间深处不断袭来的巨大江水，用多么大的力量拍打着堤坝，就被这道历史的堤坝反弹回去了多远。

在松潘的时空，想去的地方不少。一地的破碎，碎片。就像我到过的大姓、小姓、镇江关、黄龙、施家堡以及大耳边的乡野，在松潘广袤的大地之上，从这条沟壑进来，又钻入另外一条沟壑，一遍又一遍地寻找着。

渐渐地，松潘的底色变得清晰起来，南来北往的人，不论是从《松游小唱》中南来的诗人，还是那位叫薛涛的女校书，不论是到过黄龙的范成大，还是拖着疲惫的身体涉越松潘大草原的红军将士……不论是从"盘不尽的灌县，填不满的松潘"里走过的商队，还是藏、汉、回宗教寺院在这里并存耸立，不论是"三垴九坪十八湾，一锣一鼓上松潘"的惆怅，还是今天在旅游的大潮中滚滚驶过的车流，松潘皆是今生注定书写不尽的地方。

从微信朋友圈中，我得知松潘降雪了。

雪既是覆盖，又是见证。每到冬天降雪的时候，我便会想起松潘，想起松潘的古城垛子，那一排终日站在城楼、城墙之上，手执刀戟、穿戴盔甲的士兵，松潘城街道内铜塑的商客、马匹，背着茶包的驮脚夫，他们其实一直生活在松潘，生活在松潘古老而年轻的时空……

我还分明看见了自己，在继续溯岷江而上，梦境与现实交织在了一起。走在松潘这个冬天的街道，在一块块铁黑色的、镶嵌在铺着青石路板的街道中间的标牌内看见有关这座重镇的第一次记载："周慎靓王五年、秦惠文王更元九年（公元前316年）张仪、司马错伐蜀，灭蜀后于松潘置湔氐县，松潘地区纳入秦版舆。"或许最早关于松潘的记忆，就是从这里开始了。

然而，在历史的长河中，不变的又是什么呢？

除了日月星辰，或许唯一不变的是人的情感吧。尽管岁月催人老去，不变的是出发，是人心怀着不断去探索发现的认知欲望，是可以做梦，在自己曾行走过的大地之上，在梦中再去走上一走的想法。

是这个梦既能包容，又能驻扎得下的一切。梦尽管显得有些虚无和短暂，但未必不是一个渠道，面对着碎片化的现实，不奢求拼接起什么，就是始终没有放弃对历史的碎片关注，将仍然闪烁着人性的光芒贮存在记忆深处，那也是对自己而言了不起的执着。

这执着将伴随着我，在包括松潘在内的西北大地之上行走。在我的心底和灵魂深处，那就是一首歌、一首诗，是一个人这一生的不懈努力和追求。

松潘，从松州到潘州，又合并成松潘，这期间上演过多少历史大戏。我想，就当一名观众也行，继续用自己的身心来倾听品咂，如同饮下那一坛子的咂酒。

向一座古城致敬

王庆九

一

多年来，心中一遍遍地想象着这样一幅唯美而诗意的画面：在流云追风而又辽阔寂静的西部高原，在千里岷山深刻且密集的皱褶里面，在一脉岷江蜿蜒盘缠的河畔水湾，松州古城，安然坐定。鹰鹏展翅般的城楼上，悬浮着一朵白云，于蔚蓝的苍穹与苍茫的山原吻接处，横陈千年……

因了这座古城的高远，它理应有着蓝天的幕幔，有着超迈于雪峰之上的楼头飞檐，有着高挑日月的旌旗。关键是，在平宁祥和的日子里，城头上总有一朵白云，像一张素色的插画，装帧着岁月漫长的典籍，撩拨着后来人观瞻的眼睛与朝慕的心灵。

遥想之日久，便暗自思忖：什么时候能够走近那座古城，探触那一朵勾连着我魂魄的白云？

……

二

呼吸着五月清朗的空气，沿着岷江溯流而上，到达那个现在叫着松潘的古城时，河面闪光，阳光漫溢，树们披挂着大片新鲜的绿。穿过高大威猛的城门进入古城，一座座新修的仿古客栈矜持地端坐着，像似曾

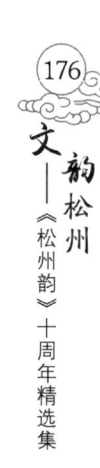

相识的故人。

说不上是多少回来古城了，但以往不是远途匆匆擦肩而过，就是因公干短暂停留，似乎从未停下脚步从头到尾地阅读它，从未平心宁神地感受体悟它，读它斑驳的城墙和人们平和的脸庞，悟它悠古的历史和生活真实的影子。这次有幸乘笔会之隙与之近距离对视、全方位接触，便奢望潜入时间深处，打开与古城沟通、融合的心灵之门。

其实，这里说的松州古城，只是现在松潘县城的一部分，是松潘县址的老版与正本，是古县城茂盛而庞杂的根。当然，自八年前那场震撼世界的汶川大地震之后，祖国同胞血脉相连的精神大爱和制度优势的物质实力，从四面八方汇聚而来。城北迅速崛起的具有相当规模和现代气派的新区，成为松潘涅槃重生的视觉标志。其科学的规划设计与完善的城镇功能，使之具有了一种特色与时尚兼顾的别样形貌。虽然，新城区高楼林立、街道纵横的形貌，与老城相对独立、屋院错落的青砖灰瓦、木屋板墙保持了空间体量和形貌特征上的距离，但是脚下这片承载了千年文脉、生息过并埋葬着共同先人的苍茫土地，以及这片土地养育的古城人共同的精神气质和文化心理，将新区与古城贯穿和连接起来，使老屋与弄巷依然承载着光阴气息和历史价值，楼宇和大街倏然平添了时代特征和文明辉光。这两种时代内蕴截然不同的建筑群浑然一体、相映成趣，成为松潘县城不断延展壮大的身躯，成为松潘各族人民文明进步的物质载体和幸福生活的具体呈现。

只是，我更愿意相信，松潘的灵魂主要集中在老城，集中在城墙所围合的这座叫着松州的古城。它像一册历经岁月淘洗、风雨剥蚀的大书，经过揭、补、托、裱的修缮与装帧，一切都那么真实而具体，一切都重新焕发出勃勃生机。

三

岷山主峰雪宝顶的西侧，雪线以下，是连绵起伏的山壑，以云杉和冷杉为主的森林苍苍茫茫，宏大而肃穆，动如碧波汹涌，静似绿云舒卷。阳光下百鸟翔集，草地上牛羊徜徉……松林稀疏处，几片木房石屋错落铺排，蓝色炊烟袅袅升起；一阵清脆的马铃声由远而近，逶迤而来，穿过散发着松香的木栅栏，惊扰了蜂蝶们的花事与甜梦……

这又是一幅关于古松州名称由来的画面。但愿这就是松州成为一座城池之前，抑或是城池初具规模之前的情景再现。

松林的逐渐减少或消失，不应该仅仅归咎于洪武年间松州设卫时，历时五年大规模伐薪烧砖的筑城事件（据说现在的窑沟和窑坝山上，还遗留有为筑城烧制青砖而造的古窑遗迹），还有此前漫长岁月中的唐蕃战乱、宋元时期的城池建设与军事防务，以及原住民的居食所需、驿路上马帮驮队野炊取暖，甚至于自燃山火等诸多原因。生命生长的缓慢，永远适应不了一时之需的急迫，这座因松林茂密环绕而得名的古城，自此与松林作别。与所有自然资源一样，自然的更新周期远远跟不上人类开发掘进的速度。尽管这已成铁律，但每念叨一声"松州"，我的心中依然会寒蛇般爬过一丝隐痛。

当然，这种超越时间的臆想或者图景还原，未必有多少真实的成分。对于人之个体而言，时间是极其有限的。我们既不了解时间的秘密，更不能长久地活在时间之中。时间倚重于精神，可以感知和把握的只有当下，除此之外的过去与未来都在人们的记忆或想象里。而空间则更趋近物质，是一种可知觉的实在。

就像现在，漫步在古城墙上，通过目力和心算揣测着它的三维体量，对城墙上坚实的青砖、精美的石刻唏嘘感叹不已。据考，松州古城城墙围长6.2公里，内城跨江沿山构筑，外城土石堆砌而就。城墙与山势、水流巧妙融汇，富有特色。每座城门以条石和大青砖拱成，精美宏大，浮雕石刻精美，堪称杰作。特别是现存的古城北门，在历史上被称为"镇羌门"，宽6米，高8.5米，进深度为31.5米。其城门高、宽和进深实测数据均超过北京故宫及南京、西安明代之城门。不难想象，如此规模，在烽燧传信、车马代步却又疆域辽阔的大明帝国，这座边地古城该是怎样的雄伟与壮美。

　　站在东侧的觐阳门上回望西山，依山而建的城墙的墙体或墙基清晰可见，像两条褐黄色的巨龙从南北二门沿西侧山麓蜿蜒而上，汇于山顶之西门。恰好，日落西山，一朵微微泛红的霞云飘浮在西门城楼之后，好像给巍峨的西城门插上了半透明的翅膀，翩然欲飞。我看见两只鹰，在风的流线上缓缓滑翔。

　　那一瞬，我似乎触摸到了松州古城的历史包浆，浑厚、圆润，并且看到它泛着幽深而华滋的辉光。

四

　　灯光把古城的夜色装扮得华丽而水润。

　　城墙上下的光柱和光带，连同城楼上的华光异彩，在夜的版图上共同竖立起了一座体量更大的光的城池。与白天完全不一样，世界仿佛一下子变小了，而古城却在光的盛典里变得更加雄浑高俊、迷离神奇。我相信，灯光定然是一位魔术师，古城也定然是星宿满天的苍穹下一颗剔透的水晶球，里面的人们定然一如既往地重复着他们的故事，并在这些庸常而平凡的故事中一遍遍演绎他们引以为傲的传奇。

　　历史绝不是平顺和畅的田园牧歌，它更像一台残酷狰狞的机器，在战争与牺牲的轰鸣声中一路前行。

　　茶马古道上的颠沛辗转，松赞干布和文成公主的千古佳话，忽必烈彪悍铁骑的屯守围剿，平羌将军丁玉的烧砖筑城，蕃兵开疆拓土的远征鏖战，日寇战机的疯狂轰炸，红军围攻之后的转战草地，以及烟民的围城暴乱……必定是让这些传奇灿然生辉的基本元素，是让这些传奇沉雄厚重的主要砝码。

　　堪称古城历史的标志性物化实体，当属矗立在北城门前的松赞干布和文成公主雕塑。其实，这段美好姻缘和千古佳话肇始于一场战争——松州之役。战役的起因在于松赞干布求婚未果，遂以拒绝赐婚羞辱吐蕃为由悍然进兵，与大唐帝国在西部重镇松州激烈交锋；战役的结果则是吐蕃失败和这位年轻赞普的真心臣服，以及基于臣服之上的再次求婚而达成联姻。现在想来，松赞干布对文成公主的爱意虽然更多地出自他尚武扩张的雄心，他们的爱情归属也是典型的政治婚姻，但从文成公主下嫁松赞干布的贞观十五年（公元641年）开始，到薛仁贵率兵征讨的咸亨元年（公元670年）为止，文成公主以她的博学多能和聪颖贤惠，不但巩固了唐朝的西部边防，苦心营构出整整三十年的睦好祥和岁月，更把汉民族文化传播到了西域，极大地开化和影响了吐蕃。但是唐太宗的得意之作，终被唐蕃的后继者此消彼长的恩怨与征伐搅乱，让铁马金戈与烽火狼烟拥塞了此后近两百年的漫长岁月。因此，唐蕃之战就像一根骨刺，几乎洞穿了唐朝的历史。松州，就是这根骨刺刺向大唐本土的原点。

松州，在中国古代历史典籍中留下了浓重的一笔。

历史的烽烟散尽，时代的尘埃落定。随着历史关于文化、精神、政治甚至集体心理的累积沉淀，这座雕塑逐渐聚合、灵动着无数后人的思想、情感和祈愿，成为这座高原小城关乎爱情、友谊、民族团结与文化融合的象征，并以松潘旅游的标志性景点，定格在无数天南地北的游人们的照片里，承载着他们与一座古城、一段爱情相关联的美好记忆。

五

岷江沉沙千道湾，斜阳古道声声慢。灌松古道是连接川中盆地与西部高原的纽带。它南起都江堰市（灌县），沿岷江河谷北上，经汶川、茂县到松潘。遥想当年，成千上万辛勤的马帮脚夫，或肩挑背驮，或牵马执缰，与滔滔岷江一道，蜿蜒穿行在七百里山峡沟谷间，日复一日、年复一年，在风餐露宿的艰难行程中，用清悠的铃声和奔波的马蹄声渲染着千百年山林深谷的宁静，开辟了一条通往域外的经贸之路。在苍茫的山原大野中奔波谋生的特殊经历，造就了他们讲信用、重义气的性格，锻炼了他们明辨是非的勇气和能力，磨砺出他们嫉恶如仇的胆识与豪气。他们既是贸易经商的生意人，也是开辟茶马古道的探险家。他们凭借自己的刚毅、勇敢和智慧，用心血和汗水拓展出一条连接茶马古道的生存之路、探险之路，用包容和韧性浇灌了一条促进发展交融的人生之路、文化之路。无数生命个体的汇接与连续，组成一条浩荡汹涌的生活洪流，超越了季节，涤荡在岁月之外；超越了自然，绵亘在天地之间。

马，作为最早的运输工具，在古道上显示了重要性，其后又成为一种与茶叶交易的商品——茶马互市，具有了另一种价值，是茶马古道中兼具劳动工具和增值价值的关键。出松州往北，便是甘肃、青海、四川三省交界，所谓黄河上游第一河曲处，此处盛产的马由西北军政委员会于1954年定名为"河曲马"。河曲马挽力强、速力中等，能持久耐劳，对高寒多变的气候环境有极强的适应能力，与内蒙古三河马、新疆伊犁马一道被誉为中国三大名马。可以想象，当时的古松州结棚为市、环错纷纭，"千骑交集，男女杂沓，交臂不辨"之盛况。

作为川藏茶马古道西路边茶的总汇地，以及灌松古道所要抵达的商贸交易集镇，松州逐渐成为茶马古道庞大的交通网络和绵密的道路系统中的一个重要节点。茶马古道文化日益兴盛，及至明清后日渐式微，演绎出辉煌的时代意义和深远的历史影响。沿岷江而下与古蜀文化关联的"灌松古道"、跨越农耕与游牧文化的"甘松古道"等线性文化，古城、古关、古镇、古寨、古街和茶市、牦牛驮队、回汉商帮等特色文化，以及伴随这一古道诞生的藏族茶文化等，它们都是松潘茶马古道文化的宝贵资源。至今，古城内仍保留着"茶马古道互市古玩街"。只是随着时代更迭，这里变成了松潘当地交易虫草、贝母等药材与游客游玩的重要场所。或许，正是得益于茶马互市的强大动力，各族商旅在这里互通有无、交流相聚，物质财富的集聚与融通，精神文化的传播与濡染，使松州古城走过了自然的风雨，历经了时代的烽火，依凭一隅小小的空间，让自己在浩瀚的岁月洪流之外延宕下来，终成"人烟稠密，商贾辐辏，西陲一大都会"，成为后世开发不尽的文化遗产。

白驹过隙千百年，沧桑巨变是今天。如今，曲折险要的栈道遗迹难寻，清脆的马铃声悄然远逝，马鸣茶香也消失殆尽，取而代之的是纵贯南北的国道213线，川流不息的车队长龙，以及若蚁的游人和无尽的嚣声。然而，留印在这条古道上的先人足迹和马蹄烙印，以及对远古千丝万缕的记忆，却幻化成一种崇高的奋斗、拼搏精神，铭刻在古城悠远的历史记忆中，搏动在川西高原各族人民的血脉里。

六

与沉雄苍茫的边关古城相关联的，还有一位才色俱佳的年轻女子。

那时候，在盛唐雍容浩大的威仪之光的福泽中，古城似乎已经习惯了边地的落寞与荒疏，以至于这个才色俱佳的女子从遥迢的天府之国凄然相向、飘然而至，并在"三垧九坪十八关"的来路上，咏唱歌哭，用清泪和追悔写就了《十离诗》时，是那样的惊诧与不可思议。

饱经了多少世事人伦的爱恨情仇，看惯了无数才子佳人的离合生死，古城第一次与这个名叫薛涛的年轻女子不期而遇，她带来了与边城迥异的平原华都的气质，带来了高原蕃地小城的女子们所缺失的诗乐禀赋。古城不知道，带着这种气质和禀赋的女子竟是一个颇有名气的诗人。古城更没有想到，这个诗人关于筹边楼的恣肆描摹与无意点丑，会将自己由此带进泱泱大国最为华滋的诗歌典籍，进而为古城的历史脉流增添一抹亮丽的艺术之光。

不知道薛涛在这里羁留的具体时间，反正她很快就回去了，回到她作为一个弱女子不得不垂眉顺眼的权贵身边，继续用她的美好容颜去装缀权贵的胡茬皱纹，用自己丰沛的情爱浇灌自己被占有的青春。或许，她没有看到松茂古道上千里关山的俊逸与壮美，没有感到古城作为边地僻壤那些清朗如雪的民情，以及古城作为异域险隘、由异族群居的那些粗朴独特的风俗，要不然在泱泱诗国的浩繁卷帙上，定然会在"平临云鸟八窗秋/壮压西川四十州//诸将莫贪羌族马/最高层处见边头"这首《筹边楼》之外,留下更多更好的诗章。

　　姑不论早已闻达于诗坛的薛涛在韦皋死后怎样孤清独守,怎样辗转梓州会晤元稹,怎样春情复燃与之浪漫相依,又是怎样无奈背离、落寞而终,单是古城与女诗人的不期而遇,在沧海桑田犹如白驹过隙的岁月长河中,短暂与灿烂犹如电光火石转瞬即逝。似乎也就是这一瞬间,古城完成了从惊异、欣悦、包容到留恋的系列心理悸动,以至于千百年后,古城及其衍育的古城人,依然揣存着薛涛的一袭丽影,依然熟诵着薛涛的几首情诗。

　　当然,古城永远不会在意这位薛姓女子因何而来、缘何而去,不会在意这位多情才女对自由爱情的追求,更不会在意她在显贵面前的委曲求全和现实中的利好选择。就像我们在回溯遥迢的岁月之河,探寻女诗人的人生萍迹与诗学成就时,不会对其贫弱时附依权贵、孤苦时移情别恋予以是非评判一样。或许,古城的千年缄默,只幻化成了斑驳的城墙上,砖缝石隙间的一蓬劲草,于风中独自啸吟。

七

　　在客栈的二楼,窗棂刚好剪辑出大片的蓝天和一溜山脊,还框住了一朵白云,像一纸素笺,等待着谁的诗行。

　　那一溜山脊,只是岷山千万座峰峦汹涌的山海里的一朵浪花,古城只是浪花中的蕊,我们只是蕊上的花粉,等待着,等待着一朵白絮般的白云,寄放我的情魂。

　　换一种更形象的说法,古城就裹挟在岷山深处千千万万的褶皱里,像一枚坚硬的金刚菩提,被岁月的神祇把玩、捻摸。当然,看得见的皱褶除了岷山嵯峨的峰峦和纵横交错的沟壑之外,还有古城悠久的历史,悠久历史中那些峥嵘而壮阔的故事、糙砺而鲜活的传奇,以及那些岁月的累积和日月风雨的洗礼。

古城看不见的皱褶在自己的想象里。最初的蛮荒之地，因了人的需求和人的创造，栖而为家，聚而为群，烧泥成砖，砌砖成城，以实践的智慧和艰辛的劳动成就了这座古边地的小城。但是，无数的建造者、护卫者、经营者和受益者，终不能洞悉时间的秘密，尽皆被命运之手拨拉而来，又被时间之流裹挟而去，好似城墙上随时被风吹走的浮尘。只有古城如一块人造的磐石，头颅般屹立在高原的肩膀上，静听千年风箫；只有古城像一枚手刻的图章，深深地捺印在大中国西部的原野上。

　　漫步古城楼头，开怀一吸清清爽爽的空气，满是阳光和岁月的味道；随手一抚斑斑驳驳的墙砖，尽是风雨烟尘的影子。记不清古城的童年了，随着秦帝国的烽火渐息，湔氐县建立至今2300余年的历史太过遥远。多少的汉唐风云，多少的宋元烟雨，多少的明清传奇，还有多少黎明前的风暴雷霆、多少艰苦岁月里的突围抗争、多少崭新时代的发展跨越……在这里，对一座古城的关注与审视，在给我新鲜体验和生命感悟的同时，不断触痛、激发并让我更加慧敏、更加感性的，便是古城在浩繁的历史烟云背后那些厚重了典籍的史实，那些生动了文脉的故人；便是这里鲜活的俗世生活对几近麻木的心灵世界的启悟与救赎，以及不断增强的陌生感，连同为此不断增强的探究与亲近的欲想。

　　或许，古城更像一位老人，蹲坐在川西高原通往青藏高原的大地阶梯上，经受了千年岁月的锻打威逼，阅历了百代朝纲的衍替覆灭。天未荒，地未老，这位寂寞沧桑、孤傲坚毅的老人淡然笃定，是为了一种等待？！也为了一种坚守？！

　　到这里，多情的岷水弯了腰身，从太阳升起的方向拥吻着古城，纯真的白云乱了方寸，用绯红的纱巾蒙住了西山城门洞开的眼睛。

　　长久地凝睇与冥思，不觉间混沌了自己与古城的距离，人城相忘，彼此难分……

八

踏着熹微的晨光，我走出客栈，穿过东门（觐阳门），过岷江桥，沿小巷下行，再折而向东，沿着坡上的小路上山。

阳光像金色的潮水从西山上漫淹下来，逐渐浸染了城隍庙和观音阁，浸染了斑驳错落的青瓦白墙，与岷江河畔大片暗影中的蓝灰，形成明暗冷暖的和谐。虽然不像亨利·威尔逊当年在东山俯拍全城时的光影效果，但是，就在那片种满青稞的突兀的坡地，此时举起相机的我，定然重合着他106年前秋日某个时辰的视角。

亨利·威尔逊最后一次到松潘应该是1910年的9月，那时小麦和青稞刚好成熟，金黄的颜色和收获的喜悦铺满了河谷，清澈的河流蜿蜒画出一道道优雅的曲线从中走过。在明亮的蓝天下，男人、女人和小孩，边收割边唱着笑着，整个田野沐浴在温暖的阳光里……他满足于松潘的温和气候与便利生活，因为很便宜就能买到牛肉、羊肉、牛奶和酥油，以及制作美味面包的小麦，还有各种季节性的野味。他感叹"这座城镇是聚所有中国西部魅力为一体的地方"，"在中国内陆再也找不到其他可以让一个外国人生活得比在松潘厅更好的地方了"。

"如果命运安排我在中国西部生活的话，我别无所求，只愿能够生活在松潘。"亨利·威尔逊如是说。除却文化人的矫情与客套话的谬赞之外，一方面出自他常年寻幽探秘的劳顿与艰辛之后，对舒适安逸生活的心理向往；另一方面，作为英国著名植物学家、探险家，威尔逊先后五次到中国进行植物考察，四次到达川西北，三次到过松潘，不能不说是他为松潘醇厚的人文风情、秀逸的自然风光和多姿的民族文化所真心痴迷和陶醉。

当然，古城的厚重与深刻，源于历史烟尘中一代代被埋葬的人的命运。那些曾经的情仇爱恨、离合悲欢，早已尘埃落定，成为这片土地的一部分，以城墙上一块砖石抑或田地里一撮泥土的形式，与观瞻者对话。或者，成为古城精神记忆的一部分，滋养着某些原生态的植物，熏染着古城人朴素的精神气度，令慧敏者嗟赞，让体悟者释怀。古城的生动与气度，更源自一代代后来者的生活。他们性情宽厚、内心平实，他们处处洋溢着高原阳光般灿烂的笑颜，时时流转着高原山泉般清澈的眼神，每每敞开着高原蓝天一样坦荡的胸怀。他们站在祖先们层层叠叠的足迹之上，站在祖先们跌宕峥嵘的命运之上，敬天惜物，安身立命，平宁地生养居栖，谦卑地吮接地气，谦和地对待万物，虔诚地膜拜菩萨或者真主。

如果说威尔逊"只愿能够生活在松潘"是他形而下的生命期许的话，我则更愿意做一种精神层面的艺术选择，那就是"把心留在古城的皱褶里"，并以此寄托自己在这个"陌生感"几近消失殆尽的大地上诗意栖居的隐喻。

于是，情牵古城。于是，魂寄松州。

九

许多人慕松州的盛名远道而来，匆忙游览，随处拍照，疯狂购物，或者也去看了大型歌舞剧《天地松州》，可终究还是与古城擦肩而过。

有的人在众多密实的旅游流水线上，强烈的好奇与探寻使他们的眼花了、心乱了，忙不迭地游走、拍照，终至于视而不见、听而不闻，了无所获。有的人身体来到了古城，心却依然留在原地，留在原来纷繁芜杂的俗事里，沉醉于酒馆茶楼，忙累于电话微信，奔波于店铺超市，仅仅是将惯性生活更换了一个场地……总之，形色各异的他们，总是与古城不相契合。因为古城不仅仅是一道城墙、一座廊桥或者几栋寺庙，更不是一些奇风异俗和被杜撰、修改的似是而非的传说。他们看到或摸到的只是古城最具商业性和时尚感的华美衣裳，还没有认清古城的真容，没有读懂古城的心思，没有了解此古城与彼古城迥然不同的精神气质与文化蕴涵。就像只看到了一个人的仪容形貌，却没有情感交流、思想交汇和心灵的交融，仅凭自己在市声嘈杂、人潮如蚁中的走马观花，甚至在一些别有用心的导游的瞎掰之后，轻易地给古城贴上这样那样的标签，免不了留下诸多的遗憾和埋怨。

当然，与古城不相契合的，还有一些守候在游人必经之地的商贩。他们两眼盯着顾客，一心挂念钞票，往往以古城主人的身份租让或兜售着古城；他们只把古城当作一个普通的谋生之地，当作一块招牌、一个货摊，远不如城墙上的青砖、砖缝间的野草与古城亲密。

不管怎样，古城总是以自己惯常的方式展开它的生命叙事与精神魅力。

在一片锦绣繁花中，藏族妇女身着盛装，手持花板，在简单的伴奏中，唱着藏族民歌，踏着轻快的步伐，配以锅庄的形式和舞蹈的动作，且唱且舞——阳光下繁花摇曳，缤纷里人影绰约，别有一番韵致与风情。

当夕阳将一抹余晖洒在北门城楼彩绘流丹的飞檐上，进而呈现出一种金属质感和庄严气氛的时候，城门洞旁的羌族多声部合唱便行云流水般唱起来。领唱高亢悠远，伴唱低回婉转；主调清晰如虎啸龙吟、响遏行云，和音与补音则婉转如跌泉流溪、此起彼伏，二声部甚至三声部的配合与冲撞，形成震慑耳鼓与心灵的力量。整个合唱气势恢宏，荡气回肠……连同广场上的羌族传统锅庄，环围相聚，首尾相连，击节而歌，踏歌起舞；顿挫抑扬的舞步，深情端庄的歌吟，无不展露出这个古老民族笃定坚韧的精神取向，以及他们迎击历史风霜、笑对时代人生的典雅、朴实、优美而浪漫的精神气质。

古松桥下，一支回族土琵琶弹唱随之上演，他们素衣白纱，或手持竹筷轻敲瓷碟，或怀抱琵琶巧拨漫弹，泉水叮咚般的乐音不绝于耳，朴实生动的小曲婉转动听。这十足的"现代土风"，灵动流畅的旋律仿佛羁留了脚步，热情欢快的歌唱好像迷醉了心房，让人浑然忘我，久久流连。

更有十字街头汉族同胞舞动的龙灯，拉开了一幅动态的非遗画卷。

汉子们着束腰短衣，以健劲的体能功底，以速度、力量和技巧操控着龙的升腾、盘旋、翻滚，使巨龙追随着龙珠上下翻飞、腾挪跳跃，忽而高耸似直冲云端，忽而低下如潜入海底，蜿蜒腾挪时神采飞扬，动静舒缓间意味无穷。他们将技术与艺术完美地结合起来，舞动着一种古老的图腾，演绎着一种浪漫的象征，传承着一种传统的文化……

这种团结、和睦的多民族生活图景，这种共存、互动的多元文化生态，正是松潘文化生活空间最为典型的基本结构。而藏族花灯、羌族锅庄、回族花儿、汉族龙舞的繁盛，就是古城各族人民对文化崇敬和传承的最好见证。人们信仰不同，服饰各异，却能长期相安而居，求同存异，甚至互为婚配，血脉相通，许许多多"民族团结家庭"，就是古城兼收并蓄、雍容大度的有力说明。一个地区或者一个村寨兼具苯教寺院、佛教寺院、道教庙观、清真寺，各宗教和平相处、互不排斥，甚至相互学习和借鉴，就是古城历史悠久、文化深厚、内蕴独特的鲜活例证。

十

把沧海桑田读成一朵白云，横挂城头；把地老天荒看作一抹流霞，涂染天际。古城不老，一任时世变迁、时代更易，依然让自己不大的空间在时光流程之外突兀出来，在无数生命的诞生与消亡中成就了恒久。

在对松州古城长时间、近距离的阅读与体悟中，我终不能明白古城关于时间与永恒的秘密。在古城面前，我就是一只蜉蝣，生命的短暂与幻灭让我们有理由延展每一个意味深长的瞬间。就像此时，我想努力留存住颖悟的闪光：只有感知到历史的厚重，才能触摸到生命的质感；只有认识到历史的跌宕与沧桑，才能珍视生活的平宁，正视世事的无常。

沿着抽象的时间之轴回溯，我看到了古城在岁月中层叠的背影，感受到了古城一直保持着一种淡泊而凛然的神采。她以一种超越时光的笃定与气度，注视着每一个走近她身体、走进她胸怀的人。不论你是世代居憩于此的土著，还是流连辗转于此的移民，抑或是到此一游的旅人，从见到她的第一眼起，生命局限的怆然就如影随形，仿佛古城越来越年轻，而自己则坠入红尘，日渐苍老起来。也正是这种怆然，激活了我们生命里的所有渴望与想象，成为人类生活永无竭尽的动力之源。

古城，让我在回想中强化了历史感，在凝思里校正了生命观。

我必须向古城致以最神圣庄严的敬礼。因为，历经岁月的淘洗与磨砺，历史便成了这座古城最厚实的包浆，饱满而润泽，衬托出她物质体量之外的灵魂与精神，也折射着中华民族的荣耀与光辉，从一个侧面映现出泱泱神州鲜活的立体。

宁静。庄严。和泰。

松州四拍（组章）

☗ 周家琴

尕里台印象

所有飘浮的云朵都在这里歇息，尕里台草原汪洋一样的绿还在翻滚。极目远眺，群山威仪绵延。

天空的蓝也辽阔如大海。这天地间，寂寥仿佛也是蓝的。

苍穹之下，不单单只有雄鹰在空中翱翔，牛羊游弋在茫茫草海里，听草原歌手把季节唱响。

牧羊人的羊鞭甩出优美的弧线，格桑花在一片阳光里摇曳。有阳光的草原，牧羊人不孤独，羊也不孤独。

我一次次路过尕里台草原，一回回想象你策马奔腾的样子，无论我怎样寻觅，你都藏匿在雪山脚下，看经幡飞舞，诵心中永不磨灭的梵音！

扎嘎瀑布，一只鸟从头顶飞过

沿着一条龙蜿蜒的姿势，可以看见春天的山林，什么也藏不住。

先是松林下紫色的小花滑入我的心湖，有潺潺溪流叮咚的乐音在耳旁萦绕。

清风拂面，有飘飘衣裙的女子一闪而过；有远道而来的摄影人在守候一片阳光穿透密林的细长光影。挂在枝丫间随风轻摇的曼妙松罗，像极我长长短短柔软清浅的诗行！

其实，扎嘎瀑布常年飞花的盛景，早已扰乱了山林的梦。就连一只飞鸟的鸣叫，也是一首婉转深情的歌。

静坐你身旁，瀑布歌声不绝于耳！

只为一条钟情的瀑布。只为一种纯洁的向往。

一只叫作思念的青鸟，停顿一秒后，就在葱茏密林里歇息。所有情爱，山水共作证！

小河不是河，是一个古镇的名字

小河不是河，是一个古镇的名字。

我知道，这是一个有着600多年历史的古镇。从古镇走出来一拨一拨的秀才与能人。

再朴素的村庄，都藏有一些生动的故事。

谁能数得清，古城墙到底由多少匹砖块砌成。谁敢相信，每一块砖头上都刻有一个卑微的姓氏。数百年过去了，墙壁上的青草还在窃窃私语，讨论着烧砖主人的刚直。

珙桐树开花，像一只只飞翔的鸽子。

小镇存储在植物活化石的故事里，多少关于涪江流域的种种传说，随风飘散，流芳千里。

这是大唐松州最温暖的地方，这是松潘草原最边缘最殷实的农区，古镇的汉人们与草原牧民共同繁荣这个叫松潘的地方。

我静默走过古镇的街道，梦里曾经的繁华与喧嚣，战马的嘶叫与天空中的鸟鸣轰然响起。

时光逆转，顺着风的走向，仿佛走到600年前的集市上，商贾繁荣，人声鼎沸……

梦里瑶池，人间一梦

五彩池水，若层层叠叠的裙袂，高原风一吹，波光粼粼，轻舞飞扬。

山林有时翠绿成一抹蓝，天空也是心慌慌的蓝。这诡秘的青山不空，把我的心塞得满满的。

在树的海洋里，最喜杜鹃。山花烂漫时，所有的人都来虚度。

这人间瑶池，疑是梦里芳华！

金色的阳光比杜鹃更烂漫更抒情，阳光洒满山林，心就软下来了。

水光潋滟，群山深情，苍穹之下都是美轮美奂的景致。

做一个失语者，所有的语言都无能为力。

你来，还是不来，我都在瑶池的梦里，等你。

牧放童年

任冬生

我们童年有一项重大任务,那就是放猪。一说起放猪,也许有人会笑,听说有放牛、放马、放羊、赶鸭子的,还没听说有放猪的。就连我身边的很多人也觉得稀奇,常拿话取笑我,仿佛那是一件十分滑稽可笑的事。我并不生气,反倒很愉快,因为那是我童年最富有最快乐也最难忘的一段时光,我喜欢经常翻出来,讲给别人听,也说给自己听。

我的老家在岷江峡谷深处的一面阳山上,三十来户人家,百十来号人,组成了一个小小的自然村落。村民们守护着祖辈开垦下来的梯田,依靠锄头、犁铧、镰刀、耙子等简单农具,以身体作资本,以牛马为帮手,种植小麦、胡豆、油菜、土豆等农作物,并饲养猪、鸡、狗、猫等家畜,过着自给自足的清苦生活。众多家畜中,猪作为人体与劳力所需油荤的主要补给,在每个家庭中占有十分重要的位置。因此,家家户户都喂养了好些头猪。猪的多少,便成了衡量一个家庭生活水准的最好指标。猪和人一样都是杂食动物,虽不挑食,但却是家畜中最难伺候的主,一日两餐,餐餐熟食,且胃口极大,一头猪一顿能吞下大半桶食物。要养活并追肥这么一大帮吃白食的家伙,是一件既费粮食又费工夫的事。虽说每家每户在秋收后便备下几千斤的土豆、麦子、胡豆、玉米面供它们享用,但往往是一年接不到头,全靠孩子们在读书、玩耍、劳动之余,扯猪草补充调剂。到了夏季农忙时,大人们早晨顾不上煮猪食,便想了个一举四得的办法,让我们这些小崽子把猪赶到村子上头的白塔坪去牧放,既节省了一顿猪食,又不浪费天然资源,还安顿了"耗油不点灯"的孩子，顺带还要砍一背柴回去复命。

我们每天吃过早饭，便带上干粮，把绳索拴在腰间，弯刀别在后背，然后打开圈门，猪就像一群被监禁已久的犯人，好不容易盼到了放风时间，兴奋地哼着歌儿，争先恐后地撒腿往外跑。可是跑不出几步，它们就被路边的鲜嫩野草和田里的甜美庄稼给迷住了，呼扇着两片大耳朵，伸出长长的嘴筒，鼓动着两眼潮润的鼻孔，嘴里淌着哈喇子，晃动着短小的尾巴，哼哼唧唧表达着热情，一个劲地朝那里拱，死赖着不肯往前走。我们的目的地是白塔坪，容不得它们多嘴误事。对付它们的最好办法就是体罚，我们随手折来一根长而坚韧的枝条，狠劲敲打它们滚圆的屁股。猪的皮子很厚，且极具"忍"性，并始终践行"吃苦在前，享受在后"的精神，居然能一边忍受剧烈的疼痛，一边美滋滋地享受美食。即便到了忍无可忍无需再忍的地步，它们也只是小跑一下，权当饭后运动，然后依然如故，为送到嘴边的美食望而止步，一瞬间就把"恶毒"的小主人和"罪恶"的鞭子忘得一干二净。

到了白塔坪，我们随手将携带的物件扔到草坪一端的石塔高处，把猪赶到草料丰足又便于照看处，便一窝蜂找"乐子"去了。那时正值暑期，村里的孩子大都聚集在那儿，至少也有二三十人。没了家长的约束，孩子又多，又处于野外，我们的游戏便越发大胆放纵，充满了野性与浪漫的趣味。

我们最爱也最常玩的集体游戏是打草饼仗。两个岁数稍大、身强力壮的孩子王用最原始的方式——剪刀石头布，将我们分点到麾下，然后各据草场一方。力气小的负责用弯刀挖掘，切割草饼；我们由力气大的负责向对方投掷攻击，直到一方投降为止。每一开仗，双方便以最快速度制造"子弹"，最猛火力相互攻击，最大声音呐喊示威，好似之间真有什么不共戴天的血海深仇。我们是不会轻易认输的，双方打累了，便叫暂停，顺便去照看一下自家的猪，回来后继续战斗。草饼柔软，打在身上多不痛，但因连带松软泥土，制造"子弹"的和"枪手"绞在一起，手忙脚乱中，泥土飞进了眼睛，弯刀尖嘴磕到手背、脚背，额头碰在一起，是常有的事。最严重的一次是制造"子弹"的一不留神砍到了"枪手"的虎口，长长的一道口子，皮肉外翻，流血不止，惨不忍睹。枪手痛得呼爹唤娘，肇事者吓得嚎啕大哭。第二天，那个受了刀伤的"枪手"，用围巾把"报废了"的那只手吊在胸前，挥舞另一只手继续战斗，毫不示弱，真像一个不屈不挠、英勇无敌的英雄。在我们的破坏下，草坪上的伤疤多了起来，囤积了不少雨水，这可乐坏了那些肥猪们，一有机会，便躺在里面打滚，泡在里面不出来。

白塔坪四周是茂密的松树林，林边多高挑瘦硬的旱柳。我们这些争强好胜的男孩子，常一字排开，各选一株心仪的柳树骑上，两脚悬空，面朝空旷，策"马"扬鞭，挥舞"刀枪"，嘴里"冲啊，杀啊"地呐喊着，好似面前真有千军万马迎面扑来，那个兴奋劲，那个癫狂劲，真像那么回事！当然，我们的游戏是有比赛规则的，我们比的不是谁的嗓门大、劲头足、气势猛，而是看谁的"马"最坚挺、最经得起主子的疯狂折磨，看谁的驾驭能力最高强，能坚持到最后而不落马者为将军。我们的坐骑往往不听指挥，要不狠劲摇晃几下便蔫软下去，把我们一跟头倒栽下去；要不左右乱摆，把我们摔下或干脆直接抛飞出去，摔得个四脚朝天。还骑在马上的，一边嘲笑失败者，一边继续折磨柳树，直到一个接一个狼狈落马。坚持到最后的人便成为将军，当上将军的最大好处，就是可以随意调遣落马的士兵去照看自家的猪，士兵必须服从，违抗军令者将取消以后的参赛资格。游戏是孩子的天性，取消游戏资格，意味着失去快乐，孩子们是不会轻易放弃任何可以快乐的机会的。因此，得了令的士兵，双腿一并，工整地敬上一个军礼，嘴上说声"是，将军"，然后一趟子跑去照看将军的猪，又一趟子跑回来，并腿敬礼，用倒土不洋的普通话汇报：报告将军，你家的猪，在对面的山坡上好好地吃草，未发现逃跑的迹象；报告将军，你家的黑白花正和三娃家的白屁股打架，已经制服并归队了；报告将军，你家的骚公子正和春花家的黑母猪配种，打也打不散，该咋个办，请将军指示。将军则装出一副居高临下的姿态，傲慢地说："好样的，士兵，继续侦查。"士兵便又乐呵呵地跑出去看猪了。

此外，我们也随性见缝插针玩一些常规游戏，比如斗鸡、跳绳、捉迷藏、老鹰捉小鸡、赛跑、爬树等。我们也时常把游戏对象转嫁到一些小动物身上，如捉蜜蜂、捅蚂蚁窝，用弹弓打麻雀，爬到树上去掏鸟窝，有时甚至和一些危险动物玩起把戏来。

山林里有不少比蜜蜂大三四倍、毒五六倍的黄色马蜂，皆把它们精致的椭圆巢穴悬吊在松树枝桠上，一律巢口向下。我们在林中活动时，一旦误入其领地，被它们发现，便总有那么几只"好战分子"围追攻击我们，吓得我们慌不择路、四散奔逃。要是不幸被它们屁股后的毒刺蜇中，被蜇的部位就会瞬间肿亮得像饱胀的气球，痛得锥心，痒得难受，不能触碰，至少要涂抹掉半斤蜂蜜，十天半月方才渐渐消去。我们大都尝过那种痛苦滋味，心有记恨，于是寻机报复它们，也满足我们寻求刺激的欲望和贪吃的嘴巴。我们选中一个马蜂窝后，便悄悄潜伏隐蔽在离它数十米开外的茂密灌木丛中，一动也不敢动，仔细观察巢口与四周马蜂活动的迹象。马蜂警惕性极高，一听到树丛里有动静，便会派出几只侦察兵，轰炸机一样轰鸣着直朝我们飞来。我们立即屏息静气、僵卧不动，听任它们在我们头顶或眼前盘旋，我们甚至能感觉出它们翅羽搅起的细微凉风，看清它们肚皮下的褐色绒毛和屁股后针头大小蠢蠢欲动的生化武器。在这样的紧要关头，不要说动一下，就是多眨几下眼皮，也可能被敌人发现。有一次，一个孩子就是因为紧张，在敌人面前多眨了几下眼，被侦察兵一发命中眼皮，眼皮瞬间肿得像包子。要再下去那么一丁点，他很可能就成"独眼龙"了。侦察兵盘旋好几圈后，未发现异常，才折身飞回去复命。我们长长舒一口气，大部分留在原地继续观察敌情，只派出包装得像粽子的攻击手，试探着爬近一些，将一根顶端缠着布条、粘满松油的长木棍点燃，一点一点慢慢递到蜂巢口下。巢里的马蜂虽受不了烟熏，却惧怕被明火点着，不敢出来，在里面胡乱哭喊跌撞，不多时，便一只只晕死掉落下来。我们静观良久，断定蜂巢里的马蜂都死光了，才敢慢慢凑过去。并不是每次我们都能全身而退，有时，一两只看似僵死在地的马蜂会突然猛扑到我们的手上、脸上，拼尽最后一点力气把毒刺插进我们的皮肉里；有时，正当我们胜利在望时，恰遇一些外出觅食归来的马蜂，一见老窝被端，族群被杀，它们便会发疯一般追赶攻击我们，甚至撵到数公里以外的家中。我们关门闭户躲进屋里，它们便像那些勇敢赴死的英雄一样，把心中蓄积的仇恨连同性命攸关的生化武器，奋力喷射到窗户玻璃上，对我们进行心惊肉跳的恐吓后气绝而亡。

　　白塔坪草丛里经常可见一种麻绳粗细的麻子蛇。一些胆大顽皮的孩子，打死了蛇，会将蛇的尸体偷偷塞进别人装干粮的挎包，当挎包的主人在一种极轻松愉快的状态下打开包，突然看见一条蛇潜伏在里面，或伸手触摸到一团冰冷光滑的东西时，内心的惊愕与恐惧，不亚于白日撞见了鬼。挎包的主人顿时吓得面无人色，心惊肉跳，魂飞魄散，慌忙连挎包一块儿丢得远远的。这些顽皮的孩子甚至把绵软的死蛇捏在手里，四处追赶吓唬人，吓得那些胆小如鼠的女孩子惊声尖叫着四散奔逃，哇哇大哭，讨得这些"狼心狗肺、猪狗不如"的家伙在一旁哄然大笑。

　　小孩子不光贪玩，也好吃。盛夏时节，草丛里密生着拇指大小、鲜红欲滴的草莓，山坡上随处可见一笼笼结满橙黄果实的沙棘树，树林里到处都是缀满青酸枣、红花果、紫乌莓的高大树丛，还有许多我现已叫不出名字的美味果实。大多时候，我们游戏累了，或嘴里的馋虫饿了，便选一处离自家的猪较近又多草莓的地方，趴着吃，躺着吃，那散漫自在享受美食的滋味，简直惬意极了！草莓味道异常鲜美，入口即化，备受我们钟爱，但它的颜色却给我们带来不少麻烦，嘴上、手上、衣服上全沾了红，很不容易洗掉，成为家长责罚我们失职的直接罪证。酸枣和沙棘的色相异常诱人，看着就让人眼馋嘴痒，却酸得出奇，我们吃不上几颗，便酸得眼泪汪汪，呲牙咧嘴，直打激灵。到了下午，因为野果吃得太多，牙齿像是变软了，吃东西时就像垫了一层棉花，喝水时牙酸得让人战栗，那感觉有说不出的难受。尽管如此，我们仍然钟爱它们！

　　到了中午，我们大多围坐在明艳的草地上或松树的浓荫下啃干饼饼下泡菜。有时，我们也突发奇想，将游戏融入其中。

我们最喜欢找一处密集的柳树林，将十余株柳树树梢绾结在一起，搭建一个蓬松而诗意的空中平台。到了吃午饭的时候，男孩子们便全部爬上去，斜倚或平躺在上面，一边啃着干饼饼，一边仰望着天空的浮云，身体竟不由自主地随风飘荡起来。那凌空漂浮的虚无感，真是妙不可言！有时，我们飘着飘着，便被太阳的迷魂汤灌醉，不知不觉在天上睡着了。有时，因为风速过快，我们在似醉非醉的糊涂中，感觉天地突然倾斜，身体猛然下坠，像一片风中的落叶，重重摔在地上。我们一下子清醒过来，诧异地回头看看弯腰折背、摇摆不定的柳树，然后揉着疼痛的屁股放声大笑起来。

最有创意的一次，白塔坪中央独独有一簇密集的柳树林，经我提议，大家齐动手，连根斩去中部的所有柳树，只留下外围一圈作为围墙，并在旁侧开一道口子，立一道简易栅栏门，防猪进入。而后，我们便用砍去的柳树编制了沙发、椅子、床铺，还在中心位置钉上三根木桩，找来一块人家为盖屋顶备下的大石片盖在上面，作简易锅灶，也作餐桌。这样，一个简易的家就算建成了。到了中午，我们便在片石下生了火，把干饼子、饭盒、冷菜放在上面热着吃（饭盒、冷菜都是专为此备下的）。吃了几天热饭，大家非常兴奋，饭菜也丰富多了。吃完饭，我们便顺势躺在柔软的柳枝上，美美地睡上一觉。可是好景不长，一天中午，我们照常生火热饭后，便一窝蜂跑出去玩耍，正在兴头上时，突然，只听"嘭"的一声巨响，石片因受热膨胀爆裂，凌乱的碎石、碗筷的残片、可口的饭菜，沿着爆炸产生的冲击波，犹如天女散花般四散飞出，落在围墙外边的草地上。这可乐坏了那些期盼已久却无门可入的肥猪们，它们争先恐后地冲上前去，有你无我地争抢吞食起来。我们又惊又怕，却也暗自庆幸，只是再也不敢有吃热饭喝热水的奢望了，生活又退回到干饼子下泡菜的原始状态，新家也随之荒废。

中午的太阳狠毒，晒得人头昏脑涨、四肢乏力。吃过午饭后，我们再无心也无力于游戏，便去把自家的猪归到林边，然后躺在树荫下安心睡大觉。我们并不担心猪在我们睡觉时跑掉。猪和我们一样，一上午精力充沛，活力四射，别看它们肥胖如球，一副不堪重负的样子，却极善于快速竞走，刚才还在坡上不紧不慢地吃草，一晃眼工夫便跑得没影了，经常害得我们跑断腿、气断肠寻它好几次。可是到了日上中天，它们便受不了热浪的烘烤，一个个拖着滚圆的身子，无精打采地缩进阴凉的树荫下，或躺进温热的泥水里，侧身而卧，摊开四蹄，把耳朵耷在眼睛上，一动不动，呼呼大睡。它们睡觉时也和我们一样流鼾口水、打呼噜。于是，整个中午，草坪里空空荡荡，银光泛滥；树林边明暗交错，人猪混杂倒成一片，粗细不匀的"二胡"声，此起彼伏，高低不平，拉响了一曲变了调却很和谐的《高山流水》。

等我们一觉自然醒来，太阳已滚到了西山头上，燃起了绯红的晚炊。那些猪大概是肚子又空了，纷纷跑出林子啃草去了。我们不敢再游戏，还有一项硬性任务没落实呢！要是任务未完成或完成得不好，少不了"吃面条"（挨条子）或是"吃烧饼"（挨巴掌）。我们最不喜欢吃这两样东西，所以赶紧把猪赶到自认为砍柴回来还见得着的地方，便匆匆钻进松树林，分头行事，爬上高高的松树去剔那干脆的枝桠，或搜集地上和杂树丛中的枯枝。噼噼啪啪的刀斧声，遥相呼应，互通信息。等声音渐渐稀少时，我们便明白伙伴们的柴已砍得差不多了，于是赶紧收刀，把砍好的柴收集在一起，用绳索捆成一束背在背上，然后慌乱地穿过越来越阴森的林子，向外面走去。

出了林子，太阳已经落山。我们赶紧卸下柴，漫山遍野搜寻自家的猪，嘴里一边"猪儿，溜溜，猪儿，溜溜"地唤着，一边敞开嗓子与远处的伙伴交换信息。猪头脑聪明，时间观念强，记性又好，识得回家的路，知道太阳落山就该回家了。但我们进山砍柴时，也总有那么一些不听话的猪，见天色已晚，趁我们不在，兴高采烈地溜下山去。它们回家倒不打紧，要紧的是村子周围全是田地，庄稼那时正处于成长的最好时期，它们之所以那么积极，全冲着那点好处——顺嘴在人家洋芋地里打一顿牙祭，害得大人之间免不了口舌之战，害得我们经常挨骂甚至挨揍。我们都有过这样的经验教训。找到自家的猪的，便背着柴赶着猪唱着山歌，不慌不忙地走下山去；没找到猪的，便着急忙慌、骂骂咧咧地追下山去。结果可以预料，那些猪毫无疑问正在人家洋芋地里撒欢呢，见了我们，知道要挨黑打，撒腿就跑。我们追到圈里揍它们一顿，接着大人又揍我们一顿，一天的任务才算圆满结束。

现在想来，我们那时放的不只是猪，分明还有我们快乐的童年。与现在的孩子们相比，我们的童年游戏是那样的简单、落后、原始，甚至有些野蛮，但我们的童年生活却是那样的单纯快乐、无拘无束、自由散漫，充满了天然情趣和野性味道，正因为这样，才格外珍贵，越回味越有滋味！

展读美丽松潘

庄春辉

松潘我已经去过若干次了,但每次我总是情不自禁地把文学比喻带入对它的观察中。展读松潘,细细咀嚼它锦绣的山水和古雅的民风,都给人一种惬意的感觉。绚丽多彩的松潘自然和人文景观,来自它的历史、地理和人文特征,它们互为因果,又互相补充,魅力无穷。

风景独好的岷江源头

松潘素有"天府之国水塔"的美誉。岷江发源于松潘和九寨沟县交界处的岷山弓杠岭南麓,自北向南穿越松潘大地,全长735公里,仅在阿坝境内的长度就达341公里。在漫长的历史岁月中,岷江好似一位情意绵绵的伟大母亲,用她丰美甘醇的乳汁哺育了"天府之国"各族人民的代代子孙,用她温暖宽广的胸怀孕育了古老灿烂的藏羌文化和巴蜀文化。就是今天,岷江这条母亲河仍然在用自己丰富多彩的画笔,在"天府之国"的大地上描绘晶莹洁白的雪山,丰饶广袤的草地,险峻陡峭的松茂峡谷,绮丽壮美的高原风光,绚丽多彩的藏羌风情,滋养千年的都江堰,一马平川的成都平原,锦绣如画的天府乐土,使得四川的山水如此多娇。

世代诗意地栖居在挺拔晶莹的岷山主峰雪宝鼎山脚下的藏、羌、回、汉各族儿女,兼得蓝天之清朗,云雪之高洁。他们是岷江源头"天府之国水塔"的守护神,世代用"天人合一"的理念铸就岷江源头那雄伟的风姿和一往无前的精神。岷江源头独特的生态系统,不仅对四川,而且对我国东亚的气候形成和演变都有非常重要的影响。当你身临其境时，你就能零距离接触到这些守护神，感受他们呵护和守望岷江源的生态意义。而母亲河源头清清的流水似乳汁，更加滋润了雪山草地，也孕育出了岷江沿途两岸的自然和人文风情。如果你要真正认识岷江，只见中游峡谷间的汹涌澎湃，入长江处的波澜壮阔，而不去寻根追源，那是不够的。要真正认识岷江源头的"庐山真面目"，唯有走近她，才能得偿夙愿。

欣赏岷江源头的自然景观，四季相宜。冬季，这里千里冰封，万里雪飘，山上山下，寒光流泻，银装素裹。夏秋季节，这里山清水秀，天高气爽，景色十分绮丽。山上雪光明丽，与蓝天相映成趣；山下古松云杉，郁郁葱葱，像波涛起伏的碧海。林间灌木丛生，野草交茵，苔藓染绿，奇花异草点缀其间。艳阳掩映之际，牛羊悠闲，异兽欢跃，珍禽齐唱，雪山草地处处充满生机。若逢彤云播雨时，丝帘垂天，轻雾缭绕，使人恍若步入琼楼玉宇的仙境。高达5588米的雪宝鼎，总领岷山诸峰，披雪而立，直插云霄。雪莲吐芳，雪鸡起舞，象征着岷山春天的到来。

今天，岷江源头山水林田湖草正以保护与发展的双赢风貌，拥抱着每一位亲近她、热爱她的海内外游客，并真诚地欢迎四方游人走进这里，尽情领略其原汁原味的绿色瑰丽景色和珍稀动物自然生活状态。

茶马古道话古今

举世闻名的"茶马古道"贯穿松潘，在松潘境内抒写了千古传诵的壮美篇章，留下了许多的历史印迹，也蕴藏着大量可以用来解读人类农耕与游牧文化交融进程的密码，留下了藏、羌、回、汉等民族交往交流交融的千古佳话。所以，松潘又被称作茶马古道的十字路口。所以，松潘历来是绾扣南北、沟通藏汉的战略要地，是川西北高原的商贸重镇，一直在历史上发挥着南北丝路上的枢纽作用。故有"拉不完的松潘，填不满的灌县"之说。松潘盛产的药材、皮毛、藏马等都沿着这条茶马古道运到灌县，而内地盛产的川茶、五金、布匹等又沿着这条茶马古道运到松潘。"冰崖雪岭插云霄，骑马西来共说劳"说的就是松潘的背二哥，一副背架、一根丁拐，徒步翻越崇山峻岭与深谷绝壑，为人类农耕与游牧文化的深度交融谱写了一曲壮丽乐章。

百年前，一个叫威尔逊的英国植物学家曾四次到川西考察高原植物，步履遍及高山草甸、峡谷河流。威尔逊曾三次到过松潘。威尔逊在松潘期间拍摄了很多照片，古城、大树、花卉、雪山、古桥、藏族人物等。他在日记中写道："这里海拔虽然较高，但气候适宜，一年四季温和，一般情况下都有着明亮的湛蓝色天空。这里的牛肉、羊肉、牛奶和奶酪，价格便宜，蔬菜和水果十分丰富。"当最后一次离开这里时，威尔逊的心里竟然产生了难以割舍的情怀，以至于发出这样的感慨："如果命运安排我在中国西部生活的话，我别无所求，只愿能够生活在松潘。""不到松潘，就等于没有到中国。"威尔逊不无煽情的口吻，足以勾起读者展读美丽松潘的欲望。

在特定的历史条件下，茶马古道既是一条贸易和文化线，又是一条政治和国防线，更是一部"治藏通鉴"。藏茶对藏族人来说就如阳光、空气一样，是生活中不可须臾或缺的生活品，享有崇高的名声和地位，同时也成为藏汉民族连心的纽带。藏族可算得饮茶最多的民族，而历代供应藏区之茶主要产于四川和云南。这就使松潘不仅成为汉藏茶马互市之要津，而且也是历代实施"以茶制边"策略的关键所在。藏族史诗《格萨尔》说："汉地的货物运到藏区，是我们这里不产这些东西吗？不是的，不过是要把藏汉两地人民的心连在一起罢了。"这是藏族人民对茶以及茶与古道最深刻的理解。"山不熟，藏山汉山，熟了都是打猎的山；水不熟，藏水汉水，熟了都是洗脸的水；人不熟，藏人汉人，熟了都是兄弟姐妹。"松潘藏族谚语如是说。岷江大峡谷，至今仍流传着"三垴九坪十八关，一锣一鼓上松潘"的历史佳话，这便是对当年茶马古道的真实写照。

今天，虽然延续千年的茶马互市的交易早已尘埃落定，茶马古道上已见不到商旅和马帮西行的队伍，听不到清脆的马蹄声、驼铃声和赶马人悲壮的山歌声，但它却留给了松潘人两大遗产：一是锻造出松潘人民风外向、敢于游牧四海弄商潮和兼容并蓄、博采众长的鲜明个性；二是锻造出松潘独具地域特质的松潘汉语变体，给各民族相互交往与接近提供了方便。

踏访茶马古道，是回归自然之旅，是人与自然和谐之旅，是探险和发现之旅，不仅能够领略绚丽多姿的高原风光和神奇幻渺的岷江、涪江源头景象，而且沿途还会听到藏、羌、回、汉各族儿女和合共生、亲如一家的动人故事。当然，大量直观感觉还是茶马古道的新生，繁忙的"九寨黄龙"机场，宽长的九环线柏油马路，欢腾的雪山草地，和和美美的民族关系，幸福美满的各族同胞，都会使人们感到：昔日荒凉满目、艰险万状的茶马古道，如今天堑变通途，正日益成为川西北高原南来北往的交通大动脉和黄金旅游线。

古色古香的松州古城

史载古松州"扼岷岭，控江源，左邻河陇，右达康藏"，"屏蔽天府，锁阴陲"，故自汉唐以来，此处均设关尉，屯有重兵。松州古城，伴随着茶马古道的兴盛，在历史上繁荣了千年，因保留着大面积唐宋格局、明清风貌的古街古巷，被公布为省级历史文化名城。今天，在松州古城入口处有文成公主和松赞干布成亲塑像，在向人们述说着1300年前在此发生的文成公主入蕃和亲的千古佳话。

明洪武十二年（1379年），置松州、潘州二卫，后并为松潘卫，从此有了"松潘"之名。松州古城距成都330公里，是川西北黄金旅游环线上历史最为悠久、古城风貌保存最为完好的古城，是岷江上游的第一城。秀丽的岷江穿古城而过，贯通南北，汩汩流淌的河水使这里的一切都有了动感，显出一种独有的生机和灵气。松州古城因城而建，其选址与风水、古代军事防御功能等有关，也体现了汉藏文化的交流和交融。

松州古城最具代表性的是县城所在地进安镇以条石和大青砖砌成的明代古城门建筑，精致美观，石拱砖拱很有规则，浮雕图案栩栩如生。它于1378年开始修筑，1442年竣工，城墙长6.2公里，围城构筑分为内城外廓，有城门7道。古城所用墙砖长50厘米，宽25厘米，厚12.5厘米，每匹砖重达30公斤，制作墙砖的灰浆由糯米、石灰加桐油熬成，因此历经千年依然坚固。目前，内城有北门"镇羌"、东门"觐阳"、南门"延薰"、西门"威远"，西南山麓有"小西门"，外城两门，东西向称"临江"、南北向为"阜清"。也就是说，城墙主体和城门等构成要素基本完整，城墙本体较好地延续下来。由于历史变迁，现仅存东南西北4道城门。现存北门"镇羌"宽6米，高6.8米，厚31.8米；东门"觐阳"宽6米，高6.3米，厚22米；南门"延薰"宽6米，高8.8米，厚30米；翁城东门宽6米，高4.8米，厚16米。松潘松州古城城门的进深厚度为全国明代城门之冠，北京故宫城门、南京城门、西安明代城门现存均无如此之厚，城门的门面、门楣、内下壁两边有多种图案的浮雕，精美别致。

松州古城那巍然屹立的城门，又宽又厚的城墙，不仅是藏、羌、回、汉各族人民集体智慧的结晶，也是各族人民"血浓于水""情浓于血"的历史见证。用不着说松州古城的古老了，爱好历史的人，能在古城内同时找到各个朝代的遗物，便不能不令人称奇：唐代雪涛诗、宋代古楼桥、元代古衙署、明代古城墙，还有清代德惠碑。各个朝代的文物汇聚于一处，松州古城便一下子浓缩了千年的光阴！

今天，巍峨的岷山环抱着松州古城，岷江河水围绕着城垣，透过垂柳骄杨，但见老式屋宇中露出了崭新的现代建筑群，城市经济快速发展并没有和古城的保护发生冲突，而是互为包容，相映成趣。纵目眺望松州古城，由南而北，由东而西，各美其美的建筑物星罗棋布，互为参错，连连绵绵，一片新辉。穿城而过的九环线柏油公路上车似潮、人如流，那藏族姑娘的珊瑚、琥珀头饰，回族小伙子的白色号帽，还有外地旅游者的各式时髦服装，红红绿绿，五光十色，很像一条游动着的彩色长龙。

　　松州古城内，大街小巷店铺密集，各种商品琳琅满目，吸引着熙熙攘攘的人流。如果从外地到松州古城，你会惊疑不已，古朴与时髦交相辉映，恬静的牧歌生活和喧嚣的现代化气氛和谐地在此竞标异彩，松州古城体现的是各族同胞和谐共生的文化场景。松州古城也见证了各民族互通有无、守望相助的历史。千百年来，藏、羌、回、汉各族人民谨守中道、共居于一城，却彰显着守望相助的历史。在古城内的市井街旁、乡村道边，都会看到一间间独具明清建筑风格的茶馆。茶馆素有松潘的"弹唱窝子"之称，琵琶弹唱表演一直是茶馆的特色。人们坐在竹椅木桌前，手端古城茶馆独有的盖碗茶具，品着清幽的藏茶或花茶，或"摆龙门阵"，或观看琵琶弹唱，或看书读报，茶馆里的气氛与盖碗里的沸水一样，热腾腾的。进餐时分，又可走进遍布街头的川菜或藏菜馆，品尝"一菜一格，百菜百味"的川菜或藏菜与风味小吃，从色、香、味俱全的麻、辣、烫中感受和贪图古城悠久的饮食文化和松州人的独特性格。城里的古民居以明清建筑风格为底色，极富地域特色。其梁柱、斗拱、挂落、雀替、飞檐、门窗等木雕装饰，色彩艳丽。街两边店面林立。各民族和谐共生、其乐融融，孕育出了浓郁的松州风情和古城文化。

　　当你倘佯着走进松州古城，便犹如翻开了一部厚重的线装书，处处散发出氤氲的人文气息，令人心驰神往。在白天，松州古城有一种诱惑人、吸引人的古朴的戏剧性特点。可是到了黑夜，它却是一个童话中的高原古城，顺着灯光熠耀的一排排房屋下去，一直到岷江边，好像一位穿着节日盛装的藏族姑娘走下去会见她那神秘的情人。的确，古城人既生活在自然之内，又生活在文化之中。在展读美丽松州古城时，我忽然意识到一座古城一旦形成，就像一个成长中的孩子一样，有一股潜在的内生力量，使它自然地生成自己的个性。为数众多的建筑师在建造每栋建筑时，都因惯性地继承和发扬了这一个性而取得成功。

　　关注松州古城，也是在关注自身、关注我们的现在和未来。松州古城，四季景色各有千秋。古城还是多民族聚居区。藏、汉、回、羌等各民族世代交往交流交融，使得松潘大地各民族的心理表现出某种同质性，在行为上表现出某种相似性。我想，这大概就是"一方水土，养一方人"的缘故吧！到松潘旅游的人们，倘若以为松潘除了自然风光外就没有其他人文景观了，那么他定会因为"不识庐山真面目"而追悔莫及。

誉满天下的黄龙景区

岷山是古蜀文化的发源地之一。发源于岷山的岷江，自古被称为"江源"，是古蜀文化最先发达起来的地方。"魂化杜鹃"是蜀人羽化飞仙梦幻的开始，是后来道教以羽人飞仙为理念核心的滥觞。蜀王开明氏上天成为守昆仑之虚的开明兽，这也是仙化故事。古昆仑指的是岷山，岷山是道教昆仑真官仙灵的文化中心。古蜀王祖的仙化故事是古蜀人仙化想象力的真实记载，是古蜀仙道流传的真实记录。

岷山山脉的主峰"雪宝顶"，藏语为"夏冬日"，意为"东方白海螺山"，位于松潘县城东40公里处，海拔5588米，终年积雪，山腰岩石鳞抱，沟壑纵横，高山湖泊星罗棋布，较大的海子有108个。山麓花草遍布、灌木丛生、松柏参天，生长着大量的贝母、大黄、雪莲等名贵药材，同时也是青羊、山鹿、獐子等野生动物栖息、繁衍的场所。雪宝顶山峰的西、北、南三面悬崖峭壁直插云霄，东面虽然坡度较缓，但也使人望而生畏，是藏传佛教八大神山之一，也是道教羽化飞仙的大道场。藏历六月十五日至六月二十五日为雪宝顶的朝山期，有成千上万的藏、羌、回、汉民前往转山朝拜。

藏族民间传说，雪宝顶为海螺所化，雪宝顶山上融化的雪水发育着高山草甸，但是它首先滋润和塑造了脚下的这条黄龙沟。岷山主峰雪宝顶，就像它的名字那样终年积雪不化，周围还分布着中国最东部的现代冰川遗址。在古冰川和现代冰川的剥蚀、堆积作用和高寒的融冻风化下，雪宝顶北侧深藏在一个四周岗峦重叠、松柏荫翳、薜萝交错，纵约8公里，横约1.5公里，形似巨龙的缓坡沟谷。山谷里因铺满了长约3.6公里、宽约300米的层层叠叠的露天钙华滩流，洁净无尘，流光溢彩，仿佛一条从雪山上沿莽莽原始森林飞腾而下的金色巨龙。而鳞次栉比的五彩池则像龙身上的片片鳞甲，千层碧水漫流其上，随着周围景色和阳光照射角度的变化而变幻出五彩的颜色，镶嵌在这巨大的黄龙身上，情趣盎然如生，故名曰"黄龙"，也被誉为"人间瑶池"。它距松潘县城约53公里。

在青藏高原山水文化的视野中，黄龙是一大名山，是一块圣地，是一座神宫，是苯教母续二十五所道场之一。圣山，藏语叫"林达"，黄龙的"林达"则是一对被人格化了的山神夫妇，男的叫夏念东宰噶波，女的叫韵吉玉卓玛，合称"东日亚云"，即白螺圣山夫妇，最早他们是苯教的保护神。早在4000多年前，雍仲苯教幸饶弥沃佛因征服恰巴魔王而莅临西藏贡布，黄龙的真人夏念东宰噶波与世界诸圣山主一道前往西藏贡布迎接幸饶弥沃佛，并得到了幸饶弥沃佛的亲自接见和加持。幸饶弥沃佛当面亲口授记：将来，黄龙不仅要成为诸菩萨、诸成就者和诸空行母的云集之地，而且师徒三人及其随从也将亲莅此地而现身说法。藏族传统圣山志认为，黄龙主峰白螺圣山西起冈底斯，东连峨眉山，北牵小西天，南望鸡脚山。黄龙主峰白螺圣山发出的佛光不仅与五台山、峨眉山、白崖鹫山等世界所有圣山圣地的佛光交相辉映，而且与密严刹土、空行刹土及喜足天的加持力相连。

黄龙以彩池、雪山、峡谷、森林、瀑布、睡美人、古刹、藏情"八绝"著称，景区由黄龙本部和牟尼沟、丹云峡、雪宝顶等组成，且原始自然景观异彩纷呈，犷中有精、静中有动、雄中有秀、野中有文，是世界上少有的地上岩溶景观，享有"世界奇观"之誉，系国家5A级旅游景区。1992年被联合国公布列入世界自然遗产名录，2000年被联合国公布为世界"人与生物圈保护区"，被海内外有关专家评为"世界极品和国家5A级旅游景区"。在黄龙沟两侧的山坡上，是茂密的原始森林。

黄龙是天然植物资源的绿色宝库，植被覆盖率为88.90%，森林覆盖率为65.80%，高等植物有1500余种，其中四川落叶松、岷山冷杉、独叶草、星叶草等树木是国家一至三类保护物种。黄龙森林海拔跨度为1700米至3800米，平均海拔3550米，是中国最高的风景名胜区之一。有一种被西方人称为"玛格里特"的黄花杓兰，便是威尔逊采集自松潘黄龙的。许多珍贵的动物也生活在黄龙的森林里。在黄龙寺的南面有一座明代建造的小庙"石塔镇海"，这座石塔和小庙已经被钙华淹没了大半部分。"石塔镇海"修建的时间为1620年，被钙华淹没的深度为1.8－2米。有关专家专门对此进行了测算，计算出黄龙钙华的沉积速率为每年3毫米。这也就是说，黄龙钙华的数量和规模每年都在增加。因此，从地质学上看，黄龙仍然充满了生机和活力。相传远古时候，大熊猫是黄龙的坐骑，它经常驮着黄龙云游四方，驱邪降魔。一天，黄龙预感到大地要发生重大变化，届时山崩地裂、沧海桑田，食肉动物将难以生存，就规劝大熊猫修心吃素。温驯的大熊猫听从了黄龙的规劝，改吃箭竹。后来地质变化，与熊猫同属食肉动物的剑齿虎等都因觅食困难，逐渐灭绝了，唯有改吃箭竹的大熊猫适应环境生存了下来，成为稀世珍宝、古生物的活化石。

云南迪庆的中甸，有一处叫白水台的钙华池景观。这里的景观与黄龙非常相似。虽然相似，白水台却没有像黄龙一样被评为世界自然遗产。首先，无论从规模还是地形上看，黄龙都稍占上风。但白水台比不过黄龙彩池的关键，在于黄龙的钙华池是五颜六色的，而白水台则只有钙华沉淀的白色。黄龙的彩池边上，依水丛生着杜鹃花、高山柳等多种植物。这些植物的枝丫倒在水中，上面铺满了钙华和水藻。钙华中的矿物质与水藻混合，便使水产生出蓝、黄、绿等几种颜色。这美丽的池水，与周围的雪山、森林交相辉映，黄龙的美便令人有美不胜收的感觉了。土耳其首都安卡拉西南不远处的赫拉波利斯与黄龙一样，也形成了大规模的彩池。但它无论在彩池的单个面积还是整体规模上，都比不过黄龙。黄龙单个彩池的外侧垂直高度有6.8米，这在世界上是最高的。

而其长达 3.6 公里，彩池总数多达 2331 个的规模，也是世界上同类钙华彩池景观中最大的。当旅游大客车抵达黄龙景区时，雨越下越大，游客只能坐缆车上到半山腰，然后徒步到最上边的五彩池。飘飘的雨丝伴随着游客的脚步，在风的鼓动下由小渐大，斜斜地在山间飘洒着、挥舞着，滴落在那些依次出现的亚热带常绿与落叶阔叶混交林、针叶阔叶混交林、亚高山针叶林、高山灌丛草甸的枝叶和秋草上，滴落在树间草丛中一闪即逝的蹦跳的小松鼠的身上，滴落在由 2331 个彩池组成的人间瑶池中，展开了一幅"腾云似涌烟，密雨如散丝"的雨中画卷。雨中游黄龙别有一番风情。黄龙被联合国教科文组织评为世界自然遗产的原因众多中，但其中很关键的一点是，它隐藏在川西北的崇山峻岭之中，几乎没有受到人类活动的惊扰。如今它的知名度一天高过一天，伴随而来的，是大量的游客。如何合理地利用大自然为我们留下的这份宝贵遗产，如何给子孙后代留下一条原汁原味的黄龙沟，是必须面对的一个问题。

　　钙华彩池是黄龙最主要的景观。黄龙的彩池可谓层层相连，由高到低，呈梯田状排列。彩池中的碳酸钙在沉积过程中与各种有机物和无机物结成不同质的钙华体，再加上光线照射的种种变化，便形成了池水的五颜六色，令人称奇叫绝。因此，人们称黄龙的彩池为"五彩池"。黄龙彩池，面积最大的有几十平方米，最小的只有几平方米；最深的 3 米以上，最浅的不足 18 厘米。池堤呈乳黄色，迂回婉转，互相连环。池形多变，有的状若葫芦，有的形似荷叶，有的宛如菱角，有的酷像莲瓣。还有那钟鼎状、牛角形、马蹄形的，真是琳琅满目，美不胜收。但是，最富于变化，又最有魅力的要算池水奇异的颜色了，尤其在阳光下更显得五彩斑斓。洗花池群以蓝色为基本色调，各池之间浓淡变化，相映生辉。五彩池群有的荡红漾绿，泼墨濡黄；有的似蓝非蓝，紫中泛蓝，绿中带紫；也有的则全池一色，或丹青，或湖蓝，或碧绿，或鹅黄，异彩纷呈，绚丽无比。浴玉池群多呈粉绿色，池中还生着许多洁白如玉的石笋，有的像矗立的宝塔，有的像险峻的山岩，有的似海中的珊瑚，有的如破土的嫩笋，璀璨晶莹，光彩照人。黄龙的美，在于彩池，在于秀水。那彩池秀水自上而下，从一个池子流进另一个池子，水声淙淙，仿佛正在向游人述说着黄龙沟一段美丽的民间传说。彩池的风韵与神采，始终涤荡着人们的心灵，竟能让人生出一分空灵感，使游人的万般柔情一味地沉浸在雪山、青杉、奇花倒映着的彩池秀水中。五彩池的水层层漫溢，在没有钙华埂拦阻的地方顺坡而下，形成了黄龙另一个重要景观——钙华滩流。黄龙钙华滩流的主体部分全长 2500 米，宽约 30—170 米。钙质的片状水流在倾斜起伏的沟谷间，在阳光的映射下，如同金黄色的流沙般漫泻而下。

黄龙岩溶奇观，属于高原喀斯特地貌，可谓自然天成。从玉翠山流下的清泉，带着大量的碳酸钙质溶浆，时而分作涓涓细流，潺潺缓缓，时而汇入滔滔溪涧，冲腾急泻，天长日久，沉淀凝结，渐渐产生了像阶梯一样层叠而下的 2331 个天然彩池和 8 处天然飞瀑画廊。黄龙地上岩溶奇观，是大自然匠心独具的杰作，是松潘各族人民的绿色聚宝盆。从根本上讲，黄龙彩池是因石灰岩被水溶蚀而形成的。这在地质学上叫作喀斯特地貌，它的典型地貌景观是石灰岩被水溶蚀以后所形成的石林、石峰、溶洞、地下河等。其钙华堆积地貌的形成和水生植物有密切关系，科学家们称之为"生物喀斯特作用"。其形成缘由：一是"光合作用"，白天，水生植物吸入水中的二氧化碳，产生氧气，使钙华沉积；二是"呼吸作用"，夜晚，水生植物吸入水中的氧气，产生二氧化碳，使钙华溶解。

喀斯特地貌在我国的分布广泛，主要集中在云贵川和广西一带。只有黄龙形成了这么大规模的彩池群。云南的路南石林，被称为剑状喀斯特。在广西桂林至阳朔之间，岩溶所形成的喀斯特地貌，则呈山峰的形状，这种形状被称为塔状喀斯特。云南石林和广西桂林的景观，是石灰岩因水的溶蚀而形成的。黄龙的彩池却是因钙华沉淀形成固体的坝埂，水中的钙华再逐渐漫溢而层叠形成的。因此，云南、广西的岩石在被水溶蚀过后留下了石峰和石林，黄龙则是钙华随水沉淀而形成了彩池。彩池安静地躺于山间，依旧不改往日清丽的模样。金黄的钙华池，清澈碧蓝的水，仿佛多看一眼，眼睛和心灵都会被洗净。2018年，四川省委书记彭清华到松潘黄龙视察灾后重建时，感言道："此景只应天上有，人间何来黄龙池！"这是一个怎样的魅力松潘，竟引得无数人如此青睐！

黄龙沟以其雄、峻、奇、野的特色，享有"世界奇观"的美誉。在黄龙，不仅可以观赏自然风景，还能领悟到黄龙古寺的禅趣。黄龙古寺，藏名为"瑟尔磋拉康"，意为"金海子庙"，始建于明代，原分前、中、后三寺，分别依山建在沟谷的龙头、龙腰和龙尾上，首尾相距约7公里。前寺、中寺为佛教寺庙，后寺为道教和苯教寺庙。后寺坐落在浴玉池群东侧，寺门匾额正视现"黄龙古寺"，左视现"山空水碧"，右视现"飞阁流舟"等字。古寺建筑为汉藏合璧，并吸取了内地的梁架、斗拱、砖瓦、藻井等特色。在漫长的历史岁月中，黄龙古寺虽经历若干次修葺，但其建设布局和风格，仍保持了古色古香的风貌。黄龙古寺集佛教、道教和苯教文化特色为一体，建于明代洪武年间，现在已成为方圆数百里的藏、汉、羌、回等民族，多族信奉、多教合一的宗教圣地，且与秀山丽水融为一体，别有神韵。真是"青山藏古刹，流泉拥绿荫"。

问道雪宝顶，拜水黄龙沟。黄龙在当地藏民的心中，历来享有崇高的地位。他们视雪宝顶为"神山"，黄龙沟为"神水"。每年藏历六月十五日至六月二十五日，松潘周围的各民族都会赶来聚会，并沿着崎岖的沟谷朝拜雪山、黄龙真人和古寺神祇。也就是参加一年一度的黄龙庙会和转山会。期间，僧众和信众还要参加以黄龙真人夏念东宰噶波为观想对象的禅修法会。一般盛会要持续10天，才算尽了至诚之意。朝拜途中，无限虔诚的善男信女先要在"洗身洞"前的大瀑布下洗身沐浴；再依次进入古寺烧香许愿，祈求风调雨顺、五谷丰登、六畜兴旺；然后进入30多米深的"黄龙钙华洞穴"礼拜3尊钙化天成的石笋佛，期望遣除一切违缘，增上吉祥平安；最后伫立浴玉池前，眺望玉翠山对面的韵吉玉卓玛睡美人，并在众人的通白声中向空中抛撒"龙达"。

黄龙古寺庙会中"多元一体"的文化底色是松潘大地上一道亮丽的

风景。每年盛会时，络绎不绝的藏族香客对雪山、黄龙真人及古寺其他神祇的顶礼膜拜和认同，无疑有着深厚的文化心理和历史渊源。其实，庙会不仅是一种游乐，更是一种传播，也可以说是一种"寓教于乐"。难怪中国道教学院朱越利教授在《藏传佛教与道教》一文中认为，苯教和藏传佛教中的密宗部分与道教及中原古代文化有着异流同源的密切关系。实践证明，不同文化背景的族群可以通过交往交流交融，消除民族违和感，促进民心相通，进而达到互通有无和守望相助的目的。黄龙古寺庙会，不仅把川西高原各族群众凝聚在一起，而且把海内外游客融汇在了一起。

今天，黄龙地上岩溶奇景已经成为闻名中外的游览胜地。它好似一首奇瑰的诗，看来心旷神怡，听来激情澎湃，读来满口芬芳。大凡游览过黄龙的人，都会为我们伟大祖国能有如此神奇壮观的山水而赞誉不绝。

闻名遐迩的红军碑园

川主寺镇，是松潘县一座日益繁荣的新镇，素有"九寨沟、黄龙、大草原门户"之称。每每走近川主寺镇，跃入眼帘的首先是矗立在元宝山上那挺拔巍峨的红军长征纪念碑，它被誉为"中华第一金碑"；然后便是依元宝山西麓坝而起的景象壮观的巨大雕塑群和庄严肃穆的红军长征纪念馆。闻名遐迩的红军长征纪念碑碑园就是由这三部分组成，其布局新颖、气势恢宏、内容丰富、风格别致。

红军长征纪念碑碑园于 1987 年动工兴建，1990 年 8 月竣工。其东西长 620 米，南北宽 371 米，相对高差 124 米，总面积 23 万平方米，正面是邓小平同志亲手题写园名的 9 个镏金大字。红军长征纪念碑碑园是党中央和中央军委决定并斥资建造的，它不是长征路上某个具体事件的纪念碑碑园，而是全国仅有的一座红军长征纪念碑总体碑园，具有象征性意义，是记载着中国工农红军二万五千里长征的英雄壮举和不朽功勋的丰碑。它是新时期四川省乃至中国著名的爱国主义教育和革命传统教育基地，更是阿坝州黄金旅游线上一处魅力四射的人文景观。

红军长征纪念碑碑园主碑高41.3米，其中碑座高2.5米，碑体高24米，碑柱上耸立的红军战士铜像高14.8米。碑形为三角立柱体，象征一、二、四三大主力红军紧密团结、坚不可摧。碑体用450块亚金铜板贴面，上方各面各镶嵌一颗闪闪红星；碑座四周由汉白玉石环绕贴面；碑基铺垫绿色草坪，寓意"雪山草地树金碑"。碑顶站立的红军战士铜像，双臂高举呈"V"字形，一手持步枪、一手持花束，背衬着蓝天白云，金光璀璨，挺拔庄严。

依元宝山西麓坝建成的巨大群雕高10多米，长90多米，由告别苏区、艰苦历程、黎明火种、火炬碑文、山间小憩、开路先锋、勇往直前、团结北上、草地情深、征途葬礼、前赴后继、回顾思考、英灵会聚等组成，是用1300多块大型花岗石精雕细錾而成的，被誉为我国目前最大的现代群雕。

红军长征纪念碑碑园，依山傍水，绿树环抱，景色纷呈，多彩多姿，尤其是金碑夕照、英雄群雕、黎明火种、翠湖红柳、断壁浮雕、三军铜像、金秋兰亭、火炬碑文等八景各具特色，耐人寻味。碑园建在这里，不仅在于它契合时代节拍和现实需要，能够更好地拓展基地功能，扩大教育覆盖面，实现社会效益与经济效益的有机结合，还在于它可以依托大九寨、大熊猫、大草原、大长征、大雪山、大冰川风韵，将光辉的红军长征纪念碑与秀丽的自然风光融为一体，更好地向世人展示人文景观与自然景观有机结合、交相辉映的独特风姿。

登元宝山看金碑，是川主寺镇游览中极富意义的一件事。金碑不仅外形别致，线条优美，戟指蓝空，英姿挺拔，而且不论晨昏朝夕之时，抑或雪雨风霜之中，都以特异而不凡的风姿吸引着天南海北的游人：清晨，在朝阳的拂照下，晨霭缭绕在它的肩际与腰间，真像一个披纱临妆的神女；黄昏，在晚霞的映衬下，夕阳西照着的它光芒四射，仿佛一名披甲执勤的卫士守望着四周的藏族村寨，形成独特的"金碑夕照"奇观；夏日，在山风的吹袭下，雨帘笼罩住它的四周与周遭，颇似一竿破浪前进的船桅；冬夜，在冰霜的披覆下，皓雪装饰着它的碑顶与碑身，酷肖一柄寒光闪烁的利剑……

参观红军长征纪念碑碑园，面对象征团结胜利的主碑，描绘艰苦历程的群雕，人们的思绪不禁会自然地循着历史的轨迹，去追忆 1935－1936 年，由中国共产党领导的工农红军所创建的举世奇迹——二万五千里长征。啊，红军长征纪念碑碑园，你不仅是一个革命传统教育基地和世界极品旅游热线上一颗灿烂夺目的明珠，更是一本耐人寻味的历史教材，一面可歌可泣、催人奋进的大旗！

腊肉，味觉上的乡愁

周永珩

时光荏苒，白驹过隙，从晨光熹微到夕阳迟迟。关于故乡北川那些或深或浅的记忆和往事，大都被岁月的风尘掩埋，唯独味觉，在邂逅天南海北的酸甜苦辣之后，依然执着地忠诚于故乡。

难怪有人说，乡愁就是味觉上的思念。

"每逢佳节倍思亲"，因节令而生的腊肉，既是美食，也是乡愁。

有美食家借《舌尖上的中国》说："这是盐的味道，山的味道，风的味道，阳光的味道，也是时间的味道，人情的味道。这些味道，才下舌尖，又上心间，让我们几乎分不清哪一个是滋味，哪一种是情怀。"对某些人来说，别有风味的腊肉已经不再仅仅是一种果腹的肉制品，它更多地传承了我们中国有关家乡的情怀。

在故乡北川时，夏天我去钓鱼，爱把家里的腊肉割下几片，腊肉肥瘦匀称还渗着油水，用温热水洗净后，出门时再用两片菜叶一裹，就能放心地揣进兜里。到了湔江河边，安放好几根钓鱼竿后，我再不疾不徐地，把腊肉片连同外面包裹的菜叶，一同埋在细沙下。紧接着，我又从附近捡来一堆水涝柴，架在埋腊肉的细沙上。点燃火焰只需几分钟，被烟熏过的腊肉香味就开始在河边飘荡。连鱼儿都争先恐后地上钩。

我在河边烤腊肉，当然不是为了钓鱼。等到火焰慢慢小了，我用木棍扒开细沙，剥开菜叶，拿起一片烤得油滋滋的腊肉，肉香扑鼻，令我垂涎欲滴。一口咬下去——连自己的舌头都能吞进去！好香！

这样风味馥郁的腊肉，制作手艺自然是祖祖辈辈流传下来的。

每到寒冬腊月，在故乡北川羌族自治县，家家户户便开始动手腌制腊肉。或到市场上精心挑选几块上好猪肉，或向养猪的乡邻买上百十斤边口猪肉，拎回家，加入各种调料，反复揉搓之，静放几天，待腌入味儿后，再挂出来晾晒。

即便是同样的"北川老腊肉"，每家每户腌制的方法也各有不同，更何况是外地人的腌制方法。外乡人品尝过北川的腊肉以后，常常依葫芦画瓢，有样学样地效仿着腌制。可是往往他们腌制的腊肉不入味，或者放不了多久就发霉，不像老北川人，腌制的腊肉就算放上一年，都不会变质发臭。这个问题困扰了大家很多年，万千人百思不得其解。等到最后，大家都不再纠结这个问题，将一切归结于腊肉本身的腌制方法上。这也使得原本就声名远扬的北川腊肉，声名更加远播。

俗话说：工欲善其事，必先利其器。就烹饪一项，佳肴必离不开上好的食材。想要得到美味的腊肉，食材的选取是非常有讲究的：一般选用的是家养猪的后腿肉，以及腹部的五花肉。这两个部位的猪肉，皮薄肉嫩，肥瘦适中，是猪身上最适合用来制作腊肉的原料。

制作的工艺并不复杂，却处处透着精致。先把猪肉清洗干净，放入淡盐水中浸泡半个小时，让猪肉中残留的瘀血和杂质都排出来，这样腌制出来的腊肉才不会有腥味。浸泡好之后，把它冲洗干净、沥干水分，跟着放在一个大盆里，先将白酒（北川人大多用的是马槽酒）均匀地涂抹在猪肉上面，再往每一块猪肉上面均匀地抹上一层食盐，最后放入少量生姜粒，腌制三个小时。

这还不算完。等待腌制的过程中，我们还要把花椒和八角磨成粉末，放进干净的锅中，用小火慢炒，直到散发香味。炒好之后起锅，待花椒和八角冷却，再把它们均匀地涂抹在腌制好的猪肉上（图方便的也可以用"王守义十三香"直接涂抹到猪肉上）。

腌制与抹料的工序结束以后，用清洗干净的芭蕉叶把每一块猪肉单独包裹起来，放在阴凉的地方腌制三四天。最后才是晾晒的过程：用钩子把猪肉挂起来，先放在阴凉通风的地方自然风干五天，再放到室外阳光下晾晒几天。腊肉就算制作完成了。

喜欢吃烟熏味的老腊肉，可以在腊肉风干后，进行烟熏。先用柴火明火熏炕半天，再用柏树枝丫加花生壳文火熏两三天。不过，在熏制的过程中，一定要检查肉的水分和回味。烟熏的火候也很关键：熏得浅了，不入味；熏得重了，腊肉又会带有过多的烟火气，破坏口感。只有精准掌握其中的分寸，方能得出一条色泽红亮，内外干湿一致，并且散发诱人香味的北川老腊肉。

一个好的厨师，除了会制作食材，还得会烹饪。煮腊肉之前，要先把腊肉外面那层猪皮用火焰烧一烧，温水清洗干净以后，再把腊肉放进开水锅里焯一下。这两步都是为了去除腊肉本身所含的亚硝酸盐等有害物质，以降低有害物质的含量。

重新加水煮腊肉，加入料酒、大料、桂皮、姜、葱、陈皮或晒干的柑橘皮等，煮 40 分钟即可切片品尝。煮过腊肉的汤水，还可以煮萝卜干、青菜，那又是另一种风味了。

从开始制作腊肉到制成完工、吃到嘴里，既耗费时间，又耗费精力，却仍有许多人家在年复一年地制作着。刚煮熟的腊肉，只需要几片，就能够轻松吃完一整碗饭。即使是最挑食的小孩，也不会拒绝这道美食。腊肉还是百搭的美食，可以跟荷兰豆、蒜苗、竹笋、大葱、辣椒、青椒爆炒，让人回味无穷！

但我认为蒸腊肉才是上佳美味。不妨取来一块五花腊肉，温水洗尽后，将之改刀为厚片，撒上味精、辣椒、生姜、蒜末等，进蒸笼约 40 分钟即可上桌。提箸细品，肥而不腻，瘦而不柴，爽口而回香，着实乃人间上佳美味。

由于北川腊肉传统制作技艺历史悠久、技术精湛，做出的腊肉色泽好、口感佳，放置多年不变质，家家户户遂有比赛陈年腊肉的风俗，腊肉制作几乎根植、涵盖和反映了禹羌社会生产生活的各个方面。北川腊肉制作技艺在 2015 年 4 月被绵阳市人民政府公布为市级非物质文化遗产。

我从小就喜欢吃腊肉，至如今虽年过半百，但依旧独自钟情于这烟熏火燎过的老腊肉。

刚才看到故乡朋友发来的他家新做成的腊肉照片，我仿佛闻到了飘香的腊肉味。可能对于我而言，吃腊肉，既是品尝一种喜爱的味道，或许更多的是咀嚼一口难忘的记忆，在那股满溢于口的香味里，重温一段隐约的乡愁。

慢一点

崇晓蓉

几尺见方的台桌映着灰白的日光,周遭葳蕤的花草间时时流出飑风的声音,不知何名的大树努力将枝桠伸向天空,却让阳光在不经意间泻下了片片光影。久久未曾静下来,此时,抛开尘嚣,在这难得一遇的安静中,让心灵也栖息片刻,静静感受空气的流动,感受白云的舒卷,感受花儿飘曳时留在空气中的痕迹——这便是暗香了吧,虽然没有一碗香茶,但是也能感受到那种"人在草木间"的平静与诗意。

带着这份宁静会发现,各色的植物仍旧会将最美的姿态留给生活。而陷于生活的我们却时常无暇顾及,哪怕偶尔瞥见一抹曾经会飘落心底泛起涟漪的娇红也难以驻足,总想空了再来欣赏,然而等抽身再来时却再也不见当时的心境。终究,时光逝去后不会再回。即使在同一个环境中,我们也不会再见当时的自己。而对于当时的心境,我们也只能回味,回味留在春风中的余温。

某一时刻,发觉自己已不再一样,生活中少了感慨,少了那一丝会在春天随万物滋生成长的惆怅,少了驻足花前时的潸然泪下。在匆匆的生活中,我们增长了阅历,也错过了很多曾经会感动我们的美好,丢失了在浓郁的花香中不敢深深吸气的细腻,变得神经粗条,不易被感动。

这个午后,我依旧提着水桶匆匆迈向后院,经过今年久久未开的蔷薇花丛时,瞥见一位高挑的女子正翘首张望,那是一幅极美的画卷。身着粉红上衣的女子静静地站在暖暖的阳光中,艳丽的色彩和绿色的枝叶辉映着,随着她的目光而去。原来蔷薇已全然半开,大有花团锦簇之势,仿佛将所有的生命力集中,在这个夏天开出最美的色彩,以此来唤醒我那麻木的神经。然而,此刻让我视线模糊的却是我的失落。在"无暇""难以"中,我丢失了那根让自然景物触碰的神经。在这两个词语中,那些曾经惹人泫然的春芽,那开在烈日下的牡丹、石罅裂缝间的清泉、如画境中的春山……那些曾经会感动我的一切美好只能在匆忙之下白白流逝。

所以,慢下来吧,趁着阳光灿烂,趁一切还未消融在酴醾的淡白中,拣一个微凉的天气,在阳光微醺的午后,静坐草木间,邂逅被遗忘一隅的安静,重拾遗失在时光中的感动和美好。

古城赋

◎ 郭 伟

　　飘扬悠远的韵律蜿蜒在雪山之巅,似乎是那么遥不可及,却又响彻耳畔。真想知道是怎样一位智者,能用朴实无华的韵律,写下荡气回肠的夜曲,千年万年,仍流浪人间。随着这悠扬悠远的乡村古韵,思绪被带着飞越了几个春秋。那曾经的精雕细琢、曾经的巍峨雄伟,都在岁月的流逝下无影无踪,只留下这苍凉的微风抚摸着历史背脊。

　　缓步浅行,感悟着从来不曾有过体会的记忆。那深埋于岁月流沙里,却带着一丝古朴芬芳的青石,铭刻的是古往今来的沧桑和落寞,有战火纷飞的怒吼,有哀怨婉转的韵致。谁家小郎骑来竹马,谁家女子望断天涯,这是不会重复的命运,也是无法模仿的历史,只有在大唐松州这块雄伟苍凉的土地上,才会流传下这么多瑰丽。

　　那是一种悠远的感慨,犹如时光深处轻声的叹息。那是春风不度玉门关的无奈;还是悠悠数十载,徒留星空耀眼,却不见佳人归期的喟叹;还是魂魄不曾入梦来的落寂?是耶非耶,都刻画在岁月的琉璃里,似梦非梦,如花非花,若隐若现,却让人沉醉不已。这也许就是松州最独有的韵律,偷偷盗走塞北的豪迈,又骗走江南的凄婉,在岁月的宣纸上,一点一滴,拓下浓郁的味道。那是高原古朴却苍劲的风,吹拂过松州的青石路、古砖墙、老窗棂,让我躲到灵魂深处,亦无法躲开这执着的叩寻。

　　不知走了多久,才蓦然发现原来我已步出了一个世纪。那种恍然若梦、恍如隔世的记忆来回起伏,奔流不息。难道我前世也是一位意气风发、手握利剑的将军,在这片土地上骁勇策马,留下过无法磨灭的痕迹？又或许，我曾是狂傲才子，白衣胜雪，写下那洛阳纸贵的诗句？再或者，我是那误入桃花源的武陵人，漫步在这与世无争的梦境，不知魏晋？漫步松州街巷，我心甘情愿堕入岁月的轮回，即使怀揣着不切实际的梦，也只求一个汪洋恣意。若我能重回千百年前，我愿过着与世无争的生活，不求位极人臣，不求金榜题名，愿流浪在这高原仙境里，任岁月摧老我的容颜，任记忆凝固于血液，只求能此生平淡终老，与松州相伴相依，足矣。

谁说我的前世不孤独呢？多少红尘美景看透，都不过过眼云烟。"曾经沧海难为水，除却巫山不是云。取次花丛懒回顾，半缘修道半缘君。"元稹是个痴人，为情终老一生。我亦是痴人，却笑痴人是痴人，不过是追求一个从一而终的梦而已。我魂牵梦萦的女子，终究是镜花水月，气息犹在，芳踪难寻，消失在大唐松州的青山绿水间。

那只是一种追求，一种向往，轻声叹息，笑而不语，多年不曾有过的记忆，在大唐松州的青石板街里，我却迟迟不能自已，难道梦也会离我如此之近，难道前世今生真的有剪不断理还乱的千丝万缕，我夜夜梦回，无限向往的圣地？

松州让我如此熟悉，也许是冥冥之中自有天意，我注定要在这满载记忆的松州里，感悟曾经，溯源前世。一丝一缕的点滴，满载着岁月的重量，告诉我一直纠结于梦的过往，哪年哪日，我曾经驻足在此地，同一个地方，同一个季节，同一种记忆。我注定要回来的，回到那我永远无法逃离的宿命，回去看大唐松州为我留下的烙印。

那飘扬深远的羌笛，那粗犷豪迈的康巴歌曲，都在诉说着大唐松州的韵律，这是高原明珠独有的魅力，也是历史记忆里不灭的回忆。那古朴的藏家老者脸上，写满沉沉的沧桑，却没有孤单的落寞。那纯然灿烂的幸福，无疑是高原的恩赐，是大唐松州的恩赐。那种幸福，是不足为外人道的。外面世界的人，活得匆忙狼狈，为生计而奔波，却不懂享受生活的恩赐。而藏家老者凭着本性，将幸福诠释得淋漓尽致。

时间从未停留，便悄无声息地离开，不带走一丝一毫的曾经。恍然一瞬，我已停留许久。这偷来的浮生半日闲，恋恋的，舍不得挥别，却也将步入黄昏霞光里。我从未有缘得见如此良辰美景，在夕阳余晖里，摇曳着白雪红梅，相映成趣。

不知不觉，我如贪玩的孩子，在这街角小巷，等到滴漏夜深。夜已静，只有微风习习，轻拂着树，却也不愿停留，在我身边轻绕偷笑，便悄然离去。我紧了紧衣衫，不禁哑然，原来我是那么不懂这位佳人的脾气。大唐松州犹如率真姑娘，收起了热情似火的面容，用温婉如水的纤纤素手，轻轻牵起我，带我感受迥于白日的另一番美景。皓月当空，星子错落有致，如大珠小珠落玉盘般，在夜幕的怀抱里沉睡。这是一种无法用语言形容的美景。我如古时那孟浪少年，深深爱上了风华绝代的她，便一生痴缠，无法自拔。此生愿与她长相厮守，足矣。

我愿融化在松州这无边无际的怀抱里，走走停停，哪怕日出，哪怕月明，感悟着不曾感动的曾经，用心聆听这一曲又一曲动人的旋律，那么回味无穷，又那么遥不可及。大唐松州的韵律，是一曲阳春白雪和乡村古韵的联姻，谱写出一幕幕华丽的舞台剧。那青石板街，那古松桥畔，都让我流连忘返，值得用一辈子的时间去珍惜。

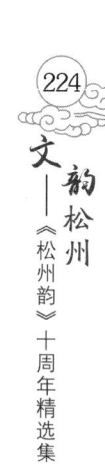

今夜生情　松州听雪

王茂森

雪的唯美，一直牵制着一根神经，诱惑着心灵深处的向往。

松潘的冬天，属于冥思的季节，那漫天漫地的雪花，总是应了冬之约，穿过秋的门楣，迎着高原轻风，款款而来。

穿着单薄的衣服，静静地，漫步于古城之上。那雪花，似寻梦的蝶，袅袅绕绕，与我眸中的薛涛深情对舞。

抬了头，看到一片，两片，三片，袅娜到唐兵的脸庞，仿佛少女的吻，羞涩，冰凉，又不失温地，润湿了"高原战士"的脸。

闭上眼，仿佛文成公主轻抚着松赞干布的额，诉着穿越千古的柔情。然后，心，就在那一刻，生出几多的怜爱，和淡淡的暖。

于古城，静静听雪，听到了远古大唐的荆棘，藏女儿轻轻吟唱的音符，高原风吹过的豪迈，还有松州人的纯朴热情和一碗青稞酒飘来的醇香。

松潘的雪花，是圣洁的，也是纯净的。她是洁白的哈达，萦绕在天边，也献落在你的胸前；她是浓郁的酥油茶，飘着香，舒着唇，暖着心；她是阿妈脸上的笑，溢着慈祥，照着我向前的路；她更是那条蜿蜒流淌的岷江河，护绕着松州大地，孕育了千代子民！

当你静静地倾听它的天籁，仿佛，尘世的浮躁与喧嚣都已离你远去，独剩下一份纯净，那是心灵忘却一切的畅然。

听松州的雪，仿似听自己的心。在听雪的刹那，心里定会生出一片净土。人生，如雪一样洁白心灵，也该如此吧？

岁月沧桑，漫步人生的旅途，在心田，就应该多一份怡然和恬静，多一份对人对事的欣赏。心中，自然就会多那么一份坦然。

唯愿我的生命也如此刻般宁静与安恬，让心灵在听雪中守住那片净土。

白色的马蹄莲

◆ 向香陶

累了一天,准备洗个澡。拧开水龙头的瞬间,眼睛不由得盯着出水口。那流出的是泥浆吗?是泥浆!没错,颗粒状的泥沙夹杂着块状碎物被水挤了出来。目光呆滞般许久不能收回思绪,那还是需要挑水的年代。

那是很多年前的事了,那时只听过"自来水",谁也没见过。每天天不亮就须来到小河边挑水,因为时间早,挑得水要干净许多,所以很多人都选择这个时间来挑水。又因为经常相遇,挑水的人之间慢慢熟悉了,就会相互问候着开玩笑。宁静的清晨就这样被水桶和水瓢的碰撞声、来来往往的挑水人的问候声打破了。

那年月家里没有多余的劳动力,年纪小小的孩子们也算作家里的劳力,我自然不例外。因为小,我常常被大人们拿来开玩笑:"小娃,你还没有隔壁的小花挑的多,要不你娶了她做媳妇去,这样以后也就有人帮你挑水了!"说完,大伙儿都哈哈大笑起来。我狠狠瞪了他们一眼,挑着半桶水踉跄地逃走了,水瓢还不争气地在桶里发出刺耳的声音,仿佛在告诉他们小娃就要娶小花做媳妇啦。真想把这该死的水瓢扔进小河里,让它随着河水一起消失。然而终究是没么做,微薄的收入难以支撑家用,所以许多工具都是自己动手做的,扔了它就等于给自己判了刑,回家免不了一顿"犒赏",所以还是愤懑着留下了它。

时间就这样在玩笑中溜走。不知不觉中,"小花"这个名字在我脑子里生了根发了芽。我开始留心起这个比自己大许多的丫头:留着齐腰的长辫子,荔枝般的大眼睛,圆圆的脸上还有个酒窝。可奇怪的是,她只有右脸有酒窝。这不对称的酒窝给我留下了深深的印象。后来在我起得很早去挑水的一天，在挑水路上遇见了那些大人用来开我玩笑的"小花"，我用好奇和急切的口吻喊道："你就是人们说的挑水很厉害的小花吗？"她没好气地瞥了我一眼，回道："咋啦？"又带了一句："比你要厉害一点儿。"我很不服气，急忙说："就你？还比我厉害？不信！"她倒是不急，慢慢地将水桶打得满满的，从桶里溢出来的水似乎都在对我说："看，快看，她多厉害啊！""能站起来再说吧，站起来还得走回家才行哦！"我仍然不服气地道。她没有说话，只是微微一笑。她这一笑让我不知所措。我开始后悔不该这样激她，万一出个意外，我不就惹祸上身了吗？以后更加会被大人们笑话的。我的脑子里不停地联想着。她已然站起来了，脚步还轻快地迈着。我屏住呼吸，瞪圆眼睛盯着她，仿佛时间都停下来等她回应："别小看我！"轻盈的步伐持续地交替着，连水都不带漾地往回走，留下呆呆的我，一动也不能动地站在那里。望着她留下的那个背影，多美丽的背影啊！"做我媳妇吧！"我竟然鬼使神差地说道。她回过头浅浅地微笑着，继续着她那娴熟的动作。而我为那个浅浅的笑，困惑了很久很久……

后来有一段时间去了姐姐家，很久没再见到小花了，等到回家的时间已经是一年以后了。回家的第二天，我便起了个大早去挑水，为的是能与她相遇，向往那相遇时的美丽。一天、两天、三天，终究是没能再相遇，我心想她可能只是短暂地离开一下。

日子一天天地过去，已经是深秋了。天气一天不如一天好了。老人们开始像以往一样，只要有一点机会，就会抓住太阳，蹲在墙角根儿、街沿台上，享受着暖意，谈着古往今来，开着玩笑调侃彼此。谁也不愿浪费这宝贵的暖意。他们你一句我一句地聊着、笑着，我撑着脑袋在旁边听着。"可惜小花那丫头了，嫁了个瘸子，而且脾气还不好……"老人们不经意间说到小花，说起小花的境遇。怎么？嫁人了？原来她嫁人了。老人们继续说道："可不是？听说她那婆婆也不好，整天拿她出气。"那年月，受旧社会的思想影响，生不出孩子可是大事哦，那可是要受丈夫的指责、婆婆打骂的。"更别说人家有钱有势呢！你没钱没势的就得受着。要怪就怪她那不争气的肚子，这就是她的命。""也不知道是谁的毛病，还很难说呢！""可惜咯！"老人们你一句我一句，不住地摇着头叹息。我此刻的内心，沉重……

　　深秋是那样寂寥，就连收获的喜悦也不能将其掩盖。我仍要默然地继续着自己简单而乏味的工作——"挑水"。也再没有人拿挑水这事来调侃我了。这时的我已经能轻松地挑起满桶的水了，继续在那条小路上走着。"小花"的记忆也在不知不觉中被生活的琐碎替代了。

　　初冬随着日子慢慢地过去，深冬一天一天地来临了。河水不再像雨季一样丰盈，干瘪得不能掩饰河床上旮旯里的乱石穿空。像这样地处西北的小城，深冬清晨的寒意仿佛刀割脸一样的刺痛。那天因为事特别多，就起得很早赶去挑水。小河对岸加工厂的灯光很亮，亮得足以让我看清脚下的乱石路，不至于因踏错一步而摔倒。站在熟悉得不能再熟悉的河边，深深地呼吸着带着寒意的空气，闭目，思绪穿梭，略微停顿一下，睁开眼。反射的灯光随着河水的流动而不停地闪烁着，忽然发现河面上浮起的一缕白色？白色的被单，我很笃定是谁家的被单在清洗时不慎被水冲走了，这可是不小的损失啊！惋惜着挑着水回家，一趟、两趟、三趟，天边慢慢泛起带着寒冷的煞白。这时，远处传来嘈杂的人声："咋了？什么事？"又有人在喊："完了，跳河了！谁？"夹杂着哭声、喊声，男的、女的、老的、少的，这些声音交织在一起，汇成气势宏大但并不激昂的交响乐。"是小花嘞！"这个声音犹如晴天里的一个响雷，人群顿时炸开了锅……我傻傻地呆站在人群后面一步也挪不动，这时已经有好几个男人穿着挖金的防水裤，抬着那白白的、直直的像一簇马蹄莲一样的"小花"穿过人群，经过我的身旁。看着她脸、手、脚、裙子一切都是白色的，这白色将我包围着；更加寒冷的寒意一阵一阵地侵袭着我的身体……

　　白色的马蹄莲穿过了人群、穿过了我，在穿过世间一切繁杂后消失了，消失在寒意充盈的清晨……从此阴阳相隔，各自安好。

漂流的顽石

赵国栋

> 你问我有哪些进步？
> 我开始成为我自己的朋友。
> ——阿兰·德伯顿《哲学的慰藉》

一

大学毕业的时候，我兑现了自己的诺言——今后要去草原，穿越无穷无尽的公路，要去父辈生活的土地。

那时的好友们纷纷祝福，希望我能达成心愿。而当自己收拾好行装，站在家门口的老树下的时候，望着树叶落下，云彩在不停地变换着姿态，心中又莫名生起了对熟悉光景的贪恋。最终，自己选择了慌慌张张地离开。

这显然不是表达感情的最好方式，可是我们总是找不到其他合适的途径，总以为画面可以代替不舍和怀念，让我们在自己的生命里活成永远。

但我想，任何人的兵荒马乱，远远不止是从自己的第一份工作开始的。譬如，那年高考，我仿佛站在断层的悬崖上岌岌可危，却不知，身边的好友们其实已经走了很远，直到我看不见的云端。毕业以后，儿时的玩伴寄来明信片，在高雄一家路边摊，吃着蚵仔煎。他说，他思念故乡的土地，思念那片青青的草原，望我安好。

也是在毕业后，理所应当去了草原，看见繁星点点，浩瀚的绿海仿佛可以冲淡所有的过往云烟。我站在苍穹下，仿佛变成了一个点，脑海里萦绕着挥之不去的悦耳歌声。而当每一次日出的时候，那另外一个自己站在彼方，挤着公交车，穿梭在城市中的每一个日夜，他会在夜深人静的时候偷偷告诉我说：很害怕，害怕身后急促的脚步声，害怕身边莫名发出的巨响，害怕，总是一个人。

二

这些过去的事，理所当然地被后来更多的经历所冲淡，模糊了愉快和伤感的界限。那些愉快，最终因为过于短暂而在回想起来的时候变得伤感；而那些伤感，却会因为刻骨铭心而变成回忆中最快乐的体验。这一切，仿佛已经混合成深冬时节玻璃窗上模糊氤氲的霜雾，轻轻抹开一块来，才可以清晰看见自己之外的世界——

工作也好，生活也罢，那片父辈生活的草原，教会了我，或许成长，本身就是一件无法定义的事。

而直到去年，我考上了公务员，离开了那片草原。我还记得，那时的离别，一路是金灿灿的夏日暮色，令人倍感焦躁的凄迷的蝉鸣，和苍穹尽头那些溽热而疲倦的暗红色云霞。我好像是在真切地经历一种路过，路过白驹过隙的电影般的青春：那些车窗外一闪而逝的耀眼的绿色快得拉成一条线，隐喻式地将所有景致串成了一条项链，戴在了记忆的身上。一切都似一本鲜活的悲伤诗集——陈列已久，却不被仔细阅读和悉心感受。世界上绝大多数的此时此刻，有那么多人来了又去了，也总有一日，会是我们的终点。可是我还是会无故地担心，希望在那样一个离别的时刻，我不会忘记，将什么不可弥补的东西遗留在了这世间。

那一年，中国首艘国产航母下水，标志着我国自主设计航母取得重大进展，中国海军几百年来的航母梦得以实现；那一年，在 6 月 16 日发布的美国《科学》杂志封面上，一颗来自中国的量子卫星"墨子号"赫然出现，全球瞩目；也是在那一年，"复兴号"成功运行，再一次将我国"高铁运兵"的传承发扬光大。而那一年的我，还是像浮萍一样，浮浮沉沉，不知自己能否靠岸，不知自己能否结束青春——这一段无妄的旅行。

三

当我背上行囊，来到乡政府报到的那个夜里，我做了一个很长的梦，梦里是自己的父母。我梦见他们在一座山上等我，我喘着气跑着，跟着他们跑上了山顶，然而和他们下山的时候却走散了，一直打母亲的电话，怎么也打不通。之后的梦境里，开始下起了雪。我想到父母还在山上，没有厚的衣物，竟在梦里哭了出来。一直到哭醒了之后，却再也停不下来。坐在床上，咧着嘴，用力地哭。没有任何声音，却仿佛用尽了全身的力气。胸膛里，某些沉重的像铅块一样的情绪，在无声的哭泣里，便慢慢消失了。

我是真的改变了。然而这又不会是从前那个十五六岁的时候，会写下矫情的文字，说感觉年轻的自己变老了的自己。从前的那些年少轻愁，被敏感的内心无限放大，恨不得全世界的人和自己来分享那些细小的悲伤。走到现在，被岁月和现实摩擦得千疮百孔，在无数的失去和拥有之后勉强站直了腰。

才发现，被拾起，被阅读，被喜欢，被讨厌，被议论，被放弃，是最简单的人生经历。

才发现，年少时为赋新词强说的那些愁绪，就像是清晨的薄雾，一吹就散。

而随后那些属于自己的历练，才会使年轻的躯体更见挺拔。就像另外一个自己所说的——害怕。

开始害怕面容变得显老；开始担心父母的身体；开始怀念错过的人，错过的事；开始想念不在身边的兄弟好友，试着去关心他们；开始遗憾，人的一生真的只有一辈子可以拿来消耗。

这些所有的所有，我相信，都在我二十来岁人生的此时此刻的旅途上，开始接踵而来。早已经不是原来的自己，却要无时无刻不得不重新面临当初的选择，重新去和记忆里那个酸涩年少的自己对峙。

四

"时间在他头上流过，光荣，与岁月的荣耀都像是河流一样流逝着，急不可待地想要到达追不上的地方。他是被河流掩埋的石头，无法追随……"

太不顺。下一秒全部删掉。电脑上打开的 word 文档又恢复到如早餐那份白粥一样干净。以往那个会写出许多故事的自己，好陌生。望着崭新的办公桌，我想着，自己是怎么过来的呢？明明生活并没有多少改变，吃饭，写东西，抽许多烟，再用手机拍下沿途的风景，期间明明再没有发生什么，不需要过度的段落，也不需要与谁所相互适应的情感。却是，如何变成了现在的自己？

这让我想起了经常巡查的那条河，看似一成不变地流过，然而很久之后你才会感觉到，河的形状已经改变，深浅不一，冷暖流交汇点也移动过，就连两岸的草的构成也发生了改变——即使，自己仍是那枚覆于地底的石头，包裹我的，却早已不会再是原来的沙土。

夏，越走越近，向南的窗户依旧全开，却如季节交替时的岁月，慢慢闭塞，与无力悬挂的窗帘一起，逐渐凝固了起来。我感觉，自己始终还没有找到一个确切的坐标。

五

再后来，在乡政府的文化室里，我看到了一本书——《古希腊神话全集》，书里写：后来，美杜莎被珀尔修斯砍下了头颅。旁边插画里，她的头重重压在地面上，牙齿咬住半伸出的舌头，双眼瞪着虚空中的某点，仿佛在捕捉什么。

"头上的毒蛇，纷纷离她而去。"小说的最后一句，果真是怎么也看不懂。

直到之后周末回家的一个晚上，和父亲坐在电视机前看着新闻联播，也曾聊过这些无关痛痒的事，聊自己的旅行，聊以后努力工作，以后还要去更多的地方。就这样，两个人，一直聊到深夜。

而第二天的晨光，透过均匀冷静的窗户，散发不出原本具有的热量，但却是恰到好处的明媚。

"一起去吃早餐吗？"

"好的，等我收拾一下。"

"儿子，我想，美杜莎一个人也没有关系吧，因为世界上一定不止一个美杜莎的。不过，如果像美杜莎一样的人遇见了另外一个，他们很想说话，却又不小心对望了呢？"

"那他们都会变成可笑的石头？哈哈。"

"那么所有的遇见，岂不是都没有了意义？"

"……我不知道。"

——我不知道，我只是觉得。若是过程真的如此简单，只要感觉不到时间的流逝，那么即便是再如何恰到好处的遇见，人都不必去真正地关心他人，因为疲倦，也会在工作中不常愿做没有回报之事，毕竟没有力量，什么也改变不了。

但是又为何，生在这世上，我们仍时时怀念，过去我们曾经被他人那般毫无保留地盛情关怀过，以至于让我们即便在日后看多了人情淡薄的年岁，在这炎凉的世间，寂寞的时候，想起来都会微笑。

我们每个人都会有喜怒哀乐，苦难，是否该被放大，无从知晓。但，历经一段段人生中的漂流，我们亦明白，背负在肩头的责任，其实不仅仅只是在推动我们前行，更是在每一次遇见自己之时，教会我们，如何珍惜与自己的相遇，如何去担当，这一份自己所选择的担当。

——而沉在那一条条河谷里的石头，我在想，或许它就是因为做到了这点吧。

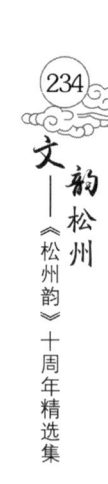

寒　韵

◎ 姜　磊

这又是一个严冬，酷寒已经不知道多少次袭扰这里的一草一木。大雪伴随着寒风飘落在我的身上，似乎正在告诉我：松潘的寒冬已经到来。松潘的冬天很冷，爷爷曾说，以前的岷江被冻得可以在上面走路。我独爱松潘的寒，松潘的寒有股特殊的味道。

我已习惯了松潘的气候，不像那些"外面"来的人喜谈松潘如何的不好，如何的酷寒。这里的冷对我来说就是乡味儿，每个游子到这个季节都能想到母亲手中缝补的棉袄，正如母亲所说："松潘再冷的天，她依然是你的家。"这样的冷就是游子们的乡愁。

十一月份的岷江清澈透明，站在凤鸣桥上能感觉到河风的坚韧。远处一排排整齐的白杨飘落着它金黄的佩饰，和着岷江的"豆腐乳"。就好像把我带入一个刚柔并济的世界，有水的柔和，又有寒风的韧性，更有像妈妈熬的"搅团"一样的黄汤和疙瘩。

寒冬中在街巷里穿行，远远听闻一些吆喝声，远处正有一家人在"立木"。"立木"便是修房子，松潘人修房子和别的地方不一样，只要是认识的，都会到主人家去帮忙。"立木"不是最后一道工序，除了这之外，还有排栅、撒包梁。"立木"时，众人会以排山倒海的吼声把"鲁班房"立起来。寒冬下的"立木"是那么的铿锵有力。百年来，这儿的人就这么生活着，无论多冷，他们都憋着一股向上的劲儿。

雪稀稀落落地打在我的脸上，它是一种沧桑，更是一种历史。松潘的雪，我习惯称其为"松州雪"。在我眼里，松潘的雪是历史的流逝，是守边将士的思念，是大唐的一道边景。城墙上，守边将士孤影重重，铁衣泛白，鬓角发霜。边楼还是那儿的边楼，可将士已化作尘埃消逝在银河之中。在这千年的光景中，雪伴随松潘走过了它的兴盛与衰亡，也记录了这边陲千年的变化。

松潘的边景跟名士都能扯上一点关系。这个唐代的边邑在杜甫笔下依然是"雪岭"的战场，边塞意味更浓一些；在薛涛的路途中充满"离愁"，别绪更多一些；在赵朴初先生的书法中贯穿着质朴，豁达更广一些。

在回家的路上，雪已经蒙住了我的视野。此时寒冷算得了什么，大雪算得了什么，你只需穿梭于小城，去慢慢体味她的故事。

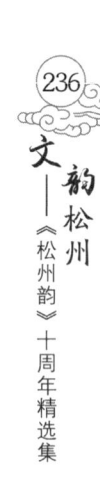

荠菜情愫

◎ 窦小荣

　　小时候就与荠菜结下了不解之缘。记得那时,最爱吃妈妈和姐姐摊的荠菜煎饼,放在嘴里,轻轻咬上一口,一股淡雅清香顿时从舌头传到身体的各个部位。荠菜的那股淡雅清香至今还回味无穷。小时候,家里姊妹多,我最小,排行老五。家里条件不好,那时对我们来说,能吃上一顿荠菜饼是非常奢侈的。所以,每次将摊好的荠菜饼切好后,总会多分给我一块。

　　那时,春节过后就盼望着能下一场春雨。春雨之后的小麦地里,荠菜纷纷开始冒出头来。雨过天晴之后,我和小伙伴们想到的第一件事就是,提着篮子,到麦地里去挖新鲜的荠菜,顺着麦垄,一边瞪大眼睛望着地面,一边用鼻子不停地嗅着空气中夹杂着的荠菜清香,搜寻着荠菜的踪影。

　　随着年龄的增长和生活水平的日益提高,我很少有时间去挖荠菜了,但荠菜情愫却一直留在了心中。直到后来,我随姐姐来到妈妈的故乡——松潘,就更没有时间和闲暇去挖荠菜了。加之这里春天来得迟,四五月份到地里去找寻的时候,往往不能如愿,总是失望而归。

　　某日与姐姐谈起家乡的荠菜煎饼,姐姐也与我同感,非常想念幼时家乡的荠菜煎饼,自从离开家乡,就再也没有吃到过那么好吃的煎饼了,荠菜的淡雅清香始终留在记忆里。至今已离乡在外许多年,连荠菜也好久没寻着影踪。

　　这种想念的心情已压抑了很久很久,一天,我终于忍不住,对老公说:"你外出在哪儿见着荠菜了,就给我带一些回来,哪怕是一颗两颗也好，只要闻一闻那淡雅的清香就已足够。"我已好久没看到那个可爱的身影了，好久没闻到那种淡淡的清香了。有时，仿佛闭上眼睛，它好像就在眼前，嫩绿的茎上长着纤细的叶子，淡淡的白色小花，浑身散发着一股淡雅的清香，宛如春天里一位亭亭玉立的少女，娇小可爱，没有一丝故作。

今年 5 月中旬的一个下午，在河边漫步，我忽然发现杂草里长着几株翠绿的我渴望已久的身影。我伏下身去，扒开杂草仔细看：是荠菜啊！我惊呼着。我好久没看到的荠菜竟会出现在这里。当我用鼻子凑近它时，那股经常萦绕在我梦境里的清香顿时沁人心脾。我深吸了一口气，已完全被它醉倒了。我猜想，它是不是也知道了我的思念，所以出现在这里与我相遇。我欢呼雀跃起来，尽管有的荠菜已芜苔打花苞，过了采挖的最佳时间。但那天，我还是把那块空地上的几乎所有荠菜都挖了回来。我带着满满的喜悦回了家，小心地洗着每一片叶子，然后把洗净的荠菜放在汤锅里煮，并请了姐姐一同来吃。姐姐却说：怎么嚼在嘴里有一点粗呢？疑心我挖错了。对于姐姐的疑问，我也怀疑起自己来。我拿着剩下的荠菜，伏在上面，用鼻子仔细地嗅着，是荠菜的清香，但与小时记忆中沁人心脾的清香似乎有一点不一样了，叶子也没有家乡荠菜那么嫩绿，应该是过了采挖的时间，也许还受了高原气候的影响。我不由得慨叹：唉，忙碌的工作和生活节奏，使我多年没有回家乡了，何时才能回到家乡，吃一顿家乡的荠菜煎饼。

随着时间和岁月的流逝，也许再也寻不着当年荠菜的影子了。

毛儿盖的四季

黄代娟

也许是缘分，也许是冥冥中注定，我来到了毛儿盖，走进了毛儿盖，感受着毛儿盖。在我眼里，毛儿盖如夏花般绚烂，秋叶般静美，冬雪般纯然，春风般和煦。

毛儿盖的夏，郁郁葱葱。雨后，空气中氤氲的氧气沁人心脾。山如眉黛，黛山环绕着河流，河流缱绻着黛山。草山上，牧人骑着马徜徉在绿的海洋，微风轻拂，成群牛羊忽现。我想我能看见，夕阳下，阿妈们站在帐篷前，酌着奶茶，呼喝着牛羊回家。

毛儿盖的秋，层林尽染。山面上有红绿，有橙红，有黄绿，甚是美丽。牧人们开始赶着牛群、羊群迁徙。牧道上，哞咩的叫声接连不绝，时而还传来青稞地里、蓄草地里收割粮食和麦草的声音。秋天是个丰收的季节，也是牧民们聚会的季节。寨子里，牧民们宰一头牛，杀一只羊，围着篝火，跳着锅庄，燃烧着柏香，祭拜着山神，感谢着自然，庆祝着收获，祈祷着来年。

毛儿盖的冬，寒冷却不冷清。河面冰冻，碧色的冰面上，鬼斧神工地雕刻着一个又一个的故事，似一幅历史画卷，又似一出折子戏。冬天的桦木在阳光下熠熠生辉，我想把这幅美景关在手机里，却不如直接欣赏来得自然。我想，这金色的熠熠之光是大自然对老人们虔诚地转山、转水、转佛塔的回应吧！

我想，毛儿盖的春应该更美。在春水尚瘦之时，山上驯鹿会到河岸来觅食，水底的鱼儿在薄冰下戏游，草儿们也耐不住寂寞破土而出，树叶在春雨下萌发嫩芽，一切又是欣欣然的。而三月的赛马活动，更是抖擞了青年们的精神,他们用铁一般的胳膊和腰脚领着牧民向前进。

　　羊拱河静静地流淌着,暖暖的阳光投影着怡人的景色,我愿毛儿盖一直这样美下去。

独盼梨花开

◐ 康友庆

  阳春三月，是梨花盛开的最好季节。远远望去，洁白如乳的花海镶着黛青翠绿的山峦，像天上的白云散落人间，似浓浓的晨雾飘逸山腰。走近观赏，那虬枝曲干上的梨花千姿百态，肆意开放。

  岁月，无情地在一天天的虚度中流逝，终不见了踪影。花开的季节，我站在梨树下，折下一枝，以为你还在身旁，转身给你，却空空的，愣在那里，任泪水肆虐。

  花开花落谁人知，独我折枝泪涟涟。等你，在春意阑珊花开的季节，为你刻下，我曾许下的诺言。空空的，除我之外的世界。

  风起，吹散记忆，支离破碎。信手打开眼前的笔记本，页页写满的文字，都是关于你！雨落，打碎你的影子，心坠入深谷。孤独站在窗前，看满世界，风雨凄凄。

  站在山巅，望不到尽头，一切尽在雾蒙蒙中。微风，迎面而来，带来淡淡的清香。

  故乡雨多情泪，在思念里纷飞，那春日里的最后一朵梨花，悄然地随流水而逝，飘落在那前世的记忆中，任岁月风化，无法遗忘你如梨花般的雅姿，那期冀的声音也在烟雨中吟唱那如泣如美的恋曲……

  千年的孤独从错失的时候开始寻求路途，如此迷茫无助，如此难以忘怀。时光匆匆流逝，带不去的回忆依然在梦中萦绕。那溪水边小桥的流水依然流淌着那寻你的足迹，痴盼着有一天能再度在烟雨中欣赏你的纯洁，让流泪的心不再漂泊。

  水中的梨花不是凋零谢幕，而是留下那最美的瞬间，让爱不再漂泊。午夜那蝶的羽翼已载入那一抹月光，是那烟雨夜让流水的美绽放于眼前，是那回眸一笑让爱的守候穿越时空。渴望着那梨花盛开，让你那淡淡的清香弥漫在那家乡的山谷中，让相守的誓言随着那一抹月光摇曳在那烟雨中，任爱飘飞……

不知道什么时候起，我已经路过了青春，踏过了年少。只有模糊的记忆还留在当时的温柔浅笑。回忆的画面定格在某一刻，在成长的风中抬起头仰望天空。看蓝天万里，看白云幽幽，淡淡飘过天际，一朵一朵诉说着你浓我浓的深情。

站在这远离梨花的另一端，看花开花落的情景，有一种淡淡的感伤在心里慢慢流淌，寂寞和爱像浮云，聚又散。

走在无边岁月里，风不时吹起我头发，不知不觉中，花开花落几春秋，漫漫人生路，有你、有我。尘封心底的往事在记忆里纷飞，心事飘摇，汹涌成潮，起起落落。

前方的路，依旧曲折，心，依旧充满希望。蓦地，迎风飘来一缕醉人的芳香，驻足欣赏，品味梨花的芬芳。让我平凡如尘，望着怅然如同夕阳落下。沉醉也好，思念也罢，我们在信念的盾牌上刻下誓言，在每一个忧郁的落日黄昏，在每一次梨花盛开时，静默下一个轮回。

雪梨花，她素洁鲜活、馨香萦绕，将我故乡装点一新。

秋天，收获着希望

王佳智

出生在平原，工作在高原，打交道最多的是农民，接触最多的是土地，始终牵挂于心的是秋天的山村。秋天到来，秋风瑟瑟，万物萧条，看着满地飘落的黄叶，让人不免有种忧伤惆怅的情愫缠绕在心头。古往今来多少文人墨客伤秋、愁秋，而我却最爱秋，爱丹桂飘香的秋，爱五谷丰登的秋，爱野菊傲霜的秋，爱秋的水天一色。最爱是秋，爱秋的落英缤纷；最爱是秋，爱秋的气质，爱秋的味道，爱秋的神韵，爱秋的淡泊宁静。

一年四季，我最喜欢的就是秋天，喜欢秋高气爽，天高云淡。喜欢看湛蓝天空中成排的北雁南飞，喜欢看夕阳西下的那一抹余晖，喜欢独自一人登高赏菊，喜欢秋天的山村美景，喜欢秋天硕果累累挂满枝头，喜欢看山坡庄稼在秋风中摇曳，喜欢听山民嘴里哼着欢快的民间小调，喜欢乡亲们那好客豪爽的相邀，更喜欢山村孩子的嬉笑打闹，仿佛自己又回到了童年时代，沉浸在忘我的境界，将尘世的所有纷繁都抛在九霄云外。

借双休之际，牵着二哈沿着山路慢行，欣赏着山村的秋景。路两旁的玉米穗由青变黄，透着成熟。秋风飘过，山坡上金灿灿、沉甸甸的青稞穗在向路人点头致意。夏天里绿油油的山冈，如今都变成了金黄，胡豆熟了，土豆笑了，都到了收获的季节。看着田间忙碌的农民，脸上堆满了丰收的喜悦。今年又是个好年景，他们一年中盼望的就是秋天，这个收获的季节。他们辛辛苦苦，起早贪黑，不怕风吹雨淋，不怕太阳晒，等待的就是这个时刻。春天，把种子播种在地里，经过了春夏漫长的季节，整日守望着田野，不辞劳作，才盼来秋天收获劳动果实的季节。能不欣喜，能不令人振奋？

秋天里收获希望的同时，也在播种下希望的种子，各种越冬的庄稼，需要在秋天这个季节里下种。看到乡寨日新月异的变化，看到乡亲们的好收成，目睹乡亲们一张张挂满喜悦的笑脸，我的心情也为之开朗，精神为之振奋，为他们高兴，为他们祈祷，为他们祝福。真心希望山村农民生活更加富裕，就像这丰富多彩、绚丽缤纷的秋天！

欣赏着秋的神韵、秋的美丽，让人总是联想到我们的人生也是如此。花开花落，有枯叶飘零的季节，也有果实丰盈收获的时候。只要有辛勤的耕耘，就会有劳动的所得，一分付出就有一分收获。记得但丁曾说过："我的心永远向着阳光。"我们每个人都有着不同的希望，只有不断地去实现所有的希望，当华发暮年的时候，才不会觉得没有了希望……

老家的苹果树

马晓明

出来这么久了，很少回家。前几日，听说母亲生了病，情急之下，我搭上驶往乡下的客车。路程不算太远，经过几小时的路途颠簸，就到了村口。看得出天刚下过雨，远山在云雾间时隐时现，脚下的泥土湿漉漉的，被沐浴过的草木郁郁葱葱令人陶醉。由于惦记母亲的病情，我没有心情留恋春天的画卷，而是径直向家奔去。

春季，正是人们上山挖虫草的季节，村里绝大多数年轻人都上山去了，留守在家、寥寥无几的村民越发突显出小山村的孤寂。我轻轻推开家门，微暗中，看见母亲正躺在那张破旧的沙发上，下半身盖着一床薄毯。仓促的脚步声引起她的注意，母亲轻轻地转过头来。当看见是自己的儿子突然回来，她迅速从沙发上爬了起来，并熟练地收起了毯子。父亲闻声，也从厨房里钻了出来。他放下手中的药罐，连忙向炉子里添柴、烧开水、洗菜、做饭……骤然，家里的温度提升了不少！好久没有回家，与父母相聚总有说不完的话，从邻里生活琐事到家庭、工作，凡事总是谈得那么投入。

见母亲身体恢复得不错，我心里的石头也落了地。晚餐后，趁天色尚早，于是跨出了家门到老屋周围去溜达。四月，家乡正是繁花似锦、绿茵如毯之时，空气里弥漫着浓郁的芬芳。这种感觉，勾起我存留于心底的记忆，仿佛又回到童年。我深深吸一口熟悉的味道，觉得身心也特别放松。

老家后面有棵苹果树，不知不觉中，树干已有成年人躯干粗壮了。如今的它已显得十分萧索，树干上布满了厚厚的苔藓，剩下屈指可数的枝丫竭力冒出了几片叶儿。紧跟在身后的母亲对于我的惊讶似乎心有所悟，感慨地说道：

"树老了，又没有人照料，当初和它一起栽下的果树都陆陆续续病死了，它生命力还挺强，活到现在！去年，它生了虫，大部分树枝都枯萎了。你父亲砍掉枯死的树枝，剩下的枝条也就不多了。这两年，它生长的果子很少有人吃，大多数掉到地上或者让鸟儿吃了。"

"是啊，街上的红富士都卖不完，在乡下，每天也有小贩拉着水果叫卖，现在谁还去吃它哦，又酸又硬。"我应和道。

话虽这样说，自从离开家后，我却多次在梦中见到这棵树。梦见它遮阴蔽日的样子；梦见我爬在树上摘果子；甚至梦见大风将它连根拔起。童年，我家屋后有几棵苹果树，每当春季来临，吐花展瓣、争奇斗艳。那时候，我喜欢满树的五彩缤纷，因为知道，只有花开得多，才能吃到更多的苹果。

小时候，觉得日子过得特别慢，每当果树开花时，我就开始期待能早日吃上鲜嫩的果实。等到苹果长到指头般大小，那珠圆玉润的模样就实在让我垂涎欲滴，找准机会就去偷摘两颗，囫囵吞枣般把它吃掉。要是被父母逮个现形，屁股还会狠狠挨上两巴掌。据大人说，没有成熟的果子是会吃坏肚子的。好不容易等到夏季的酷热散去，面对枝头挂满累累的果实，母亲下令了：要霜降后才能摘苹果，只有那时候的苹果才会熟透，味也才最地道。于是乎，我满腹牢骚，但也得再坚持等待。

天气越来越凉，树叶由绿变黄再泛黑，最后几乎全部被大风刮走。终于迎来收获苹果日子。这一天，全家人齐上阵。哥哥力气大，爬到树顶上一个劲地往篮子里薅苹果，再用绳索拴住装满果实的篮子，从树上缓缓放下来。树下的人负责把果实小心翼翼装入袋子，并将袋口扎得严严实实，说是有利于长时间保存。我和一些邻里小伙伴则守在树下，挑一些又大又甜的果子尽情品尝着。摘下的苹果有两类，一类偏黄色、鸡蛋形，味道也比较甜；一类是纯青色、扁球形，味要酸一些。据父亲说，黄苹果与茂汶一带的苹果属于同一品种，青苹果可能是普通苹果树与檀梨子（一种类似沙果的野生树木）嫁接后的产物。这几棵树都是他亲手栽的，那棵青苹果树是他当初在山上种庄稼时无意中发现后，小心翼翼移栽到我家屋后的。

当所有的苹果采收完毕，基本上就可以供应一家人整个冬季享用了。特别是除夕夜，母亲总要摆上两大盘苹果，大家围着火盆、吃着零食，其乐融融。

也许家乡气候过于潮湿，后来，我家的苹果树陆陆续续死亡了，只有那棵从山上移栽到家的青苹果树表现出了强大的生命力，不仅成功抵抗住了所有病虫害，而且产量也逐年提升。也就是因为有了这棵青苹果树，我感到非常满足。为了表达这棵树在我心目中的地位，小学时，我曾和同学吹嘘我家一棵苹果树就产了几麻袋果实，因此还落得一个"吹牛大王"的绰号。

随着时光推移，我家兄弟姊妹都先后离开故乡到外面自谋生计去了，剩下年迈的父母坚守在家，苦心经营几亩薄田。自然而然，每年采收苹果的任务就全部落到父母身上。于是，父亲亲自爬树，把一个个果实从枝头上摘下来装进篮子，再把篮子递给母亲，由母亲将果实装进袋子。前几年，每当苹果成熟，父母总要挑选一些大的、色泽好的果实，想方设法给外地的子女捎去。

近两年，年老力衰的父亲再也爬不动树了。随着市场经济的深入发展，随时都可以买到各种水果，大家的品位似乎越来越高，不再迷恋自产的水果，这棵老树也逐渐失去了使用价值。大家在忙忙碌碌的奔波中，渐渐忽略了它，老树于是逐步走向生命的尽头！

母亲做的鞋子

吴佩燕

周末整理房间,发现一双轮胎胶底,方口,黑条绒面的布鞋。我才参加工作时,经常到高山的村寨去,但穿胶鞋湿脚,腿痛,而皮鞋又磨脚。母亲就为我亲手做了一双布鞋。样子虽然土,但它陪伴我走遍了乡上的村寨,即使有些旧了,我也依然珍藏着。

小时不知道穿坏了多少双鞋子,全是母亲做的布鞋,那时候一双鞋子老大穿了,老二穿,坏了,缝缝补补,接着穿。

每到冬天农闲时,天气晴朗,母亲找出不穿的旧衣裤,拆开,挑去线头,洗干净,然后取下门板,搭在两根板凳上,再用面粉搅一锅糨糊,将布一块块拼好,刷上一层糨糊,铺上一层布,再刷一层糨糊,再铺上一层布,直到有七八层厚,放在太阳下晒干,叫布壳,然后从门板上取下来钉在墙上挂起备用。

母亲用牛皮纸剪鞋样,缝在布壳上,剪下鞋帮和鞋底,在鞋面上粘一层黑条绒布,鞋口用新黑色布条包出来,然后用麻绳纳鞋底。不管是晚上开会,还是田间地角休息时,只要一有空闲,母亲不是搓麻绳,就是飞针走线纳鞋底。每到春节前,母亲更加辛苦,常常在昏暗的油灯下熬夜,为家人赶做鞋子。

有一次上体育课,800米跑,我跑着跑着,右脚突然传来钻心的疼痛,一看,只有鞋帮套在脚上,鞋底不知什么时候跑掉了。本来这双鞋从哥哥的脚上退伍下来时就已经伤痕累累,前卖生姜后卖糕的,母亲修理后,继续到我脚上服役,这次是彻底退休了。

这件事后,母亲开始改进鞋子,不用麻绳上鞋帮,而是改用尼龙线。尼龙线上的鞋结实，耐穿，掉帮的事故再也没有发生过。

母亲做的鞋穿上舒服，暖和。但遇到雨雪天气就惨了，布容易吸水，一不小心就湿透了。等我们睡觉后，母亲就把我们的鞋子放在火盆边烤干，也不知道因此熬了多少个夜。

小学三年级的一个冬天，雪霁天晴，地上的积水打湿了我的布鞋。恰巧那天母亲没在家，所以第二天早上醒来，鞋子被冻得硬邦邦的，又没有多余可以换脚的鞋，我只好继续穿着这双鞋上学。坐在冰窖一般的教室里，脚上像有千万根针在刺，钻心的痛，我只好双脚互相碰撞，以振动减轻疼痛。老师听见后，罚我站了两节课。放学的时候，我的脚已经麻木僵硬得不会走路了。

母亲知道后，潸然泪下。从那以后，她不断改进鞋子，后又找来旧轮胎切割成鞋底。这样，鞋子底多了一层保护，不容易被打湿。有时候找不到轮胎，聪明的母亲就把不穿的胶鞋底割下来做鞋底。

母亲给我们每一个娃娃准备夏天的单鞋和棉鞋各两双，那时我们的肚子似乎总也填不饱，脚也疯狂地长大，鞋子很快就不合脚了。母亲的工作量更大了，全家八口人，一年要做三四十双鞋。母亲不但给家人做鞋子，还帮邻居家的孩子做，以换点针线。母亲白天要做农活，只能趁晚上在昏暗的灯下做鞋，心里还要为我们的学费发愁。母亲一双眼睛布满了红血丝，满脸的皱纹像秋天绽放的菊花，双手粗糙得像松树皮，背也驼了。母亲40岁的时候，看上去已如60岁般苍老了。

我参加工作了，不再让母亲给我们做鞋。而我对鞋子有种说不出来的情愫，给母亲和自己买了不少的鞋子，以致老公抱怨："你看，一屋子都是你的鞋。"皮鞋也好，旅游鞋也好，始终还是觉得没有母亲做的鞋穿上舒服。年迈的母亲给我做的这双鞋子，虽然没有她年轻时做的针线好，但我却将其视若珍宝。

逛街时给儿子买一双鞋。鞋子样式好看，质量也好，但小家伙已没有我们小时候穿新衣服、新鞋的那种高兴劲了。我从来没有给儿子亲手补过鞋子和烤鞋子，儿子对我也没有那种我对母亲的依恋，遑论对鞋子的特殊情愫了。我不由多了几分怅然若失的感觉。

不一样的礼物

吴绍芝

九月，风是秋后爽，雨是秋后凉，所谓天气凉爽好个秋。的确，今年的九月，今年的秋天，我总感觉有些不太一样。或许是色彩绚丽的秋叶，摇曳了秋的妩媚；或许是成熟香甜的秋果，熏染了秋的韵味；抑或是秋本身，想带给我不一样的惊喜？

九月八日是星期天，像往常一样，我早早就起床了，因为有很多事要做。刚起来就接到了几个电话，都是学生打来的。学生的语气很着急，说是班上某某和某某打架了，全班大部分同学都在那里，让我给班主任马老师打个电话，让我们快点去学校。

听到这个消息，我有点纳闷："今天不是星期天吗？学生不是全回家了吗？怎么会在学校打架？"虽然有疑惑，但还是把这件事告诉了班主任马老师。马老师又打电话到学校确认。我们班确实有很多同学在学校，而且听说教室里闹得沸沸扬扬。听到这儿，我们都慌了，赶紧叫了一辆车赶去学校。

刚下车时，就听见很多学生在说："吴老师来了！马老师来了！快点进教室。"我们慌慌张张地上了楼，刚走到教室门口，就被无数同学"袭击"，我们头上、身上被弄得到处都是彩花。突然，我感觉我们俩成了"新娘"。

走进教室，我们都惊呆了，前后两个黑板上写满了对我们两个老师的祝福，四周都布满了气球，四个窗子也被他们装饰得漂漂亮亮。桌子上，是两个不同颜色的大大的蛋糕，其中一个写着："教师节快乐，我们爱您！"另一个蛋糕则什么都没写。听他们说，写了字的那个蛋糕是留给我们两个老师吃的，没写字的那个蛋糕是他们自己吃的。其他桌子上也摆满了各种零食和饮料。他们想得真周到。

　　看到这一幕，我们除了惊喜外，更多的是感动，感动得说不出话来。看到平时几个最调皮的学生也带着笑容祝福我俩，突然间，我有一种想哭的冲动。原来，他们尽力了。原来，他们也很懂事。我强忍情绪，笑着对他们说："吴老师也爱你们，以后好好学习。"

　　接下来的时间，学生一会儿给我们讲冷笑话，一会儿给我们唱歌，一会儿与我们交流。想不到的是，我们两个老师居然被他们"筛糠"了。我们当然也不示弱，报了几次"仇"。开心的笑声弥漫在教室的每个角落，我想，这笑声会深深地留在我记忆的最深处。

　　时间在我们的笑声中欢蹦过去，虽然很不舍，但天下无不散的筵席。为了他们的安全，我们必须组织他们回家了。

　　"一颗丹心染粉笔，两袖清风立乾坤，三尺讲台扬激情，四季桃李开满门，五颜六色描蓝图，七彩梦想绘人生，八方敬意如潮生，九月祝福情意真，十分敬意献给您。"

　　九月十日，是一年一度的教师节。虽然我们仍在上课，但学生带给我们的惊喜和感动始终在我的脑海中回荡。在以后的教师生涯中，我将带着这份惊喜，带着这份感动，更带着这份感激，深深地、深深地走下去。

钓鱼遐想

肖启鹏

我从来不钓鱼。不钓鱼，不是我学不会钓鱼，而是不愿意钓鱼。因为在我看来，钓鱼就是伤生杀生。鱼儿从来不会，也没有能力伤害人类。人类为何要去伤害鱼儿？

春节期间，初中同学盛情邀约，不好推辞，也就陪着到乡河里去钓鱼。但我还是坚守自己的意念，他们钓鱼，我就在河边清耍。

大年初五，蓝蓝的天，轻轻的云，暖暖的骄阳，微微的清风。儿时最爱玩的古木沟，河边那片显得略微苍茫的竹林，还有那坡苍翠的松柏，给河里泛着涟漪的水面，洒下薄薄的绿荫，描绘出朦胧的山、树、竹的倒影。竹梢和树枝上被微风吹落的片片叶子，像蒲公英一样散漫地飘零，最后败落在水面上。在微波的挽扶下，漫无目的地漂游，情归何处？命归何处？似乎一片茫然。其实，很难做到"叶落归根"的。

长约一寸两寸的小鱼儿，像幼儿园里童真童趣的孩子，结伴成队，一群一团，在河里荡起一个一个圆圈形状的涟漪，它们兴高采烈地嬉戏着、追逐着那些在水面飘零的叶子，偶尔跃出水面。一条小鱼一直戏弄着漂在水面的一片树叶。树叶在水面往前漂，摇摇晃晃的，像一叶舢板时而消失在浪花中，时而悬浮在涟漪里。鱼儿则紧紧地追随着，不离不弃。是鱼儿在推着树叶漂泊，还是树叶引导鱼儿在水面上跳跃？直逗得小河边的垂钓者迫不及待。撒下一些诱饵之后，匆忙拿出一根根鱼竿，在鱼群出没的地方，摔下一个个鱼钩。瞬时，连着钓鱼钩的浮子便被弄得沉沉浮浮。在这虚虚实实的意境中，垂钓者正在静观事态。

水里，鱼儿依然逍遥自在地游玩着，显得那么天真、浪漫、逍遥。

它们世世代代生活在水里，根本不知道岸上的情况，不知道别的生命的存在，也不知道水域以外的世界。这水，这水里的一切，就是它们的世界。它们，是水的子孙，是水的精灵，是水的诗句，是水的意念。这里是属于它们的平安的乐园。

它们在自己的天地里自然繁衍，生生不息，从来没有奢望和苛求来自别的生命的同情和体贴，也没有得到其他生灵的养育和呵护。在水域里，它们共享着河水的圣洁和慈善，繁衍着自己的子孙后代，坚守着自己的美好家园。

此刻，它们正在寻觅着自己家园里的美味佳肴，甚至争抢着漂浮在水里的诱饵。吞而又吐，信而有疑，全然不知道淡水资源正在枯竭及其严重后果。当然，更是全然不知道另类生命生产的垃圾污垢，正在腐蚀着水的圣洁和纯净，和那些诱饵之中隐藏着的杀气、陷阱、歹念和欺诈。它们是那样单纯，又是那样无辜。

岸上，垂钓者头戴太阳帽，悠然地坐在河边的草地上。此时此刻，在他的眼睛里再也没有五彩缤纷的世界，只有那个漂浮在水面上的浮子。在他的心里，那些开心的还是郁闷的、高兴的还是纠结的、甜蜜的还是痛苦的世事，都已经荡然无存，唯一牵挂的只有水中的那些鱼儿。心思随浮子而升沉，心事随浮子而疏紧。

他在想，水里的鱼儿们啊，也许这个世界只有你们是最洁净、最纯美、最营养、最美味的食物了。

因为现在流传着这样的民谣："吃荤的怕激素，吃素的怕毒素，喝饮料怕色素，对于食品安全心中一点没数。""你可能没有吃过中药，也没有吃过西药，但是绝对不可能没有吃过农药。""两只皮鞋，两只皮鞋，跑得快，跑得快，一只成了胶囊，一只成了酸奶，真奇怪，真奇怪！"……

也许，今天或者不久的未来，地球上再也没有人类放心的食品了。没有温室、没有大棚、没有冰箱、没有转基因，也许人类已经无法自己养活自己。带着浓郁清香味、纯净本性野味，不经过市场和绿色通道的天然食品，已经属于真正的奢望。于是，人类把寻求最安全食品的目光投向了水里。这是人类自身的悲哀，也就带来鱼类的灾难。

姜太公钓鱼的鱼钩是直的，主张"愿者上钩"，完全没有欺骗、诱惑、恶意和伤害。那样的钓鱼是"两厢情愿""人鱼和谐""两情随缘"，是两种生命的相互尊重和体贴，相互善待和友爱。

用炸药炸鱼、放毒药毒鱼、用电流电鱼、撒渔网捕鱼，甚至是放水竭泽而渔，真是"五毒俱全"啊！其实，这既是鱼儿的灭顶之灾，更是人类自身的灭顶之灾啊！人类在毁灭鱼类、毁灭动植物的同时，其实也在毁灭人类自己。等到完全没有安全食品之时，也许就是人类自取灭亡之日吧！

钓鱼者还在默默地守候着。无言无语，无声无息，聚精会神地守候着、静静地观望着事态的发展，真是心若止水。他仿佛看到鱼儿就在钓钩的附近游动着。于是，他希望奇迹出现，痴迷地期待着。

期待的结果如何？水在变化，鱼在变化，天在变化，人亦在变化。他似乎全然不知、毫不在乎，只要眼前、只需时下，期望当晚餐桌上有一盆美味可口、纯净清香的鱼汤。

幸福的滋味

闫永秀

初冬的早晨，东方悄起鱼肚白，露出第一抹阳光。松潘县赴阿坝县党政考察团共 30 余人的车队出发了，途经若尔盖县、唐克乡，中午时分便到达考察第一站——阿坝县贾洛乡。

一下车，就发现公路两旁停满了车辆。我诧异了，用不着这么大的排场来迎接我们。可是人呢？怎么一个人也没有？我迷惑不解之时，突然听到旁边院里一阵阵呐喊助威的欢呼声传来，不禁加快脚步跟随在乡镇工作人员身后，走进大门。顺眼望去，原来正赶上贾洛乡政府大院内开展庆元旦、迎新年包包子比赛。在临时的露天舞台上，随着一声令下，在几百名群众的欢呼声、吆喝声中，台上的十多名选手揉面、压面、填馅、捏褶、收口，一气呵成，一块面皮几秒钟就变成了一只娇小玲珑的包子，如同精雕细作的艺术品。看到这样的场面，一名考察队员禁不住说道："奖品的诱惑力不小吧！"一旁陪同的工作人员答道："奖品只是一口几十元的蒸锅。冬闲的时候，牧民喜欢聚在一起热闹一下，是老传统了。"

离别贾洛乡，汽车沿着弯曲的山路继续前行，初冬的阿坝草原别有一番韵味，公路两旁的耕地与金黄色草原拼成了一条条渐变黄的彩带，与远处连绵起伏镶嵌在湛蓝的天空中的雪山构成了一幅精致的画卷。经过了第二站麦尔玛乡，离阿坝县城就越来越近了，依稀可以看见远处山坡上零落的村寨、别致的黄泥墙平顶屋，还有那片开垦的黄土地，在阳光的照射下真有点黄土高原的味道。晚上，在一户干净宽敞的农家小院的简易铁皮小屋里，东道主为我们准备了热气腾腾的手抓肉、鲜美的牛肉肠、酥黄的韭菜饼……大家围着烈火熊熊的火炉吃着美食，开怀畅谈，不知不觉到了深夜。走出温暖的小屋，天空一片漆黑，零星坠落。寒风袭来，从脖子进去，再在身上游走一圈。我不禁打了一个寒战，缩了缩脖子，赶紧走回宾馆。

早晨醒来，听到外面扫地的声音，起身拉开窗帘一看，我被眼前的这一幕深深吸引了。白雪已刷新了院子的每个角落，院墙变肥了，树枝丰满了。极目远望，白雪皑皑，分不清哪儿是地，哪儿是天。吃过早饭，肆虐的雪花又纷纷扬扬地飘落下来，凛冽的寒风一阵一阵地吹过。雪越下越大，顷刻间，天地一色，风雪弥漫了阿坝大地。可是纷飞的雪花挡不住考察团的热情，我们冒着凛冽的风雪继续考察了安斗乡、四洼乡，参观了乡镇办公设施设备，学习了扎实有效的工作措施，体会了与时俱进的创新能力，同时也感受到了每一位基层干部务实的作风。这些如同慢慢融化的雪花滋润着每一位考察队员的心田。

第三天，我们便返程了，途中考察了最后一站——查理乡的查理寺院。青黄色的山坡上，红、黄、白三色为主体的鎏金檐顶的建筑群雄伟壮观，与像刚刚擦洗过似的湛蓝天空交相辉映，显得那么温暖而富有生命力。环绕寺院众殿的数百个转经筒绵延不断，几个虔诚的牧民在悠长的木廊里缓缓行进，腾出衣袖的臂膀熟练而有力地转动着转经筒，嘴里喃喃地念着六字真言，与那吱吱扭扭转经筒的声音谱成了一曲悠然的旋律，真有一种"万籁此俱寂，但余钟磬声"的意境。

沿着主路向右转，经过一片居住区，顺着一条水泥阶梯往上走，一座佛殿伫立在眼前，一幅拼接的足有大殿宽的绣有法轮图案的黑色帷幔厚重而庄严地垂着，门前上百个等着诵经的小和尚静静地凝视着我们。大殿后面的是长寿佛殿，右上边是贡唐活佛的寝殿。殿内富丽堂皇，长明灯环绕着巍巍佛像，灿若星河。庄严的气氛让人顿时肃然。中间供奉的是贡唐活佛的舍利塔，两旁依次是查理寺安曲活佛一世、二世的舍利塔和三世的画像，以及宗喀巴大师、释迦牟尼佛、观世音菩萨等诸佛的金像。走出大殿，沿着入门时的路向外走，抵达主路，主路的另一侧是和路的方向平行冰封的小河，一座铁桥横担河的两岸。河对岸是查理寺寺管会所在。门口赫然书写着"安曲查理寺院"的字样。另一侧的路牌上讲述着查理寺悠久的历史。

寺庙堪布在这里热情地接待了我们，他脸上洋溢着灿烂的笑容，给我们斟上热气腾腾的奶茶、端上香喷喷的牛肉粉汤，并滔滔不绝地向我们讲述着查理寺的历史以及近几年的整修、扩建情况，感慨着党和政府对寺庙僧人的关心，让在座的每一位心里都暖暖的。

午后，带着满满的收获，我们离开了阿坝县。

父 亲

尤中磋

　　世界上如果真有一本永远写不完的书，那么，我期望他是"父亲"。在我的记忆里，父亲是个很平凡的人，但他仅用简单的"执着"二字，就诠释了他不平凡的人生历程，给了我刻骨的生命教育。

　　小时候因为入学晚，父亲在学校成了同学们嘲笑的傻大个，再加上他一些可笑的"奇谈怪论"，常受到同学们的排挤。由于他的一言一行，在当时同学们的眼中，父亲就是个幼稚可笑的活物，傻气十足。更何况，当时读书并不为人所看重，所以他们不知道，父亲为什么要在这里"丢脸"下去。尽管这样，父亲还是读完了他所有的课程，并用他那独有的"傻劲"换来了老师的青睐和同学们的友情，以及他人生的第一份工作。后来，我问父亲他是怎样坚持下来的，只记得他说：人有时候就得专心扮演好一个阿Q，只有这样，他才有看到柳暗花明的希望。

　　1974年，父亲因优异的成绩及扎实的工作作风，获得了进入重庆师专学习的宝贵机会，成为本乡第一位走出大山的大学生。然而，重庆酷热的高温给了父亲又一次严厉的考验。当时，学院老师及医务人员都多次劝他辍学回家，可父亲就是不同意，他顽强地承受住了酷热。以至于今天，他的胸前还残留着当年"热病"留下的丑陋疤痕。我们都知道，父亲从来没有后悔过自己的选择。

　　那些年，父亲的工资只有微薄的5元。于是，父亲省吃俭用了好几年，终于换得一辆崭新的凤凰牌高架自行车。村上的人们没有不好奇的，到家里借自行车的人更是络绎不绝。父亲每次都会大方地借出，只是等到归还时，他总要打盆水拿着抹布把自行车细细地擦抹干净。直至今日，这辆自行车仍是父亲的宝贝。从前，村小还未合并时，学校的老师非常少，父亲每天的课都是满满当当的。每天放学时，他的声音已完全嘶哑，嘴唇已呈暗紫。那一年，当他带回一台24英寸的黑白电视时，家里简直成为一家小型电影院。每天下午人们忙完农活后，总会带上小板凳来到我家。他们听不懂汉语，父亲要时不时地给他们翻译，这无疑让他那可怜的咽喉炎越加严重了。以至于今天，父亲因当年那份"过分"的付出，患上了严重的咽喉炎和肺衰竭，半夜总是咳嗽咳得睡不了一个安稳觉。但他在提起这件往事时，那瘦削的脸颊总是微微向上仰起，一脸满足。我想，当时的他必是幸福的！

在20世纪90年代的农村，只有三个女儿、没有儿子是极不光彩的，更何况是在这样的偏远山村，父亲的压力就可想而知了。但是，父亲由始至终没有抱怨过我们不是男孩。当时，家里全靠他微薄的工资及母亲的一点代课费维持生计，我们三姐妹的学费无疑让这本就贫寒的家庭，更加举步维艰。我曾多次无意间听到大伯们劝父亲放弃供我和姐姐读书，可父亲每次只是摇摇头，圪蹴在门口，那背影至今还在我的脑海里，如今想来还是那样痛心。当学习朱自清老先生的《背影》时，我觉着朱自清是幸福的，至少，他父亲的背影是翻越栏杆时稍显笨重的身躯，而父亲留给我的背影，却是那么瘦削与沉重，佝偻的体态、突出的脊椎骨以及呆立在脑后的几束头发是那样鲜明，那份坚持与无奈都从他落寞的背影中散发出来了。当时的自己很想上去抱抱父亲，至少可以抚平他那树立的发丝，可自己却难以移步，害怕就此戳破了父亲的"坚强"，因为我知道父亲并不想让我们看到这样的他。

曾想过写一本关于父亲的书，给自己留念，但提起笔来才发现，原来父亲的一切已深入我的骨髓及灵魂。他把性格传给了我，并给了我刻骨的生命教育。

原来在我的生命里，已经有一本永远写不完的书，那就是——父亲！

书法新感

余 建

中华文化博大精深，美籍华裔学者将彝先生曾用美学的观点谈道："我们认为书法本身居于各种艺术之首位，如果没有欣赏书法的知识，就不可能真正理解中国的美学。"现代书法家沈尹默先生曾说："书法无色而有图案的灿烂，无声而有音乐的旋律，引人入胜，心畅神怡。"欧阳修也曾引用过苏美子的话说："窗明几净，笔砚纸墨，皆极精良，亦自是人生一乐。"可见中国书法的影响力和作用是超凡脱俗的。的确，书法能给我们带来莫大的精神享受，还能开启我们的智慧，升华我们的情操。我认为："书法是食粮，可以充实饥渴空虚的现代生活，激励人们丰富内心世界，是力量，指引人不懈努力，一往无前。"

吾从事书法已有十七载，在这艰苦的学习岁月里，曾饱览过古今诸书家对书法的概论。汲取精良，独自钻研，从中受益颇多。也曾临习过诸家不同的书体，在临习中享受过不断进步的欣喜，以及作品带来的成就。在别人的眼中，我是一名书法爱好者，字写得非常好。可到底写得好不好，只有自己清楚。曾以为书法只是把字写工整，注意线条、字的大小、墨的浓淡等变化就可以了。走的地方多了，看的作品多了，听的讲座多了，也就看山不是山了。正如现代青年书法家林峤老师说的："学会了书法的审美，你就是评委了。"学好书法，更要学会欣赏书法，不断提高自身修为和审美意识。书法只有不断学习的过程，没有巅峰造极的终点，但只要努力，就有逾越的阶梯。

今年八月，吾有幸在阿坝州书法协会和州文化馆的引荐下，参加了为期一周的阿坝州书法创作笔会，和阿坝州知名的书法家们齐聚一堂。

在这里，大家交流书法经验，切磋书法，相互点评。在大家精心准备的作品展示中，风格各异的书风字体，让我叹为观止。更为宝贵的是，有幸聆听到中国青年书法家戴跃老师对所有作品的一一点评，是那样的详细、专业、客观。在他身上，我领悟到书法的真正魅力所在。当点评到我的作品时，我的心忽然有了未曾有过的紧张。我认真地倾听着。戴老师的点评让我对书法有了新的认识，有了新的升华。我们每个人不一定都能成为书法家，但只要对书法抱有一份热情，那就足矣。

在交流中，林峤老师给我们讲述了书法的章法布局、审美和鉴别等知识，并且亲自演示了用笔的方法。在课堂中，大家都认真地学习、详细地记录，听取他们的理念，学习他们的方法，欣赏他们的作品。每位书法爱好者都受益匪浅，大家无不为之折服。当欣赏到他们现场完成的作品时，我终于领悟到看山仍是山的境界。

回顾数十载学习书法的生涯，常误入徒劳的练习模式，靠自己的理解读帖临摹，以自己的审美布局章法，拘谨和呆滞的书法观念一直束缚着自己，还没有从书写上升到书法中来。花了时间，费了精力，却始终没有明显的进步。老师们的讲授，似乎给自己指明了方向。至今，我还一直在思考：前方的道路该何去何从？改变又该从何入手？于是，我停止了练习，并不因受到打击而气馁，也不为外界的因素而放弃，只是在寻找，寻找一个属于自己的方向。

故乡的味道

张世海

离开故乡十余年了，期间回家不过五次。母亲守着故乡老宅的时候，逢年过节还是要回去一趟。后来，母亲跟着自己迁到松潘，回故乡的次数就愈发少了。不是有句话吗？"母亲在哪里，哪里就是故乡。"母亲在这里，松潘自然成为自己的第二故乡了。渐渐地，故乡在心里有些模糊了，潜意识里觉得那不过就是生我的地方罢了。然而年岁渐长，离开故乡越久，思乡之情越切。唐人贺知章写道："少小离家老大回，乡音无改鬓毛衰。儿童相见不相识，笑问客从何处来。"诗人落叶归根的心境，如今的我已感同身受，不同的只是际遇有所差别罢了。雪后的松潘，银装素裹、晶莹剔透，和老家的雪后景象很像，我油然而生地想起故乡的一些美好事情来，思绪便飞到了老家杀年猪的场景，那一幕幕仿佛就发生在昨天。

每年腊月一到，家家户户就准备着杀年猪了。辛勤劳作了一年的人们都盼望着这个丰收的时节。这一年的腊月初十，轮到我家杀年猪了。清早6点左右，母亲便起床烧了三大锅开水。8点钟左右，杀猪匠和"按猪"的男人们便陆陆续续来帮忙了。羌二叔是我们村远近闻名的杀猪匠，干这一行已经有20多年了。母亲早已给他沏好上等"泡茶"，待他喝足茶水后，便吩咐其余人准备杀猪了。杀猪的人们站在猪圈门外准备着。母亲打开圈门，用竹竿把其中一头肥猪驱赶出来。一人用"背篼"飞快地罩住肥猪的头。肥猪没了方向感，发狂着冲向人群。说时迟那时快，另一人箭步绕到肥猪的后面，双手抓住肥猪的尾巴，叉开双脚，使劲将肥猪的后腿提离地面。肥猪失去了支点，只好在原地打转。

这时，其他人一拥而上，抓住猪的耳朵，肥猪被彻底制服了。众人将肥猪抬到2米长、50厘米宽、30厘米高的杀凳上。肥猪似乎预感到了生命将至，歇斯底里地吼叫着。

羌二叔吩咐人们把血盆放在杀凳下，接着便是羌二叔唱主角的时候了，只见他右手执着一把尺来长的杀猪刀，左手拇指和食指扣住肥猪的鼻孔，口中念念有词："这世变猪，前途一片光明。"

羌二叔每次杀猪前都要这样说，他说这是有道理的，就六道轮回来说，这世变猪，下世最有可能投胎做人。

"扑哧"一声，刀已进入猪的喉咙，随着刀往外面抽出的同时，鲜血喷涌而出，绝大部分喷在盆里，但还是有一小部分喷在地上。肥猪在做垂死前的挣扎，全身抽搐，哀嚎声不绝于耳，一会儿便彻底不动了。杀年猪有个行规，只能一刀毙命，不能补刀。如果补刀的话，预示着主人家来年的运势不太吉利；久而久之，杀猪匠也会退出这一行，从此不再干杀猪的营生。羌二叔直到退休都没有出现过补刀的差错，所以他在老家真算得上是一个传奇人物。众人将死去的肥猪抬到盛满滚烫开水的大木桶里，先将猪头泡在开水里，然后舀水往肥猪的背上淋。待时候差不多了，羌二叔吩咐其他人将猪头抓起来，然后再将肥猪后半身没在开水里。接下来就是剔猪毛，动作一定要快，要赶在肥猪冷却之前将毛剔除干净。羌二叔将剔毛用的刮刀发给每个人，大伙三下五除二就将猪的前半身打理干净了。剔除猪毛这道程序，最考手艺的是剔猪头上的毛，这就需要杀猪匠掌握好开水的温度和烫猪的时间，不能过也不能少，如果这会儿剔不干净，以后主人家就难办了。好在羌二叔经验丰富，帮忙的人也十分得力，三下五除二就把一头猪"洗白"了。如法炮制，另外一头猪也很快被"洗白"了。杀猪的人们终于可以抽支烟，歇息片刻。一杆烟过后，众人把脱了毛的肥猪架在木桶上。羌二叔在猪的后腿脚趾处割了一条口，然后用约莫两米长、一厘米粗的"挺棒"从口子处捅进去。挺棒在猪的皮下游走，活像一条四处游走的蛇。羌二叔抽出挺棒后，扎了一个马步，把嘴放在口子处，憋足一口气，慢慢往里吹气，肥猪就渐渐变大了。他换了三口气后，肥猪被吹得像个皮球，更加肥壮健美。羌二叔保持着三口气吹胀一头猪的记录，在我们村后无来者。待猪吹胀后，其余人又用刀片刮一遍猪身，清除了那些细软的杂毛。接着开始切取猪头。羌二叔用刀在猪的鼻孔处戳一个口子，穿上一根麻绳，继而用刀从猪的耳根后开始切。一个力气大的人拽住肥猪的双耳，等刀将猪头切得只剩一些软骨时，用力将猪头来回转上两圈，然后使劲往下一按，只听见"咔嚓"一声，猪头便分离了。紧接着是下"猪项圈"，这个不需要太大的力气，用刀沿着肥猪喉咙的杀口切下就行了。取下猪头和猪项圈后，帮忙的人们将肥猪吊在屋檐的横梁上。这下才是羌二叔显绝活的时候。在他的手下，分解猪就像在处理一件艺术品一样，拿捏得分毫不差。依次清理出大小肠、心、肝、肺等内脏后，就是杀猪的人们一饱口福的时候了。老家流行吃猪心血，而且吃心血很有讲究，要专吃那种仔公猪阉割后长大的肥猪心血，只有这种心血才有滋补身体的功效。羌二叔小心翼翼地用小刀打开肥猪的心房，用手将一坨坨血块掏出来递给每个人，心血咸咸的，鲜嫩无比，吞下去后，再喝上一口玉米酒，那种滋味无法言述。老一辈都说心血是发物，有毛病的人吃了后就会发病。可是年轻的一辈在美味面前忘记了老一辈的忠告。不一会儿，心血就被掏空了。羌二叔满是遗憾地说："每年都是我掏给你们吃，啥时候谁给我掏一坨吃啊！"

大伙都知道羌二叔这是想找一个接班人，可是年轻的一辈人中，没有多少人愿意干这样的脏活累活，都笑着说："您老还能干到九十九。"

每每这个时候，羌二叔就会摇头叹气说："再等几年，我们村都没有人会杀年猪了。"

猪心血吃过后，便开始分解猪肉。羌二叔先将吊着的肥猪砍成两半，然后把砍下的肉放在事先搭好的肉板上。以一匹肋骨为准划过去，一根连骨肉就成型了。等到第二根肉划好后，正好就成了一双。羌二叔把猪肉分解完毕后，他的活儿就算完了。这时候，他就可以悠闲地点上一袋烟，喝着泡茶，看着其他人处理善后了。什么腌肉、挂肉、洗肠、灌香肠、灌血肠等事情，就是"按猪"人的事了。日过正午，差不多两头猪就搞定了，这时候才是杀猪的人们吃早饭的时候。主人家一定要炒上几道年猪身上最美味的部分来犒赏大家，什么猪肝啦、里脊肉啦、五花肉啦，等等。最后还要炖上一小锅排骨，凉拌成麻辣味。人们大块吃肉，大口喝酒，畅快无比。杀猪的人们吃完饭后，就开始玩起了老家最流行的纸牌游戏——"对拱"，筹码是高度玉米酒，一杯起价。酒量不行的人是游戏不了多久的。然而，对老家的男人来说，从早游戏到晚也是常有的事情。

到这个时候，杀年猪远没有结束，可以说只过了前缀而已。老家的风俗就是杀年猪一定要请客，要宴请邻居和亲戚来"吃肉"。主人家通常都要提前几天请几个茶饭好的妇女帮忙炒菜做饭，单靠主人家是料理不过来的。虽然前几日已经到邻居和亲戚门前请过客了，但是杀年猪这天还要到门前再去请一次，不可少了礼节，否则会被邻居和亲戚认为不懂礼数。下午5点左右，忙完一天活儿的人们才三三两两地来"吃肉"。第一道菜是"炒大肉"，三拇指宽一片的五花肉被炒得外焦里嫩。这道菜主要是看主家的年猪肥不肥。第二道菜是"爆炒肝腰"。这道菜关键是看厨师的手艺，对火力的掌控和对味道的调配。第三道菜是"蒜薹肉丝"。这道菜的特点是瘦肉多、蒜薹少，客人们吃过肥肉后，再尝尝瘦肉的味道。接着是第四道、第五道……虽都是一些家常菜，可是在茶饭手艺精进的妇女手里，调配得十分美味。最后一道菜是"排骨炖芫根"。这道汤菜以清淡口味为主，目的是中和一下客人们刚刚吃下的油腻食物。主食是"玉米切刀馍馍"，将自家产的玉米磨成面，做成菜刀状，蒸熟后，吃到嘴里微甜。一般到这个时候，只有食量特别大的人才吃得下整块了。

杀年猪最重要的活动当然是喝酒了。主人家事先一定要敬酒的，还要唱起寨子里的敬酒歌。母亲唱完敬酒歌后，我便给客人掺满白酒，客人们就开始自斟自饮了。几杯酒下肚，气氛一下高涨起来。晚饭过后，主人家在院坝里生起一堆篝火，客人们围坐在火堆旁，继续喝着酒，唱着歌，拉着家常，时间仿佛在此刻停滞。月亮升起来老高，人们才恋恋不舍地离开了我家。这个时候，喝酒的人们都有些醉了，个别酒量不行的人还被家人扶着回去。一年一度的杀年猪活动到此就圆满结束了。第二天，另外一户人家接着杀年猪，照例还是这样请客吃饭。每年的腊月时节，老家的人们便在杀年猪的氛围中度过。辛勤劳作了一年的人们得到了些许的放松，通过走亲访友增进了相互间的感情。最重要的是，这样的传统习俗一辈又一辈地传承了下来，让像我这般外出生活的人，心里总是藏着一份期待。

　　沈从文说："我走过许多地方的路，行过许多地方的桥，看过许多次数的云，喝过许多种类的酒，却只爱过一个正当最好年龄的人。"

　　对于我这样为了生活离开故土的人来说，思念之情何尝不是这样，只不过最爱的是故乡的味道罢了。

毛毛虫随想

赵 君

一

毛毛虫无疑是可憎的——不仅面目可憎，其所作所为也可憎——因此，人们叫它害虫。

然而，一俟毛毛虫变成了蝴蝶，人们却又反过来赞美它——不仅美丽可爱，更重要的是还能传播花粉——因此，人们叫它益虫。曾经面目可憎的害虫毛毛虫摇身一变成了益虫，成为人们赞美的对象。

当看到翩翩起舞的蝴蝶时，很少有人去想它曾经只是一条面目可憎的毛毛虫。

二

毛毛虫在成为蝴蝶之前，生活的范围也不过几平方米而已。有时候看着毛毛虫蠕动着身体向下一个目标艰难行进时，真想去助它一"指"之力。

看来，毛毛虫是不自由的——因为它生活的"圈子"太小，而行动却又极其缓慢。

可是，当毛毛虫终有一天破壳羽化而出时（不，这时它已叫作"蝴蝶"，不再叫"毛毛虫"了），又有谁能说它不自由呢？它在毛毛虫阶段爬过的所有路程，现在也不过是瞬时即到，从一朵花到另一朵花，不再需要艰难地跋涉。

我想，毛毛虫肯定知道它终有展翅飞翔的那一天。在此之前，不管昆虫们用什么眼光看它，它都不予理会，而是默默地为飞翔做准备。

三

毛毛虫是幸福的。

从虫卵里孵化出来，毛毛虫就开始了简单而充实的生活，那就是找到一切能吃的东西不停地吃。毛毛虫不知道，也不用知道其他毛毛虫正在做什么或想要做什么，因此不用与其他的毛毛虫去比，也不用与其他的毛毛虫去争。毛毛虫没有喜怒哀乐，自然也是没有烦恼的。

谁说简单的生活就不是幸福的生活呢？

四

曾有研究者做了一个实验：他把许多毛毛虫放在一个大花盆的边上，使它们首尾相接，排成一个圆形。这些毛毛虫开始动了，像一个长长的队伍，没有头，也没有尾。研究者在毛毛虫队伍旁边摆了一些食物，这些毛毛虫要想得到食物就得解散队伍，不再一条接一条地前进。

研究者预料，毛毛虫很快就会厌倦这种毫无用处的爬行，而转向食物。可是毛毛虫没有这样做，它们遵循着自己的本能、习惯、传统、先例、经验、惯例，沿着花盆边以同样的速度走了七天七夜，一直走到饿死为止。

不经千般风霜苦，哪得扑鼻梅花香。毛毛虫不断地汲取营养，经过几次痛苦的蜕化，勤奋地织茧，艰辛地挣扎，最后终于蜕变成了美丽的蝴蝶。

一餐饭

钟丽珠

我家老屋在老城区北街那边，拆迁了两次后，我们一家算是彻底离开了。时间过得跟飞一样快，常常午夜梦回，自己依然住在老家，墙边高大的柿子树、乱蓬蓬的夜来香，后院哗哗响的翠竹林，满头银发坐在槐花树下为我缝补衣裤的外婆，还是那些安安静静的寻常午后时光，在梦里没有一件事物会褪色，依然还是那样真切。

20世纪80年代中期是我记忆深刻的一段童年时光，那时的三餐饭是我每天都要过的三道坎儿。家里不是没饭吃，也不是三餐质量太次，相反，我家每餐伙食开得简直是浪费那种。那时家里环境十分嘈杂，尚且是几岁小孩子的我到底吃没吃饭，吃的是什么，家里大人反而不知道了。总记得我那时候瘦得跟猴儿似的，姑父说我整张脸皮包骨得只剩两只大眼珠子了。

那时我家里的每顿饭都会有很多人参与，认识的、不认识的，熟悉的、面生的，都会与我们一家在一起热热闹闹地吃着。因为我爸是做工地修建的营生，也就是"包工头"的活儿，家里来来往往的泥瓦匠、木工、漆工师傅，送砖的、送瓦的，人多得跟赶场一样。我爸人很和善，人缘颇好，常常留人吃饭，导致每每到饭点，家里都是挤挤挨挨的一桌或是两桌。但是到现在，我都不太适应太热闹的聚餐，估计也与小时候那段有异于其他家庭的生活方式有关。

我爸妈都不怎么管我吃什么饭、喝什么汤，我就顺着家里没完没了的流水席面有什么吃什么。他们完全由着我的性子来。我在饭桌上吃过什么倒记不太清楚了，倒是白酒、啤酒、小香槟的味道还时常飘在记忆里，一桌人面红耳赤地划拳吃喝，当中坐着一个百无聊赖的小孩，这画风就是我童年的真实写照。被家里重口味的三餐影响，我过早地形成对食物强烈的单一依赖，那时候最喜欢吃的东西是甜皮烫油鸭子，至今都是矢志不渝的爱。

最地道的那家烫油鸭子小摊儿就开在人民医院桥这头，是当时那个地段最火的摊点。那里一共有三个摊点，各自经营着不同的东西，另两家是卤菜和凉拌菜。这家烫油鸭子的老板住在三口堰那边，每日做好二十来鸭子，装在俗称"保笼子"的家具里。那是衣柜大的一个推车，上面一半三面玻璃罩一个顶，下面一半是专门做的木头柜子，里面存放着炸锅、香料、漏瓢、蜂窝煤炉子等。柜子底下是四个大大的金属轮子。老板推"保笼子"出摊，一路行来，"轰隆隆"的声响震得人耳膜疼。我一直觉得那个老板简直是神一样的存在，我每天都在想：他怎么那么有本事，做得出那样美味的东西？等他推着家伙什走到桥头时，差不多11点左右了。

有一日，家里有事，异常安静，没有外人来搅扰，陡然的安静也让人不适应得很。爷爷中午也只安排了他觉得最方便的快速午饭。电饭锅里，下面蒸一锅白饭，上面蒸一碗加了豆瓣辣椒的番茄。这还能吃吗？一个小孩子？！我的绝招就是干坐着不说话。家里人没时间搭理我，就由我任性去。下午，我爸从工地上回家一趟，看我那个蔫蔫的样子就明白了几分。我这样的戏码，他看得够多了。

"你要吃啥？"我爸看我一眼。

"烫油鸭子！"我的情绪在这时已经有点失控了。

"吃好多？"我爸也有点冒火。

"我要吃两只！"我气呼呼地跳到门槛上，站得跟个斗鸡似的。

"好！看你娃娃吃得下好多！"

我爸一把抓起我就往外推，把我捉到烫油鸭子摊位旁，一拍我的肩膀，将我摁在"保笼子"后面的长条椅上。看着热气腾腾的两只烫油鸭子出锅，又看着老板重重地刷上了一层冰糖糖浆，紧接着"乓乓乓乓"

地砍成小块，整齐地码在一只大盘子上端了上来。我愣了，这幸福来得太猛烈了！

这场景一下子吸引了看热闹的人。大家都围了上来，笑着看我这样一个几岁的小孩如何把两只鸭子吃完。我脸皮厚，早就看惯家里人来人往，哪里就害怕他们的嬉皮笑脸了，心里一横，就抓起鸭子往嘴里塞。

我还真就吃完了！

当然，我是吃完了最好吃的甜甜的鸭子皮，整整两只！我爸笑着在一边抱着两只手观战到最后，看我把剩下的完整的鸭肉乱七八糟地丢在盘子里。眼看我已无战斗力，撑得满嘴是油，人也歇气了，这时一群人笑得歪七扭八。我爸摸摸我的头，嘴里念着："可惜，可惜，这么多肉不吃，只吃皮……"最后，他还是把我的战斗残余打包回家了。

可能我的童年显得突兀了些，也多多少少有些惊喜和意外，竟时时都与吃关联起来。后来某天在同学家里，午饭时，我手捧着一碗白饭，盯着圆桌当中仅有的刚从泡菜罐子里捞出的两块生姜、三根豇豆，心里突然五味杂陈，终于明白成长也就是一瞬间的事。

幸福生活来之不易，爷爷经常说，人这一辈子三穷三富不到老，坡坡坎坎的终究要自己去亲历感受。一碗饭、一碟酱，贫时勿悲，有时勿喜，品咂出个中滋味才算是真真实实地做了一回人。

故乡情

周时云

踏上教坛时至今日,已有 17 个春秋。这 17 个春秋的寒假生活,我大部分都是在故乡——白羊度过的。故乡没有城市的喧嚣,亦没有都市的繁华,唯有秀美山川、怡人的乡土气息,还有那热情好客的父老乡亲和无话不说的童伴。

故乡的交通较前有所发展,打发了步行赶集上街的疲惫,却少不了搭乘农用车的颠簸、人与车的亲吻;少不了路边荆棘的拉扯,留下衣帽作纪念,回头能忆起曾经的我;少不了路过峡谷时,油然而生毛骨悚然的惊呆;少不了路过儿时垂钓的地方,不由忆起与同伴嬉水被父母拽回挨揍的情景,以及垂钓丰收的喜悦。儿时的胆大妄为悄然离去,曾经的颠簸享受已飞逝九霄、拉扯不顾已成为泡影,惊呆后的狂欢、挨揍的"好玩"不再属于我,这或许是告别故乡后常踏平道、常涉怡景所致。

故乡的通讯较前有所进步,打发了邮递员的传情,但少不了给远方的朋友与同仁捎个问候,信号不好时还得气喘吁吁翻过一座又一座山头,还得受借用别人电话的牢骚;少不了掏出手机,看看几点了,生怕返回摸黑的窘迫。

唉,不知这种弊端在这秀美山川中何时才能打开新局面,或许就在明天吧!不,现在家乡的父老乡亲的生活条件已改头换貌了。

2008 年的 5 月 12 日 8 级特大地震,震中汶川,波及家乡,震塌了家乡山上山下的房屋与桥梁,但震来了党和政府无穷尽的关爱,震来了人间真情。在对口援建中,家乡山上的父老乡亲搬迁至安全的平坝地带,散居而低矮的房屋在地震时定格,具有家乡特色的建筑在统一规划中拔地而起，宽敞通向外面的水泥路将坑坑洼洼的机耕道永远压在了历史的底层，趋近城市化的生活条件打破了家乡老式居家的宁静。这归功于大难后党和政府的大爱。

故乡变了，但热情好客劲依存，追求升登的素质超前提升，求富的观念更上了一个新的台阶。"过年了，请到我家团年！"团年是故乡的习俗，少不了借团年的机会欢聚东家李室，边吃团年饭边聊各自的作为。我是一名教者，老乡也非常尊敬，少不了在这种场合一醉方休，也少不了在那几张天地牌中摸索各自人生的酸甜苦辣，少不了掏腰包买经验——输的原委。愿赌服输，不赌为赢的决策，若赌，在商场，在战场，在正当作为，就是输了，也不要灰心，善于总结，善于改变赌的方式方法，方为精明的决策。但团年还得赌一把，用自己的真情换取乡亲的诚恳，用自己的崇高作为换取乡亲的信任。

"再喝一杯吧，这是我们自己的杰作，待你走时，我们会送你一壶家乡酒，不要忘了家乡人的祝愿！"我品着乡亲们的杰作，心里挺不是滋味，陷入了沉思。我又有什么杰作让他们欣赏，有什么值得他们尊敬的地方？真还辜负了他们几分祝愿。"别与自己过意不去，你是有杰作的，你的杰作我们是无可比拟的，你为家乡争了光，家乡人较穷，你摆脱了面朝黄土、背朝天的辛苦，你的作为是可以改变家乡的现状的，只要你加强奋发的自信与勇气，对于你来说，没有什么做不到的。"我用什么来改变家乡的面貌，难道说我有这个本事？"不是你为家乡给多少资金，而是你的拼搏劲改变了家乡人的观念，这难道不是你对我们的杰作吗？你寒窗苦读步入教坛，这难道说不是你的杰作吗？"是的，我曾经的求学干劲是值得人称赞的，从一名被人看不起的"差生"，变成一名"优秀"学员。可现在，我还得加强自信与责任感，真正干出一番事业来，才不会辜负父老乡亲的期望与挚爱，才不会辜负朋友对我的厚望与看重。

故乡的蜡梅盛开了，我返校的时日已至。每当此时，父老乡亲都要带着自家的香肠、腊肉、板栗等送我上路，同时目送至千里，还用浓浓乡音嘱咐我一路走好，在工作中继优纠缺，哪里跌倒就从哪里爬起，拿出学生时代的干劲，真正干出一番事业来。我唯独默认，不敢用苍白的言语向他们表白，我也没有权利止步不前，也没有权利辜负他们的期望。

　　故乡的条件较前好了，故乡的风景较前更怡人了，故乡的人们走向富裕，我相信他们比我还行，我也会带着他们的每一次嘱咐与期待干好太阳下最光辉的职业，来作为回赠的礼物。

　　故乡，生我养我的地方，你在关爱中得到了改观，我珍爱你，犹如珍爱我的生命。

诗 歌

藏地诗篇

符纯荣

海 拔

我看不见拔高的海，只看见起伏的山、移步的云、探头的草。翅膀划过，带着速度的闪电。

但我知道自己站在高处。一路数量着过来，大地的刻度，因此有了真实的呈现。

在青藏高原：风吹面颊的距离，再没有妥协的余地。对于人的百般修饰，日头省却装模作样的过程。低头的牲畜，让人读出草原之神质实的画风。空气剔除多余的想法，留下稀薄而珍贵的部分。

但我知道，自己不曾拥有一丁点高度。

——当我转身离开，翻过劲风烈烈的山口。我看见那位藏族阿妈，以心灵为尺，与大地对话，一步一步，仍然走在朝圣的路上。

当她一次次跪伏、站起，我看见海的辽阔，用恒久的涛声，为一座高原写下一笔母性的高度和坚韧……

酥油灯

我相信，点亮酥油灯的人，一定是神派来的使者。

这是雍吉康桑旅店的夏夜，灯亮了。在拉萨市郊，它的光晕微弱而温暖，一点点融入暗灰色的安静，连边缘和界限也看不见。

这夜呵，静得彻底，静得没有任何退路。将心跳放到这里，宛若一滴雪水被黎明压断的脆裂之声，整座高原都能聆听。

没有人相信，一盏小小的酥油灯，可以照彻一个内地汉人骤然脱离纷扰的那份慌乱。

没有人相信，一盏酥油灯推开的黑夜，如此陌生、异质，仿佛大片大片的暗影，只为一盏灯的存在而降生。

窗外，风念经文，彻夜不息。

灯火暗淡下去，黑夜从四周复又漫卷过来。

我相信，将光线短暂收走的人，一定是神派来的使者。

藏羚羊

当它们撒开四蹄奔跑，仿佛一句火车的鸣响，突然在高原释放。

事实上，火车经过这里的时候，什么也没有说，就连喘息声也一再隐忍、压低。

在可可西里，这场景，多么巨大而空旷：

一望无垠的盐碱滩，蓝得令人心疼的天空，随遇而安的几片白云，守护神一样矗立的雪山……

一棵草从去冬走到今夏，终于露出头来。在它们面前，一棵浅草直面世界的幸福，正如阳光照耀下，一滴露珠随风而舞的晃动。

毫无疑问，它们都爱上了这里，怯怯地，深深地。

毫无疑问，它们的爱，相同的细小、卑微和干净。

骑　手

他在奔跑。

他才八岁，步幅还很小，身手还不敏捷。

在巨大的草原，奔跑中的他像一颗轻微跳动的心脏。

几个箭步，那匹白马就将距离拉远。刚刚攥在手心的缰绳拖到地上，一路卷起小小的烟尘。

不断有碎石弹跳起来，打在他迈动的脚背和挥舞的手臂上。

疼痛转瞬即逝，包括硌脚的锋锐。他只顾着奔跑。他想追上挣脱控制的白马，再次攥紧缰绳，然后借一堵土坎的高度骑上马去。

他知道奔跑的风景有多美。

他知道，只有骑在马上，脚下才是属于自己的草原。

经　幡

九寨沟的玄机，在风中舞动。

神祇的光芒闪烁，树叶和草轻微摇晃，树正群海欲言又止，上山的雾气保持缓慢……

风过处，所有景象秘而不宣，像神的指间漏下经卷的翻动。

竹梢之上，经幡发出细密的响声；而对面白塔兀自岿然，仿佛对身边一切了然于心。

一拨又一波浮世喧嚣，自树正沟向上氤氲而至。

露珠悄悄滴落塔尖，像远处雪山不再紧守的秘密。

纯白的经幡飘动。树正寨，多少可爱的事物，有着风吹不灭的安静。

匍　匐

那一道山梁，倔强多少年的腰部逐渐弯下去了，依然在悄悄向上。

铺满天空的云层，总会借着季节的某一个段落，弄出一些多余的动静。

无风，草也会摆出挺立的姿势。

朝相同的方向匍匐前进，憨实的牛、羊，用嘴唇打开虔诚的膜拜。

一棵泛黄的草进入内心，会带去多少睿智而波澜不惊的光芒。

　　尽可能地匍匐下去。这些一声不吭的兄弟姐妹，就像一枚枚黄叶，将秋风背在背上，不说出一句时光。

高原小镇

陈 坚

风停了
檐口滑下甜睡的雨滴
在,青灰色的石板上
如雾般划开
喜悦便沉淀在悠悠的石缝里
游人、古道
记忆的快门还有那爱情
悄悄地隐藏于某个
虚掩的门扉
或双手相扣的纹路间
入夜,古城墙
西门顶和漫漫的苍穹
我想,
纯净的夜幕下,定悬挂着
朵朵思考的眼睛
唐朝的余韵
和渐远的茶马古道
静默于旋转的转经筒
周期了眷恋和古朴

高原的小镇

如同老人劲挺的胡渣
思绪在雪地里遛着马
气韵却流淌于缥缈的长鬟
把故事放在月光下
以酒的身姿
触摸那唯一的兰亭序
让墨醉在眉梢间
来吧，
在倚楼的窗
走吧，
就让我随爱情去漂泊

溪边的羊（外二首）

杨 果

小溪边孤立着一只山羊
渴望什么，欲求什么
伙伴们义无反顾地奔向身后繁华多变，无法预知的工业地带，寻找江流湖泊
流给它自己选择的余地，流给它这么一片蛛网
小溪大同小异，可它甘甜无比
大千自然有它无数，可它迷惘止步
太渴了
想喝着窜窜流水茁壮成长
想占有水与泥沙青草
想日夜巡逻防止野兽侵占
栅栏围着它，管道输用它，浇灌着远处的田野
不愿挤出一滴时间渗透出的泪珠赐予那只守望者
还是存在这么一只山羊与其信念

时空之距

东西对立的尘埃挤成狭小空间，却未触摸，或某个离散瞬间蹒旋即尽
一颗入隧道，一颗蒸为数粒
栅栏土路圈住油菜花的黄色，阳光反弹至漏斗底部，或单纯试图

一片被收割，一片固执等待自然

当碟片被磨光，歌声依然俨存着

当河流显干壑，每一滴都会是开始

当失忆与记忆混乱了，唯独留着清晰的遗憾

当一切的那一点还有意义，成为虚构成分的角色，也不错

剪辑过的影像，断断续续的声音

停留过的食物，挺直脊柱的玩偶

同样的棒棒糖，每个人的口感还是有细腻的差别

涂抹多次的油画

我只想有幅心意的油画，抽象的线条背后有往日的旋律

触摸你，偏执的意念抖动情绪，谁灼伤了谁

又泼上颜料，反复弥补，已没那么纯洁

脏了，乱了，一开始拿支铅笔选择素描还好点

一次性饱和的感情，在意被灌上了泻药，再请一顿丰盛的早餐

炒了，煎了，里面还是蛋黄，外面却尝不出是什么味了

我们拿了把刀互捅，我用了刀柄，握紧刀刃

祈祷，以及那谷底的攀爬

松州一夜（外一首）
——有赠

刘红彬

第一站口的苹果

就色彩已甜得脆眼惹人

云朵没入山边

路边的江水

急得路崖更让人心惊

已经看到了你扼住岷岭

呵护着地肥人丰的川西沃野

多少英雄

多少次横枪这里

送走水草枯黄，牛羊千转

天空落下三苗的晓凉

西戎的暴烈早被冰雪湮灭

治汉疆土

谁家儿女笑傲江湖，以死为荣

奇怪的以病终为不祥

这让谁也不禁黯然失色

喷血泪动

孕妇不避风雪

这土地总是孕育出豪情千里

一个多民族之乡

蕴藏了别样的故国之恋

汉唐古老的爱情

仍然在古墙上春华秋实

骨髓里

还欠你一夜鸿雁浊酒

在大邑这岸

想你仍然重锁边陲

想你年年在寒风大雪的群山深处

默默屹立屏蔽天府

你无声等我何日不期而至不眠夜

我有意候你飘然随心所欲大笑归

关山月

忽然从命里的血脉里崩出来

在一次碧波荡漾的月夜

大地铺满了黎明前的霜露

无数的江岸边草风月般缠拥而至

炎黄时候的烽烟　图画成了流云

尧舜禹汤被谁技术处理

并扭曲一次次丛林断链飞临

夏商周秦汉

一个人的一夜　谁等同于孤月问青天

碎了的情怀

只能由魂魄里的关山才可无缝复原

刀枪微笑的岁月里

发现有厉鬼将沉沉的枷锁锁了李白杜甫

今天的文同走来大学士东坡左迁黄走来

千年坦然大雪簌簌豁达白亮了不周天
江花累枯了柳树绿得热烈无边无际
阳关和玉门动情了儿女们的啾啾灵魂
水岸碧绿野鹭轻飞
月从露上白
此刻虽说没有看到看过那时的敦煌蓝
但月色狠着生命的背影
从此裂变了茫茫大地上那些漫漫的远

生活是个爱开玩笑的家伙

曾小平

走在这世俗的街上

忙碌的蚂蚁们都在苟且

他们奇装异服

他们掩耳盗铃

只有少数同类开启了幸福的木门

其实,生活是个爱开玩笑的家伙

如同买彩票炒股

多数人每天都在做着发财梦

他们的执着却只是陪着中了头彩的人玩游戏

于是想起那个山海关铁轨上的海子

他发誓明天开始做喂马劈柴周游世界的幸福的人

却怎么也度不过面前汹涌着悲愤的今天

这让我想起那个调戏吴妈的阿 Q

至今仍醉醺醺地活在世上

羌　韵

陈明跃

　　我是一个羌族的孩子，我爱祖国，更爱我们的羌民族。五千年的历史中，点点滴滴的岁月之河里，您谱写了光辉的历史和灿烂的文化，世界因有了您而美丽，岁月因有了您而多彩。亲爱的尔玛朋友们，我们心连心，情暖情，一起去迎接新生活，创造新未来，让我们共同为羌族的历史、文明、生活呐喊。

羌人的故乡

羌人的故乡，在神奇的阿坝州，
沧桑的岁月带走了羌族的历史，
又给羌人耘来了灿烂的新衣。
青绿的山谷里，灿烂的日月下，
润栖着星星点点的牛羊。
肥沃的田野里油菜花的芳香，
滋润着喜悦的丰收。
阿坝州的夜空里星光灿烂，
欢乐的笑语送走了一批批游客。
绚丽的舞台上"容中尔甲艺术团"在歌唱着古典的历史。
美丽的自然环境中"九寨和黄龙"在呐喊美好的明天。

羌历年

每年的十月初一是"羌历年",
羌历年——您咀嚼着悠久的岁月,
您溶涵着历史与文明,
您点缀着羌人美妙的生活。
天上的星光灿烂,
羌人的歌舞更灿烂。
精美的酒杯里盛满了羌人酿制的青稞咂酒,
盛情的木桌里叠满了酥油茶和牛羊肉,
沉醉了的羌男、羌女,
您咀嚼着悠久的岁月。

羌　女

你们不是蓝天上的白云,
也不是大海上的朵朵浪花。
你们是人间的——羌女,
你们有那太阳般的容貌,
洁白的牙齿,
金晃晃的耳环,
极其性感的嘴唇和那偷魂夺魄的眼睛,
还有那月亮般照亮了你心的笑容,
多么恬静,
多么温柔啊!
你们点缀着阿坝州的风光,
璀耀的风光也点缀着你们的美丽。

你们不是蓝天上的白云,
也不是大海上的朵朵浪花,
你们是人世间的——"羌女"。

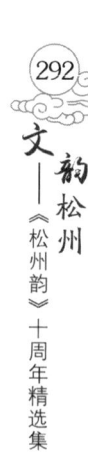

仰望星空

谷运花

夜空如墨，繁星璀璨，
你驻足窗前，仰望星空，
凄冷孤独。
你在担心什么？
苍山不在还是万物尽歇？
或者在沉思什么？
春宵苦短抑或人生冗长？
我想问你，
是否如我一样，
听见了哀伤婉转的离歌？
你转过身来，
定定地说，
不，我在想他究竟是哪一颗星！

秋天的小城

蒋文斌

被雨水爱抚过的小城
清新而干净
脸上洋溢着片言只语的爱的幸福
一杯水,一根烟,一点闲愁
我们需要平平淡淡的爱
以及雨落在午夜的淅淅沥沥
这是一个看起来很小的城
因为小,微小的事物
就容易彼此聚集
聚集成一片欣欣向荣
一缕阳光
就足以让它有满怀的温暖
一滴雨
就足以让它情深似海
一丝千里奔波的风
在这里轻轻一弹指
便收获了无尽的永恒
一枚叶子
一声鸟鸣
一片雪花
一条小小的虫子

一瓣月光
一半的清醒
一半的醉
……
是的，这是一个看起来很小的城
我却被它葱茏的灵魂
它莹亮的清晨和厚实的日暮
爱了二十年
这里，没有行色匆匆
这里，一切都平平淡淡
八月的秋天
时间来来往往
你是悬挂在天地之间美丽的风铃
风，吹过人间
那叮叮当当的美
一定和你有关
和爱有关
诚然，比拐弯的街更容易拐弯的
是命运
八月的一个清晨
一个人
就这样安然地走在你拐弯的街上

花绿二海旅行札记

金　强

花海沉睡

花海在沉睡，一群热情的人，悄悄地到来。
一些遥远的轮廓和皎洁的白雪悄悄地到来。
一片湖水一个小小的祝福。
她的平静，像一个沉睡的婴儿。
人们在森林中，甚至来不及感动，夜幕已经悄然降临。
马背上的人，在夜色中穿行。
疲惫的身心，随着云雾来到这里。
美丽、平静的花绿二海！！！

陶醉者

这有云雾的地方
我是唯一的陶醉者吗
在这仙境的上空
依然飘荡着诱惑的声音
我曾经为此沉迷有被这声音所伤
谁在云雾中引领迷途的心灵
我不是唯一被诱惑的人

可是你是我唯一已失去方向的仙子

这彻底的　柔美的海子

这彻底的感动

我在这样的森林行走

微微细雨打开了潜藏已久的心灵

我还在幻想

多年以来

我一直寻找这份感触

我在找我的家

——一个寄托情感的小屋

你也一样吗

独自行走的旅人

我孤独的心灵叩击这扇窗

却为何

让我的灵魂逃离了呢

疲惫的心灵

你从都市走来

带着满身疲惫

生活没有激情

沉默昭示未来

风啸吹响在

闪烁的星空之下

我的歌声倾诉着

爱情的苍白

满身的疲惫

将心灵的窗口

印——烙

对爱情的仰望

胜过一切存在

心中没有寄托

如果森林中有温馨的王国

我将希望自己再次被云雾淹没……

跨越千年的时空

种下情感的光彩

用生命的挚诚

捧回命运的

彩——排

花海里的沉思

推开　推开你心灵的门

依旧竖立在眼前的那盏灯火

灯罩碎裂　玻璃四溅？

月光依着沉雾笼罩在湖面

激情的心灵在湖心中喜悦地跳动

焚烧　焚烧的月光

最后一抹冷雪的皎洁

我用力抽出将军岩上那把荣耀的古剑

折弯　变成雨中的一片柳枝

帐内的仙子放下吧

已经破碎的心灵

呼吸　呼吸包围

在鼻腔周围的岩洞浓烟

黑夜突然发狂

如驮马长啸长空

花海的香味弥漫

幸福却像飞翔的大雁

悦鸣着　喜鸣着

我的朋友　你听到了那天空的喜悦了吗

我的朋友　沉睡的朋友

那山涧的溪流声是你在倾诉什么吗

我愿意为你举起双手

开——拓

凝固成一个遥远的召唤或者拥抱

前进吧　孤独的心灵

我的朋友

不要绝望　不要绝望

快乐的仙子是……

过客啊　你在异乡

花海的湖　花海子的山

远啊　真远

远　山

远山如黛　像匝地的绿荫

抖落了遍地的尘沙

而现在　中秋里的远山

落了些雪的远山

安歇得就像天堂

一架白云的梯子闪闪发亮

远山如梦　像升天的白云

抖落了遍地的雪花

而此时　初冬里的远山
浮了些云的远山
神秘得就像仙境
一道雨后的彩虹走向太阳
远山是爱　远山是情……
远山也是一种莫名的相思

爱情天堂

一直在寻找灵魂的栖息地
那片干净纯洁的土地
一直在渴望回到爱情的故乡
那个神奇美丽的地方
冲破都市的繁华
挣脱孤独的捆绑
终于来到
来到这魂牵梦绕的地方
跟着彩虹来到天上
我与雄鹰一起飞翔
太阳很近　就在手旁
点燃我的激情和梦想
放下沉重的行囊
展开梦想的翅膀
爱情的幻想
将从这里奔向梦想的天堂
我来了　花海绿海
我来了　沉雾浮云
为了让爱情的种子在花绿二海生长

为了让爱情的雨露伴雪山森林歌唱
我要把自己
种在这片美丽的土地上

五彩经幡

尕让泽登

走进圣洁的高原
你的身影总是浮现眼前
像清风环绕雪山把祈福诵念
护佑苍生平安幸福

走进美丽的高原
你的慈爱慰藉众生心愿
像风雪舞动苍穹把信念传达
祈愿世间没有苦难

走进雄壮的高原
你的辽阔包容世间悲欢
像祝福随风飞扬把如意吟唱
祈福生灵如意安康

五彩经幡　舞动吉祥
美妙梦想自由飞翔
五彩经幡　抛洒欢乐
护佑苍生幸福平安
五彩经幡　传递温暖
祈福生灵如意安康

醉 心

陈玉华

看青松撑起天宇，
见牛羊奔跑在彩虹，
赞云朵上的民族，
叹苍穹中的家，
咂一口心中的玉汁琼浆，
啊啧啧①，心醉了。
聆《月亮升起》②多么悠扬，
听《战胜》③那般豪放，
吆一声春耕的呕吼，
哼一曲史诗的吟唱，
咂一口心中的玉汁琼浆，
啊啧啧，心醉了。
醉了蓝天，醉了彩虹，醉了白云；
醉了青松，醉了鲜花，醉了牛羊。
醉了，我的父母，我的兄长；
醉了，我的呕吼，我的吟唱。
咂一口心中的玉汁琼浆，
醉得我心旷神怡，淋漓酣畅，
啊啧啧，醉了，
醉在我心上。

---

①啊啧啧：羌语感叹词。
②《月亮升起》：羌族多声部民歌（国家级非物质文化遗产）的一首代表曲目。
③《战胜》：羌族多声部民歌（国家级非物质文化遗产）的一首代表曲目。

脱缰的野马

玛尼让么

你,脱缰的野马
高昂着头
轻盈地漫步在天边
用风的脚步追逐阳光
月光封冻大地时
星星依然在你的眼睛里闪烁
我是孤独的牧人
渴望抚摸你山的身躯和水的鬃毛
可我,只能远远地看着
因为你是脱缰的野马
即使闪电的绳索也套不住你
奔跑吧,脱缰的野马
飞向世界的尽头
飞向时间的起始
我的心会一直跟随你
因为,你的自由
即是我的灵魂

尊 严

窦 华

爷爷告诉我

那一年秋天

茫茫的草原

来了一群英雄汉

他们头上的红星

照亮了整个草原

他们走过的地方

留下鲜花烂漫

沧桑巨变

弹指一挥间

革命宏图

不觉也实现

当年的好汉哟

你们尽可以含笑九泉

当年的好汉哟

你们尽可以笑看今天

红色的信念

早已扎根在我们的心间

闪闪的金碑

依然闪烁着你们

不朽的尊严

醉相思（外二首）

王正清

黄铜镜　红烛焰
喃喃细语诉相思
青色眉　淡淡痕
三生石生为君留
离人泪　谁为醉
浅唱低吟只为媒
青纱帐　红罗裙
黄花凋零化作尘
丹唇启　明眸媚
欲说还休心已碎
无限相思说与谁
马蹄归来空流泪

致 逝去的青春

蝴蝶停在昨天，
已翻完了我们的曾经。
不停轮回的摩天轮，
依旧沿着回忆的足迹。
那翻不完的夏天，
留下淡淡的柠檬味。

幸福的四叶草，
嘲笑着我们的约定。
在我们心里搁下一道阴影。
微笑消失在那飘零的花瓣。
你的发揉碎在我的指尖。
你的眼波定格在我心间。
你手心的茧，
常在我记忆里搜寻。
当一切都飘散的时候，
该拿什么来祭奠我们逝去的青春。

残　香

残雨沿着芭蕉滴落，
古老的城镇沉默安静，
青色的石板一路蜿蜒。
苔痕诉说着寂寞。
水车守候着轮回，
悦耳的车铃声。
揉碎一地飘零，
急转的邂逅，
梦回的流年。
一刹的四目交错，
空余醉人花香……

种下一颗诗的种子

■ 杨　智

想种下一缕阳光
在广袤无垠大地上
让春寒雨露绽放芬芳
想停住滴答的时针
在辞旧迎新的爆竹声中
把刹那美妙剪成窗花
想深埋一坛女儿红
在十八年的风雨雷电中
把天地之音酿成醉人美酒
想种下一颗诗的种子
在最美好的三月
用深沉的爱意呵护她发芽

黄 土
——父亲的颜色

尹晓莲

岁月蚀出额上的皱纹
渭水冲成眼角的浊泪
虬曲的青筋布满手背
盖地的黄沙卷起太阳的肤色
半坡的瓷碗摩擦粗糙的肌肤
"兰花花"绕过羊肚巾
夕阳影里追逐着羊群
疲惫的身躯
压弯的脊梁
残喘着气
还要用扁担——挑起两头山
撑住——那片天的
父亲

遇见你

唐远安

今生遇见你
人生才会如此奇异
明明是风烛残年的年纪
我却分明感到青春焕发
今生遇见你
百花盛开都不让我着迷
唯有清清潺潺流着的溪水
像首母亲摇篮曲滋润着我的心田
今生遇见你
情感才会如此细腻
眼前的叠翠流金
总能将你联想在一起
今生遇见你
以为风景不过是湖光山色
是你的美轮美奂
让我知道了大自然的鬼斧神工
今生遇见你
才知道钙华形成的不容易
你的花容月貌让我领略了天堂的美丽
你的隽秀才让我知道什么叫世外桃源
今生遇见你

我才明白别有洞天

每一泓池水，每一片云彩

都能读出你的诗情画意

今生遇见你

我才知道你也会哭泣

人的践踏惹得你伤感流泪

每个细胞的分离都是对你机体的撕裂

今生遇见你

才明白你皮肉的脆弱，生命的昙花蜉蝣

才知道要万载千年的生长

才能幻化成色彩丰艳的钙花

无眠之夜

仁青敦智

无眠之夜
所有像黑夜包裹着所有
你说我与光明无关
你喜欢黑夜
它寂静得令人流泪
泪水和回忆，困意和清醒
相互混淆
黑夜里开了许许多多的花
那年
你谋杀了别人眼中的你
在嘲笑和唾骂中你成全了自己
从此黑夜不再是黑夜
白昼不再是白昼
忧虑，畏惧
颠倒的年月里没有人是清白的
从闲人嘴里吐出的利剑
杀死了扎西和央金
也杀死了自己
因果的碾子驱动轮回
无眠之夜
是秋夜

落叶在黑夜里恣意舞动
秋风在山谷里吟唱
河流,听醉了